水心

中国现代
作家选集.
典藏丛书

下

选集 冰心

人民文学出版社

目 录

第 一 辑

晨报……学生……劳动者	003
"无限之生"的界线	005
遥寄印度哲人泰戈尔	009
画——诗	011
笑	013
一朵白蔷薇	015
梦	016
往事(节选)	
——生命历史中的几页图画	019
到青龙桥去	032
闲情	037
寄小读者(节选)	039
山中杂记(节选)	077

第 二 辑

一日的春光	087
二老财	090
新年试笔	095
从重庆到箱根	097
默庐试笔	100
再寄小读者	111
力构小窗随笔	121
无家乐	131
丢不掉的珍宝	135
给日本学生的一封公开信	140
写在"妇女节"之际	143
对日本妇女的期待	145
从破旧的信说起	
——在东京大学讲台上	148
观舞记	
——献给印度舞蹈家卡拉玛姐妹	151
樱花赞	155
只拣儿童多处行	160
一只木屐	162

第 三 辑

腊八粥	167
等待	169
我和玫瑰花	172
灯光	
——为《东方少年》创刊而写	175
紫竹林怎么样了	177
童年的春节	179
霞	182
从联句又想到集句	184
漫谈赏花和玩猫	187
漫谈过年	190
两栖动物	193
当教师的快乐	196
我请求	199
病榻呓语	203
一颗没人肯刻的图章	205
无士则如何	207
一个最充满了力量的汉字	211
施者比受者更为有福	215
我喜爱小动物	217

市场上买不到一尊女寿星	220
我家的茶事	221
我梦中的小翠鸟	224
话说"客来"	225
谈孟子和民主	227
我的家在哪里？	229
"孝"字怎么写	231
五行缺火	233
从"一"数到"九十二"	235

第四辑

南归	
——贡献给母亲在天之灵	239
我的故乡	267
童年杂忆	276
我到了北京	285
我入了贝满中斋	291
我的中学时代	299
我的大学生涯	301
在美留学的三年	311
我回国后的头三年	318
"七七事变"后留平一年的回忆	324

第 五 辑

我的祖父	331
我的父亲	334
我的母亲	337
我的小舅舅	339
我的老伴 —— 吴文藻（之一）	343
我的老伴 —— 吴文藻（之二）	352
我的三个弟弟	366

第 六 辑

记萨镇冰先生	377
司徒雷登校务长的爱与同情	383
我的老师 —— 管叶羽先生	386
记富奶奶	
—— 一个高尚的人	389
忆许地山先生	395
叶圣老	
—— 一位永垂不朽的教育家	398
悼沈骊英女士	400
追念振铎	404

我的良友
　　—— 悼王世瑛女士　　　　　　408
追念罗莘田先生　　　　　　　　418
老舍和孩子们　　　　　　　　　422
悼念孙立人将军　　　　　　　　427
悼念林巧稚大夫　　　　　　　　430
悼念梁实秋先生　　　　　　　　434
一位最可爱可佩的作家　　　　　437
痛悼胡耀邦同志　　　　　　　　440
再写萧乾　　　　　　　　　　　442
王忆慈　　　　　　　　　　　　444

第一辑

晨报 …… 学生 …… 劳动者

　　断断续续的晨钟，惊破了晓梦。树头雀鸟喳喳喊喊的叫个不住，没一会儿，天色便大亮了。

　　梳洗完了，吃过早饭，整理了书籍，便上学去了。大地上早曦明耀，空气清新，来来往往的行人，都是精神畅满，我这时心中忽然起了感触！

　　街上走的都是上学的学生，和劳动的工人，喜喜欢欢勤勤恳恳的起手做自己的事业，不比那老爷先生们，还在那里酣睡。

　　可敬可爱的学生！可钦可佩的劳动者！除了你们，别人也不能享受不配享受这明耀的朝阳，清新的空气。

　　我因为晨光，忽然想起《晨报》，十二月一日，便是它周岁的日期了。

　　《晨报》便是你们学生 …… 劳动者忠实的朋友，因为它在芸芸众生之中，特别的注意你们，爱重你们，它用它的全副热心毅力，引导你们，帮助你们，它替你们传播新消息，介绍新思潮，因为你们是今日国家和世界的主人翁，进化潮流的中心点。

　　它好似朝阳的光耀，指引照亮着你们庄严灿烂的前途。

　　我以阳光比《晨报》，也是赞扬，也是祝福。

我恭祝《晨报》的前途,如日之升,自去年到今年,自今年到明年,以至永远,都指引照亮着这学生和劳动者。

（原载北京《晨报》1919年12月1日纪念增刊）

"无限之生"的界线

我独坐在楼廊上,凝望着窗内的屋子。浅绿色的墙壁,赭色的地板,几张椅子和书桌;空沉沉的,被那从绿罩子底下发出来的灯光照着,只觉得凄黯无色。

这屋子,便是宛因和我同住的一间宿舍。课余之暇,我们永远是在这屋里说笑,如今宛因去了,只剩了我一个人了。

她去的那个地方,我不能知道,世人也不能知道,或者她自己也不能知道。然而宛因是死了,我看见她病的,我看见她的躯壳埋在黄土里的,但是这个躯壳能以代表宛因么!

屋子依旧是空沉的,空气依旧是烦闷的,灯光也依旧是惨绿的。我只管坐在窗外,也不是悲伤,也不是悚惧;似乎神经麻木了,再也不能迈步进到屋子里去。

死呵,你是一个破坏者,你是一个大有权威者! 世界既然有了生物,为何又有你来摧残他们,限制他们? 无论是帝王,是英雄,是……一遇见你,便立刻撇下他一切所有的,屈服在你的权威之下。无论是惊才,绝艳,丰功,伟业,与你接触之后,不过只留下一抔黄土!

我想到这里,只觉得失望,灰心,到了极处! —— 这样的人生,有什么趣味？纵然抱着极大的愿力，又有什么用处？又有什么结果？到头也不过是归于虚空，不但我是虚空，万物也是虚空。

漆黑的天空里，只有几点闪烁的星光，不住的颤动着。树叶楂楂槭槭的响着。微微的一阵槐花香气，扑到阑边来。

我抬头看着天空，数着星辰，竭力的想慰安自己。我想：——何必为死者难过？何必因为有"死"就难过？人生世上，劳碌辛苦的，想为国家，为社会，谋幸福；似乎是极其壮丽宏大的事业了。然而造物者凭高下视，不过如同一个蚂蚁，辛辛苦苦的，替他同伴驮着粟粒一般。几点的小雨，一阵的微风，就忽然把他渺小之躯，打死，吹飞。他的工程，就算了结。我们人在这大地上，已经是像小蚁微尘一般，何况在这万星团簇，缥缈幽深的太空之内，更是连小蚁微尘都不如了！如此看来，……都不过是昙花泡影，抑制理性，随着他们走去，就完了！何必……

想到这里，我的脑子似乎胀大了，身子也似乎起在空中。勉强定了神，往四围一看：——我依旧坐在阑边，楼外的景物，也一切如故。原来我还没有超越到世外去，我苦痛已极，低着头只有叹息。

一阵衣裳綷縩的声音，仿佛是从树杪下来，——接着有微渺的声音，连连唤道："冰心，冰心！"我此时昏昏沉沉的，问道："是谁？是宛因么？"她说："是的。"我竭力的抬起头来，借着微微的星光，仔细一看，那白衣飘举，荡荡漾漾的，站在我面前的，可不是宛因么！只是她全身上下，显出一种庄严透彻的神情来，又似乎不是从前的宛因了。

我心里益发的昏沉了，不觉似悲似喜的问道："宛因，你为何又来了？你到底是到哪里去了？"她微笑说："我不过是越过'无限之生的界线'就是了。"我说："你不是……"她摇头说："什么叫做'死'？我同你依旧是一样的活着,不过你是在界线的这一边,我是在界线的那一边,精神上依旧是结合的。不但我和你是结合的,我们和宇宙间的万物,也是结合的。"

我听了她这几句话,心中模模糊糊的,又像明白,又像不明白。

这时她朗若曙星的眼光,似乎已经历历的看出我心中的症结。便问说:"在你未生之前,世界上有你没有? 在你既死之后,世界上有你没有?"我这时真不明白了,过了一会,忽然灵光一闪,觉得心下光明朗澈,欢欣鼓舞的说:"有,有,无论是生前,是死后,我还是我,'生'和'死'不过都是'无限之生的界线'就是了。"

她微笑说:"你明白了,我再问你,什么叫做'无限之生'?"我说:"'无限之生',就是天国,就是极乐世界。"她说:"这光明神圣的地方,是发现在你生前呢? 还是发现在你死后呢?"我说:"既然生前死后都是有我,这天国和极乐世界,就说是现在也有,也可以的。"

她说:"为什么现在世界上,就没有这样的地方呢?"我仿佛应道:"既然我们和万物都是结合的,到了完全结合的时候,便成了天国和极乐世界了,不过现在……"她止住了我的话,又说:"这样说来,天国和极乐世界,不是超出世外的,是不是呢?"我点了一点头。

她停了一会,便说:"我就是你,你就是我,我就是万物,万物就是太空:是不可分析,不容分析的。这样 —— 人和人中间的爱,人和万物,和太空中间的爱,是昙花么? 是泡影么? 那些英雄,帝王,杀伐争竞的事业,自然是虚空的了。我们要奔赴到那'完全结合'的那个事业,难道也是虚空的么? 去建设'完全结合'的事业的人,难道从造物者看来,是如同小蚁微尘么?"我一句话也说不出来,只含着快乐信仰的珠泪，抬头望着她。

　　她慢慢的举起手来，轻裾飘扬，那微妙的目光，悠扬着看我，琅琅的说：" 万全的爱，无限的结合，是不分生 —— 死 —— 人 —— 物的，无论什么，都不能抑制摧残他，你去罢，—— 你去奔那'完全结合'的道路罢！"

　　这时她慢慢的飘了起来，似乎要乘风飞举。我连忙拉住她的衣角说，"我往哪里去呢？那条路在哪里呢？"她指着天边说，"你迎着他走去罢。你看 —— 光明来了！"

　　轻软的衣裳，从我脸上拂过。慢慢的睁开眼，只见地平线边，漾出万道的霞光，一片的光明莹洁，迎着我射来。我心中充满了快乐，也微微的随她说道："光明来了！"

（原载北京《晨报》1920年4月30日）

遥寄印度哲人泰戈尔[①]

泰戈尔！美丽庄严的泰戈尔！当我越过"无限之生"的一条界线——生——的时候，你也已经越过了这条界线，为人类放了无限的光明了。

只是我竟不知道世界上有你——

在去年秋风萧瑟、月明星稀的一个晚上，一本书无意中将你介绍给我，我读完了你的传略和诗文——心中不作别想，只深深的觉得澄澈……凄美。

你的极端信仰——你的"宇宙和个人的灵中间有一大调和"的信仰；你的存蓄"天然的美感"，发挥"天然的美感"的诗词，都渗入我的脑海中，和我原来的"不能言说"的思想，一缕缕的合成琴弦，奏出缥缈神奇无调无声的音乐。

泰戈尔！谢谢你以快美的诗情，救治我天赋的悲感；谢谢你以超卓的哲理，慰藉我心灵的寂寞。

[①] 泰戈尔，印度诗人、作家、艺术家、社会活动家。1861年5月7日出生在西孟加拉邦加尔各答市。1878年赴英国学法律，继转入伦敦大学学习英国文学。1880年回国，专门从事文学活动。1913年荣获诺贝尔文学奖。

这时我把笔深宵，追写了这篇赞叹感谢的文字，只不过倾吐我的心思，何尝求你知道！

然而我们既在"梵"中合一了，我也写了，你也看见了。

一九二〇年八月三十夜

画 —— 诗

去年冬季大考的时候,我因为抱病,把《圣经》课遗漏了;第二天我好了,《圣经》课教授安女士,便叫我去补考。

那一天是阴天,虽然不下雪,空气却极其沉闷。我无精打采的,夹着一本《圣经》,绕着大院踏着雪,到她住的那座楼上,上了台阶,她已经站在门边,一面含笑着问我"病好了没有",一面带我到她的书房里去。她坐在摇椅上,我扶着椅背站在炉旁。她接过《圣经》,打开了;略略的问我几节诗篇上的诗句,以后就拿笔自己在本子上写字。我抬起头来,—— 无意中忽然看见了炉台上倚着的一幅画!

一片危峭的石壁,满附着蓬蓬的枯草。壁上攀援着一个牧人,背着脸,右手拿着竿子,左手却伸下去摩抚岩下的一只小羊,他的指尖刚及到小羊的头上。天空里却盘旋着几只饥鹰。画上的天色,也和那天一样,阴沉 —— 黯淡。

看! 牧人的衣袖上,挂着荆棘,他是攀崖逾岭的去寻找他的小羊,可怜的小羊! 它迷了路,地下是歧途百出,天上有饥鹰紧追着 —— 到了山穷水尽的地步了。牧人来了! 并不责备它,却仍旧爱护它。它又悲痛,又惭悔,又喜欢,只温柔羞怯的,仰着头,挨着牧人手边站着,动也不动。

我素来虽然极爱图画，也有一两幅的风景画，曾博得我半天的凝注。然而我对于它们的态度，却好像是它们来娱悦我，来求我的品鉴赏玩；因此从我这里发出来的，也只有赞叹的话语，和愉快的感情。

这幅画却不同了！它是暗示我，教训我，安慰我。它不容我说出一句话，只让我静穆沉肃的立在炉台旁边。

我注目不动，心中的感想，好似潮水一般的奔涌。一会儿忽然要下泪，这泪，是感激呢？是信仰呢？是得了慰安呢？它不容我说，我也说不出来——

这时安女士唤我一声；我回过头去，眼光正射到她膝上的《圣经》——诗篇——清清楚楚的几行字：

上帝是我的牧者——使我心里苏醒——

她翻过一页去。我的眼光也移过去，——那面又是清清楚楚的几行字：

诸天述说上帝的荣耀，穹苍传扬他手所创造的……无言无语……声音却流通地极！

那一天的光阴早过去了，那一天的别的印象，也都模糊了。但是这诗情和画意，却是从那时到现在永远没有离开我——

一九二〇年九月六日

（原载《燕大季刊》1920年9月第1卷第3期，署名谢婉莹。）

笑

雨声渐渐的住了,窗帘后隐隐的透进清光来。推开窗户一看,呀!凉云散了,树叶上的残滴,映着月儿,好似萤光千点,闪闪烁烁的动着。——真没想到苦雨孤灯之后,会有这么一幅清美的图画!

凭窗站了一会儿,微微的觉得凉意侵人。转过身来,忽然眼花缭乱,屋子里的别的东西,都隐在光云里;一片幽辉,只浸着墙上画中的安琪儿。——这白衣的安琪儿,抱着花儿,扬着翅儿,向着我微微的笑。

"这笑容仿佛在哪儿看见过似的,什么时候,我曾……"我不知不觉的便坐在窗口下想,——默默的想。

严闭的心幕,慢慢的拉开了,涌出五年前的一个印象。——一条很长的古道。驴脚下的泥,兀自滑滑的。田沟里的水,潺潺的流着。近村的绿树,都笼在湿烟里。弓儿似的新月,挂在树梢。一边走着,似乎道旁有一个孩子,抱着一堆灿白的东西。驴儿过去了,无意中回头一看。——他抱着花儿,赤着脚儿,向着我微微的笑。

"这笑容又仿佛是哪儿看见过似的!"我仍是想——默默的想。

又现出一重心幕来,也慢慢的拉开了,涌出十年前的一个印象。——茅檐下的雨水,一滴一滴的落到衣上来。土阶边的水泡儿,泛来泛去的乱转。门前的麦垄和葡萄架上,都濯得新黄嫩绿的非常鲜丽。——一会儿好容易雨晴了,连忙走下坡儿去。迎头看见月儿从海面上来了,猛然记得有件东西忘下了,站住了,回过头来。这茅屋里的老妇人——她倚着门儿,抱着花儿,向着我微微的笑。

这同样微妙的神情,好似游丝一般,飘飘漾漾的合了拢来,绾在一起。

这时心下光明澄静,如登仙界,如归故乡。眼前浮现的三个笑容,一时融化在爱的调和里看不分明了。

一九二〇年

(原载《小说月报》1921年1月第12卷第1号)

一朵白蔷薇

怎么独自站在河边上？这朦胧的天色，是黎明还是黄昏？何处寻问，只觉得眼前竟是花的世界。中间杂着几朵白蔷薇。

她来了，她从山上下来了。靓妆着，仿佛是一身缟白，手里抱着一大束花。

我说，"你来，给你一朵白蔷薇，好簪在襟上。"她微笑说了一句话，只是听不见。然而似乎我竟没有摘，她也没有戴，依旧抱着花儿，向前走了。

抬头望她去路，只见得两旁开满了花，垂满了花，落满了花。

我想白花终比红花好；然而为何我竟没有摘，她也竟没有戴？前路是什么地方，为何不随她走去？

都过去了，花也隐了，梦也醒了，前路如何？便摘也何曾戴！

一九二一年八月二十日追记

（原载北京《晨报》1921年8月26日）

梦

她回想起童年的生涯，真是如同一梦罢了！穿着黑色带金线的军服，佩着一柄短短的军刀，骑在很高大的白马上，在海岸边缓辔徐行的时候，心里只充满了壮美的快感，几曾想到现在的自己，是这般的静寂，只拿着一枝笔儿，写她幻想中的情绪呢？

她男装到了十岁，十岁以前，她父亲常常带她去参与那军人娱乐的宴会。朋友们一见都夸奖说，"好英武的一个小军人！今年几岁了？"父亲先一面答应着，临走时才微笑说，"他是我的儿子，但也是我的女儿。"

她会打走队的鼓，会吹召集的喇叭。知道毛瑟枪里的机关。也会将很大的炮弹，旋进炮腔里。五六年父亲身畔无意中的训练，真将她做成很矫健的小军人了。

别的方面呢？平常女孩子所喜好的事，她却一点都不爱。这也难怪她，她的四围并没有别的女伴，偶然看见山下经过的几个村里的小姑娘，穿着大红大绿的衣裳，裹着很小的脚。匆匆一面里，她无从知道她们平居的生活。而且她也不把这些印象，放在心上。一把刀，一匹马，便堪过尽一生了！女孩子的事，是何等的琐碎烦腻呵！当探海的电灯射在浩浩无边的大海上，发出一片一片的寒光，灯影下，旗影下，两排儿沉豪英毅的军官，在剑佩锵锵的声里，整齐严肃的一同举起杯来，祝中国万岁的时候，这光景，是怎样的使人涌出慷慨的快乐的眼泪呢？

她这梦也应当到了醒觉的时候了！人生就是一梦么？

十岁回到故乡去，换上了女孩子的衣服，在姊妹群中，学到了女儿情性：五色的丝线，是能做成好看的活计的；香的，美丽的花，是要插在头上的；镜子是妆束完时要照一照的；在众人中间坐着，是要说些很细腻很温柔的话的；眼泪是时常要落下来。女孩子是总有点脾气，带点娇贵的样子的。

这也是很新颖，很能造就她的环境——但她父亲送给她的一把佩刀，还长日挂在窗前。拔出鞘来，寒光射眼，她每每呆住了。白马呵，海岸呵，荷枪的军人呵……模糊中有无穷的怅惘。姊妹们在窗外唤她，她也不出去了。站了半天，只掉下几点无聊的眼泪。

她后悔么？也许是，但有谁知道呢！军人的生活，是怎样的造就了她的性情呵！黄昏时营幕里吹出来的笳声，不更是抑扬凄婉么？世界上软款温柔的境地，难道只有女孩儿可以占有么？海上的月夜，星夜，眺台独立倚枪翘首的时候：沉沉的天幕下，人静了，海也浓睡了，——"海天以外的家！"这时的情怀，是诗人的还是军人的呢？是两缕悲壮的丝交纠之点呵！

除了几点无聊的英雄泪，还有甚么？她安于自己的境地了！生命如果是圈儿般的循环，或者便从"将来"，又走向"过去"的道上去，但这也是无聊呵！

十年深刻的印象，遗留于她现在的生活中的，只是矫强的性质了——她依旧是喜欢看那整齐的步伐,听那悲壮的军笳。但与其说她是喜欢看,喜欢听,不如说她是怕看,怕听罢。

横刀跃马,和执笔沉思的她,原都是一个人,然而时代将这些事隔开了……

童年! 只是一个深刻的梦么?

一九二一年十月一日

(原载《燕大周刊》1923年3月10日第3期)

往　事（节选）
—— 生命历史中的几页图画

（一）

在别人只是模糊记着的事情，
　　然而在心灵脆弱者，
　　已经反复而深深地
　　　　镂刻在回忆的心版上了！

索性凭着深刻的印象，
　　将这些往事
　　移在白纸上罢——
再回忆时
　　不向心版上搜索了！

一

　　将我短小的生命的树，一节一节的斩断了，圆片般堆在童年的草地上。我要一片一片的拾起来看；含泪的看，微笑的看，口里吹着短歌的看。

难为他装点得一节一节,这般丰满而清丽!

我有一个朋友,常常说,"来生来生!"——但我却如此说:"假如生命是乏味的,我怕有来生。假如生命是有趣的,今生已是满足的了!"

第一个厚的圆片是大海;海的西边,山的东边,我的生命树在那里萌芽生长,吸收着山风海涛。每一根小草,每一粒沙砾,都是我最初的恋慕,最初拥护我的安琪儿。

这圆片里重叠着无数快乐的图画,憨嬉的图画,寂寞的图画,和泛泛无着的图画。

放下罢,不堪回忆!

第二个厚的圆片是绿阴;这一片里许多生命表现的幽花,都是这绿阴烘托出来的。有浓红的,有淡白的,有不可名色的……

晚晴的绿阴,朝雾的绿阴,繁星下指点着的绿阴,月夜花棚秋千架下的绿阴!

感谢这曲曲屏山!它圈住了我许多思想。

第三个厚的圆片,不是大海,不是绿阴,是什么?我不知道!

假如生命是无味的,我不要来生。假如生命是有趣的,今生已是满足的了。

三

"只是等着,等着,母亲还不回来呵!"

乳母在灯下睁着疲倦下垂的眼睛,说:"莹哥儿!不要尽着问我,你自己上楼去,在阑边望一望,山门内露出两盏红灯时,母亲便快来到了。"

我无疑地开了门出去,黑暗中上了楼——望着,望着,无有消息。绕过那边阑旁,正对着深黑的大海,和闪烁的灯塔。

幼稚的心,也和成人一般,一时的光明朗澈——我深思,我数着灯光明灭的数儿,数到第十八次。我对着未曾想见的命运,自己假定的起了怀疑。

"人生!灯一般的明灭,飘浮在大海之中。"——我起了无知的长太息。

生命之灯燃着了,爱的光从山门边两盏红灯中燃着了!

七

父亲的朋友送给我们两缸莲花,一缸是红的,一缸是白的,都摆在院子里。

八年之久,我没有在院子里看莲花了——但故乡的园院里,却有许多;不但有并蒂的,还有三蒂的,四蒂的,都是红莲。

九年前的一个月夜,祖父和我在园里乘凉。祖父笑着和我说,"我们园里最初开三蒂莲的时候,正好我们大家庭中添了你们三个姊妹。大家都欢喜,说是应了花瑞。"

半夜里听见繁杂的雨声,早起是浓阴的天,我觉得有些烦闷。从窗内往外看时,那一朵白莲已经谢了,白瓣儿小船般散飘在水面。梗上只留个小小的莲蓬,和几根淡黄色的花须,那一朵红莲,昨夜还是菡萏的,今晨却开满了,亭亭地在绿叶中间立着。

仍是不适意!——徘徊了一会子,窗外雷声作了,大雨接着就来,愈下愈大。那朵红莲，被那繁密的雨点，打得左右欹斜。在无遮蔽的天空之下，我不敢下阶去，也无法可想。

对屋里母亲唤着，我连忙走过去，坐在母亲旁边——一回头忽然看见红莲旁边的一个大荷叶，慢慢的倾侧了来，正覆盖在红莲上面……我不宁的心绪散尽了！

雨势并不减退，红莲却不摇动了。雨点不住的打着，只能在那勇敢慈怜的荷叶上面，聚了些流转无力的水珠。

我心中深深的受了感动——

母亲呵！你是荷叶，我是红莲。心中的雨点来了，除了你，谁是我在无遮拦天空下的荫蔽？

一九二二年七月二十一日

一四

每次拿起笔来，头一件事忆起的就是海。我嫌太单调了，常常因此搁笔。

每次和朋友们谈话，谈到风景，海波又侵进谈话的岸线里，我嫌太单调了，常常因此默然，终于无语。

一夜和弟弟们在院子里乘凉，仰望天河，又谈到海。我想索性今夜彻底的谈一谈海，看词锋到何时为止，联想至何处为极。

我们说着海潮，海风，海舟……最后便谈到海的女神。

涵说，"假如有位海的女神，她一定是'艳如桃李，冷若冰霜'的。"我不觉笑问，"这话怎讲！"

涵也笑道，"你看云霞的海上，何等明媚；风雨的海上，又是何等的阴沉！"

杰两手抱膝凝听着，这时便运用他最丰富的想象力，指点着说："她……她住在灯塔的岛上，海霞是她的扇旗，海鸟是她的侍从；夜里她曳着白衣蓝裳，头上插着新月的梳子，胸前挂着明星的璎珞；翩翩地飞行于海波之上……"

楫忙问，"大风的时候呢？"杰道："她驾着风车，狂飙疾转的在怒涛上驱走；她的长袖拂没了许多帆舟。下雨的时候，便是她忧愁了，落泪了，大海上一切都低头静默着。黄昏的时候，霞光灿然，便是她回波电笑，云发飘扬，丰神轻柔而潇洒……"

这一番话，带着画意，又是诗情，使我神往，使我微笑。

楫只在小椅子上，挨着我坐着，我抚着他，问，"你的话必是更好了，说出来让我们听听！"他本静静地听着，至此便抱着我的臂儿，笑道，"海太大了，我太小了，我不会说。"

我肃然——涵用折扇轻轻的击他的手，笑说，"好一个小哲学家！"

涵道："姊姊，该你说一说了。"我道，"好的都让你们说尽了——我只希望我们都像海！"

杰笑道，"我们不配做女神，也不要'艳如桃李，冷若冰霜'的。"

他们都笑了——我也笑说，"不是说做女神，我希望我们都做个'海化'的青年。像涵说的，海是温柔而沉静。杰说的，海是超绝而威严。楫说的更好了，海是神秘而有容，也是虚怀，也是广博……"

我的话太乏味了，楫的头渐渐的从我臂上垂下去，我扶住了，回身轻轻地将他放在竹榻上。

涵忽然说:"也许是我看的书太少了,中国的诗里,咏海的真是不多;可惜这么一个古国,上下数千年,竟没有一个'海化'的诗人!"

从诗人上,他们的谈锋便转移到别处去了——我只默默的守着楫坐着,刚才的那些话,只在我心中,反复地寻味——思想。

二〇

精神上的朋友宛因,和我的通讯里,曾一度提到死后,她说:"我只要一个白石的坟墓,四面矮矮的石阑,墓上一个十字架,再有一个仰天沉思的石像。……这墓要在山间幽静处,丛树阴中,有溪水徐流,你一日在世,有什么新开的花朵,替我放上一两束,其余的人,就不必到那里去。"

我看完这一段,立时觉得眼前涌现了一幅清幽的图画。但是我想来想去……宛因呵,你还未免太"人间化"了!

何如脚儿赤着,发儿松松的挽着,躯壳用缟白的轻绡裹着,放在一个空明莹澈的水晶棺里,用纱灯和细乐,一叶扁舟,月白风清之夜,将这棺儿送到海上,在一片挽歌声中,轻轻的系下,葬在海波深处。

想象吊者白衣如雪,几只大舟,首尾相接,耀以红灯,绕以清乐,一簇的停在波心。何等凄清,何等苍凉,又是何等豪迈!

以万顷沧波作墓田,又岂是人迹可勘? 即使专诚要来瞻礼,也只能下俯清波,遥遥凭吊。

更何必以人间暂时的花朵,到来娱悦海中永久的灵魂! 看天上的乱星孤月,水面的晚烟朝霞,听海风夜奔,海波夜啸。比新开的花,徐流的水,其壮美的程度相去又如何?

——从此穆然，超然，在神灵上下，鱼龙竞逐，珊瑚玉树交枝回绕的渊底，垂目长眠：那真是数千万年来人类所未享过的奇福！

至此搁笔，神志洒然，忽然忆起少作走韵的"集龚"中有："少年哀乐过于人，消息都妨父老惊；一事避君君匿笑，欲求缥缈反幽深。"——不觉一笑！

一九二二年七月三十一日

（原载《小说月报》1922年10月第13卷第10期）

（二）

她是翩翩的乳燕，
　横海飘游，
月明风紧，
　不敢停留——
在她频频回顾的
　飞翔里
总带着乡愁！

三

今夜林中月下的青山，无可比拟！仿佛万一，只能说是似娟娟的静女，虽是照人的明艳，却不飞扬妖冶；是低眉垂袖，璎珞矜严。

流动的光辉之中，一切都失了正色：松林是一片浓黑的，天空是莹白的,无边的雪地,竟是浅蓝色的了。这三色衬成的宇宙,充满了凝静,超逸与庄严;中间流溢着满空幽哀的神意,一切言词文字都丧失了,几乎不容凝视,不容把握!

今夜的林中,决不宜于将军夜猎——那从骑杂沓,传叫风生,会踏毁了这平整匀纤的雪地;朵朵的火燎,和生寒的铁甲,会缭乱了静冷的月光。

今夜的林中,也不宜于燃枝野餐——火光中的喧哗欢笑,杯盘狼藉,会惊起树上稳栖的禽鸟;踏月归去,数里相和的歌声,会叫破了这如怨如慕的诗的世界。

今夜的林中,也不宜于爱友话别,叮咛细语——凄意已足,语音已微;而抑郁缠绵,作茧自缚的情绪,总是太"人间的"了,对不上这晶莹的雪月,空阔的山林。

今夜的林中,也不宜于高士徘徊,美人掩映——纵使林中月下,有佳句可寻,有佳音可赏,而一片光雾凄迷之中,只容意念回旋,不容人物点缀。

我倚枕百般回肠凝想,忽然一念回转,黯然神伤……

今夜的青山只宜于这些女孩子,这些病中倚枕看月的女孩子!

假如我能飞身月中下视,依山上下曲折的长廊,雪色侵围阑外,月光浸着雪净的衾裯,逼着玲珑的眉宇。这一带长廊之中:万籁俱绝,万缘俱断,有如水的客愁,有如丝的乡梦,有幽感,有彻悟,有祈祷,有忏悔,有万千种话……

山中的千百日,山光松影重叠到千百回,世事从头减去,感悟逐渐侵来,已滤就了水晶般清澈的襟怀。这时纵是顽石钝根,也要思量万事,何况这些思深善怀的女子?

往者如观流水 —— 月下的乡魂旅思,或在罗马故宫,颓垣废柱之旁;或在万里长城,缺堞断阶之上;或在约旦河边,或在麦加城里;或超渡莱因河,或飞越落玑山;有多少魂销目断,是耶非耶? 只她知道!

来者如仰高山, —— 久久的徘徊在困弱道途之上,也许明日,也许今年,就揭卸病的细网,轻轻的试叩死的铁门!

天国泥犁,任她幻拟:是泛入七宝莲池? 是参谒白玉帝座? 是欢悦? 是惊怯? 有天上的重逢,有人间的留恋,有未成而可成的事功,有将实而仍虚的愿望;岂但为我? 牵及众生,大哉生命!

这一切,融合着无限之生一刹那顷,此时此地的,宇宙中流动的光辉,是幽忧,是彻悟,都已宛宛氤氲,超凡入圣 ——

万能的上帝,我诚何福? 我又何辜?……

一九二四年二月三十日夜,沙穰。

八

是除夜的酒后,在父亲的书室里。父亲看书,我也坐近书几,已是久久的沉默 ——

我站起,双手支颐,半倚在几上,我唤:"爹爹!"父亲抬起头来。"我想看守灯塔去。"

父亲笑了一笑,说:"也好,整年整月的守着海 —— 只是太冷寂一些。"说完仍看他的书。

我又说:"我不怕冷寂,真的,爹爹!"

父亲放下书说:"真的便怎样?"

这时我反无从说起了!我耸一耸肩,我说:"看灯塔是一种最伟大,最高尚,而又最有诗意的生活……"

父亲点头说:"这个自然!"他往后靠着椅背,是预备长谈的姿势。这时我们都感着兴味了。

我仍旧站着,我说:"只要是一样的为人群服务,不是独善其身;我们固然不必避世,而因着性之相近,我们也不必避'避世'!"

父亲笑着点头。

我接着:"避世而出家,是我所不屑做的,奈何以青年有为之身,受十方供养?"

父亲只笑着。

我勇敢的说:"灯台守的别名,便是'光明的使者'。他抛离田里,牺牲了家人骨肉的团聚,一切种种世上耳目纷华的娱乐,来整年整月的对着渺茫无际的海天。除却海上的飞鸥片帆,天上的云涌风起,不能有新的接触。除了骀荡的海风,和岛上崖旁转青的小草,他不知春至。我抛却'乐群',只知'敬业'……"

父亲说:"和人群大陆隔绝,是怎样的一种牺牲,这情绪,我们航海人真是透彻中边的了!"言次,他微叹。

我连忙说:"否,这在我并不是牺牲!我晚上举着火炬,登上天梯,我觉得有无上的倨傲与光荣。几多好男子,轻侮别离,弄潮破浪,狎习了海上的腥风,驱使着如意的桅帆,自以为不可一世,而在狂飙浓雾,海水山立之顷,他们却蹙眉低首,捧盘屏息,凝注着这一点高悬闪烁的光明！这一点是警觉，是慰安，是导引，然而这一点是由我燃着！"

父亲沉静的眼光中，似乎忽忽的起了回忆。

"晴明之日，海不扬波，我抱膝沙上，悠然看潮落星生。风雨之日，我倚窗观涛，听浪花怒撼崖石。我闭门读书，以海洋为师，以星月为友，这一切都是不变与永久。

"三五日一来的小艇上，我不断的得着世外的消息，和家人朋友的书函；似暂离又似永别的景况，使我们永驻在'的的如水'的情谊之中。我可读一切的新书籍，我可写作，在文化上，我并不曾与世界隔绝。"

父亲笑说："灯塔生活，固然极其超脱，而你的幻象，也未免过于美丽。倘若病起来，海水拍天之间，你可怎么办？"

我也笑道："这个容易——一时虑不到这些！"

父亲道："病只关你一身，误了燃灯，却是关于众生的光明……"

我连忙说："所以我说这生活是伟大的！"

父亲看我一笑，笑我词支，说："我知道你会登梯燃灯；但倘若有大风浓雾，触石沉舟的事，你须鸣枪，你须放艇……"

我郑重的说："这一切，尤其是我所深爱的。为着自己，为着众生，我都愿学！"

父亲无言，久久，笑道："你若是男儿，是我的好儿子！"

我走近一步，说："假如我要得这种位置，东南沿海一带，爹爹总可为力？"

父亲看着我说："或者……但你为何说得这般的郑重？"

我肃然道："我处心积虑已经三年了！"

父亲敛容，沉思的抚着书角，半天，说："我无有不赞成，我无有不为力。为着去国离家，吸受海上腥风的航海者，我忍心舍遣我唯一的弱女,到岛山上点起光明。但是,唯一的条件,灯台守不要女孩子!"

我木然勉强一笑,退坐了下去。

又是久久的沉默——

父亲站起来,慰安我似的:"清静伟大,照射光明的生活,原不止灯台守,人生宽广的很!"

我不言语。坐了一会,便掀开帘子出去。

弟弟们站在院子的四隅,燃着了小爆竹。彼此抛掷,欢呼声中,偶然有一两支掷到我身上来,我只笑避——实在没有同他们追逐的心绪。

回到卧室,黑沉沉的歪在床上。除夕的梦纵使不灵验,万一能梦见,也是慰情聊胜无。我一念至诚的要入梦,幻想中画出环境,暗灰色的波涛,岿然的白塔……

一夜寂然——奈何连个梦都不能做!

这是两年前的事了,我自此后,禁绝思虑,又十年不见灯塔,我心不乱。

这半个月来,海上瞥见了六七次,过眼时只悄然微叹。失望的心情,不愿它再兴起。而今夜浓雾中的独立,我竟极奋迅的起了悲哀!

丝雨濛濛里,我走上最高层,倚着船阑,忽然见天幕下,四塞的雾点之中,夹岸两嶂淡墨画成似的岛山上,各有一点星光闪烁——

船身微微的左右欹斜,这两点星光,也徐徐的在两旁隐约起伏。光线穿过雾层,莹然,灿然,直射到我的心上来,如招呼,如接引,我无言,久——久,悲哀的心弦,开始策策而动!

有多少无情有恨之泪,趁今夜都向这两点星光挥洒!凭吟啸的海风，带这两年前已死的密愿，直到塔前的光下——

从兹了结！拈得起，放得下，愿不再为灯塔动心，也永不作灯塔的梦，无希望的永古不失望，不希冀那不可希冀的，永古无悲哀！

愿上帝祝福这两个塔中的燃灯者！——愿上帝祝福有海水处，无数塔中的燃灯者！愿海水向他长绿，愿海山向他长青！愿他们知道自己是这一隅岛国上无冠的帝王，只对他们，我愿致无上的颂扬与羡慕！

一九二三年八月二十八日，太平洋舟中。

附注：

每篇末的日月，是那段"往事"发生的时期与地点，和写作的时地，是不相干的。

（原载《小说月报》1924年7月第15卷第7号）

到青龙桥去

如火如荼的国庆日,却远远的避开北京城,到青龙桥去。

车慢慢的开动了,只是无际的苍黄色的平野,和连接不断的天末的远山。——愈往北走,山愈深了。壁立的岩石,屏风般从车前飞过。不时有很浅的浓绿色的山泉,在岩下流着。山半柿树的叶子,经了秋风,已经零落了,只剩有几个青色半熟的柿子挂在上面。山上的枯草,迎着晨风,一片的和山偃动,如同一领极大的毛毡一般。

"原也是很伟秀的,然而江南……"我无聊的倚着空冷的铁炉站着。

她们都聚在窗口谈笑,我眼光穿过她们的肩上,凝望着那边角里坐着的几个军人。

"军人!"也许潜藏在我的天性中罢,我在人群中常常不自觉的注意军人。

世人呵!饶恕我!我的阅历太浅薄了,真是太浅薄了!我的阅历这样的告诉我,我也只能这样忠诚而勇敢的告诉世人,说:"我有生以来,未曾看见过像我在书报上所看的,那种兽性的,沉沦的,罪恶的军人!"

也许阅历欺哄我,但弱小的我,却不敢欺哄世人!

一个朋友和我说,——那时我们正在院里,远远的看我们军人的同学盘杠子——"我每逢看见灰黄色的衣服的人,我就起一种憎嫌和恐怖的战栗。"我看着她郑重的说:"我从来不这样想,我看见他们,永远起一种庄肃的思想!"她笑道:"你未曾经过兵祸罢!"我说:"你呢?"她道:"我也没有,不过我常常从书报上,看见关于恶虐的兵士们的故事……"

我深深的悲哀了! 在我心中,数年来潜在的隐伏着不能言说的怜悯和抑屈! 文学家呵! 怎么呈现在你们笔底的佩刀荷枪的人,竟尽是这样的疯狂而残忍? 平民的血泪流出来了,军人的血泪,却洒向何处?

笔尖下抹杀了所有的军人,将混沌的,一团黑暗暴虐的群众,铭刻在人们心里。从此严肃的军衣,成了赤血的标帜;忠诚的兵士,成了撒旦的随从。可怜的军人,从此在人们心天中,没有光明之日了!

虽然阅历决然毅然的这般告诉我,我也不敢不信,一般文学家所写的是真确的。军人的群众也和别的群众一般,有好人也更有坏人。然而造成人们对于全体的灰色黄色衣服的人,那样无缘故无条件,概括的厌恶,文学家,无论如何,你们不得辞其咎!

也讲一讲人道罢! 将这些勇健的血性的青年,从教育的田地上夺出来,关闭在黑暗恶虐的势力范围里,叫他们不住的吸收冷酷残忍的习惯,消灭他友爱怜悯的本能。有事的时候,驱他们到残杀同类的死地上去;无事的时候,叫他穿着破烂的军衣,吃的是黑面,喝的是冷水,三更半夜的起来守更走队,在悲笳声中度生活。家里的信来了:"我们要吃饭!"回信说:"没有钱,我们欠饷七个月了! ——"可怜的中华民国的青年男子呵! 山穷水尽的途上,哪里是你们的歧路? ……

我的思潮，那时无限制的升起。无数的观念奔凑，然而时间只不过一瞬。

车门开了，走进三个穿军服的人。第一个，头上是粉红色的帽箍，穿着深黄色的呢外套，身材很高，后面两个略矮一些，只穿着平常的黄色军服，鱼贯的从人丛中，经过我们面前，便一直走向那几个兵丁坐的地方去。

她们略不注意的仍旧看着窗外，或相对谈笑。我却静默的，眼光凝滞的随着他们。

那边一个兵丁站起来了。两块红色的领章，围住瘦长的脖子，显得他的脸更黑了。脸上微微的有点麻子，中人身材，他站起来，只到那稽查的肩际。

粉红色帽箍的那个稽查，这时正侧面对着我们。我看得真切：圆圆的脸，短短的眉毛，肩膊很宽，细细的一条皮带，束在腰上，两手背握着。白绒的手套已经微污了，臂上缠的一块白布，也成了灰色的了，上面写着"察哈尔总站，军警稽查……"以下的字背着我们看不见了。

他沉声静气的问："你是哪里的，要往哪里去？"那个兵丁笔直的站着，听问便连忙解开外面军衣的钮扣，从里衣袋里，掏出一张名片和护照来，无言的递上。——也许曾说了几句话，但声音很低，我听不见。稽查凝视着他，说："好，但是我们公事公办，就是大总统的片子，也当不了车票呵！而且这护照也只能坐慢车。弟兄！到站等着去罢，只差一点钟工夫！"

军人们！饶恕我那时不道德的揣想。我想那兵丁一定大怒了！我恐怕有个很大的争闹，不觉的退后了，更靠近窗户，好像要躲开流血的事情似的。

稽查将片子放在自己的袋里——那个兵丁低头的站着，微麻的脸上，充满了彷徨，无主，可怜。侧面只看见他很长的睫毛，不住的上下瞬动。

火车仍旧风驰电掣的走着。他至终无言的坐下，呆呆的望着窗外。背后看去，只有那戴着军帽，剪得很短头发的头，和我们在同一的速率中，左右微微动摇。

我深深吸了一口气，放下心来，却立时起了一种极异样的感觉！

到了站了！他无力的站起，提着包儿，往外就走。对面来了一个女人，他侧身恭敬的让过。经过稽查面前，点点头就下车去了。

稽查正和另一个兵丁问答。这个兵丁较老一点，很瘦的脸，眉目间处处显出困倦无力。这时却也很直的站着，声音很颤动，说："我是在……陈副官公馆里，他差我到……去。"一面也郑重的呈上一张片子。稽查的脸仍旧紧张着，除了眼光上下之外，不见有丝毫情感的表现，他仍旧凝重的说："我知道现在军事是很忙的，我不是不替弟兄们留一线之路。但是一张片子，公事上说不过去。陈副官既是军事机关上的人，他更不能不知道火车上的规矩——你也下去罢！"

老兵丁无言的也下车去了。

稽查转过身来，那边两个很年轻的兵丁，连忙站起，先说："我们到西苑去。"稽查看了护照，笑了笑说："好，你们也坐慢车罢！看你们的服章，军界里可有你们这样不整齐的？国家的体面，哪里去了？车上这许多外国人，你们也不怕他们笑话！"随在稽查后面的两个军人，微笑的上前，将他们带着线头，拖在肩上的两块领章扶起。那两个少年兵丁，惭愧的低头无语。

　　稽查开了门，带着两个助手，到前面车上去了。

　　车门很响的关了，我如梦方醒，周身起了一种细微的战栗。——不是憎嫌，不是恐怖，定神回想，呀！竟是最深的惭愧与赞美！

　　一共是七个人：这般凝重，这般温柔，这样的服从无抵抗！我不信这些情景，只呈露在我的前面……

　　登上万里长城了！乱山中的城头上，暗淡飘忽的日光下，迎风独立。四周充满了寂寞与荒凉。除了浅黄色一串的骆驼，从深黄色的山脚下，徐徐走过之外，一切都是单调的！看她们头上白色的丝巾，三三两两的，在城上更远更高处拂拂吹动。我自己留在城半。在我理想中易起感慨的，数千年前伟大建筑物的长城上，呆呆的站着，竟一毫感慨都没有起！

　　只那几个军人严肃而温柔的神情，平和而庄重的言语，和他们所不自知的，在人们心中无明不白的厌恶：这些事，都重重的压在我弱小的灵魂上——受着天风，我竟不知道世界上还有个我没有！

一九二二年十月十二日夜

（原载《晨报副镌》1922年10月26日）

闲　情

　　弟弟从我头上，拔下发针来，很小心的挑开了一本新寄来的月刊。看完了目录，便反卷起来，握在手里笑说："莹哥，你真是太沉默了，一年无有消息。"

　　我凝思地，微微答以一笑。

　　是的，太沉默了！然而我不能，也不肯忙中偷闲；不自然地，造作地，以应酬为目的地，写些东西。

　　病的神慈悲我，竟赐予我以最清闲最幽静的七天。

　　除了一天几次吃药的时间，是苦的以外，我觉得没有一时，不沉浸在轻微的愉快之中。——庭院无声。枕簟生凉。温暖的阳光，穿过苇帘，照在淡黄色的壁上。浓密的树影，在微风中徐徐动摇。窗外不时的有好鸟飞鸣。这时世上一切，都已抛弃隔绝，一室便是宇宙，花影树声，都含妙理。是一年来最难得的光阴呵，可惜只有七天！

　　黄昏时，弟弟归来，音乐声起，静境便恚然破了。一块暗绿色的绸子，蒙在灯上，屋里一切都是幽凉的，好似悲剧的一幕。镜中照见自己玲珑的白衣，竟悄然的觉得空灵神秘。当屋隅的四弦琴，颤动着，生涩的，徐徐奏起。两个歌喉，由不同的调子，渐渐合一。由悠扬，而宛转；

由高吭，而沉缓的时候，怔忡的我，竟感到了无限的怅惘与不宁。

小孩子们真可爱，在我睡梦中，偷偷的来了，放下几束花，又走了。小弟弟拿来插在瓶里，也在我睡梦中，偷偷的放在床边几上。——开眼瞥见了，黄的和白的，不知名的小花，衬着淡绿的短瓶。……原是不很香的，而每朵花里，都包含着天真的友情。

终日休息着，睡和醒的时间界限，便分得不清。有时在中夜，觉得精神很圆满。——听得疾雷杂以疏雨，每次电光穿入，将窗台上的金钟花，轻淡清澈的映在窗帘上，又急速的隐抹了去。而余影极分明的，印在我的脑膜上。我看见"自然"的淡墨画，这是第一次。

得了许可，黄昏时便出来疏散。轻凉袭人。迟缓的步履之间，自觉很弱，而弱中隐含着一种不可言说的愉快。这情景恰如小时在海舟上，——我完全不记得了，是母亲告诉我的，——众人都晕卧，我独不理会，颠顿的自己走上舱面，去看海。凝注之顷，不时的觉得身子一转，已跌坐在甲板上，以为很新鲜，很有趣。每坐下一次，便喜笑个不住，笑完再起来，希望再跌倒。忽忽又是十余年了，不想以弱点为愉乐的心情，至今不改。

一个朋友写信来慰问我，说：

"东坡云'因病得闲殊不恶'，我亦生平善病者，故知能闲真是大工夫，大学问。……如能于养神之外，偶阅《维摩经》尤妙，以天女能道尽众生之病，断无不能自己其病也！恐扰清神，余不敢及。"

因病得闲，是第一惬心事，但佛经却没有看。

一九二二年六月十二日

（原载《晨报副镌》1923年6月15日）

寄小读者（节选）

通讯四

小朋友：

好容易到了临城站，我走出车外。只看见一大队兵，打着红旗，上面写着"……第二营……"又放炮仗，又吹喇叭；此外站外只是远山田垄，更没有什么。我很失望，我竟不曾看见一个穿夜行衣服，带镖背剑，来去如飞的人。

自此以南，浮云蔽日。轨道旁时有小湫。也有小孩子，在水里洗澡游戏。更有小女儿，戴着大红花，坐在水边树底作活计，那低头穿线的情景，煞是温柔可爱。

过南宿州至蚌埠，轨道两旁，雨水成湖。湖上时有小舟来往。无际的微波，映着落日，那景物美到不可描画。——自此人民的口音，渐渐的改了，我也渐渐的觉得心怯，也不知道为什么。

过金陵正是夜间，上下车之顷，只见隔江灯火灿然。我只想像着城内的秦淮莫愁，而我所能看见的，只是长桥下微击船舷的黄波浪。

五日绝早过苏州。两夜失眠，烦困已极，而窗外风景，浸入我倦乏的心中，使我悠然如醉。江水伸入田垄，远远几架水车，一簇一簇的茅亭农舍，树围水绕，自成一村。水漾轻波，树枝低亚。当几个农妇挑着担儿，荷着锄儿，从那边走过之时，真不知是诗是画！

有时远见大江，江帆点点，在晓日之下，清极秀极。我素喜北方风物，至此也不得不倾倒于江南之雅澹温柔。

晨七时半到了上海，又有小孩子来接，一声"姑姑"，予我以无限的欢喜——到此已经四五天了，休息之后，俗事又忙个不了。今夜夜凉如水，灯下只有我自己。在此静夜极难得，许多姊妹兄弟，知道我来，多在夜间来找我乘凉闲话。我三次拿起笔来，都因门环响中止，凭阑下视，又是哥哥姊姊来看望我的。我慰悦而又惆怅，因为三次延搁了我所乐意写的通讯。

这只是沿途的经历，感想还多，不愿在忙中写过，以后再说。夜深了，容我说晚安罢！

冰　心
一九二三年八月九日，上海。

通　讯　九

这是我姊姊由病院寄给父亲的一封信，描写她病中的生活和感想，真是比日记还详。我想她病了，一定不能常写信给"儿童世界"的小读者。也一定有许多的小读者，希望得着她的消息。所以我请于父亲，将她这封信发表。父亲允许了，我就略加声明当作小引，想姊姊不至责我多事？

一九二四年一月二十二日，冰仲，北京交大。

亲爱的父亲：

我不愿告诉我的恩慈的父亲，我现在是在病院里；然而尤不愿有我的任一件事，隐瞒着不叫父亲知道！横竖信到日，我一定已经痊愈，病中的经过，正不妨作记事看。

自然又是旧病了，这病是从母亲来的。我病中没有分毫不适，我只感谢上苍，使母亲和我的体质上，有这样不模糊的连结。血赤是我们的心，是我们的爱，我爱母亲，也并爱了我的病！

前两天的夜里——病院中没有日月，我也想不起来——S女士请我去晚餐。在她小小的书室里，灭了灯，燃着闪闪的烛，对着熊熊的壁炉的柴火，谈着东方人的故事。——一回头我看见一轮淡黄的月，从窗外正照着我们；上下两片轻绡似的白云，将她托住。S女士也回头惊喜赞叹，匆匆的饮了咖啡，披上外衣，一同走了出去。——原来不仅月光如水，疏星也在天河边闪烁。

她指点给我看：那边是织女，那个是牵牛，还有仙女星，猎户星，孪生的兄弟星，王后星，末后她悄然的微笑说："这些星星方位和名字，我——牢牢记住。到我衰老不能行走的时候，我卧在床上，看着疏星从我窗外度过，那时便也和同老友相见一般的喜悦。"她说着起了微喟。月光照着她飘扬的银白的发，我已经微微的起了感触：如何的凄清又带着诗意的句子呵！

我问她如何会认得这些星辰的名字,她说是因为她的弟弟是航海家的缘故,这时父亲已横上我的心头了!

记否去年的一个冬夜,我同母亲夜坐,父亲回来的很晚。我迎着走进中门,朔风中父亲带我立在院里,也指点给我看:这边是天狗,那边是北斗,那边是箕星。那时我觉得父亲的智慧是无限的,知道天空缥缈之中,一切微妙的事,——又是一年了!

月光中S女士送我回去,上下的曲径上,缓缓的走着。我心中悄然不怡——半夜便病了。

早晨还起来,早餐后又卧下。午后还上了一课,课后走了出来,天气好似早春,慰冰湖波光荡漾。我慢慢的走到湖旁,临流坐下,觉得弱又无聊。晚霞和湖波的细响,勉强振起我的精神来,黄昏时才回去。夜里九时,她们发觉了,立时送我入了病院。

医院是在小山上学校的范围之中,夜中到来看不真切。医生和看护妇在灯光下注视着我的微微的笑容,使我感到一种无名的感觉。——一夜很好,安睡到了天晓。

早晨绝早,看护妇抱着一大束黄色的雏菊,是闭璧楼同学送来的。我忽然下泪忆起在国内病时床前的花了,——这是第一次。

这一天中睡的时候最多,但是花和信,不断的来,不多时便屋里满了清香。玫瑰也有,菊花也有,还有许多不知名的。每封信都很有趣味,但信末的名字我多半不认识。因为同学多了,只认得面庞,名字实在难记!

我情愿在这里病,饮食很精良,调理的又细心。我一切不必自己劳神,连头都是人家替我梳的。我的床一日推移几次,早晨便推近窗前。

外望看见礼拜堂红色的屋顶和塔尖,看见图书馆,更隐隐的看见了慰冰湖对岸秋叶落尽,楼台也露了出来。近窗有一株很高的树,不知道是什么名字。昨日早上,我看见一只红头花翎的啄木鸟,在枝上站着,好一会才飞走。又看见一头很小的松鼠,在上面往来跳跃。

从看护妇递给我的信中,知道许多师长同学来看我,都被医生拒绝了。我自此便闭居在这小楼里,——这屋里清雅绝尘,有加无已的花,把我围将起来。我神志很清明,却又混沌,一切感想都不起,只停在"臣门如市,臣心如水"的状态之中。

何从说起呢? 不时听得电话的铃声响:

"……医院……她么?……很重要……不许接见……眠食极好,最要的是静养,……书等明天送来罢,……花和短信是可以的……"

差不多都是一样的话,我倚枕模糊可以听见。猛忆起今夏病的时候,电话也一样的响,冰仲弟说:

"姊姊么——好多了,谢谢!"

觉得我真是多事,到处叫人家替我忙碌——这一天在半醒半睡中度过。

第二天头一句问看护妇的话,便是"今天许我写字么?"她笑说:"可以的,但不要写的太长。"我喜出望外,第一封便写给家里,报告我平安。不是我想隐瞒,因不知从哪里说起。第二封便给了闭璧楼九十六个"西方之人兮"的女孩子。我说:

"感谢你们的信和花带来的爱!——我卧在床上,用悠暇的目光,远远看着湖水,看着天空。偶然也看见草地上,图书馆,礼堂门口进出的你们。我如何的幸福呢？没有那几十页的诗，当功课的读。没有晨兴钟，促我起来。我闲闲的背着诗句，看日影渐淡，夜中星辰当着我的窗户；如不是因为想你们，我真不想回去了！"

信和花仍是不断的来。黄昏时看护妇进来，四顾室中，她笑着说："这屋里成了花窖了。"我喜悦的也报以一笑。

我素来是不大喜欢菊花的香气的，竟不知她和着玫瑰花香拂到我的脸上时，会这样的甜美而浓烈！——这时趁了我的心愿了！日长昼永，万籁无声。一室之内，惟有花与我。在天然的禁令之中，杜门谢客，过我的清闲回忆的光阴。

把往事一一提起，无一不使我生美满的微笑。我感谢上苍：过去的二十年中，使我一无遗憾，只有这次的别离，忆起有些儿惊心！

B夫人早晨从波士顿赶来，只有她闯入这清严的禁地里。医生只许她说，不许我说。她双眼含泪，苍白无主的面颜对着我，说："本想我们有一个最快乐的感恩节……然而不要紧的，等你好了，我们另有一个……"

我握着她的手，沉静的不说一句话。等她放好了花，频频回顾的出去之后，望着那"母爱"的后影，我潸然泪下——这是第二次。

夜中绝好，是最难忘之一夜。在众香国中，花气氤氲。我请看护妇将两盏明灯都开了，灯光下，床边四围，浅绿浓红，争妍斗媚，如低眉，如含笑。窗外严净的天空里，疏星炯炯，枯枝在微风中，颤摇有声。我凝然肃然，此时此心可朝天帝！

猛忆起两句：

　　消受白莲花世界，
　　风来四面卧中央。

这福是不能多消受的！果然，看护妇微笑的进来，开了窗，放下帘子，挪好了床，便一瓶一瓶的都抱了出去，回头含笑对我说："太香了，于你不宜，而且夜中这屋里太冷。"——我只得笑着点首，然终留下了一瓶玫瑰，放在窗台上。在黑暗中，她似乎知道现在独有她慰藉我，便一夜的温香不断——

"花怕冷，我便不怕冷么？"我因失望起了疑问，转念我原是不应怕冷的，便又寂然心喜。

日间多眠，夜里便十分清醒。到了连书都不许看时，才知道能背诵诗句的好处，几次听见车声隆隆走过，我忆起：

　　水调歌从邻院度，
　　雷声车是梦中过。

朋友们送来一本书，是

Student's Book of Inspiration

内中有一段恍惚说：

"世界上最难忘的是自然之美，……有人能增加些美到世上去，这人便是天之骄子。"

真的，最难忘的是自然之美！今日黄昏时，窗外的慰冰湖，银海一般的闪烁，意态何等清寒？秋风中的枯枝，丛立在湖岸上，何等疏远？秋云又是如何的幻丽？这广场上忽阴忽晴，我病中的心情，又是何等的飘忽无着？

沉黑中仍是满了花香，又忆起：

　　到死未消兰气息，
　　他生宜护玉精神！

父亲！这两句我不应写了出来，或者会使你生无谓的难过。但我欲其真，当时实是这样忽然忆起来的。

没有这般的孤立过，连朋友都隔绝了，但读信又是怎样的有趣呢？

一个美国朋友写着：

"从村里回来，到你屋去，竟是空空。我几乎哭了出来！看见你相片立在桌上，我也难过。告诉我，有什么我能替你做的事情，我十分乐意听你的命令！"

又一个写着说：

"感恩节近了，快康健起来罢！大家都想你，你长在我们的心里！"

但一个日本的朋友写着：

"生命是无定的,人们有时虽觉得很近,实际上却是很远。你和我隔绝了,但我觉得你是常常近着我!"

中国朋友说:

"今天怎么样,要看什么中国书么?"

都只寥寥数字,竟可见出国民性——一夜从杂乱的思想中度过。

清早的时候,扫除橡叶的马车声,辗破晓静。我又忆起:

马蹄隐隐声隆隆,
入门下马气如虹。

底下自然又连带到:

我今垂翅负天鸿,
他日不羞蛇作龙!

这时天色便大明了。

今天是感恩节,窗外的树枝都结上严霜,晨光熹微,湖波也凝而不流,做出初冬天气。——今天草场上断绝人行,个个都回家过节去了。美国的感恩节如同我们的中秋节一般,是家族聚会的日子。

父亲! 我不敢说是"每逢佳节倍思亲",因为感恩节在我心中,并没有什么甚深的观念。然而病中心情,今日是很惆怅的。花影在壁,花香在衣。

濛濛的朝霭中，我默望窗外，万物无语，我不禁泪下。——这是第三次。

幸而我素来是不喜热闹的。每逢佳节，我想到幽静的地方去。今年此日避到这小楼里，也是清福。昨天偶然忆起辛幼安的《青玉案》：

众里寻他千百度——
　　蓦然回首，
　　　　那人却在
　　　　　　灯火阑珊处。

我随手便记在一本书上，并附了几个字：
"明天是感恩节，人家都寻欢乐去了，我却闭居在这小楼里。然而忆到这孤芳自赏，别有怀抱的句子，又不禁喜悦的笑了。"

花香缠绕笔端，终日寂然。我这封信时作时辍，也用了一天工夫。医生替我回绝了许多朋友，我恍惚听见她电话里说：
"她今天看着中国的诗，很平静，很喜悦！"
我便笑了，我昨天倒是看诗，今天却是拿书遮着我的信纸。父亲！我又淘气了！

看护妇的严净的白衣，忽然现在我的床前。她又送一束花来给我——同时她发觉了我写了许多，笑着便来禁止，我无法奈她何。——她走了，她实是一个最可爱的女子，当她在屋里蹀躞之顷，无端有"身长玉立"四字浮上脑海。

　　当父亲读到这封信时,我已生龙活虎般在雪中游戏了,不要以我置念罢!——寄我的爱与家中一切的人!我记念着他们每一个!

　　这回真不写了,——父亲记否我少时的一夜,黑暗里跑到山上的旗台上去找父亲,一星灯火里,我们在山上下彼此唤着。我一忆起,心中就充满了爱感。如今是隔着我们挚爱的海洋呼唤着了!亲爱的父亲,再谈罢,也许明天我又写信给你!

女儿莹倚枕
一九二三年十一月二十九日。

通讯十一

小朋友:

　　从圣卜生医院寄你们一封长信之后,又是二十天了。十二月十三之晨,我心酸肠断,以为从此要尝些人生失望与悲哀的滋味,谁知却有这种柳暗花明的美景。但凡有知,能不感谢!

　　小朋友们知道我不幸病了,我却没有想到这病是须休息的,所以当医生缓缓的告诉我的时候,我几乎神经错乱。十三,十四两夜,凄清的新月,射到我的床上,瘦长的载霜的白杨树影,参错满窗。——我深深的觉出了宇宙间的凄楚与孤立。一年来的计划,全归泡影,连我自己一身也不知是何底止。秋风飒然,我的头垂在胸次。我竟恨了西半球的月,一次是中秋前后两夜，第二次便是现在了，我竟不知明月能伤人至此！

　　昏昏沉沉的过了两日，十五早起，看见遍地是雪，空中犹自飞舞，湖上凝阴，意态清绝。我肃然倚窗无语，对着慰冰纯洁的钱筵，竟麻木不知感谢。下午一乘轻车，几位师长带着心灰意懒的我，雪中驰过深林，上了青山（The Blue Hills），到了沙穰疗养院。

　　如今窗外不是湖了，是四围山色之中，丛密的松林，将这座楼圈将起来。清绝静绝，除了一天几次火车来往，一道很浓的白烟从两重山色中串过，隐隐的听见轮声之外，轻易没有什么声息。单弱的我，拼着颓然的在此住下了！

　　一天一天的过去觉得生活很特别。十二岁以前半玩半读的时候不算外，这总是第一次抛弃一切，完全来与"自然"相对。以读书，凝想，赏明月，看朝霞为日课。有时夜半醒来，万籁俱寂，皓月中天，悠然四顾，觉得心中一片空灵。我纵欲修心养性，哪得此半年空闲，幕天席地的日子，百忙中为我求安息，造物者！我对你安能不感谢？

　　日夜在空旷之中，我的注意就有了更动。早晨朝霞是否相同？夜中星辰曾否转移了位置？都成了我关心的事。在月亮左侧不远，一颗很光明的星，是每夜最使我注意的。自此稍右，三星一串，闪闪照人，想来不是"牵牛"就是"织女"。此外秋星窈窕，都罗列在我的枕前。就是我闭目宁睡之中，它们仍明明在上临照我，无声的环立，直到天明，将我交付与了朝霞，才又无声的历落隐入天光云影之中。

　　说到朝霞，我要搁笔，只能有无言的赞美。我所能说的就是朝霞颜色的变换，和晚霞恰恰相反。晚霞的颜色是自淡而浓，自金红而碧紫。朝霞的颜色是自浓而深，自青紫而深红，然后一轮朝日，从松岭捧将上来，大地上一切都从梦中醒觉。

便是不晴明的天气，夜卧听檐上夜雨，也是心宁气静。头两夜听雨的时候，忆起什么"……第一是难听夜雨！天涯倦旅，此时心事良苦……""洒空阶更阑未休……似楚江暝宿，风灯零乱，少年羁旅……""……可惜流年，忧愁风雨，树犹如此……""……细雨梦回鸡塞远，小楼吹彻玉笙寒……"等句，心中很惆怅的，现在已好些了。小朋友！我笔不停挥，无意中写下这些词句。你们未必看过，也未必懂得，然而你们尽可不必研究。这些话，都在人情之中，你们长大时，自己都会写的，特意去看，反倒无益。

山中虽不大记得日月，而圣诞的观念，却充满在同院二十二个女孩的心中。二十四夜在楼前雪地中间的一棵松树上，结些灯彩，树巅一颗大星星，树下更挂着许多小的。那夜我照常卧在廊下，只有十二点钟光景，忽然柔婉的圣诞歌声，沉沉的将我从浓睡中引将出来。开眼一看，天上是月，地下是雪，中间一颗大灯星，和一个猛醒的人。这一切完全了一个透彻晶莹的世界！想起一千九百二十三年前，一个纯洁的婴孩，今夜出世，似他的完全的爱，似他的完全的牺牲，这个彻底光明柔洁的夜，原只是为他而有的。我侧耳静听，忆起旧作《天婴》中的两节：

马槽里可能睡眠？
凝注天空——
这清亮的歌声，
珍重的诏语，
催他思索，

想只有泪珠盈眼,
　热血盈腔。

奔赴着十字架,
　奔赴着荆棘冠,
想一生何曾安顿?
　繁星在天,
　　夜色深深,
开始的负上罪担千钧!

　　此时心定如冰,神清若水,默然肃然,直至歌声渐远,隐隐的只余山下孩童奔逐欢笑祝贺之声,我渐渐又入梦中。梦见冰仲肩着四弦琴,似愁似喜的站在我面前拉着最熟的调子是"我如何能离开你?"声细如丝,如不胜清怨,我凄惋而醒。天幕沉沉,正是圣诞日!

　　朝阳出来的时候,四围山中松梢的雪,都映出粉霞的颜色。一身似乎拥在红云之中,几疑自己已经仙去。正在凝神,看护妇已出来将我的床从廊上慢慢推到屋里,微笑着道了"圣诞大喜",便捧进几十个红丝缠绕,白纸包裹的礼物来,堆在我的床上。一包一包的打开,五光十色的玩具和书,足足的开了半点钟。我喜极了,一刹那顷童心来复,忽然想要跑到母亲床前去,摇醒她,请她过目。猛觉一身在万里外!……只无聊的随便拿起一本书来,颠倒的,心不在焉的看。

　　这座楼素来没有火,冷清清的如同北冰洋一般。难得今天开了一天的汽管,也许人坐在屋里,觉得适意一点。果点和玩具和书,都堆叠在

散文　寄小读者（节选）

桌上，而弟弟们以及小朋友们却不能和我同乐。一室寂然，窗外微阴，雪满山中。想到如这回不病，此时正在纽约或华盛顿，尘途热闹之中，未必能有这般的清福可享，又从失意转成喜悦。

晚上院中也有一个庆贺的会，在三层楼下。那边露天学校的小孩子们也都来了，约有二十个。——那些孩子都是居此治疗的，那学校也是为他们开的。我还未曾下楼，不得多认识他们。想再有几天，许我游山的时候，一定去看他们上课游散的光景，再告诉你们些西半球带病行乐的小朋友们的消息——厅中一棵装点的极其辉煌的圣诞树，上面系着许多的礼物。医生一包一包的带下去，上面注有各人的名字，附着滑稽诗一首，是互相取笑的句子，那礼物也是极小却极有趣味的东西。我得了一支五彩漆管的铅笔，一端有个橡皮帽子，那首诗是：

　　亲爱的，你天天在床上写字，写字，
　　　　必有一日犯了医院的规矩，
　　　　墨水沾污了床单。
　　给你这一支铅笔，还有橡皮，
　　　　好好的用罢，
　　可爱的孩子！

医生看护以及病人，把那厅坐满了。集合八国的人，老的少的，唱着同调的曲，也倒灯火辉煌，歌声嘹亮的过了一个完全的圣诞节。

二十六夜大家都觉乏倦了，鸦雀无声的都早去安息。雪地上那一颗灯星，却仍是明明远射。我关上了屋里的灯，倚窗而立，灯光入户，如同月光一般。忆起昨夜那些小孩子，接过礼物攒三集五，聚精凝神，一层层打开包裹的光景，正在出神。外间敲门，进来了一个希腊女孩子，她从沉黑中笑道，"好一个诗人呵！我不见灯光，以为你不在屋里呢！"我悄然一笑，才觉得自己是在山间万静之中。

自那时又起了乡愁——恕我不写了。此信到日，正是故国的新年，祝你们快乐平安！

冰　心

一九二三年十二月二十六日，沙穰疗养院。

通讯十二

小朋友：

满廊的雪光，开读了母亲的来信，依然不能忍的流下几滴泪。——四围山上的层层的松枝，载着白绒般的很厚的雪，沉沉下垂。不时的掉下一两片手掌大的雪块，无声的堆在雪地上。小松呵！你受造物的滋润是过重了！我这过分的被爱的心，又将何处去交卸！

小朋友，可怪我告诉过你们许多事，竟不曾将我的母亲介绍给你。——她是这么一个母亲：她的话句句使做儿女的人动心，她的字，一点一划都使做儿女的人下泪！

我每次得她的信，都不曾预想到有什么感触的，而往往读到中间，至少有一两句使我心酸泪落。这样深浓，这般诚挚，开天辟地的爱情呵！愿普天下一切有知，都来颂赞！

以下节录母亲信内的话，小朋友，试当她是你自己的母亲，你和她相离万里，你读的时候，你心中觉得怎样？

我读你《寄母亲》的一首诗，我忍不住下泪，此后你多来信，我就安慰多了！

十月十八日

我心灵是和你相连的。不论在做什么事情，心中总是想起你来……

十月二十七日

我们是相依为命的。不论你在什么地方，做什么事情，你母亲的心魂，总绕在你的身旁，保护你抚抱你，使你安安稳稳一天一天地过去。

十一月九日

我每遇晚饭的时候，一出去看见你屋中电灯未息，就仿佛你在屋里，未来吃饭似的，就想叫你，猛忆你不在家，我就很难过！

十一月二十二日

你的来信和相片，我差不多一天看了好几次，读了好几回。到夜中睡觉的时候，自然是梦魂飞越在你的身旁，你想做母亲的人，哪个不思念她的孩子？……

十一月二十六日

经过了几次的酸楚我忽发悲愿，愿世界上自始至终就没有我，永减母亲的思念。一转念纵使没有我，她还可有别的女孩子做她的女儿，她仍是一般的牵挂，不如世界上自始至终就没有母亲。——然而世界上古往今来百千万亿的母亲，又当如何？且我的母亲已经彻底的告诉我："做母亲的人,哪个不思念她的孩子!"

为此我透澈地觉悟,我死心塌地的肯定了我们居住的世界是极乐的。"母亲的爱"打千百转身,在世上幻出人和人,人和万物种种一切的互助和同情。这如火如荼的爱力,使这疲缓的人世,一步一步的移向光明!感谢上帝!经过了别离,我反复思寻印证,心潮几番动荡起落,自我和我的母亲,她的母亲,以及他的母亲接触之间,我深深的证实了我年来的信仰,绝不是无意识的!

真的,小朋友!别离之前,我不曾懂得母亲的爱动人至此,使人一心一念,神魂奔赴……我不须多说,小朋友知道的比我更彻底。我只愿这一心一念,永住永存,尽我在世的光阴,来讴歌颂扬这神圣无边的爱!圣保罗在他的书信里说过一句石破天惊的话,是:"我为这福音的奥秘,做了带锁链的使者。"一个使者,却是带着奥妙的爱的锁链的!小朋友,请你们监察我,催我自强不息的来奔赴这理想的最高的人格!

这封信不是专为介绍我母亲的自身,我要提醒的是"母亲"这两个字。谁无父母,谁非人子?母亲的爱,都是一般;而你们天真中的经验,却千百倍的清晰浓挚于我!母亲的爱,竟不能使我在人前有丝毫的得意和骄傲,因为普天下没有一个没有母亲的孩子。小朋友,谁道上天生人有厚薄?无贫富,无贵贱,造物者都预备一个母亲来爱他。又试问鸿濛初辟时,又哪里有贫富贵贱,这些人造的制度阶级?遂令当时人类在母亲的爱光之下,个个自由,个个平等!

你们有这个经验么?我往往有爱世上其他物事胜过母亲的时候。为着兄弟朋友,为着花鸟虫鱼,甚至于为着一本书一件衣服,和母亲违拗争执。当时只弄娇痴，就是母亲，也未曾介意。如今病榻上寸寸回想，使我有无限的惊悔。小朋友！为着我，你们自甘留心，只有母亲是真爱你的。她的劝诫，句句有天大的理由。花鸟虫鱼的爱是暂时的，母亲的爱是永远的！

时至今日，我偶然觉悟到，因着母亲，使我承认了世间一切其他的爱，又冷淡了世间一切其他的爱。

青山雪霁，意态十分清冷。廊上无人，只不时的从楼下飞到一两声笑语，真是幽静极了。造物者的意旨，何等的深沉呵！把我从岁暮的尘嚣之中，提将出来，叫我在深山万静之中，来辗转思索。

说到我的病，本不是什么大症候，也就无所谓痊愈，现在只要慢慢的休息着。只是逃了几个月的学，其中也有幸有不幸。

这是一九二三年的末一日，小朋友，我祝你们的进步。

冰　心

一九二三年十二月三十一日，青山沙穰。

通讯十八

小朋友：

久违了，我亲爱的小朋友！记得许多日子不曾和你们通讯，这并不是我的本心。只因寄回的邮件，偶有迟滞遗失的时候，我觉得病中的我，虽能必写，而万里外的你们，不能必看。医生又劝我尽量休息，我索性就歇了下去。

自和你们通信，我的生涯中非病即忙。如今不得不趁病已去，忙未来之先，写一封长信给你们，补说从前许多的事。

愿意我从去年说起么？我知道小朋友是不厌听旧事的。但我也不能说得十分详细，只能就模糊记忆所及，说个大概，无非要接上这条断链，否则我忽然从神户飞到威尔斯利来，小朋友一定觉得太突兀了！

一九二三年八月二十日　神户

二十早晨就同许多人上岸去。远远地看见锚山上那个青草栽成的大锚，压在半山，青得非常的好看。

神户街市和中国的差不多。两旁的店铺，却比较地矮小。窗户间陈列的玩具和儿童的书，五光十色，极其夺目。许多小朋友围着看。日本小孩子的衣服，比我们的华灿，比较的引人注意。他们的圆白的小脸，乌黑的眼珠，浓厚的黑发，衬映着十分可爱。

几个山下的人家，十分幽雅，木墙竹窗，繁花露出墙头，墙外有小桥流水。——我们本想上山去看雌雄两谷，——是两处瀑布。往上走的时候，遇见奔走下山的船上的同伴，说时候已近了。我们恐怕船开，只得回到船上来。

上岸时大家纷纷到邮局买邮票寄信。神户邮局被中国学生塞满了。牵不断的离情！去国刚三日，便有这许多话要同家人朋友说么？

回来有人戏笑着说："白话有什么好处！我们同日本人言语不通，说英文有的人又不懂。写字罢，问他们'哪里最热闹？'他们瞠目莫知所答。问他们'何处最繁华？'却都恍然大悟，便指点我们以热闹的去处，你看！"我不觉笑了。

二十一日　横滨

黄昏时已近横滨。落日被白云上下遮住，竟是朱红的颜色，如同一盏日本的红纸灯笼，——这原是联想的关系。

不断的山，倚阑看着也很美。此时我曾用几个盛快镜胶片的锡筒，装了几张小纸条，封了口，投下海去，任它飘浮。纸上我写着：

> 不论是哪个渔人捡着，都祝你幸运。我以东方人的至诚，祈神祝福你东方水上的渔人！

以及"我欲乘风归去，又恐琼楼玉宇，高处不胜寒！"等等的话。

到了横滨，只算是一个过站，因为我们一直便坐电车到东京去。我们先到中国青年会，以后到一个日本饭店吃日本饭。那店名仿佛是"天香馆"，也记不清了。脱鞋进门，我最不惯，大家都笑个不住。侍女们都赤足，和她们说话又不懂，只能相视一笑。席地而坐，仰视墙壁窗户，都是木板的，光滑如拭。窗外荫沉，洁净幽雅得很。我们只吃白米饭，牛肉，干粉，小菜，很简单的。饭菜都很硬，我只吃一点就放下了。

饭后就下了很大的雨，但我们的游览，并不因此中止，却也不能从容，只汽车从雨中飞驰。如日比谷公园，靖国神社，博物馆等处，匆匆一过。只觉得游了六七个地方，都是上楼下楼，入门出门，一点印象也留不下。走马看花，雾里看花，都是看不清的，何况是雨中驰车，更不必说了。我又有点发热，冒雨更不可支，没有心力去浏览，只有两处，我记得很真切。

一是二重桥皇宫，隆然的小桥，白石的阑干，一带河流之后，立着宫墙。忙中的脑筋，忽觉清醒，我走出车来拍照，远远看见警察走来，知要干涉，便连忙按一按机，又走上车去。——可惜是雨中照的，洗不出风景来，但我还将这胶片留下。听说地震后皇宫也颓坏了，我竟得于灾前一瞥眼，可怜焦土！

还有是游就馆中的中日战胜纪念品和壁上的战争的图画，周视之下，我心中军人之血，如泉怒沸。小朋友，我是个弱者，从不会抑制我自己感情之波动。我是没有主义的人，更显然的不是国家主义者，我虽那时竟血沸头昏，不由自主的坐了下去。但在同伴纷纷叹恨之中，我仍没有说一句话。

我十分歉仄，因为我对你们述说这一件事。我心中虽丰富的带着军人之血，而我常是喜爱日本人，我从来不存着什么屈辱与仇视。只是为着"正义"，我对于以人类欺压人类的事，我似乎不能忍受！

我自然爱我的弟弟，我们原是同气连枝的。假如我有吃不了的一块糖饼，他和我索要时，我一定含笑的递给他。但他若逞强，不由分说的和我争夺，为着"正义"，为着要引导他走"公理"的道路，我就要奋然的，怀着满腔的热爱来抵御，并碎此饼而不惜！

请你们饶恕我，对你们说这些神经兴奋的话！让这话在你们心中旋转一周罢。说与别人我担着惊怕，说与你们，我却千放心万放心，因为你们自有最天真最圣洁的断定。

五点钟的电车，我们又回到横滨舟上。

二十三日　舟中

发烧中又冒雨，今天觉得不舒服。同船的人大半都上岸去，我自己坐着守船。甲板上独坐，无头绪的想起昨天车站上的繁杂的木屐声，和前天船上礼拜，他们唱的"上帝保佑我母亲"之曲，心绪很杂乱不宁。日光又热，下看码头上各种小小的贸易，人声嘈杂，觉得头晕。

同伴们都回来了，下午船又启行。从此渐渐的不见东方的陆地了，再到海的尽头，再见陆地时，人情风土都不同了，为之怅然。

曾在此时，匆匆的写了一封信，要寄与你们，写完匆匆的拿着走出舱来，船已徐徐离岸。"此误又是十余日了！"我黯然的将此信投在海里。

那夜梦见母亲来，摸我的前额，说："热得很，——吃几口药罢。"她手里端着药杯叫我喝，我看那药是黄色的水，一口气的喝完了，梦中觉得是橘汁的味儿。醒来只听得圆窗外海风如吼，翻身又睡着了。第二天热便退尽。

二十四日以后　舟中

四围是海的舟岛生活，很迷糊恍惚的，不能按日记事了，只略略说些罢。

同行二等三等舱中，有许多自俄赴美的难民，男女老幼约有一百多人。俄国人是天然的音乐家，每天夜里，在最高层上，静听着他们在底下弹着琴儿。在海波声中，那琴调更是凄清错杂，如泣如诉。同是离家去国的人呵，纵使我们不同文字，不同言语，不同思想，在这凄美的快感里,恋别的情绪,已深深的交流了!

那夜月明,又听着这琴声,我迟迟不忍下舱去。披着毡子在肩上,聊御那泱泱的海风。船儿只管乘风破浪的一直的走,走向那素不相识的他乡。琴声中的哀怨,已问着我们这般辛苦的载着万斛离愁同去同逝,为名?为利?为着何来?"问君何事轻离别,一年能几圆月?"我自问已无话可答了! 若不是人声笑语从最高层上下来,搅碎了我的情绪,恐怕那夜我要独立到天明!

同伴中有人发起聚敛食物果品,赠给那些难民的孩子。我们从中国学生及别的乘客之中,收聚了好些,送下二等舱去。他们中间小孩子很多,女伴们有时抱几个小的上来玩,极其可爱。但有一次,因此我又感到哀戚与不平。

有一个孩子,还不到两岁光景,最为娇小乖觉。他原不肯叫我抱,好容易用糖和饼,和发响的玩具,慢慢的哄了过来。他和我熟识了,放下来在地下走,他从软椅中间,慢慢走去,又回来扑到我的膝上。我们正在嬉笑,一抬头他父亲站在广厅的门边。想他不能过五十岁,而他的白发和脸上的皱纹,历历的写出了他生命的颠顿与不幸,看去似乎不止六十岁了。他注视着他的儿子,那双慈怜的眼光中,竟若含着眼泪。小朋友,从至情中流出的眼泪,是世界上最神圣的东西。晶莹的含泪的眼,是最庄严尊贵的画图! 每次看见处女或儿童,悲哀或义愤的泪眼,妇人或老人,慈祥和怜悯的泪眼,两颗莹莹欲坠的泪珠之后,竟要射出凛然的神圣的光! 小朋友,我最敬畏这个,见此时往往使我不敢抬头!

这一次也不是例外,我只低头扶着这小孩子走。头等舱中的女看护——是看护晕船的人们的——忽然也在门边发现了。她冷酷的目光,看着那俄国人,说:"是谁让你到头等舱里来的,走,走,快下去!"

这可怜的老人踧踖了。无主仓皇的脸,勉强含笑,从我手中接过小孩子来,以屈辱抱歉的目光,看一看那看护,便抱着孩子疲缓的从扶梯下去。

是谁让他来的?任一个慈爱的父亲,都不肯将爱子交付一个陌生人,他是上来照看他的儿子的。我抱上这孩子来,却不能护庇他的父亲!我心中忽然非常的抑塞不平。只注视着那个胖大的看护,我脸上定不是一种怡悦的表情,而她却服罪的看我一笑。我四顾这厅中还有许多人,都像不在意似的。我下舱去,晚餐桌上,我终席未曾说一句话!

中国学生开了两次的游艺会,都曾向船主商量要请这些俄国人上来和我们同乐,都被船主拒绝了。可敬的中国青年,不愿以金钱为享受快乐的界限,动机是神圣的。结果虽毫不似预想,而大同的世界,原是从无数的尝试和奋斗中来的!

约克逊船中的侍者,完全是中国广东人。这次船中头等乘客十分之九是中国青年,足予他们以很大的喜悦。最可敬的是他们很关心于船上美国人对于中国学生的舆论。船抵西雅图之前一两天,他们曾用全体名义,写一篇勉励中国学生为国家争气的话,揭帖在甲板上。文字不十分通顺,而词意真挚异常,我只记得一句,是什么:"飘洋过海广东佬",是诉说他们自己的飘流,和西人的轻视。中国青年自然也很恳挚的回了他们一封信。

海上看不见什么,看落日其实也够有趣的了,不过这很难描写。我看见飞鱼,背上两只蝗虫似的翅膀。我看见两只大鲸鱼,看不见鱼身,只远远看见它们喷水。

此外还有什么可说的呢，船上生活，只像聚什么冬令会、夏令会一般，许多同伴在一起，走来走去，总走不出船的范围。除了几个游艺会演说会之外，谈谈话，看看海，写写信，一天一天的渐渐过尽了。

横渡太平洋之间，平空多出一日，就是有两个八月二十八日。自此以后，我们所度的白日，和故国的不同了！乡梦中的乡魂，飞回故国的时候，我们的家人骨肉，正在光天化日之下，忙忙碌碌。别离的人！连魂来魂往，都不能相遇么？

九月一日之后

早晨抵维多利亚（Victoria），又看见陆地了。感想纷起！那日早晨的海上日出，美到极处。沙鸥群飞，自小岛边，绿波之上，轻轻的荡出小舟来。一夜不曾睡好，海风一吹，觉得微微怅惘。船上已来了摄影的人，逼我们在烈日下坐了许久，又是国旗，又是国歌的闹了半日。到了大陆上，就又有这许多世事！

船徐徐泛入西雅图（Seattle）。码头上许多金发的人，来回奔走，和登舟之日，真是不同了！大家匆匆的下得船来，到扶桥边，回头一望，约克逊号邮船凝默的泊在岸旁。我无端黯然！从此一百六十几个青年男女，都成了飘泊的风萍。也是一番小小的酒阑人散！

西雅图是三山两湖围绕点缀的城市。连街衢的首尾，都起伏不平，而景物极清幽。这城五十年前还是荒野，如今竟修整得美好异常，可觇国民元气之充足。

匆匆的游览了湖山，赴了几个欢迎会，三号的夜车，便向芝加哥进发。

这串车是专为中国学生预备的,车上没有一个外人,只听得处处乡音。

九月三日以后

最有意思的是火车经过落基山,走了一日。四面高耸的乱山,火车如同一条长蛇,在山半徐徐蜿蜒。这时车后挂着一辆敞车,供我们坐眺。看着巍然的四围青郁的崖石,使人感到自己的渺小。我总觉得看山比看水滞涩些,情绪很抑郁的。

途中无可记,一站一站风驰电掣的过去,更留不下印象。只是过米西西比(Mississippi)河桥时,微月下觉得很玲珑伟大。

七日早到芝加哥(Chicago),从车站上就乘车出游。那天阴雨,只觉得满街汽油的气味。街市繁盛处多见黑人。经过几个公园和花屋,是较清雅之处,绿意迎人。我终觉得芝加哥不如西雅图。而芝加哥的空旷处,比北京还多些青草!

夜住女青年会干事舍。夜中微雨,落叶打窗,令我怃然,寄家一片,我说:

"几片落叶,报告我以芝加哥城里的秋风!今夜曾到电影场去,灯光骤明时,大家纷纷立起。我也想回家去,猛觉一身万里,家还在东流的太平洋水之外呢!"

八日晨又匆匆登车,往波士顿进发。这时才感到离群。这辆车上除了我们三个中国女学生外,都是美国人了。

仍是一站一站匆匆的过去,不过此时窗外多平原,有时看见山畔的流泉,穿过山石野树之间,其声潺潺。

九日近午,到了春野(Spring field)时,连那两个女伴也握手下车去小朋友,从太平洋西岸,绕到大西洋西岸的路程之末。女伴中只剩我一人了。

九月九日以后

九日午到了所谓美国文化中心的波士顿(Boston)。半个多月的旅行,才略告休息。

在威尔斯利大学(Wellesley College)开学以前,我还旅行了三天,到了绿野(Green field)春野等处,参观了几个男女大学,如侯立欧女子大学(Holyoke College),斯密司女子大学(Smith College),依默和司德大学(Amherst College)等,假期中看不见什么,只看了几座伟大的学校建筑。

途中我赞美了美国繁密的树林,和平坦的道路。

麻撒出色省(Massachusetts)多湖,我尤喜在湖畔驰车。树影中湖光掩映,极其明媚。又有一天到了大西洋岸,看见了沙滩上游戏的孩子和海鸥,回来做了一夜的童年的梦。的确的,上海登舟,不见沙岸,神户横滨停泊,不见沙岸,西雅图终止,也不见沙岸。这次的海上,对我终是陌生的。反不如大西洋岸旁之一瞬,层层卷荡的海波,予我以最深的回忆与伤神!

九月十七日以后　威尔斯利

从此过起了异乡的学校生活。虽只过了两个多月,而慰冰湖及新的环境和我静中常起的乡愁,将我两个多月的生涯,装点得十分浪漫。

说也凑巧,我住在闭壁楼(Beebe Hall),闭壁楼和海竟有因缘! 这座楼是闭璧约翰船主(Captain John Beebe)捐款所筑。因此厅中,及招待室,甬道等处,都悬挂的是海的图画。初到时久不得家书,上下楼之顷,往往呆立在平时堆积信件的桌旁,望了无风起浪的画中的海波,聊以慰安自己。

学校如同一座花园,一个个学生便是花朵。美国女生的打扮,确比中国的美丽。衣服颜色异常的鲜艳,在我这是很新颖的。她们的性情也活泼好交,不过交情更浮泛一些,这些天然是"西方的"!

功课的事,对你们说很无味。其余的以前都说过了。

小朋友,忽忽又已将周年,光阴过得何等的飞速? 明知追写这些事时,要引起我的惆怅,但为着小朋友,我是十分情愿。而且不久要离此,在重受功课的束缚以前,我想到别处山陬海角,过一过漫游流转的生涯,以慰我半年闭居的闷损。趁此宁静的山中,只凭回忆,理清了欠你们的信债。叙事也许不真不详,望你们体谅我是初愈时的心思和精神,没有轻描淡写的力量。

此外曾寄《山中杂记》十则,与我的弟弟,想他们不久就转给你们。再见了,故国故乡的小朋友! 再给你们写信的时候,我想已不在青山了。

愿你们平安!

冰 心

一九二四年六月二十八日,沙穰。

通讯二十二

亲爱的小读者：

每天黄昏独自走到山顶看日落，便看见戚叩落亚（Chocorua）的最高峰。全山葱绿，而峰上却稍赤裸，露出山骨。似乎太高了，天风劲厉，不容易生长树木。天边总统山脉（Presidential Range）中诸岭蜿蜒，华盛顿（Washington），麦迭生（Madison）众山重叠相映。不知为何，我只爱看戚叩落亚。

餐桌上谈起来了，C夫人告诉我戚叩落亚是个美洲红人酋长，因情不遂，登最高峰上坠崖自杀。戚叩落亚山便因他命名。她说着又说她记忆不真，最好找一找书看看。我也以山势"英雄"而戚叩落亚死的太"儿女"为恨。今天从书架上取下一本书叫做白岭（The White Mountains）的，看了一遍。关于戚叩落亚的死因，与C夫人说的不同，我觉得这故事不妨说给小朋友听听！

书上说："戚叩落亚可称为新英格兰一带最秀丽最堪入画之高山。"——新英格兰系包括美东 Maine，N.H.，Mass，R.I.，Vermont，Coun.，六省而言，是英国殖民初登岸处，故名。——"高三千五百四十尺，山上有泉，山间有河，山下有湖。新汉寿诸山之中，没有比它再含有美术的和诗的意味的了。

"戚叩落亚山是从一个红人酋长得名。这个酋长被白人杀死于是山的最高峰下。传说不一，一说在罗敷窝（Lovewell）一战之后，红人都向坎拿大退走，只有戚叩落亚留恋故乡和他祖宗的坟墓，不肯与族人同去。他和白人友善，特别的与一个名叫康璧（Campbell）的交好。戚叩落亚只有一个儿子，他一生的爱恋和希望，都倾注在这儿子身上。偶然有一次因着族人会议的事，他须到坎拿大去。他不忍使这儿子受长途风霜之苦，便将他交托给康璧，自己走了。他的儿子在康璧家中，备受款待。只一天，这孩子无意中寻到一瓶毒狐的药，他好奇心盛，一口气喝了下去。等到戚叩落亚回来，只得到他儿子死了葬了的消息！这误会的心碎的酋长，在他负伤的灵魂上，深深刻下了复仇的誓愿。这一天康璧从田间归来，看见他妻和子的尸身，纵横的倒在帐篷的内外。康璧狂奔出去寻觅戚叩落亚，在山巅将他寻见了。正在他发狂似的向白人诅咒的时候，康璧将他射死于最高峰下。

"又一说，戚叩落亚是红人族中的神瞶。他的儿子与康璧相好，不幸以意外之灾死在康璧家里。以下的便与上文相同。

"又一说，戚叩落亚是个无罪无猜的红酋，对白人尤其和蔼。只因那时麻撒出色（Massachusetts）百姓，憎恶红人，在波士顿征求红人之首，每头颅报以百金。于是有一群猎者，贪图巨利，追逐这无辜的红酋，将他乱枪射死于最高峰下！

"英雄的戚叩落亚，在他将死未绝之时，张目扬齿，狂呼的诅咒说：'灾祸临到你们了，白人呵！我愿巨灵在云间发声，其言如火，重重的降罚给你们。我戚叩落亚有一个儿子，而你们在光天化日之下，将他杀死！我愿闪电焚灼你们的肉体，愿暴风与烈火扫荡你们的居民！愿恶魔吹死气在你们的牛羊身上！愿你们的坟墓沦为红人的战场！愿虎豹狼虫吞噬你们的骨骸！我戚叩落亚如今到巨灵那里去，而我的诅咒却永远的追随着你们！'"

这故事于此终止了。书上说："此后续来的移民，都不能安生居住，天灾人祸，相继而来；暴风雨，瘟疫，牛羊的死亡，红人的侵袭，岁岁不绝。然而在事实上，近山一带的居民，并未曾受红人之侵迫，只在此数十年中不能牧养牲畜，牛羊死亡相继。大家都归咎于戚叩落亚的诅词。后经科学者的试验，乃是他们饮用的水中，含有石灰质的缘故。

"戚叩落亚的坟墓，传说是在东南山脚下，但还没有确实寻到。"

每天黄昏独自走到山顶看日落，看夕阳自戚叩落亚的最高峰尖下坠，其红如火！连那十八世纪的老屋都隐在丛林之中时，大地上只山岭纵横，看不出一点文化文明之踪迹！这时我往往神游于数百年前，想此山正是束额插羽，奔走如飞的红人的世界。我微微的起了悲哀。红人身躯壮硕，容貌黝红而伟丽，与中国人种相似，只是不讲智力，受制被驱于白人，便沦于万劫不复之地！……

那天到康卫（Conway）去，在村店中买了一个小红泥人，金冠散发，首插绿羽，头上围着五色丝绦，腰间束带。我放他在桌上，给他起名叫戚叩落亚，纪念我对于戚叩落亚之追慕，及此次白岭之游。等到年终时节，我拟请他到中国一行，代我贺我母亲新春之喜。——匆此。

冰　心

一九二四年八月六日，白岭。

通讯二十三

冰季小弟：

　　这是清晨绝早的时候，朝日未出，朝露犹零，早餐后便又须离此而去。我以黯然的眼光望着白岭，却又不能不偷这匆匆言别的一早晨，写几个字给你。

　　只因昨夜在迢迢银河之侧，看见了织女星，猛忆起今天是故国的七月七夕，无数最甜柔的故事，最凄然轻婉的诗歌，以及应景的赏心乐事，都随此佳节而生。我远客他乡，把这些都睽违了，……这且不必管他！

　　我所要写的，是我们大家太缺少娱乐了。无精打采的娱乐，绝不能使人生润泽，事业进步。娱乐至少与工作有同等的价值，或者说娱乐是工作之一部分！

　　娱乐不是"消遣"。"消遣"两字的背后，隐隐的站着"无聊"。百无聊赖的时候，才有消遣；佗傺疾病的时候，才有消遣！对于国事，对于人生，灰心丧志的时候，才有消遣！试看如今一般人所谓的娱乐，是如何的昏乱，如何的无精打采？我决不以这等的娱乐为娱乐！真正的娱乐是应着真正的工作的要求而发生的，换言之，打起精神做真正的工作的人，才热烈的想望，或预备真正的娱乐！

　　当然的，中国人要有中国人的娱乐，我们有四千多年的故事，传说和历史。我们娱乐的时地和依据，至少比人家多出一倍。从新年说起罢，新年之后，有元宵。这千千万万的繁灯，作树下廊前的点缀，何等灿烂？舞龙灯更是小孩子最热狂最活泼的游戏。三月三日是古人修禊节，也便是我们绝好的野餐时期。流觞曲水，不但仿古人余韵，而且有趣。清明扫墓，虽不焚化纸钱，也可训练小孩子一种恭肃静默的对先人的敬礼；假如清明植树能名实相副，每人每年在祖墓旁边，种一棵小树，不到十年，我们中国也到处有了葱蔚的山林。五月五是特别为小孩子的节期，花花绿绿的香囊，五色丝，大家打扮小孩子。一年中只是这几天，觉得街头巷尾的小孩子，加倍喜欢！这天又是龙舟节，出去泛舟，或是两个学校间的竞渡，也是极好的日子。七月七，是女儿节，只这名字已有无限的温柔！凉夜风静，秋星灿然。庭中陈设着小儿瓜果，遍延女伴，轻悄谈笑，仰看双星缓缓渡桥。小孩子满握着煮熟的蚕豆，大家互赠，小手相握，谓之"结缘"。这两字又何其美妙？我每以为"缘"之意想，十分精微，"缘"之一字，十分难译，有天意，有人情，有死生流转，有地久天长。苏子瞻赠他的弟弟子由诗，有"与君世世为兄弟，更结来生未了因。"小弟弟，我今天以这两语从万里外遥赠你了！

八月十五中秋节，满月的银光之下，说着蟾蜍玉兔的故事，何其清切？九月九重阳节，古人登高的日子，我们正好有远足旅行，游览名胜。国庆日不必说，尤须庆祝一下子，只因我觉得除却政治机关及商店悬旗外，家庭中纪念这节期的，似乎没有！

往下不再细说了。翻开古书看一看，如《帝京景物志》之类，还可找出许多有意思可纪念的娱乐的日子来。我觉得中国的节期，都比人家的清雅，每一节期都附以温柔，高洁的故事，惊才绝艳的诗歌，甚至于集会时的食品用器，如五月五的龙舟，粽子，七月七的蚕豆，八月十五的月饼，以及各节期的说不尽的等等一切……我们是一点不必创造。招集小孩子，故事现成，食品现成，玩具现成，要编制歌曲，供小孩的戏唱，也有数不尽的古诗，古文，古词为蓝本。古人供给我们这许多美好的材料，叫我们有最高尚的娱乐，如我们仍不知领略享受，真是太对不起了！

破除迷信，是件极好的事。最可惜的是迷信破除了以后，这些美好的节期，也随着被大家冷淡了下去。我当然不是提倡迷信，偶像崇拜和小孩子扮演神仙故事，截然的是两件事！

不能多写了。朝日已出，厨娘已忙着预备早餐。在今晚日落之前，我便可在一个小海岛之上，你可猜想我是如何的喜欢！我看《诗经》，最爱的是："蒹葭苍苍，白露为霜。所谓伊人，在水一方。溯回从之，……宛在水中央。"我最喜在"水中央"三字，觉得有说不出的飘荡与萦回！——自我开始旅行，除了日记及纸笔之外，半本书也没有带，引用各诗，也许错误，请你找找看。

预算在海上住到月圆时节。"海上生明月"的光景，我已预备下全副心情，供它动荡，那时如写得出，再写些信寄你。

你的姊姊
一九二四年八月七日，白岭。

通讯二十四

我的双亲：

窗外涛声微撼，是我到伍岛（Five Islands）之第一夜。我已睡下，B女士进坐在我的床前，说了许多别后的话。她又说："可惜我不能将你母亲的微笑带来呵！"夜深她出去。我辗转不寐。一年中隔着海洋，我们两地的经过，在生命的波澜又归平靖之后，忽忽追思，竟有无限的感慨！

在新汉寿之末一夜，竟在白岭上过了瓜果节。说起也真有意思。那天白日偶然和众人谈起，黄昏时节，已自忘怀。午睡起后，C夫人忽请我换了新衣。K教授也穿上由中国绣衣改制的西服出来。其余众人，或挂中国的玉佩，或着中国的绸衣。在四山暮色之中，团团坐在屋前一棵大榆树下，端出茶果来，告诉我今夜要过中国的瓜果节。我不禁怡然一笑。我知道她们一来自己寻乐，二来与我送别。我是在家十年未过此节，却在离家数万里外，孤身作客，在绵亘雄伟的白岭之巅，与几位教授长者，过起软款温柔的女儿节来，真是突兀！

那夜是阴历初六，双星还未相迤，银汉间薄雾迷蒙。我竟成了这小会的中心！大家替我斟上蒲公英酒，K教授举杯起立，说："我为全中国的女儿饮福！"我也起来笑答："我代全中国的女儿致谢你们！"大家笑着起立饮尽。

第二巡递过茶果，C夫人忽又起立举杯说："我饮此酒，祝你康健！"于是大家又纷然离座。K教授和E女士又祝福我的将来，杂以雅谑。一时杯声铿然相触，大家欢呼，我笑了，然而也只好引满——

谈至夜阑，谈锋渐趋于诗歌方面。席散后，我忽忆未效穿针乞巧故事，否则也在黑暗中撮弄她们一下子，增些欢笑！

如今到伍岛已逾九日，思想顿然的沉肃了下来。我大错了！十年不近海，追证于童年之乐，以为如今又晨夕与海相处，我的思想，至少是活泼飞扬的。不想她只时时与我以惊跃与凄动！……

九日之中，荡小舟不算外，泛大船出海，已有三次。十三日泛舟至海上聚餐，共载者十六人。乘风扯起三面大帆来，我起初只坐近阑旁，听着水手们扯帆时的歌声，真切的忆起海上风光来。正自凝神，一回头，B博士笑着招我到舟尾去，让我把舵，他说："试试看，你身中曾否带着航海家之血！"舱面大家都笑着看我。我竟接过舵轮来，一面坐下。凝眸前望，俯视罗盘正在我脚前。这船较小些，管轮和驾驶，只须一人。我握着轮齿，觉得桅杆与水平纵横之距离，只凭左右手之转动而推移。此时我心神倾注，海风过耳而不闻。渐渐驶到叔本葛大河（Sheepcult River）入海之口。两岸较逼，波流汹涌。我扶轮屏息，偶然侧首看见阑旁士女，容色暇豫，言笑宴宴，始恍然知自己一身责任之重大，说起来不值父亲之一笑！比起父亲在万船如蚁之中，将载着数百军士的战舰，驶进广州湾，自然不可同日语，而在无情的波流上，我初次尝试的心，已有无限的惶恐。说来惭愧，我觉得我两腕之一移动，关系着男女老幼十六人性命的安全！

B博士不离我座旁，却不多指示，只凭我旋转自如。停舟后，大家过来笑着举手致敬，称我为船主，称我为航海家的女儿。

这只是玩笑的事，没有说的价值。而我因此忽忽忆起我所未想见的父亲二十年海上的生涯。我深深的承认直接觉着负责任的，无过于舟中的把舵者。一舟是一世界，双手轮转着顷刻间人们的生死，操纵着众生的欢笑与悲号。几百个乘客在舟上，优游谈笑，说着乘风破浪，以为人人都过着最闲适的光阴。不知舱面小室之中，独有一个凝眸望远的船主，以他倾注如痴的辛苦的心目，保持佑护着这一段数百人闲适欢笑的旅途!

　　我自此深思了！海岛上的生涯，使我心思昏忽。伍岛后有断涧两处，通以小桥。涧深数丈，海波冲击，声如巨雷。穿过松林，立在磐石上东望，西班牙与我之间，已无寸土之隔。岛的四岸，在清晨，在月夜，我都坐过，凄清得很。——每每夜醒，正是潮满时候，海波直到窗下。淡雾中，灯塔里的雾钟续续的敲着。有时竟还听得见驾驶的银钟，在水面清彻四闻。雪鸥的鸣声，比孤雁还哀切，偶一惊醒，即不复寐……

　　实在写不尽，我已决意离此。我自己明白知道，工作在前，还不是我回肠荡气的时候！

　　明天八月十七，邮船便佳城号（City of Bangor）自泊斯（Bath）开往波士顿。我不妨以去年渡太平洋之日，再来横渡大西洋之一角。我真是弱者呵，还是愿意从海道走！

　　　　　　　　　　　　　　　你海上的女儿
　　　　　　　　　　　　一九二四年八月十六日夜，伍岛。

山中杂记（节选）

（六）Eskimo

沙穰的小朋友替我上的 Eskimo 的徽号，是我所喜爱的，觉得比以前的别的称呼都有趣！

Eskimo 是北美森林中的蛮族。黑发披裘，以雪为屋。过的是冰天雪地的渔猎生涯。我哪能像他们那样的勇敢？

只因去冬风雪无阻的在林中游戏行走。林下冰湖正是沙穰村中小朋友的溜冰处。我经过，虽然我们屡次相逢，却没有说话。我只觉得他们往往的停了游走，注视着我，互相耳语。

以后医生的甥女告诉我，沙穰的孩子传说林中来了一个 Eskimo。问他们是怎样说法，他们以黑发披裘为证。医生告诉他们说不是 Eskimo，是院中一个养病的人，他们才不再惊说了。

假如我是真的 Eskimo 呢，我的思想至少要简单了好些，这是第一件可羡的事。曾看过一本书上说："近代人五分钟的思想，够原始人或野蛮人想一年的。"人类在生理上，五十万年来没有进步，而劳心劳力的事，一年一年的增加，这是疾病的源泉，人生的不幸！

我愿终身在森林之中,我足踏枯枝,我静听树叶微语。清风从林外吹来,带着松枝的香气。白茫茫的雪中,除我外没有行人。我所见所闻,不出青松白雪之外,我就似可满意了!

　　出院之期不远,女伴戏对我说:"出去到了车水马龙的波士顿街上,千万不要惊倒,这半年的闭居,足可使你成个痴子!"

　　不必说,我已自惊悚,一回到健康道上,世事已接踵而来……我倒愿做 Eskimo 呢。黑发披裘,只是外面的事!

(七) 说几句爱海的孩气的话

　　白发的老医生对我说:"可喜你已大好了。城市与你不宜,今夏海滨之行,也是取销了为妙。"

　　这句话如同平地起了一个焦雷!

　　学问未必都在书本上。纽约,康桥,芝加哥这些人烟稠密的地方,终身不去也没有什么,只是说不许我到海边去,这却太使我伤心了。

　　我抬头张目的说:"不,你没有阻止我到海边去的意思!"

　　他笑道:"是的,我不愿意你到海边去,太潮湿了,于你新愈的身体没有好处。"

　　我们争执了半点钟,至终他说:"那么你去一个礼拜罢!"他又笑说:"其实秋后的湖上,也够你玩的了!"

　　我爱慰冰,无非也是海的关系。若完全的叫湖光代替了海色,我似乎不大甘心。

　　可怜,沙穰的六个多月,除了小小的流泉外,连慰冰都看不见! 山也是可爱的，但和海比，的确比不起，我有我的理由！

人常常说："海阔天空。"只有在海上的时候，才觉得天空阔远到了尽量处。在山上的时候，走到岩壁中间，有时只见一线天光。即或是到了山顶，而因着天末是山，天与地的界线便起伏不平，不如水平线的齐整。

海是蓝色灰色的。山是黄色绿色的。拿颜色来比，山也比海不过，蓝色灰色含着庄严淡远的意味，黄色绿色却未免浅显小方一些。固然我们常以黄色为至尊，皇帝的龙袍是黄色的，但皇帝称为"天子"，天比皇帝还尊贵，而天却是蓝色的。

海是动的，山是静的；海是活泼的，山是呆板的。昼长人静的时候，天气又热，凝神望着青山，一片黑郁郁的连绵不动，如同病牛一般。而海呢，你看她没有一刻静止！从天边微波粼粼的直卷到岸边，触着崖石，更欣然的溅跃了起来，开了灿然万朵的银花！

四围是大海，与四围是乱山，两者相较，是如何滋味，看古诗便可知道。比如说海上山上看月出，古诗说："南山塞天地，日月石上生。"细细咀嚼，这两句形容乱山，形容得极好，而光景何等臃肿，崎岖，僵冷，读了不使人生快感。而"海上生明月，天涯共此时"，也是月出，光景却何等妩媚，遥远，璀璨！

原也是的，海上没有红白紫黄的野花，没有蓝雀红襟等等美丽的小鸟。然而野花到秋冬之间，便都萎谢，反予人以凋落的凄凉。海上的朝霞晚霞，天上水里反映到不止红白紫黄这几个颜色。这一片花，却是四时不断的。说到飞鸟，蓝雀红襟自然也可爱，而海上的沙鸥，白胸翠羽，轻盈的飘浮在浪花之上，"凌波微步，罗袜生尘"。看见蓝雀红襟，只使我联忆到"山禽自唤名",而见海鸥,却使我联忆到千古颂赞美人,颂赞到绝顶的句子,是"婉若游龙,翩若惊鸿"!

在海上又使人有透视的能力,这句话天然是真的!你倚阑俯视,你不由自主的要想起这万顷碧琉璃之下,有什么明珠,什么珊瑚,什么龙女,什么鲛纱。在山上呢,很少使人想到山石黄泉以下,有什么金银铜铁。因为海水透明,天然的有引人们思想往深里去的趋向。

简直越说越没有完了,总而言之,统而言之,我以为海比山强得多。说句极端的话,假如我犯了天条,赐我自杀,我也愿投海,不愿坠崖!

争论真有意思! 我对于山和海的品评,小朋友们愈和我辩驳愈好。"人心之不同,各如其面",这样世界上才有个不同和变换。假如世界上的人都是一样的脸,我必不愿见人。假如天下人都是一样的嗜好,穿衣服的颜色式样都是一般的,则世界成了一个大学校,男女老幼都穿一样的制服。想至此不但好笑,而且无味! 再一说,如大家都爱海呢,大家都搬到海上去,我又不得清静了!

(十)鸟兽不可与同群

女伴都笑茀玲是个傻子。而她并没有傻子的头脑,她的话有的我很喜欢。她说:"和人谈话真拘束,不如同小鸟小猫去谈。它们不扰乱你,而且温柔的静默的听你说。"

我常常看见她坐在樱花下,对着小鸟,自说自笑。有时坐在廊上,抚着小猫,半天不动。这种行径,我并不觉得讨厌,也许就是因此,女伴才赠她以傻子的徽号,也未可知。

和人谈话未必真拘束,但如同生人、大人先生等等,正襟危坐的谈起来,却真不能说是乐事。十年来正襟危坐谈话的时候,一天比一天的多。我虽也做惯了,但偶有机会,我仍想释放我自己。这半年我就也常常做傻子了!

第一乐事,就是拔草喂马。看着这庞然大物,温驯的磨动它的松软的大口,和齐整的大牙,在你手中吃嚼青草的时候,你觉得它有说不尽的妩媚。

每日山后牛棚,拉着满车的牛乳罐的那匹斑白大马,我每日喂它。乳车停住了,驾车人往厨房里搬运牛乳,我便慢慢的过去。在我跪伏在樱花底下,拔那十样锦的叶子的时候,它便侧转那狭长而良善的脸来看我,表示它的欢迎与等待。我们渐渐熟识了,远远的看见我,它便抬起头来。我相信我离开之后,它虽不会说话,它必每日的怀念我。

还有就是小狗了。那只棕色的,在和我生分的时候,曾经吓过我。那一天雪中游山,出其不意在山顶遇见它,它追着我狂吠不止,我吓得走不动。它看我吓怔了,才住了吠,得了胜利似的,垂尾下山而去。我看它走了,一口气跑了回来。一夜没有睡好,心脉每分钟跳到一百十五下。

女伴告诉我,它是最可爱的狗,从来不咬人的。以后再遇见它,我先呼唤它的名字,它竟摇尾走了过来。自后每次我游山,它总是前前后后的跟着走。山林中雪深的时候,光景很冷静。它总算助了我不少的胆子。

此外还有一只小黑狗,尤其跳荡可爱。一只小白狗,也很驯良。

我从来不十分爱猫。因为小猫很带狡猾的样子,又喜欢抓人。医院中有一只小黑猫,在我进院的第二天早起刚开了门,它已从门隙塞进来,一跃到我床上,悄悄的便伏在我的怀前,眼睛慢慢的闭上,很安稳的便要睡着。我最怕小猫睡时呼吸的声音!我想推它,又怕它抓我。那几天我心里又难过,因此愈加焦躁。幸而看护妇不久便进来!我皱眉叫她抱出这小猫去。

以后我渐渐的也爱它了。它并不抓人。当它仰卧在草地上,用前面两只小爪,拨弄着玫瑰花叶,自惊自跳的时候,我觉得它充满了活泼和欢悦。

小鸟是怎样的玲珑娇小呵!在北京城里,我只看见老鸦和麻雀。有时也看见啄木鸟。在此却是雪未化尽,鸟儿已成群的来了。最先的便是青鸟。西方人以青鸟为快乐的象征,我看最恰当不过。因为青鸟的鸣声中,婉转的报着春的消息。

知更雀的红胸,在雪地上,草地上站着,都极其鲜明。小蜂雀更小到无可苗条,从花梢飞过的时候,竟要比花还小。我在山亭中有时抬头瞥见,只屏息静立,连眼珠都不敢动,我似乎恐怕将这弱不禁风的小仙子惊走了。

此外还有许多毛羽鲜丽的小鸟,我因找不出它们的中国名字,只得阙疑。早起朝日未出,已满山满谷的起了轻美的歌声。在朦胧的晓风之中,欹枕倾听,使人心魂俱静。春是鸟的世界,"以鸟鸣春"和"春眠不觉晓,处处闻啼鸟",这两句话,我如今彻底的领略过了!

我们幕天席地的生涯之中,和小鸟最相亲爱。玫瑰和丁香丛中更有青鸟和知更雀的巢,那巢都是筑得极低,一伸手便可触到。我常常去探望小鸟的家庭,而我却从不做偷卵捉雏等等破坏它们家庭幸福的事。我想到我自己不过是暂时离家,我的母亲和父亲已这样的牵挂。假如我被人捉去,关在笼里,永远不得回来呢,我的父亲母亲岂不心碎? 我爱自己,也爱雏鸟,我爱我的双亲,我也爱雏鸟的双亲!

而且是怎样有趣的事,你看小鸟破壳出来,很黄的小口,毛羽也很稀疏,觉得很丑。它们又极其贪吃,终日张口在巢里啾啾地叫! 累得它母亲飞去飞回的忙碌。渐渐的长大了,它母亲领它们飞到地上。它们的毛羽很蓬松,两只小腿蹒跚的走,看去比它们的母亲还肥大。它们很傻的样子,茫然的跟着母亲乱跳。母亲偶然啄得了一条小虫,它们便纷然的过去,啾啾的争着吃。早起母亲教给它们歌唱,母亲的声音极婉转,它们的声音,却很憨涩。这几天来,它们已完全的会飞了,会唱了,也知道自己觅食,不再累它们的母亲了。前天我去探望它们时,这些雏鸟已不在巢里,它们已筑起新的巢了,在离它们的父母的巢不远的枝上,它们常常来看它们的父母的。

还有虫儿也是可爱的。藕合色的小蝴蝶,背着圆壳的蜗牛,嗡嗡的蜜蜂,甚至于水里每夜乱唱的青蛙,在花丛中闪烁的萤虫,都是极温柔,极其孩气的。你若爱它,它也爱你们。因为它们太喜爱小孩子。大人们太忙,没有工夫和它们玩。

第 二 辑

一日的春光

去年冬末,我给一位远方的朋友写信,曾说:"我要尽量的吞咽今年北平的春天。"

今年北平的春天来的特别的晚,而且在还不知春在哪里的时候,抬头忽见黄尘中绿叶成荫,柳絮乱飞,才晓得在厚厚的尘沙黄幕之后,春还未曾露面,已悄悄的远引了。

天下事都是如此——

去年冬天是特别的冷,也显得特别的长。每天夜里,灯下孤坐,听着扑窗怒号的朔风,小楼震动,觉得身上心里,都没有一丝暖气,一冬来,一切的快乐,活泼,力量,生命,似乎都冻得蜷伏在每一个细胞的深处。我无聊地慰安自己说,"等着罢,冬天来了,春天还能很远么?"

然而这狂风,大雪,冬天的行列,排得意外的长,似乎没有完尽的时候。有一天看见湖上冰软了,我的心顿然欢喜,说,"春天来了!"当天夜里,北风又卷起漫天匝地的黄沙,忿怒的扑着我的窗户,把我心中的春意,又吹得四散。有一天看见柳梢嫩黄了,那天的下午,又不住的下着不成雪的冷雨,黄昏时节,严冬的衣服,又披上了身。有一天看见院里的桃花开了,这天刚刚过午,从东南的天边,顷刻布满了惨暗的黄云，跟着千枝风动，这刚放蕊的春英，又都埋罩在漠漠的黄尘里……

九十天看看过尽——我不信了春天！

几位朋友说，"到大觉寺看杏花去罢。"虽然我的心中，始终未曾得到春的消息，却也跟着大家去了。到了管家岭，扑面的风尘里，几百棵杏树枝头，一望已尽是残花败蕊；转到大工，向阳的山谷之中，还有几株盛开的红杏，然而盛开中气力已尽，不是那满树浓红，花蕊相间的情态了。

我想，"春去了就去了罢！"归途中心里倒也坦然，这坦然中是三分悼惜，七分憎嫌，总之，我不信了春天。

四月三十日的下午，有位朋友约我到挂甲屯吴家花园去看海棠，"且喜天气晴明"——现在回想起来，那天是九十春光中唯一的春天——海棠花又是我所深爱的，就欣然的答应了。

东坡恨海棠无香，我却以为若是香得不妙，宁可无香。我的院里栽了几棵丁香和珍珠梅，夏天还有玉簪，秋天还有菊花，栽后都很后悔。因为这些花香，都使我头痛，不能折来养在屋里。所以有香的花中，我只爱兰花，桂花，香豆花和玫瑰，无香的花中，海棠要算我最喜欢的了。

海棠是浅浅的红，红得"乐而不淫"，淡淡的白，白得"哀而不伤"，又有满树的绿叶掩映着，秾纤适中，像一个天真，健美，欢悦的少女，同是造物者最得意的作品。

斜阳里，我正对着那几树繁花坐下。

春在眼前了！

这四棵海棠在怀馨堂前，北边的那两棵较大，高出堂檐约五六尺。花后是响晴蔚蓝的天，淡淡的半圆的月，遥俯树梢。这四棵树上，有千千万万玲珑娇艳的花朵，乱烘烘的在繁枝上挤着开……

看见过幼稚园放学没有？从小小的门里，挤着的跳出涌出使人眼花缭乱的一大群的快乐，活泼，力量，和生命；这一大群跳着涌着的分散在极大的周围，在生的季候里做成了永远的春天！

那在海棠枝上卖力的春，使我当时有同样的感觉。

一春来对于春的憎嫌，这时都消失了，喜悦的仰首，眼前是烂漫的春，骄奢的春，光艳的春，——似乎春在九十日来无数的徘徊瞻顾，百就千拦，只为的是今日在此树枝头，快意恣情的一放！

看得恰到好处，便辞谢了主人回来。这春天吞咽得口有余香！过了三四天，又有友人来约同去，我却回绝了。今年到处寻春，总是太晚，我知道那时若去，已是"落红万点愁如海"，春来萧索如斯，大不必去惹那如海的愁绪。

虽然九十天中，只有一日的春光，而对于春天，似乎已得了报复，不再怨恨憎嫌了。只是满意之余，还觉得有些遗憾，如同小孩子打架后相寻，大家忍不住回嗔作喜，却又不肯即时言归于好，只背着脸，低着头，撅着嘴说，"早知道你又来哄我找我，当初又何必把我冰在那里呢？"

一九三六年五月八日夜，北平。

（原载《宇宙风》1936年6月1日第18期）

二 老 财

民国廿三年八月九夜，我在绥远的一个宴会席上，听到了一个奇女子的事迹。她是河套民族英雄王同春氏的独女，"后套的穆桂英"，她的名字是二老财。

不，她没有名字，二老财是她的部下和后套的人民，封赠给她的。

那天夜里，听完故事，回去已是很晚。有了点酒，路上西北的高风，吹拂着烘热的面颊，心中觉得很兴奋，又很怅惘。在黑暗中，风吹树叶萧萧的响，凉星在青空闪烁着，我一夜没有睡；翻来覆去的，眼前总浮现着一个蓝衣皮帽，佩枪跃马，顾盼如神，指挥风生的女人。

因着幼年环境的关系，我的性质很"野"，对于同性的人，也总是偏爱"精爽英豪"一路。小时看《红楼梦》，觉得一切人物，都使我腻烦，其中差强人意的，只有一个尤三姐，所谓之"冰雪净聪明，雷霆走精锐"者，兼而有之。又读野史，有云"郭汾阳爱女晨妆，执栉捧巾，尽是偏裨牙将。"使我觉得以她的家世，她的时代，可记者必不止"晨妆"而已。可惜以后翻了些史书，这郭公爱女，竟无可稽考，不禁惘然！

二十年来，野性消磨都尽，连幻想中同性的人物，也都变样了。"女人"，这抽象的名词，到我心上来时，总被一丛乱扑的火星围绕着，这一星星是：衣，饰，脂，粉，娇，弱；充其量是：美丽，聪明，有才藻，善言辞；再充其量是……无论我的幻拟引到多远，像二老财这样的人格，竟不曾在我的想象中出现过。

话说那"有百害"的黄河，挟着滚滚的泥沙，浩浩荡荡的向着东南奔注。中间，这浑水卷过了狼山以南一片蒙古的牧场，决成万顷膏腴的土地。那身高九尺，心雄万夫的王同春，在同治初年，带着数千直鲁豫的同胞，在这河套里开辟屯垦，经过多少次的占租械斗，他据有了干渠五个，牛犋七十，这方圆万顷的良田，都入了瞎进财——王氏外号——之手。河套一带，提起了瞎进财，哪个不起着一种杂糅的情感，又惊慑，又爱戴？

俗言说"虎父无犬子"，而瞎进财的四个儿子，都只传了他父亲的悫直质朴，这杀伐决断，精悍英锐之气，却都萃于他女儿之一身。所以在童年时候，她的兄弟们杂在工人队里辛苦挖渠，而二老财却骑马佩枪，在河渠上巡视指挥着。

王同春自己都不大认得字，他的独女当然也不曾读书。正因她不曾读书，又生长在这河山带绕，与外面文化隔绝之地，她天真，她坦白，她任性，她没有沾染上半点矫揉忸怩之气。她像"野地里的百合花"，……不，她不是一朵花，就是本地风光，她像一根长在河套腴田里的麦穗。一阵河水涌来，淹没了这一片土地，河水又渐渐的退去，这细沙烂泥之中，西北万里无云的晴空之下，有一粒天然的种子，不藉着人力，欣欣的在这处女地上，萌芽怒茁，她结着丰盛的谷实。

就这样的骑着无鞍马,打着快枪,追随着父亲,约束着工人,过了她的童年。到了二十多岁,二老财便出嫁了。丈夫早死,姓名不传,有人说是她的表兄,但也不知其详。丈夫死后,二老财又住娘家,当然她父亲也离不了她。

到了光绪三十三年,因着历年和人家争夺械斗的结果,五原县衙门里,控告王同春的状子,堆积如山,王氏终于下狱了。这时,王家的一切:打手,工人,田庐,牲畜,都归二老财一人分配管理。她的身边,常有三四十个携枪带刀的侍从,部下有不受命的,立被处决。她号令严明,恩光威力,布满了河套一带,人民对她,和对她父亲一样,又惊慑,又爱戴。就在这时二老财得了她的尊号:她父亲王同春是大财主,大老财;她是二财主,二老财。

民国六年(?)王同春死了。他的次子王英,收集父亲的手下,以及各处的流亡,聚众至数千人,受抚成军,驻扎张北一带。民国二十年又与"国军"对抗,兵败势危,士卒哗变,王英仓皇出走,求救于二老财。二老财打了王英一顿嘴巴,骂他没用,自己立刻飞身上马,到了军中,只几句训话,便万众无声,结果是全军拥着王英,突围走到察哈尔,在那里被刘翼飞将军所获。

王英的残党,四散劫掠,变成流寇,著名匪首杨猴小,便是其中的一个。去年春天,一队杨猴小的部下,截住了一辆骡车,正在一哄而上,声势汹汹的时候,车帘开处,二老财从车上慢慢的跳了下来,说:"你们不忙,先看清我是谁!"这几十条好汉定睛一看,吓得立刻举枪立正,鸦雀无声的,让这骡车过去。

这时五原附近的抢案更多了,有人说是二老财手下所作。五原县长就把二老财拘来，想将她枪毙，以除后患。二老财上堂慷慨陈辞，说，"王英是我的亲兄弟，他作恶坏了事，我并没有逃走，足见我心无他。至于说我家窝藏着坏人，这也不是事实，我家里原有些父亲手下的旧人，素来受过父亲的周济，如今我也照旧给他们些粮米，这是惜老怜贫，并不是作奸犯法。请问捉贼捉赃，我家里有盗赃么？有人供攀我是窝主么？"县长听了这一篇理直气壮的话，觉得很难发落，又因为她是河套功人王同春的女儿，众望所归；而且严刑之下，也不能使匪徒供出二老财窝藏的事实来，就把她释放了，只同她立下条件，不许再招集流亡。——一说是她并未被释，到如今仍然软禁在五原城里。

以上是我在绥远听到的，自此在西北旅途上，逢人便问，希望多知道些二老财的事迹。八月十七日到包头，在生活改进社里，公宴席上，又谈到王同春，我就追问二老财，有七十师参谋吴君，看着我惊讶的笑着说，"您倒爱听她的事？这个妇道人家，没有什么才情，但这人可就利害着了！"于是他就滔滔不绝的讲下去，"说起她，我还见过一面。那年吴子玉将军从兰州到北平去，路过此地，我也上车去接。车上尽是男子，却有一个女人，五十上下年纪，穿着大蓝布袄，戴着皮帽，和大家高谈阔论的，我就心烦了，我说，'这是什么娘儿们，也坐在这里！'旁边有人拉了我衣裳一把，我就没言语。走到背静处一问，敢情就是名满河套的二老财，她也接吴将军来了，是请吴将军替她兄弟王英说情。我后来也同她谈过话，这人真能说，又豪爽，又明白。她又约我到她家里去，在五原城里，平平常常的土房子，家里仍是有许多人。她极其好客，你们如去了，她一定欢迎，若要打听王同春的事情，去问她是再好没有的了。"

包头一直下着大雨，到五原去的道路都冲没了。这次是见不着的了！归途中我拜托了绥远的朋友，多多替我打听二老财的事，写下寄给我。如能找到她的相片，也千万赏我一张。

火车风驰电掣的走向居庸关，默倚车窗，我想：在她父亲捐资筑立的五原城里，二老财郁郁的居住着；父亲死了，兄弟逃了，河套荒了，农民散了！春秋二节，率众到城中河神王同春的庙里，上祭祝告的时候，该是怎样的泪随声坠！王同春的声威，都集在她一人身上了，民十七赵二半吊子围攻五原城之役，不是她单骑退的贼兵么？西北的危难，还在刚刚开始，二老财，你是民族英雄的女儿。你还没有老，你的快枪在哪里？你的死士在哪里？

万里长城远远的横飞而来，要压到我的头上，我从此入关去了。回望着西北的浮云，呵，别了，女英雄，青山不老，绿水长存，得机缘我总要见你一面，——谁知道我能否见你一面？今日域中，如此关山！

一九三五年十一月五日夜追记

（原载《青年界》1936年1月第9卷第1号）

新年试笔

新年试笔。

因为是"试"笔,所以要拿起笔来再说。

拿起笔来仍是无话可说;许多时候不说了,话也涩,笔也涩,连这时扫在窗上的枯枝也作出"涩——涩"的声音。

我愿有十万斛的泉水,湖水,海水,清凉的,碧绿的,蔚蓝的,迎头洒来,泼来,冲来,洗出一个新鲜,活泼的我。

这十万斛的水,不但洗净了我,也洗净了宇宙间山川人物。——如同太初洪水之后,有只雪白的鸽子,衔着嫩绿的叶子,在响晴的天空中飞翔。

大地上处处都是光明,看不见一丝云影。山上没有一棵被吹断的树,没有一片焦黄的叶;一眼望去是参天的松柏,树下随意的乱生着紫罗兰,雏菊,蒲公英。松径中,石缝中,飞溅着急流的泉水。

江河里也看不见黄泥,也不飘浮着烂纸和瓜皮;只有朝霭下的轻烟,濛濛的笼罩着这浩浩的流水。江河两旁是沃野千里,阡陌纵横,整齐的灰瓦的农舍,家家开着后窗,男耕女织,歌声相闻。

城市像个花园,大树的浓阴护着杂花。整洁的道路上,看不见一个狂的男人，妖的女人，和污秽的孩子。上学的，上工的，个个挺着胸走，容光焕发，用着掩不住的微笑，互相招呼，似乎人人都彼此认识。

　　黄昏时从一座一座的建筑物里，涌出无数老的，少的，村的，俏的人来。一天结实的有成绩的工作，在他们脸上，映射出无限的快慰和满足。回家去，家家温暖的灯光下，有着可口的晚餐，亲爱的谈话。

　　蓝天隐去，星光渐生，孩子们都已在温软的床上，大开的窗户之下，在梦中向天微笑。

　　而在书室里，廊上，花下，水边都有一对或一对以上的人儿，在低低的或兴高采烈的谈着他们的过去，现在，将来所留恋，计划，企望的一切。

　　平凡人的笔下，只能抽出这平凡的希望。
　　然而这平凡的希望——
　　洪水，这迎头冲来的十万斛的洪水，何时才来到呢？

（原载《文学》1934年1月1日第2卷第1期）

从重庆到箱根

从羽田机场进入东京已经是夜里。呈现在街灯下的街道一片冷落,看不见人影,比起人声嘈杂、车辆拥挤的上海完全成了两样。

我想这才是真正的夜。白天决不是这样寂静。我到东京的第三天,友人带着去了箱根。从东京到横滨的途中,印象最深的是无边的瓦砾、衣衫褴褛的妇女、形容枯槁的人群。但是道路很平坦光洁。快到箱根,森林渐渐深起来,红叶映着夕阳,弯曲的道路,更增添了一层秀媚。在山路大转弯的地方,富士山头顶雪冠、裹着紫云,真有一种难以形容的美。

比起欧美的一流旅馆,箱根的旅馆也不算差。从窗口望去,到处溢满东洋风味。山岭、房檐、石塔、小桥等等,使人感到幽雅、舒适。

那一夜我怎么也不能入睡,各种各样的想法千头万绪,自己也说不清楚为什么有这样的感情。

第二天,天还没亮就起来,卷起窗帘,完全裹住了山峦的浓雾中隐约地露出青松的绿色。"啊!我的歌乐山!"突然间多么想这样叫一声——重庆的奇峰歌乐山是我的。

我必须在这里介绍那令人留恋的歌乐山。歌乐山比起箱根来要小得多，红叶也没有这样多。歌乐山被茂密的松林包裹着，一到春天，鲜红的杜鹃漫山盛开。

春夜里可以听到杜鹃那令人伤感的鸣叫，山上杜鹃花的红色据说就是杜鹃吐的血染的。

轰炸的日子，常常是晴空万里。

惊慌的尖叫的警报声中，带着食粮、饮水、蜡烛、毛毯、抱着孩子跑进阴冷的防空洞。

这里面，吓得发抖的妇人和孩子们，脸色变得发青。

我们没有声音，对着头上飞过的成群的飞机和轰轰的爆炸声、还有那猛烈摇动的狂风长长地叹息，然后好不容易爬上山顶，望着被滚滚白烟笼罩着的重庆、惦念着自己的亲人是否安全。

夜间轰炸一定是美丽的星月夜。在夜里我们不进入洞中。

让孩子们睡下之后，抱在膝上，等待在狭窄的洞口。

往下看萤火虫一样的光亮渐渐消失，很快街道被黑色完全包围，万籁俱静，只有远处传来的微弱的犬吠声。

嘉陵江犹如银白色的绢带。

淡淡的月光中看不见机影，只有爆炸声渐渐地传来，突然有几条探照灯光在天空中一扫而过。

"打中了！""打中了！"九架、六架、三架，白蛾一样的飞机摇晃着冲向重庆，紧接着是震撼大地的爆炸声，火光冲上了天空。

就这样流走了五年的日日夜夜。歌乐山的五年，是在"好天良夜"中度过的。

可怕的、令人诅咒的战争。

战争结束我们懂得了怨。而且我们虽然体验了激烈的战争，也懂得了同情和爱。因此，我在歌乐山最后的两年中，听到东京遭受轰炸的时候，感到有种说不出来的痛苦之情。我想象得出无数东京的年轻女性担心着丈夫和亲人，背着软弱的孩子在警报声中挤进防空壕那悲惨的样子。

看见了东京我想起了重庆，走在箱根感到是走在歌乐山。痛苦给了我们贵重的教训。最大的繁荣的安乐不能在侵略中得到，只有同情和互助的爱情才能有共存共荣。

今后永远再也不要使歌乐山和箱根成为疏散地，要让热爱山水的人们常常登上山顶享受美丽的风光，不能再从自然的美中挤进黑暗的防空壕。

民国三十五年十月二十二日在东京

（最初发表于日本报纸，原为日文，由刘福春译回中文）

默庐试笔

一

刚到呈贡时节,秧针方才出水,现在已经是一片橙黄,因风生浪了。

坐在书案前外望,眼前便是一幅绝妙的画图,近处是一方菜畦,畦外一道欋杈的仙人掌短墙,墙外是一片青绒绒的草地。斜坡下去,是一簇松峦,掩映着几层零零落落的灰色黄色的屋瓦。再下去,城墙以外,是万顷的整齐的稻田,直伸到湖边。湖边还有一层丛树。湖水是有时明蓝,有时深紫,匹练似的,拖过全窗。湖水之上,便是层峦叠翠的西山。西山之上,常常是万里无云的空碧的天。这是每天眼前的境界,但一有晦明风雨的变幻,就又不同了。

早起西窗满眼的朝霞,总使人不忍再睡,披衣起立,只见湖上笼着一层薄薄的朝霭,渔舟初出,三三两两的扯满了风帆,朝阳下几点绯红,点缀在淡蓝的微波上,造成一种极娇嫩的鲜明,西山在朝霭中有时全现,有时只露出一层,两层,三层。这一切都充满着惺忪,柔媚,清澈,使人欢喜,使人长吁,使人兴奋。

黄昏时候,红日半落,新月初上,满城暖暖的炊烟,湖水如同一片冻凝的葡萄浆酪,三三两两的白鹭,在湖光中横过稻田南飞。古城村降龙寺大道两旁的柏树,顷刻栖满,如同忽然开了满树的灿白的花。这时若有晚霞,这光艳落在天南的梁峰上,染成了浓紫,落在北峰外的文笔山塔上,染成了灿黄,落在人的衣上颊上,染成淡红,落在文庙的丛柏上,染成了深黑,这一切,极复杂又极调和的合奏着夕阳的交响乐,四山回应着这交响的乐音!

有时遇到月夜,要悄悄的叫,轻轻地说呵,这月夜最光明的是湖水,轻盈,闪烁的一片,告诉人这一切都在梦里,西山在几条黑影中睡去了,他不管人间凄清的事。满城满村的人,也都睡去了罢? 只有一点两点淡黄的灯影,在半山中,田野上飘着,是在读书? 是在织布? 四山濛然而又廓然,此时忽有一两声鹰鸣,猛抬头的人,便陡然的感到看到了光雾中分明而又隐约的一切,松峦,山岭,田陇,城墙,高高下下的,还有在草地上几条修长的人影。低声说,低声笑罢,宇宙在做着光明的梦呢,小心惊醒了她!

写了这一大篇,究竟说了多少? 这些字都未曾描写到早晚风光的千分之一,万分之一。我只能说呈贡三台山上的一切,是朴素,静穆,美妙,庄严,好似华茨华斯的诗。

二

刚到呈贡时候,从万丈尘嚣的城市里,投身到华茨华斯的诗境中来,一天到晚,好像是在做梦。最难受的是,半夜醒来,一天月色,隔着帐儿,倾泻在床上,西窗外吹扑着呜呜的湖风,正是"满地西风天欲曙,半帘残月梦初回,十年消息上心来",此时情绪,不是凄婉,不是喜悦,不是企望,不是等待,不是忏悔,不是恋爱,唇边没有笑,眼角没有泪,抚着雪白的枕头,久久不能捉摸自己的感觉……是的,这两年来,笑既不真,哭亦无泪,心灵上划上了缕缕腥红重叠的伤痕,这创痕,一条是羞辱,一条是悲愤,一条是抑郁,一条是惊讶,一条是灰心,一条是失望,一条是兴奋,一条是狂欢……创痕划多了,任何感觉都变成肤浅,模糊,凝涩。这静妙的诗境,太静了,太妙了,竟不能鼓舞起这麻木的心灵。

抚着雪白的枕头,静静的想到天明,忽然觉悟到这时情绪,也是凄婉,也是喜悦,也是企望,也是等待,也是忏悔,也是恋爱。不是少年人的飞跃,而是中年人的深沉,我不但是在恋爱,而且是在失恋,我是潜意识的在恋着那恝然舍去,凄然生恨,别后不曾一梦见的北平!

三

有几个朋友到默庐来,凭了半天的西窗,又在东廊上喝茶,他们说我的东廊像南京,西窗像西湖。真倒有几分像。呈贡是个"城压半山头"的小城,默庐是在山巅上,城墙从楼廊前高冈上蜿蜒而下,城内外都是田陇,文笔山上的塔和并立的碉堡从重重松影中掩映进来,好似南京和平门一带。西窗呢,上面已说过,昆明湖上山水是明媚,并不下于西湖。我听了微笑觉得很满意,而我的潜意识在心里向他们呼唤着说:"请说罢,这里可有一两处像北平的呢!"

南京,西湖,我都去过,每处都只玩过七八天,如同看见一本好书,一幅好画,一尊好彫刻,一个投机的新朋友,观者赞叹,不能忘情,但印象虽深,日子则浅,究竟不是青梅竹马耳鬓厮磨的伴侣,"物不如新,人不如故",这里有什么地方可以仿佛一二我深深恋着的北平呢?

这里完全是江南风味,柔媚的湖水,无际的稻田,青翠的山,斗笠,水牛,以及一切的一切,都在表现着南国的风光。像北平的,只有山外蔚蓝碧晴的天,但这也太微少了,义大利,瑞士,不也有蔚蓝碧晴的天!

真的,离开北平一年多了,我别时不曾留恋,别后不曾做梦,只一次梦见大雪,万山俱白,雪珠在脚下戛戛有声,雪的背景,说不出是在那里,而醒来却有无限的低回和怅惘,我战栗的知道,我的心里无时不在留恋着北平!

四

到默庐来过的朋友,都说"在这样静美的环境里,你真应该写点东西了。"真的,我早应该写点东西了! 我回答不来,只有惭愧。这里,美自然不必说,静也是真静。往往黄昏时送客下山回来,在山头平台上小立,"人散后,一钩新月天如水",黄昏以后的时光,就都是我一个人的了。每晚七时以后,群鸡杂乱的喔喔的争入窠巢,小孩子们在倦极了的山头奔走之后,也都先后的渐入浓睡。这时常常是满庭的月色,四围的虫籁和松涛。西窗之下,书架上一枝红烛,书案上一枝红烛,两重荧荧的烛光之中,我往往在独坐。默庐的四个月,一百二十个夜晚,虽然有客的时间占了大半,而其余独在的光阴,也不算少,而我却只在烛影下看看书,写写短信,作作活计,再也提不起笔来,无他,我只觉得心乱,腕也酸，眼也倦，笔也涩，写了几次，总写不出条理来。感谢几位朋友的催迫，为了怕见他们的面，赶紧在未见面之先，在静夜里试着运用我的笔，因名这篇文字为"默庐试笔"。

五

我的不写，难道是没有材料？两年前国外的旅行，两年来国家的遭遇，朋友的遭遇，一身的遭遇，死生流转之中，几乎每一段见闻，每日每夜和不同的人物的谈话；船上，车上，在极喧嚣的旅舍驿站中，在极悄静的农舍草棚里，清幽月影下，黯淡的灯光中，茶余，酒后，新的脸，旧的脸，老年人，中年人，少年人，男人，女人的悲哀感慨，愤激和奋兴，静静听来，危涕断肠，惊心动魄，不必引申，无须渲染，每一段，每一个，都是极精彩、极紧凑的每一个人格、每一个心性对这大时代的反应与呼叫！在这些人的自述和述事之中，再加以自己的经历和观察，都能极有条理有摆布的写出这全面抗战的洪涛怒吼的雷声！

这洪涛冲决了万丈堤防，挟滚滚泥沙而俱下。涛声里夹杂着万种的声音：有枪声，炸弹声，水雷爆发声，宫殿倒塌声，夜禽惊起声，战马鸣嘶声，进行曲合唱声，铁蹄下的呻吟声，战壕中的泥水声，婴儿寻母声，飞机振翼声，火炬燃烧声，宣誓声，筑路声，切齿声，赞叹声，……北平景山上的古柏，和天安门两旁的华表，我也看见他们在狂风中伸着巨指，指着天，听见他们发出如雷的洪声，说，"中华的儿女那里去了？没有北平无宁死！"

岂止北平？南京，西湖，广州，东四省……

这洪涛冲决了万丈堤防，冲洗出我中华三千年来一切组织、制度、习惯的一切强点和弱点，暴露出每一个人格的真力量和真面目。在这洪涛激荡，泥沙流走之中，大时代又捏成形成万般的情境和局势：拆散，摄合，沉迷，醒悟，坠落，奋兴，决绝，牵缠，误会，了解，怨毒，宽恕，挣扎，屈服，……这其间有万千不同的人物，万千不同的局境，是诗，是戏剧，是小说，拿得起笔儿的人，那会没有材料可写？

细细想来，是自己的心太乱了，洪涛激荡之中，自己先攀援不及，站立不住。雷轰电掣，神眩目夺，感觉不能深刻，观察不能缜密，描写不能细腻，结果只能以一位朋友所说，"这是酝酿的时候，不是写作的时候"的两句话，以自宽慰，以自解嘲。

六

我怎知自己心乱？呈贡四月的山居，健康渐渐恢复，生活渐渐就绪，每天的日程，几乎像十五年前海外养病时光，那样的纪律，呆板。在这清静幽闲的情境之中，似乎随时可以提笔，随时可以写出几百字，几千字，而实际上，在静境中，我常常觉着自己心思之飘忽与迷茫。最实在的是：我每夜都在做着杂乱无凭的乱梦，梦里没有一个熟识的脸，没有一处旧游的地方，没有一串连贯的事实。乱梦醒时，在惺忪朦胧之中，往往不知自己身在何处！

我常常凭着梦，来推测自己潜在的意识，断定自己真正心思之所寄。这习惯在十九年前，已经养成了，在《繁星》中，我记得曾说道：

梦儿是最瞒不过的呵，
清清楚楚的诚诚实实的
告诉了你灵魂里的密意和隐忧。

因着我的心乱，梦乱，我至少断定了，对于这伟大的神圣抗战，我是太柔弱，太微小了，抬头我望不着边际，张口我哽咽着叫不出赞颂的声音，低头我便重重的被压在这"伟大"底下，挣扎着也不得翻身。

于是我伏在"伟大"的脚下等，我只幽幽的吐了人云亦云敷衍随和的话语……

我在等——但要等到几时？我要等什么？等自己的了解？等时代的划分？等……？

于是我不顾自己的渺小，我试，试着拿起笔，试着写，凭着笔儿的奔放，我试出了一种情绪，万千人格、万千情绪之一种，是我自己在潜意识中苦恋着北平。

（以上原载香港《大公报》文艺副刊1940年1月1日第763期）

七

我为什么潜意识的苦恋着北平？我现在真不必苦恋着北平，呈贡山居的环境，实在比我北平西郊的住处，还静，还美。我的寓楼，前廊朝东，正对着城墙，雉堞蜿蜒，松影深青，霁天空阔。最好是在廊上看风雨，从天边几阵白烟、白雾，雨脚如绳，斜飞着直洒到楼前，越过远山，越过近塔，在瓦檐上散落出错落清脆的繁音。还有清晨黄昏看月出，日上。晚霞，朝霭，变幻万端，莫可名状，使人每一早晚，都有新的企望，新的喜悦。下楼出门转向东北，松林下参差的长着荇菜，菜穗正红，而红穗颜色，又分深浅，在灰墙、黄土、绿树之间，带映得十分悦目。出荆门北上斜坡，便到川台寺东首，栗树成林，林外隐见湖影和山光，林间有一片广场，这时已在城墙之上，登墙，外望，高岗起伏，远村隐约。我最爱早起在林中携书独坐，淡云来往，秋阳暖背，爽风拂面，这里清极静极，绝无人迹，只两个小女儿，穿着橘黄水红的绒衣，在广场上游戏奔走，使眼前宇宙，显得十分流动，鲜明。

我的寓楼，后窗朝西，书案便设在窗下，只在窗下，呈贡八影，已可见其三，北望是"凤岭松峦"，前望是"海潮夕照"，南望是"渔浦星灯"。窗前景物在第一段已经描写过，一百二十日夜之中，变化无穷，使人忘倦。出门南向，出正面荆门，西边是昆明西山。北边山上是三台寺。走到山坡尽处，有个平台，松柏丛绕，上有石磴和石块，可以坐立，登此下望，可见城内居舍，在树影中，错落参差。南望城外又可见三景，是龙街子山上之"龙山花坞"，罗藏山之"梁峰兆雨"；和城南印心亭下之"河洲月渚"。其余两景是白龙潭之"彩洞亭鱼"，和黑龙潭之"碧潭异石"，这两景非走到潭边是看不见的，所以我对于默庐周围的眼界，觉得爽然没有遗憾。

平台的石磴上，客来常在那边坐地，四顾风景全收。年轻些的朋友来，就欢喜在台前松柏荫下的草坡上，纵横坐卧，不到饭时，不肯进来。平台上四无屏障，山风稍劲。入秋以来，我独在时，常走出后门北上，到寺侧林中，一来较静，二来较暖。

回溯生平郊外的住宅，无论是长居短居，恐怕是默庐最惬心意。国外的如伍岛（Five Islands）白岭（White Mountains）山水不能两全，而且都是异国风光，没有亲切的意味。国内如山东之芝罘，如北平之海甸，芝罘山太高，海太深，自己那时也太小，时常迷茫消失于旷大寥阔之中，觉得一身是客，是奴，凄然怔忡，不能自主。海甸楼窗，只能看见西山，玉泉山塔，和西苑兵营整齐的灰瓦，以及颐和园内之排云殿和佛香阁。湖水是被围墙全遮，不能望见。论山之青翠，湖之涟漪，风物之醇永亲切，没有一处赶得上默庐。我已经说过，这里整个是一首华茨华斯的诗！

八

在这里住得妥贴，快乐，安稳，而旧友来到，欣赏默庐之外，谈锋又往往引到北平。

人家说想北平大觉寺的杏花，香山的红叶，我说我也想；人家说想北平的笔墨笺纸，我说我也想；人家说想北平的故宫北海，我说我也想；人家说想北平的烧鸭子涮羊肉，我说我也想；人家说想北平的火神庙隆福寺，我说我也想；人家说想北平的糖葫芦，炒栗子，我说我也想。而在谈话之时，我的心灵时刻的在自警说："不，你不能想，你是不能回去的，除非有那样的一天！"

我口说在想，心里不想，但看我离开北平以后，从未梦见过北平，足见我控制得相当之决绝——

而且我试笔之顷，意马奔驰，在我自己惊觉之先，我已在纸上写出我是在苦恋着北平。

我如今镇静下来，细细分析：我的一生，至今日止在北平居住的时光，占了一生之半，从十一二岁，到三十几岁，这二十年是生平最关键，最难忘的发育，模塑的年光，印象最深，情感最浓，关系最切。一提到北平，后面立刻涌现了一副一副的面庞，一幅一幅的图画：我死去的母亲，健在的父亲，弟，侄，师，友，车夫，佣人，报童，店伙……剪子巷的庭院，佟府堂前的玫瑰，天安门的华表，"五四"的游行，"九一八"黄昏时的卖报声，"国难至矣"的大标题，……我思潮奔放，眼前的图画和人面，也突兀变换，不可制止，最后我看见了景山最高顶，"明思宗殉国处"的方亭阑干上，有灯彩扎成的六个大字，是"庆祝徐州陷落！"

北平死去了！我至爱苦恋的北平，在不挣扎不抵抗之后，断续呻吟了几声，便恹然死去了！

二十六年七月二十八早晨，十六架日机，在晓光熹微中悠悠的低飞而来；投了三十二颗炸弹，只炸得西苑一座空营。——但这一声巨响，震得一切都变了色。海甸被砍死了九个警察，第二天警察都换了黑色的制服，因为穿黄制服的人，都当做了散兵，游击队，有砍死刺死的危险。

四野的炮声枪声，由繁而稀，由近而远，声音也死去了！

五光十色的旗帜都高高的悬起了：日本旗，意大利旗，美国旗，英国旗，黄鳖卐字旗，红十字旗，……只看不见了青天白日旗。

西直门楼上，深黄色军服的日兵，箕踞在雉堞上，倚着枪，咧着厚厚的嘴唇，露着不整齐的牙齿，下视狂笑。

街道上死一般的静寂，只三三两两褴褛赵趄的人，在仰首围读着"香月入城司令"的通告。

　　晴空下的天安门，饱看过千万青年摇旗呐喊，高呼"打倒日本帝国主义"的，如今只镇定的在看着一队一队零落的中小学生的行列，拖着太阳旗，五色旗，红着眼，低着头，来"庆祝"保定陷落，南京陷落……后面有日本的机关枪队紧紧地监视跟随着。

　　日本的游历团一船一船一车一车的从神户横滨运来，挂着旗号的大汽车，在景山路东长安街横冲直撞的飞走。东兴楼，东来顺挂起日文的招牌，欢迎远客。

　　故宫北海颐和园看不见一个穿长褂和西服的中国人，只听见橐橐的军靴声，木屐声。穿长褂和西服的中国人都羞的藏起了，恨的溜走了。

　　街市忽然繁荣起来了，尤其是米市大街，王府井大街，店面上安起木门，挂上布帘，无线电机在广播着友邦的音乐。

　　我想起东京神户，想起大连沈阳，……北平也跟着大连沈阳死去了，一个女神王后般美丽尊严的城市，在蹂躏侮辱之下，恹然地死去了。

　　我恨了这美丽尊严的皮囊，躯壳！我走，我回顾这尊严美丽，瞠目瞪视的皮囊，没有一星留恋。在那高山丛林中，我仰首看到了一面飘扬的旗帜，我站在旗影下，我走，我要走到天之涯，地之角，抖拂身上的怨尘恨土，深深的呼吸一下兴奋新鲜的朝气；我再走，我要捎着这方旗帜，来招集一星星的尊严美丽的灵魂，杀入那美丽尊严的躯壳！

　　　　　　　　（七、八原载香港《大公报》1940年2月28日）

再寄小读者

通讯 一

亲爱的小朋友：

今天真是和你们重新通讯的光明的开始，山头满了阳光，日影从深密的松林中，穿射过来，幻成几根迷濛的光柱。晴光中，一双翠鸟，低贴着潭水飞来，娇婉的叫了几声，又掠入满缀着红豆的天青丛里。岩下远近的青峰，隔着淡淡的云影，稳静的重叠着排立着。嘉陵江，绿锦似的，宛宛的向东牵引。隔江的山城，无数淡白的屋顶，错杂的隐在淡雾里。眼前一切，都显出安静，光明和欢喜。

这正是象征着我这时的心境！自从民国十二年开始和小朋友通讯，一转眼又是二十年了。在这两次通讯中间，我又以活跃的童心，走了一大段充满了色，光，热的生命的旅途。我做了教师，做了主妇，又做了母亲。我多读了几本书，多认识了几个朋友，多走了几万里国内国外的道路。这二十年的生命中虽没有什么巨惊大险，极痛狂欢，而在我小小的心灵里，也有过晓晴般的怡悦，暮烟般的怅惘，中宵梵唱般的感悟，清晨鼓角般的奋兴。许多事实，许多心绪，可以告诉给我的最同情的小朋友的，容我在以后的通讯里，慢慢的来陈述。

　　小朋友，这些年里，我收到你们许多信件，细小端楷的字迹，天真诚挚的言词，每次开函，都使我有无限的感谢和欢喜。为了这些信件，这几年来，我在病榻上，索居中，旅途里，永远不曾感到寂寞，因为我知道有这许多颗天真纯洁的心，南北东西的在包围追随着我！

　　因此，在民国三十二年元日，我借了大公报的篇幅，来开始答谢我的小读者。这通讯将不断的继续下去，希望因着更多的经验，我所能贡献给小朋友的，比从前可以更宽广深刻一些。

　　愿这第一封信，将我的开朗欢悦的心情，带给每个小读者！

　　愿抗战后的第六个新年，因着你们，而更加快乐，更见光明！

你的朋友　冰心

一九四二年十二月十二日，歌乐山

（原载重庆《大公报》1943年1月1日）

通 讯 二

小朋友：

　　今天让我们来谈"友谊"。

　　友谊是人我关系中最可宝贵的一段因缘——朋友虽列于五伦之末，而朋友的范围却包括得最广，你的君、臣（现在可以说是领袖，上司），父、子、兄、弟、夫、妇，同时都可以是你的朋友。

　　朋友是不分国籍，不限年龄，不拘性别的；只要理想相同，兴趣相近,情感相洽,意气相投的人,都可以很坚固的联结在一起。世界上有多少崇高理想的实现,艰巨事业的创立,伟大艺术的产生,都是一班志同道合的朋友,共同努力,相互切磋的结果。这种例子,在中外古今的历史上,是到处可以找到的。

同时,不但相似相同的人格,容易成为朋友,而朋友往往还是你空虚的填满,缺憾的补足,心灵的加深——你自己率直豪爽,你更佩服你朋友的谦退深沉;你自己热情好动,你更欣赏你朋友的冲淡静默;你自己多愁善病,你更羡慕你朋友的健硕欢欣。各种不同的人格,如同琴瑟上不同的弦子,和谐合奏,就能发出天乐般悦耳的共鸣。

交友是一种艺术。

热情,活泼,而富于同情心的人,常常能吸引许多朋友,而磁石只吸引着钢铁,月亮只吸引着海潮。

你能择友,则你的朋友将加倍的宝贵你的友情。

不要只想你能从朋友那里得到什么,也要想你的朋友能从你这里得到什么。

肯耕种的才有收获,能贡献的才配接受。

友谊是宁神药,是兴奋剂。

使你堕落,消沉的,不是你的好朋友。同时也要警惕,你是否在使你的朋友奋兴,向上?

友谊是大海中的灯塔,沙漠里的绿洲。

当你的心帆飘流于"理""欲"的三叉江口,波涛汹涌,礁石嶙峋,你要寻望你朋友的一点隐射的灵光,来照临,来指引。当你颠顿在人生枯燥炎热的旅途上,你的辛劳,你的担负,得不到一些酬报和支持的时候,你要奔憩在你朋友的亭亭绿荫之下,就饮于荡涤烦秽的甘泉。

古人有句说:"最难风雨故人来",——不但气候上有风雨,心灵上也有风雨!

你的心灵曾否走失于空山荒野之中,风吹雨打,四顾茫茫,忽然有你的朋友,开启了"同情"的柴扉,延请你进入他"爱"的茅庐,卸去你劳苦的蓑衣,拭去你脸上的泪雨,而把你推坐在"友情"的温暖炉火之前。

同时你也常常开着同情的心门,生起友爱的炉火,在屋前瞭望。

友谊中只有快乐,只有慰安,只有奋兴,只有连结。

友谊中虽然也有痛苦,古人的诗文中,不少伤逝惜别之句,然而友谊是不死的,友谊是不因离别而断隔的。"海内存知己,天涯若比邻","得一知己,可以无恨",这痛苦里是没有"寂寞"的,因为我们已经享有了那些朋友的友情!"寂寞"——心灵上的孤独,才是世界上最可怕的东西!

小朋友,在人生路上,我们虽然是孤身启程,而沿途却逐渐加入了许多同行的好伴,形成了一个整齐的队伍,并肩携手,载欣载奔,使我们克服了世路的险峻崎岖,忘却了长行的疲乏劳顿,我们要如何感谢人世间有这一种关系,这一段因缘?

愿你们永远是我的好朋友,假如我配,就请你们也让我做你们的好朋友。

冰　心

一九四二年十二月二十二日，重庆

（原载重庆《大公报》1943年1月4日）

通讯三

亲爱的小朋友：

　　昨夜还看见新月，今晨起来，却又是浓阴的天！空山万静，我生起一盆炭火，掩上斋门，在窗前桌上，供上腊梅一枝，茗香一炷，清茶一碗，自己扶头默坐，细细的来忆念我的母亲。

　　今天是旧历腊八，从前是我的母亲忆念她的母亲的日子，如今竟轮到我了。

　　母亲逝世，今天整整十三年了，年年此日，我总是出外排遣，不敢任自己哀情的奔放。今天却要凭着"冷"与"静"，来细细的忆念我至爱的母亲。

　　十三年以来，母亲的音容渐远渐淡，我是如同从最高峰上，缓步下山，但每一驻足回望，只觉得山势愈巍峨，山容愈静穆，我知道我离山愈远，而这座山峰，愈会无限度的增高的。

　　激荡的悲怀，渐归平靖，十几年来涉世较深，阅人更众，我深深的觉得我敬爱她，不只因为她是我的母亲，实在因为她是我平生所遇到的，最卓越的人格。

她一生多病,而身体上的疾病,并不曾影响她心灵的健康。她一生好静,而她常是她周围一切欢笑与热闹的发动者。她不曾进过私塾或学校,而她能欣赏旧文学,接受新思想,她一生没有过多余的财产,而她能急人之急,周老济贫。她在家是个娇生惯养的独女,而嫁后在三四十口的大家庭中,能敬上怜下,得每一个人的敬爱。在家庭布置上,她喜欢整齐精美,而精美中并不显出骄奢。在家人衣着上,她喜欢素淡质朴,而质朴里并不显出寒酸。她对子女婢仆,从没有过疾言厉色,而一家人都翕然的敬重她的言词。她一生在我们中间,真如父亲所说的,是"清风入座,明月当头",这是何等有修养,能包容的伟大的人格呵!

十几年来,母亲永恒的生活在我们的忆念之中。我们一家团聚,或是三三两两的在一起,常常有大家忽然沉默的一刹那,虽然大家都不说出什么,但我们彼此晓得,在这一刹那的沉默中,我们都在痛忆着母亲。

我们在玩到好山水时想起她,读到一本好书时想起她,听到一番好谈话时想起她,看到一个美好的人时,也想起她——假如母亲尚在,和我们一同欣赏,不知她要发怎样美妙的议论?要下怎样精确的批评?我们不但在快乐的时候想起她,在忧患的时候更想起她,我们爱惜她的身体,抗战以来的逃难,逃警报,我们都想假如母亲仍在,她脆弱的身躯,决受不起这样的奔波与惊恐,反因着她的早逝,而感谢上天。但我们也想到,假如母亲尚在,不知她要怎样热烈,怎样兴奋,要给我们以多大的鼓励与慰安——但这一切,现在都谈不到了。

在我一生中,母亲是最用精神来慰励我的一个人,十几年"教师"、"主妇"、"母亲"的生活中,我也就常用我的精神去慰励别人。而在我自己疲倦,烦躁,颓丧的时候,心灵上就会感到无边的迷惘与空虚!我想:

假如母亲尚在，纵使我不发一言，只要我能倚在她的身旁，伏在她的肩上，闭目宁神在她轻轻的摩抚中，我就能得到莫大的慰安与温暖，我就能再有勇气，再有精神去应付一切，但是：十三年来这种空虚，竟无法填满了，悲哀，失母的悲哀呵！

一朵梅花，无声的落在桌上。香尽，茶凉！炭火也烧成了灰，我只觉得心头起栗，站起来推窗外望，一片迷茫，原来雾更大了！雾点凝聚在松枝上。千百棵松树，千万条的松针尖上，挑着千万颗晶莹的泪珠……

恕我不往下写吧，——有母亲的小朋友，愿你永远生活在母亲的恩慈中。没有母亲的小朋友，愿你母亲的美华永远生活在你的人格里！

你的朋友　冰心
一九四三年一月三日，歌乐山

（原载重庆《大公报》1943年1月18日）

通 讯 四

亲爱的小朋友：

一位从军的小朋友，要我谈生命，这问题很费我思索。

我不敢说生命是什么，我只能说生命像什么。

生命像向东流的一江春水，它从最高处发源，冰雪是它的前身。它聚集起许多细流，合成一股有力的洪涛，向下奔注，它曲折的穿过了悬岩削壁，冲倒了层沙积土，挟卷着滚滚的沙石，快乐勇敢的流走，一路

上它享乐着它所遭遇的一切——

有时候它遇到巉岩前阻，它愤激的奔腾了起来，怒吼着，回旋着，前波后浪的起伏催逼，直到它涌过了，冲倒了这危崖，它才心平气和的一泻千里。

有时候它经过了细细的平沙，斜阳芳草里，看见了夹岸红艳的桃花，它快乐而又羞怯，静静地流着，低低地吟唱着，轻轻的度过这一段浪漫的行程。

有时候它遇到暴风雨，这激电，这迅雷，使它心魂惊骇，疾风吹卷起它，大雨击打着它，它暂时浑浊了，扰乱了，而雨过天晴，只加给它许多新生的力量。

有时候它遇到了晚霞和新月，向它照耀，向它投影，清冷中带些幽幽的温暖：这时它只想憩息，只想睡眠，而那股前进的力量，仍催逼着它向前走……

终于有一天，它远远地望见了大海，呵！它已到了行程的终结，这大海，使它屏息，使它低头。她多么辽阔，多么伟大！多么光明，又多么黑暗！大海庄严的伸出臂儿来接引它。它一声不响的流入她的怀里。它消融了，归化了，说不上快乐，也没有悲哀！

也许有一天，它再从海上蓬蓬的雨点中升起，飞向西来，再形成一道江流，再冲倒两旁的石壁，再来寻夹岸的桃花。

然而我不敢说来生，也不敢信来生！

生命又像一棵小树，它从地底里聚集起许多生力，在冰雪下欠伸，在早春润湿的泥土中，勇敢快乐的破壳出来。它也许长在平原上，岩石中，城墙里，只要它抬头看见了天，呵，看见了天！它便伸出嫩叶来吸收空气，承受日光，在雨中吟唱，在风中跳舞。它也许受着大树的荫遮，也许受着大树的覆压，而它青春生长的力量，终使它穿枝拂叶的挣脱了出来，在烈日下挺立抬头！

它过着骄奢的春天，它也许开出满树的繁花，蜂蝶围绕着它飘翔喧闹，小鸟在它枝头欣赏唱歌，它会听见黄莺清吟，杜鹃啼血，也许还听见枭鸟的怪噪。

它长到最茂盛的中年，它伸展出它如盖的浓荫，来荫庇树下的幽花芳草，它结出累累的果实，来呈现大地无尽的甜美与芳馨。

秋风起了，将它的叶子，由浓绿吹到绯红，秋阳下它再有一番的庄严灿烂，不是开花的骄傲，也不是结果的快乐，而是成功后的宁静的怡悦！

终于有一天，冬天的朔风，把它的黄叶干枝，卷落吹抖，它无力的在空中旋舞，在根下呻吟。大地庄严的伸出手儿来接引它，它一声不响的落在她的怀里。它消融了，归化了，它说不上快乐，也没有悲哀！

也许有一天，它再从地下的果仁中，破裂了出来，又长成一棵小树，再穿过丛莽的严遮，再来听黄莺的歌唱。

然而我不敢说来生，也不敢信来生。

宇宙是一个大生命，我们是宇宙大气中之一息。江流入海，叶落归根，我们是大生命中之一叶，大生命中之一滴。

在宇宙的大生命中，我们是多么卑微，多么渺小，而一滴一叶，也有它自己的使命！

要知道：生命的象征是活动，是生长，一滴一叶的活动生长，合成了整个宇宙的进化运行。

要记住：不是每一道江流都能入海，不流动的便成了死湖；不是每一粒种子都能成树，不生长的便成了空壳！

生命中不是永远快乐，也不是永远痛苦，快乐和痛苦是相生相成的。等于水道要经过不同的两岸，树木要经过常变的四时。

在快乐中我们要感谢生命，在痛苦中我们也要感谢生命。快乐固然兴奋，苦痛又何尝不美丽？我曾读到一个警句，是："愿你生命中有够多的云翳，来造成一个美丽的黄昏。"——（May there be enough clouds in your life to make a beautiful sunset.）

世界，国家和个人生命中的云翳，没有比今天再多的了。

小朋友，我们愿不愿意有一个成功后快乐的回忆，就是这位诗人所谓之"美丽的黄昏"？

祝福你的朋友　冰心

一九四四年十二月一日，雨夜，歌乐山

（原载重庆《大公报》1944年12月15日）

力构小窗随笔

力构小窗

"力构小窗"是潜庐里一间屋子的向东的窗户。这间屋子就算是书房罢,因为里面有几只书架,两张书桌,架上有些书籍报章,桌上也有些笔墨纸砚。不过西墙下还放着一张床,床下还有书箱,床边还有衣架。这床常常是不空着,周末回家的学生,游山而不能回去的客人,都在那里睡下,因此这书房常常变成客室,可用的时候,也不算多。

在北平的时候,曾给我们的书房起了一个名字,是"难为春室",那时正是"九一八"之后,满目风去,取"四海皆秋气,一室难为春"之意。还请我们的朋友容希白先生,用甲骨文写了一张小横披。南下之后,那小横披也不知去向。前年在迁入潜庐之先,曾另请一位朋友再写这四个字的横额,这位先生嫌"难为春"三个字太衰飒,他再三迁延推托,至终这间书房兼客室的屋子,还没有名字。

中国人喜欢给亭台楼阁,屋子,房子,起些名字,这些名字,不但象形,而且会意,往往将主人的心胸寄托,完全呈露——当然用滥了之后,也往往不能代表——这种例子俯拾即是,不须多说。

潜庐只是歌乐山腰,向东的一座土房,大小只有六间屋子,外面看去四四方方的,毫无风趣可言!倒是屋子四围那几十棵松树,三年来拔高了四五尺,把房子完全遮起,无冬无夏,都是浓荫逼人。房子左右,有云顶兔子二山当窗对峙,无论从哪一处外望,都有峰峦起伏之胜。房子东面松树下便是山坡,有小小的一块空地,站在那里看下去,便如同在飞机里下视一般,嘉陵江蜿蜒如带,沙磁区各学校建筑,都排列在眼前。隔江是重庆,重庆山外是南岸的山,真是"蜀江水碧蜀山青",重庆又常常阴雨,淡雾之中,碧的更碧,青的更青,比起北方山水,又另是一番景色。

潜庐不曾挂牌,也不曾悬匾,只有主人同客人提过这名字,客人写信来的时候,只要把主人名字写对了,房子的名字,也似乎起了效用。四川歌乐山的潜庐和云南三台山的默庐一样,都是主人静伏的意思。因此这房子里常常很静,孩子们一上学,连笑声都听不见。只主人自己悄悄的忙,有时写信,有时记账,有时淘米、洗菜、缝衣裳,补袜子……却难得写写文章!

如今再回到"力构小窗"——这间书客室既是废名,而且环顾室中,也实在不配什么高雅的名字,只有这个窗子,窗前的一张书桌,两张藤椅,窗外一片浓荫,当松树抽枝的时候,桌上落下一层黄粉,山中浓雾,云气飞涌入帘,这些光景,都颇有点诗意。夜中一灯如豆,也有过亲戚的情话,朋友的清谈,有时雨声从窗外透,月色从窗外浸来,都可以为日后追忆留恋的资料。尤其在当编辑的朋友,苦苦索稿的时候,自己一赌气拉过椅子坐下,提笔构思,这面窗子便横在眼前,排除不掉。

一个朋友说:"你知道不?写作是一分靠天才,九分靠逼迫……"

如今这一分天才，已消磨殆尽，而逼迫却从九分加到十分，我向来所坚持的"须其自来，不以力构"的写作条件，已不能存在了。忙病相连，忙中病中所偶得的一点文思，都在过眼云烟中消逝，人生几何？还是靠逼迫来乱写吧，于是乎名吾窗曰"力构小窗"，也是老牛破车，在鞭策下勉强前进的意思！

（原载《生活导报周年纪念文集》）

探　病

因为自己常常生病，也常常伺候生病的人，冷静旁观，觉得探病实在是一种艺术！

探病有几种条件：第一，这病人是否你所十分关怀的人？第二，这病人是否会因为你的探视，而觉得愉快，欢喜？第三，探病时的谈话；第四，探病时所携带赠送病人的物品，如书籍、花朵、糖果，及其他的用具和食物。

探病不是一件"面子事"，譬如某人病了，某人某人都已去看过，我同他也还算是朋友，不好意思不去走走，而你探望时的态度往往拘束，谈话往往勉强，比平常寒暄，更不自然，结果使病人也拘束，也勉强，因此而使他生出乏倦和厌烦，这种探病，于病人实在是有损无益。假如你觉得他会因你之不去而见怪，则不妨写一封小启，纸短情长，轻描淡写，自此而止。或者送一束鲜花，一本闲书，一袋糖果，附以小小的卡片，心到神知，也还不俗。

假如这病人是你的至友，他无时无刻不在悬盼你的来临，你准知道你推门进去，立刻会遇到他惊奇的笑容；但你也要防备到他会因着你的探视，而过度兴奋，谈话太多，休息不足。在这种情况之下，你最好有时送花，有时赠果，有时介绍一两本装潢轻巧的书本或闲书，然后特别在风雨之日，别人不大出门的时候，去看他一看。那时你会发现病室很冷清，病人很寂寞，正在他转侧无聊的时候，你轻轻进去，和他独对，这样，病人既无左右酬应之烦，又有静坐谈心之乐。如中间又有别人来看，你坐坐就走，既予别人以慰问的机会，又减少病人的困惫，这种探病，往往是病人所最欢迎的。

有的人是自己闲着没事，又找不着闲人来共同消磨时间，忽然想到某人正在养病，何不去找他谈谈？这种探病的人，最是可怕！他会因着你的肠炎，而提到他自己的回归热，他的太太的斑疹伤寒，他的孩子的破伤风，缕缕不倦，如数家珍，直闹到病人头昏脑热，觉得屋角床头，尽是病鬼！或则对病人感世忧时，大发牢骚，怀家念乡，聊抒抑郁，结果使病人也抑郁牢骚，不能自制，这种探病的人，最为医生及侍疾者所厌恶。所以对病人宜用轻松愉快的谈话，报告以亲友间可喜可笑的消息，使他喜悦，使他发笑。假如他是喜好文艺的人，不妨告诉他，你最近看到的诗文中的警句。假如他是关心音乐或体育的人，你也可以报告他以时下什么精彩的音乐演奏，或球类比赛。临走时你还可以给他点喜悦的希望，比如你说"下次我再来时，可以陪你散散步了"。或者说："下星期日晚上，我可以陪你去听听音乐了。"这都使他在幽闲的病榻上，有许多快乐的希冀与憧憬。最要紧的还是想法子减轻病人心中的负担，例如你可以替他写几封信，办几件事，看几个人，这些负担，都可以从谈话里探问出来的。

至于礼物的赠送，花朵当然最为适宜，鲜花是病人最大的安慰和喜乐。但花的种类，颜色和香味，都应当有个拣选。最好要知道病人平时所喜爱的花草和颜色，而且合他的欢心。有的人不喜欢浓郁的花香，气息太微的人，香花也会引起他的头痛。花的香要甜而清，如兰花、桂花、莲花、玫瑰花、香豆花，都是属于清甜一路。否则有色无香的花，如海棠、杜鹃、山茶、石竹，都是艳而不香，最合于病人的观赏。假如可能，花瓶也要送者配置，妥帖古雅，捧供床侧，不但受者欢欣，送者也会高兴。还有一件，送花要在病者床侧无花的时候，否则和许多别的花束，参在一起，不但显得喧闹，颜色也许还有不调和之处。

书籍的性质要轻松，文章要简短，使病人可以随时拿起放下，不费脑力，书的装潢要小而轻，不费病人的臂力腕力，字体要大而清楚，不费病人的眼力，画册也最适宜，如美术画、风景画等，使病人可以时常卧游。至于购送食品，要先得医生的许可，再适合病人的嗜好，果品常是有益无害的，如橙橘、苹果之类。自己烹调的菜肴，会引起病人的食欲，清淡整洁，而在医生许可之列者，也不妨随时致送。

生病是件苦事，但如有知心着意的人，来侍疾探病，生病不但变成件乐事，并且还是个福气。因病得闲，心境最清，文思诗情，都由此起，"维摩一室常多病，赖有天花作道场"。等到病室变成道场的时候，生病真是最甜柔最幸福的一件事了。

（原载《生活导报》）

请 客

藻和我都喜欢客人。我们都不能过酒食征逐,酣歌狂舞的社交生活,而最喜欢的是请几位知好的朋友,吃菜吃饭,茶余酒后,围炉剪烛,总是乐而忘倦。近年来,"贫病交逼",不但无此能力,也无此精神,朋友们又是天各一方,风流云散,而且因着交通关系,即使在方圆数十里的路程,也有咫尺天涯之叹。因此"请客"二字,几乎要从我们日常生活的字典中,轻轻删去。

但如遇忽然有朋友送来一筒好茶叶,一瓶好酒,一罐好咖啡,一包好烟,或是偶然买到两斤肉一只鸡,这请客的毛病便要发作,呆立室中,踟蹰搔首,我们想到人,想到时间,想到路程,结果总是"无结果而散"!

前春病中,在床上看到美国《读者文摘》二十年纪念文选里,有一篇巴登先生写的《五位最好的饭客》,在他的幻想中,他挑选了五位他认为最合式的古人,来做他的饭客。这五位是苏格拉底,约翰孙,巴毕斯(S.Pepys),孟大尼(Montaigne),和林肯。他说:"那些只在钱财上富足的人,不能使我们发生兴趣。这五位是享有了世界,而不被世界所据有……他们享有了他们所经验的一切,如好的书籍,好的谈话,好的思想,和好的朋友。和他们同在,使我们更为富足,也就是在'生命'——我们唯一的真正的财产中,更为富足。"

看毕使我拊枕欢笑!这幻想多么洒脱,多么美丽!抛书倚枕,我也就拟出我们请客的名单。凑起一桌客人,本是难事,要他们兴趣相同,嗜好相近;为谈话流畅起见,也不能有一人太狂放,也不能有一人太拘谨,而且两位主人都要列席,单请女客或单请男客,似乎都不大相宜。若请夫妇一对,这客人人选,就难而又难。经过长时间的思索,依据我们从前请客的习惯,我们拟定四对夫妇,连两个主人,正好一桌。名单如下:

第一对是李易安和赵明诚。这一对诗人学者夫妇,是最理想的客人,他们对于文学艺术的造诣和鉴赏,都是卓绝一时,无劳介绍。

第二对是管道昇和赵松雪。他们二位也都是书画名家,而且从管夫人小词中,可知他们夫妇的情好,一定会谐谑风生,四座绝倒。

第三对是谢道蕴和王凝之。我们谢家这位姑奶奶,咏絮才高,而且能敷青纱步障,为小郎解围,她的谈锋一定不弱。至于王姑老爷凝之,虽然使他的夫人有"天壤王郎"之叹,我以为这是因为王谢门风太高,贬低了他的地位,事实上,谢家肯招他为婿,以配道蕴,他也一定不会俗到那里去。

第四对是周瑜和乔夫人。周都督羽扇纶巾,翩翩儒将,在"吟肩双耸"的文人学士之间,需要这么一位风流俊逸,顾盼如神的少年将军,来调剂一下空气,使它不至过于酸涩。小乔夫人,号称国色,才学谈吐,我们虽无从知道,但她初嫁之年,会使得周郎雄姿英发,这"灵感"一定不浅!满坐倾谈,只要她把酒含笑,已够四座春生的了。

想象在潜庐廊上,松光掩映,山头开遍了杜鹃。藤床竹椅,瓦壶陶杯,略加布置。这四对嘉客,陆续苍临,读书、谈画、谈金石、谈词曲、谈火烧赤壁……直到明月中天,山风峭厉,才呼车乘马,纷纷离散,送客回来,余香在座,碧天如水……

幻想是多么痛快的一件事,这样请客,真是惠不伤廉。贫和病不能减少了我们精神上的愉快，我们所引以为虑的，是即使在幻想里，只因主人太平凡了，这些客人，会不会在请贴上题覆了"敬谢"两字？

（原载昆明《自由导报》1945年11月3日第5期）

做　梦

　　重庆是个山城，台阶特别的多，有时高至数百级。在市内走路，走平地的时候就很少，在层阶中腰歇下，往上看是高不可攀，往下看是下临无地，因此自从到了重庆以后，就常常梦见登山或上梯。

　　去年的一个春夜，我梦见在一条白石层阶上慢慢地往上走，两旁是白松和翠竹，梦中自己觉得是在爬北平西山碧云寺的台阶，走到台阶转折处，忽然天崩地陷的一声巨响，四周的松针竹叶都飞舞起来，阶旁的白石阑干，也都倾斜摧折。自上面涌下一大片火水，烘烘的在层阶上奔流燃烧。烟火弥漫之中，我正在惊惶失措的时候，忽然听见上面有极清朗嘹亮的声音，在唤我的名字，抬头却只看见半截隐在烟云里的台阶。同时下面也有个极熟悉的声音，在唤我的名字，往下看是一团团红焰和黑烟。在梦里我却欣然的，不犹疑的往下奔走，似乎自己是赤着脚，踏着那在台阶上流走燃烧的水火，飘然的直走到台阶尽处，下面是一道长堤，堤下是充塞的更浓厚的红焰和黑烟，黑烟中有个人在伸手接我，我叫着说："我走不下去了！"他说："你跳！"这一跳，我就跳回现实里来了！心还在跳，身子还觉得虚飘飘的，好像在烟云里。

　　这真是春梦！都是重庆的台阶和敌人的轰炸，交织成的一些观念，但当我同时听见两个声音在呼唤的时候,为什么不往上走到白云中,而往下走入黑烟里? 也许是避难就易,下趋是更顺更容易的缘故!

做梦本已荒唐,解说梦就更荒唐。我一生喜欢做梦,缘故是我很少做可怕的梦。我从小不怕鬼怪,大了不怕盗贼,没有什么神怪或侦探的故事,能以扰乱我的精神。我睡时开窗,而且不盖得太热,睡眠中清凉安稳,做的梦也常常是快乐光明的,虽然有时乱得不可言状,但决不可怕。

记得我母亲常常笑着同我说:"我死后一定升天,因为我常梦见住着极清雅舒适的房子。"这样说,我死后也一定升天,因为我所看过的最美妙的山水,所住过的最爽适的房子,都是在梦里看过住过的。而且山水和房屋都是合在一起。比如说,我常常梦见独自在一个读书楼上,书桌正对着一扇极大的玻璃窗,这扇窗几乎是墙壁的全面,窗框是玲珑雕花的。窗外是一片湖水,湖上常有帆影,常有霞光。这景象,除了梦里,连照片图画上,我也不曾看见过——我常常想请人把我的梦,画成图画。

我还常梦见月光:有一次梦见在潜庐廊下,平常是山的地方,忽然都变成水,月光照在水上,像一片光明的海。在水边仿佛有个渔夫晒网。我说:"这渔夫在晒网呢……"身边忽然站着一位朋友,他笑了,说:"月光也可以晒网么?"在他的笑声中,我又醒了,真的,月光怎可以晒网?

"梦是心中想",小时常常梦见考书,题目发下来,一个也不会,一急就醒了。旅行的时候,常常梦见误车误船,眼看着车开出站外,船开出口外,一急也就醒了。体弱的时候,常常梦见抱个极胖的孩子,双臂无力,就把他摔在地上。或是梦见上楼,走到中间,楼梯断了,这楼梯又仿佛是橡皮做的,把我颤摇摇的悬在空中。但是,在我的一生中,最常梦见的,还是山水,楼阁,月光……

单调的生活中,梦是个更换;乱离的生活中,梦是个慰安;困苦的生活中,梦是个娱乐;劳瘁的生活中,梦是个休息——梦把人们从桎梏般的现实中,释放了出来,使他自由,使他在云中翱翔,使他在山峰上奔走。能做梦便是快乐,做的痛快,更是快乐。现实的有余不尽之间,都可以"留与断肠人做梦"。但梦境也尽有挫折,"可怜梦也不分明","梦怕悲中断","怎不思量,除梦里有时曾去。无据,和梦也新来不做。"等到"和梦也新来不做"的时候,生活中还有一丝诗意么!?

(原载《生活导报》周年纪念文集1943年12月13日)

无 家 乐

家，是多么美丽甜柔的一个名词！

征人游子，一想到家，眼里会充满了眼泪，心头会起一种甜酸杂糅的感觉。这种描写，在中外古今的文里，不知有多少，且不必去管它。

但是"家"，除开了情感的分子，它那物质方面，包罗的可真多了：上自父母子女，下至鸡犬猫猪；上自亭台池沼，下至水桶火盆，油瓶盐罐，都是"家"之一部分，所以说到管家，哪一个主妇不皱眉？一说到搬家，哪一个主妇不头痛？

在下雨或雨后的天，常常看见蜗牛拖着那粘软的身体，在那凝涩潮湿的土墙上爬，我对它总有一种同情，一番怜悯！这正是一个主妇的象征！

蜗牛的身体，和我们的感情是一样的，绵软又怯弱。它需要一个厚厚的壳常常要没头没脑的钻到里面去，去求安去取暖。这厚厚的壳，便是由父母子女，油瓶盐罐所组织成的那个沉重而复杂的家！结果呢，它求安取暖的时间很短，而背拖着这厚壳，咬牙蠕动的时候居多！

新近因为将有远行，便暂时把我的家解散了，三个孩子分寄在舅家去，自己和丈夫借住在亲戚或朋友的家中，东家眠，西家吃，南京，上海，北平的乱跑,居然尝到了二十年来所未尝到的自由新鲜的滋味,那便是无家之乐。

古人说"无官一身轻",这人是一个好官!他把做官当做一种责任,去了官,卸了责任,他便一身轻快,羽化而登仙。我们是说"无家一身轻",没有了家,也没有了责任,不必想菜单,不必算账,不必洒扫,不必……哎哟,"不必"的事情就数不清了。这时你觉得耳朵加倍清晰,眼睛加倍发亮,脑筋加倍灵活,没事想找事做。

于是平常你听不见的声音,也听见了;平常看不出颜色,也看出了;平常想不起的人物和事情,也一齐想起了;多热闹,多灿烂,多亲切,多新鲜!

这次回到南京来,觉得南京之秋,太可爱可怜了,天空蓝得几乎赶得上北平,每天夜里的星星和月亮,都那么清冷晶莹的,使人屏息,使人低首。早晨起来,睁眼看见纱窗外一片蓝空,等不了扣好衣纽,便逼得人跑到门外去。在那蒙着一层微霜的纤草地上,自在疏慵的躺着十几片稀落的红黄的大枫叶,垂柳在风中快乐的摇曳,池里的凤尾红鱼在浮萍中间自由唼喋着,看见人来,泼剌地便游沉下去了。

这一天便这样自由自在的开始。

我的朋友们,都住在颐和路一带,早起就开始了颐和路的巡礼,为着访友,为着吃饭,这颐和路一天要走七八遭。我曾笑对朋友说,将来南京市府要翻修颐和路的时候,我要付相当的修理费的,因为我走的太多了。

朋友们的气味,和我大都相投,谈起来十分起劲,到了快乐和伤心时候,都可以掉下眼泪,也有时可以深到忍住眼泪。本来么,这八九年来世界，国家，和个人的大变迁，做成了多少悲欢离合的事情，多少甜酸苦辣的情感。这九年的光阴，把我们从"蒙昧"的青春，推到了"了解"的中年，把往事从头细说，分析力和理会力都加强了，忽然感到了九年前所未感觉到的悲哀和矛盾——但在这悲哀和矛盾中，也未尝没有从前所未感觉到的宁静和自由。

谈够了心，忽然想出去走走，于是一窝蜂似的又出去了。我们发现玄武湖上，凭空添出了几个幽静清雅的角落，这里常常是没有人，或者是一两个无事忙的孩子，占住这小亭或小桥的一角。这广大的水边，一洗去车水船龙的景象，把晴空万里的天，耀眼生花的湖水，浓纤纤的草地，静悄悄的楼台，都交付了我们这几个闲人。我们常常用宝爱珍惜的心情走了进来，又用留恋不舍的心情走了出去。

不但玄武湖上多出许多角落，连大街上也多出无数五光十色，炫目夺人的窗户。好久不开发家用了，仿佛口袋里的钱，总是用不完，于是东也买点，西也买点，送人也好，留着也好，充分享受了任意挥霍的快感。当我提着，夹着，捧着一大堆东西，飘飘然回到寓所的时候，心中觉得我所喜欢的不是那些五光十色的糖果，乃是这糖果后面一种挥霍的快乐。

还有种种纸牌戏：十年前我是决不玩的，觉得这是耗时伤神的事情。抗战以后，在寂寞困苦的环境中，没有了其他户外的娱乐，纸牌就成为唯一的游戏。到了重庆，在空袭最猛烈的季节，红球挂起，警报来到，把孩子送下防空洞，等待紧急警报的时间也常常摊开纸牌，来松弛大家紧张的心情。但那还是拿玩牌当作一种工具，如平常大学教授之"卫生牌"，来调和实验室里单调的空气。这次玩牌却又不同了，仿佛我是度一种特别放纵的假期，横竖夜里无须早睡，早晨无须早起，想病就病，想歇就歇，于是六七天来，差不多天天晚上有几个朋友，边笑边谈，一边是有天没日的玩着种种从未玩过的纸牌花样。

这无家之乐，还在绵延之中，我们还在计算着在远行之前，挤出两三天去游山玩水……但我已有了一种隐隐寂寞的感觉！记得幼年在私塾时期，从年夜晚起，锣鼓喧天的直玩到正月十五，等到月上柳梢，一股寂寞之感，猛然袭来，真是"道场散了"！一会儿就该烧灯睡觉，在冷冷的被窝中，温理这十五天来昏天黑地的快乐生涯，明天起再准备看先生的枯皱无情的脸，以及书窗外几枝疏落僵冷的梅花。

上帝创造蜗牛时候，就给它背上一个厚厚的壳，肯背也罢，不肯背也罢，它总得背着那厚壳在蠕动。一来二去的，它对这厚壳，发生了情感。没有了这壳，它虽然暂时得到了一种未经验过的自由，而它心中总觉得反常，不安逸！

我所要钻进去的那一个壳，是远在海外的东京。和以前许多的壳一样，据说也还清雅，再加上我的稳静的丈夫，和娇憨的小女，为求安取暖，还是不差！

是壳也罢，不是壳也罢，"家"是多么美丽甜柔的一个"名词"！

一九四六年十月二十日，南京颐和路

（原载《世纪评论》1947年2月第1卷第5期）

丢不掉的珍宝

　　文藻从外面笑嘻嘻的回来，胁下夹着一大厚册的《中国名画集》。是他刚从旧书铺里买的，花了六百日圆！

　　看他在灯下反复翻阅赏玩的样子，我没有出声，只坐在书斋的一角，静默的凝视着他。没有记性的可爱的读书人，他忘掉了他的伤心故事了！

　　我们两个人都喜欢买书，尤其是文藻。在他做学生时代，在美国，常常在一月之末，他的用费便因着恣意买书而枯竭了。他总是欢欢喜喜地以面包和冷水充饥，他觉得精神食粮比物质的食粮还要紧。在我们做朋友的时代，他赠送给我的，不是香花糖果或其他的珍品，乃是各种的善本书籍，文学的，哲学的，艺术的不朽的杰作。

　　我们结婚以后，小小的新房子里，客厅和书斋，真是"满壁琳琅"。墙上也都是相当名贵的字画。

　　十年以后，书籍越来越多了，自己买的，朋友送的，平均每月总有十本左右，杂志和各种学术刊物还不在内。我们客厅内，半圆雕花的红木桌上的新书，差不多每星期便换过一次。朋友和学生们来的时候，总是先跑到这半圆桌前面，站立翻阅。

同时，十年之中我们也旅行了不少地方，照了许多有艺术性的相片，买了许多古董名画，以及其他纪念品。我们在自己和朋友们赞叹赏玩之后，便珍重的将这些珍贵的东西，择起挂起或是收起。

民国二十六年六月二十九日，我们从欧洲，由西伯利亚铁路经过东三省，进了山海关，回到北平。到车站来迎接我们的家人朋友和学生，总有几十人，到家以后，他们争着替我们打开行李，抢着看我们远道带回的东西。

七月七日，芦沟桥上，燃起了战争之火……为着要争取正义与和平，我们决定要到抗战的大后方去。尽我们一分棉薄的力量，但因为我们的小女儿宗黎还未诞生，同时要维持燕京大学的开学，我们在北平又住了一学年。这一学年之中，我们无一日不作离开北平的准备：一切陈设家具，送人的送人，捐的捐了，卖的卖了，只剩下一些我们认为最宝贵的东西，不舍得让它与我们一同去流亡冒险的，我们就珍重的装起寄存在燕京大学课堂的楼上。那就是文藻从在清华做学起，几十年的日记；和我在美国三年的日记；我们两人整齐冗长六年的通信，我的母亲和朋友，以及许多不知名的"小读者"的来信，其中有许许多多，可以拿来当诗和散文读的，还有我的父亲年轻在海上时代，给母亲写的信和诗，母亲死后，由我保存的。此外还有作者签名送我的书籍；如泰戈尔《新月集》及其他；Virginia Wolfe 的 To The Light House 及其他；鲁迅，周作人，老舍，巴金，丁玲，雪林，淑华，茅盾……一起差不多在一百本以上，其次便是大大小小的相片，小孩子的相片，以及旅行的照片，再就是各种善本书，各种画集，笺谱，各种字画，以及许许多多有艺术价值的纪念品……收集起来，装了十五只大木箱。文藻十五年来所编的，几十布匣的笔记教材，还不在内！

收拾这些东西的时候，总是有许多男女学生帮忙，有人登记，有人包裹，有人装箱。……我们坐在地上忙碌地工作，累了就在地上休息吃茶谈话。我们都痛恨了战争！战争摧残了文化，毁灭了艺术作品，夺去了我们读书人研究写作的时间，这些损失是多少物质上的获得，都不能换取补偿的，何况侵略争夺，决不能有永久的获得！

在这些年轻人叹恨纵谈的时候，我每每因着疲倦而沉默着。这时我总忆起宋朝金人内犯的时候，我们伟大的女诗人李易安，和她的丈夫赵明诚，仓皇避难，把他们历年收集的金石字画，都丢散失了。李易安在她的《金石录后序》中，描写他们初婚贫困的时候，怎样喜爱字画，又买不起字画！以后生活转好，怎样地慢慢收集字画，以及金石艺术品，为着这些宝物，他们盖起书楼，来保存，来布置；字里行间，横溢着他们同居的快乐与和平的幸福。最后是金人的侵略，丈夫的死亡，金石的散失，老境的穷困……充分的描写呈露了战争期中，文化人的末路！

我不敢自拟于李易安，但我的确有一个和李易安一样的，喜好收集的丈夫！我和李易安不同的，就是她对于她的遭遇，只有愁叹怨恨，我却从始至终就认为战争是暂时的，正义和真理是要最后得胜的。以文物惨痛的损失，来换取人类最高的理智的觉悟，还是一件值得的事！

话虽如此说，我总不能忘情于我留在北平的"珍宝"。今年七月，在我得到第一次飞回北平的机会，我就赶紧回到燕京大学去。在那里，我发现校景外观，一点没有改变，经过了半年的修缮，仍旧是富丽堂皇；树木比以前更葱郁了，湖水依旧涟漪！走到我的住宅院中，那一架香溢四邻的紫藤花，连架子都不在了，廊前的红月季与白玫瑰，也一株无存！

走上阁楼，四壁是空的，文藻几十盒的笔记教材都不见了！

我心中忽然有说不出的空洞无着，默然的站了一会，就转身下来。

遇到了当年的工友，提起当年我们的房子，在日美宣战，燕大被封以后，就成了日本宪兵的驻在所，文藻的书室，就是拷问教授们的地方。那些笔记匣子，被日本兵运走了，不知去向。

两天以后，我才满怀着虚怯的心情，走上存放我们书箱的大楼顶阁上去——果然像我所想到的，那一间小屋是敞开的，捻开电灯一看，只是空洞的四壁！我的日记，我的书信，我的书籍，我的……一切都丧失了！

白发的工友，拿着钥匙站在门口，看见我无言的惨默，悄悄地走了过来，抱歉似的安慰我说："在珍珠港事变的第二天清早，日本兵就包围燕京大学，学生们都撵出去了，我们都被锁了起来。第二天我们也被撵了出去，一直到去年八月，我们回来的时候，发现各个楼里都空了，而且楼房拆改得不成样子。……您的东西……大概也和别人的一样，再也找不转来了。不过……我真高兴……这几年你倒还健康。"

我谢了他，眼泪忽然落了下来，转身便走下楼去。

迂缓的穿过翠绿的山坡，走到湖畔。远望岛亭畔的石船，我绕着湖走了两周，心里渐渐从荒凉寂寞，变成觉悟与欢喜。

从古至今，从东到西，不知道有多少人，占有过比我多上几百倍几千倍的珍宝。这些珍宝，毁灭的不必说了，未毁灭的，也不知已经换过几个主人！我的日记，我的书信，描写叙述当年当地的经过与心情的，当然可贵，但是，正如那老工友所说的，我还健在！我还能叙述，我还能描写，我还能传播我的哲学！

战争夺去了毁灭了我的一部分的珍宝,但它增加了我的最宝贵的,丢不掉的珍宝,那就是我对于人类的信心!

人类是进步的,高尚的,他会从无数的错误歪曲的小路上,慢慢的走回康庄平坦的大道上来。总会有一天,全世界的学校里又住满了健康活泼的学生,教授们的书室里,又磊着满满的书,他们攻读,他们研究,为全人类谋求福利。

人类也是善忘的,几年战争的惨痛,不能打消几十年的爱好。这次到了日本,我在各风景区旅行,对于照相和收集纪念品,都淡然不感兴趣,而我的书呆子的丈夫,却已经超过自己经济能力的,开始买他的书了!

一九四六年十二月四日于东京

(原载《妇女月刊》1947年7月第6卷第2期)

给日本学生的一封公开信

庆应大学的《学生新闻》，约我写一封信给日本的学生，我觉得非常的高兴与荣幸。

我是非常的尊敬与喜爱全世界上任何一个少年学生，因为学生是社会中的知识分子，他们年轻，勇敢，前进，天真而又纯洁。我们的一切快乐和希望，都寄托在这一班学生身上。将来的世界，是他们的工作园地。同时，他们自己将来的受苦或享乐，也要因着他们努力的目标与理想而定夺！

尤其是现今日本的青年学生们，在解放与改造国家社会的历程上，你们的责任，是何等的神圣与重大！

战争结束了，日本全体人民，从侵略的军国主义下，翻了一个身。从几十年被欺瞒，受压制的环境里，抬起了头，睁开了眼睛，这时往外望是海外四周宽阔的世界，回头看是国内荒凉破坏的土地，几十年八纮一宇的迷梦，忽然惊醒，在这恍惚矇眬之中，大多数的民众是苦闷，疑惧，彷徨，颓废，他们渴望着一群正确的领导者……

日本的学生们，你们的时代来临了！

日本一千多年来接受了中国的学艺文化，近百年来又接受了西洋的科学文明，但是日本却忽略了最伟大重要的一点，那便是自由民主的思想！

第一件事是：我们要承认世界上一切人类，是生来平等的，没有任何民族，可自称为"神明之胄"。在人人自由，个个平等的立场上，只有合作，只有互助，才能建立起世界的和平。

青年学生本是求知的，热诚的，现在在日本的外邦人士，是空前的众多，应该趁此时机，多方的与他们接触，学习他们的语言，研究他们的文化，建立起民族间诚恳的友谊。多多认识，多多了解，等到交通条件允许的时候，更应该多多的游历旅行，观察各国的风土民情，访问各国的名人学者，来扩大自己的眼光，改进自己的思想，和世界各国的知识前进的分子，携起手来，为着将来和平的世界，共同努力。

第二件事是：我们要承认男女两性，在社会上的地位是应该平等的。女子和男子一样，是应该受同等的教育，享受同等的法律上的权利的。特别在今日的日本，女子的人数，超过男子，假如让这班姊妹，停留在无知低下的地位上，那就不知要减削了多少建设创造的力量，所以我们要鼓吹男女求学的机会均等，把我们姊妹在家庭与社会的地位，无限量的提高，使我们能够尊重她们的人格，言论，与思想，借着她们的和平，稳健，坚定，温柔的天性，来感化我们，匡助我们，共同的在复兴建设的路途上携手迈进。

最后我要特别恳切的提到，中日两国在东半球望衡对宇，本是唇齿之邦，在文化的历史上，更是十分密切。过去几十年间，因着日本军阀的独裁专横，在国内是隐瞒诱骗，在国外是侵略欺凌，使得两国青年，对于两国的合作前途不能有开诚布公，恳谈互商的机会。如今桎梏解除，误会冰释,我们应当恢复一千年来信使来往,文物交换的欢情,多多的互遣文人学者以及科学技术人才,仔细讨论,缜密研究,寻求合理协力之方,来发扬我们的典章文物,政教礼俗……来改进我们的农矿工商,出产制造,将来亚东一面之安乐与繁荣,都寄托在两国热诚坦白的青年人身上!

在此,我敬祝日本的学生们,身心康泰。

一九四七年一月六日,东京

(最初发表于日本庆应大学《学生新闻》1947年1月25日,由中野宏喜译为日文,后刊于《世纪评论》1947年3月29日第1卷第13期)

写在"妇女节"之际

三月八日是"国际妇女节",中国称这一天为"妇女节",中央妇女运动委员会以及其他团体除了上街游行或是召开纪念演讲会以外,报刊、杂志会出《特集》大做宣传。可以说中国妇女运动起源于三十年前辛亥革命胜利,也就是唐群英、沈佩贞等女性提出女子参政运动那年。虽然当时社会各界对这些进步女性进行了激烈的攻击和责难,但另一方面也出现了《民主报》等拥护这些女性的报纸。舆论界围绕这个问题展开了激烈的争论。以一种公平的眼光来看,当时的妇女运动缺乏几分稳定性,被人非议为浅薄似也无可奈何。但是,她们是中国妇女运动的启蒙者,并在当时不利的社会环境中坚持着斗争。这一点是非常值得敬佩的。

三十年后的今天,中国的妇女运动并未止步于过去的阶段,但其进展实为缓慢,也未获得什么成果。即使是参政员和国民大会的代表,女性所占的比例也是少得可怜。另外,"妇女节"也是如此,当然不能说它每年只是在重复同样的活动这一天就不要庆祝了。我希望能以这一天为中心,不断并强有力地推动运动。

我迫切希望中国的女性同时也希望日本的女性各自都有教养,并且能够进行反省。当今社会的各个部门都有女性参加的空间,所以只要女性能从自我出发或是有奋发向上的精神就可以了。这样,社会看女性的眼光也会发生改变。女性特别应该在民主性的觉醒、提高教养以及实际能力方面不断努力。我确信只要女性的地位提高,妇女运动也会自然地加速发展,全世界的女性就会得到真正的幸福。

(日译文原题《妇女节に就て》,署谢冰心发言,最初发表于《中华日报》1948年3月8日由,虞萍译回中文)

对日本妇女的期待

前年，我乘坐的飞机降落在羽田机场，在驶离机场的路上透过车窗映入我眼帘的日本的景象是：满街的瓦砾……阴郁的脸……还有衣衫褴褛的年轻日本妇女……这种战争造成的现实的凄惨景象使我至今难以忘却。我在重庆时，经历了好几次惨无人道的日军空袭。不久以后听到东京被轰炸的消息，默默地想象遭受空袭和被火焰包围着的日本妇女苍白的脸，不由心如刀绞。作为女人并且作为母亲我这样赤裸裸地呼唤："多么的艰辛！""多么的悲哀！"这种感情是超越民族立场的。

和平到来不久后，我初次来到东京。当登上满山秋天红叶的箱根时，我不禁自言自语道：

"再也不能有战争了。再也不能在重庆那美丽的山和日本这座雄伟的山上挖防空洞壕了。但世上的男人说不定还会有战争的欲望。那时我们妇女决不能让男人们拿起武器！"

我在箱根山上的这番私语无论何时何地说给谁听，谁都一定会洗耳恭听的。至今我还坚信，特别是文静的日本妇女听了我的这番话后一定会紧握我的手。

我只是不想提战争。我屡次听到在恶魔的狂舞中痴狂的日军作为神的叛逆者被日本民众所痛恨，并且我也知道日本妇女曾经相信服从他们的命令是爱国的表现这一事实。

虽然无论何时人都应该追求对往日快乐的回忆，但只有抛开悲惨的过去，人才能探求到快乐的人生和社会。世上众多健壮的男女必须用人道爱以及一切手段来表达绝对反对暴力及破坏行为的决心。

我不知道日本人居然有那么多的中国朋友。去年，我回国去上海、南京、北平各地进行演讲旅行之际，中国男女青年寄给我的信连手提箱都无法装下。大学生、中学生、女学生们，远的有从重庆给素不相识的日本年轻人寄来的充满爱心的信件。每当有机会我告诉她们"日本妇女已经得到解放并不断地活跃在社会上"时，年轻的女学生们总是目光炯炯充满了喜悦之情。日本和中国必须携手共进，这是两国的一种严肃的宿命。而且，现在中国的青年男女抛开了过去十年的噩梦，他们等待可以真正与日本协作的那一天已经等得太久了。我衷心期盼日本的青年特别是各位妇女能为不辜负这种纯粹的愿望而努力。

来东京已经一年半了，许多妇女访问了我。有女作家、女记者、女议员、大学生等，无论哪一位都真的非常和善美丽。可谓东洋女性特征的温和、顺从、忍耐的美德在这乱世中居然未被舍弃，这种精神令我感慨万分。我高兴地看到妇女的地位也因为她们忘我的努力而一天天得以提高。我在二十年前留学美国时，和一位无比亲近的日本同学[①]并桌学习。阔别十几年后，我们在东京再次相见，彼此手拉着手感到非常地喜悦。我们总是以和昔日一样的友情期待着每月数次的聚会。

---

① 这位日本同学是三岛すみ江（三岛澄江）。

最近听说世界上又弥漫起战争的风云。我们女性在怀有"战争是否爆发"的恐怖感之前，要有坚决抵制战争爆发的自信。在人类社会战争也许是无法避免的。但是无论什么地方的人们都清楚知道地球上的两次悲惨的战争带来了什么。谁会乐于牺牲自己宝贵的血肉之躯来做炮灰呢？我想再次向日本女性发出呼吁："必须用我们女性的手来彻底抵制战争。"

（日译文原题《日本女性への期待》，最初发表于《妇女》1948年8月第2卷第8号，长谷川仁译，由虞萍译回中文）

从破旧的信说起

——在东京大学讲台上

我从幼年时候起就知道著名的"红门"了。——这"红门"日语叫"赤门"。亲戚或长辈中来过日本和由东京帝国大学毕业的人们,都是夸耀自己的"红门"出身的,可见东京帝国大学的地位——它已在外国人中有相当高的评价了。

我自己在四年前就到过东京,首先参观的是东大。那郁郁葱葱的林阴道,庄严古雅的校舍,那许多往来的学生,都使我心中不觉涌出兴奋而愉快的感情。

前年夏,应东大中国文学科的聘请讲学,我感到荣幸。今春又再次被邀请来讲学。我不止是最早来的外国女性,而且也是最初在东大讲学的外国妇女,这更使我感到兴奋。

我从事教学有二十多年了。对我来说,最令人愉快、令人激奋的,莫过于接触男女青年。过去的同事和我这样说:

"我们教师过去没有正确的思想引导学生,那时也不可能。但是今后,我们应当努力引导学生的思想走向正确的方向。"

我记住了这句名言。在过去二十年的经验中,学生们给予我无数的激励，无数的劝勉和无数的批评；他们是那样的热情，那样的严谨，那样的坦率和天真。这给了我勇气，使我充满了青春的活力。他们希望我不要停止，不要后退。特别在抗战期间，学生们对我的照料和关怀，给我以无限的鼓励和鞭策。记得一九三九年（或一九四〇年）春，在华北的广播中说我故去了，据说日本报纸也登载了这样的消息。在此三四个月之后，我的丈夫吴文藻收到了在华北打游击的一位学生的信。这信不知经过了几个月，通过了几个战区，才辗转送来的，当拿到信时，已破旧不堪了。

这信中写道：

"在战地，有位外国记者送我一本'幻想评论'，其中记载有谢先生故去的新闻，我们无限悲伤。我还清楚地记得，谢先生喜欢穿蓝布衣服，谢先生的那温柔的笑脸……谢先生一直是主张民主、拥护民主的，现在我们正需要建设最民主的时候，她却突然离开我们去世了，我们怎能不悲痛呢！我们希望与您和您的孩子们一起，为完成谢先生未完成的大业而努力……"

这封信使我感动，使我伤心！我多次地流下了热泪。以后这个学生在华北战场上壮烈地牺牲了；而我仍留在人间。但他对我所怀的印象和深挚之情，却长久留在我的心里。我该如何去努力呢！

我在东大的教室和校园里，看到这儿的学生的脸上的表情和眼睛里的神情，和我在中国所看到的完全一样。同样是朴素的服装，饱满的热情，追求知识的眼神，敏捷天真的动作；同样地激发了我。遗憾的是因我没有学过日语,不能随意畅谈。我对日本一切的理解,实在肤泛浅薄。如果我能和学生们随意畅谈,我相信能有更多的东西贡献于诸位面前。亚洲的和平和民主,是需要我们不懈的努力,中日两国国民需要我们真正的理解与合作。

我们追悔过去沉痛的教训,需要重新展望未来!东大的学生们以我做为"红门"的客人接待,我希望在得到互相理解、共同合作的良机中不断前进!

一九五〇年十月三日东京

(原载《东大学生新闻》1950年10月26日)

观 舞 记

——献给印度舞蹈家卡拉玛姐妹

我应当怎样地来形容印度卡拉玛姐妹的舞蹈?

假如我是个诗人,我就要写出一首长诗,来描绘她们的变幻多姿的旋舞。

假如我是个画家,我就要用各种的彩色,渲点出她们的清扬的眉宇,和绚丽的服装。

假如我是个作曲家,我就要用音符来传达出她们轻捷的舞步,和细响的铃声。

假如我是个雕刻家,我就要在玉石上模拟出她们的充满了活力的苗条灵动的身形。

然而我什么都不是! 我只能用我自己贫乏的文字,来描写这惊人的舞蹈艺术。

如同一个婴儿,看到了朝阳下一朵耀眼的红莲,深林中一只旋舞的孔雀,他想叫出他心中的惊喜,但是除了咿哑之外,他找不到合适的语言!

但是,朋友,难道我就能忍住满心的欢喜和激动,不向你吐出我心中的"咿哑"?

我不敢冒充研究印度舞蹈的学者,来阐述印度舞蹈的历史和派别,来说明她们所表演的婆罗多舞是印度舞蹈的正宗。我也不敢像舞蹈家一般,内行地赞美她们的一举手一投足,是怎样的"出色当行"。

我只是一个欣赏者,但是我愿意努力地说出我心中所感受的飞动的"美"!

朋友,在一个难忘的夜晚——

帘幕慢慢地拉开,台中间小桌上供养着一尊湿婆天的舞像,两旁是燃着的两盏高脚铜灯,舞台上的气氛是静穆庄严的。

卡拉玛·拉克希曼出来了。真是光艳的一闪!她向观众深深地低头合掌,抬起头来,她亮出了她的秀丽的面庞,和那能说出万千种话的一对长眉,一双眼睛。

她端凝地站立着。

笛子吹起,小鼓敲起,歌声唱起,卡拉玛开始舞蹈了。

她用她的长眉,妙目,手指,腰肢;用她鬓上的花朵,腰间的褶裙;用她细碎的舞步,繁响的铃声,轻云般慢移,旋风般疾转,舞蹈出诗句里的离合悲欢。

我们虽然不晓得故事的内容,但是我们的情感,却能随着她的动作,起了共鸣!我们看她忽而双眉颦蹙,表现出无限的哀愁,忽而笑颊粲然,表现出无边的喜乐;忽而侧身垂睫表现出低回宛转的娇羞;忽而张目嗔视,表现出叱咤风云的盛怒;忽而轻柔地点额抚臂,画眼描眉,表演着细腻妥帖的梳妆;忽而挺身屹立,按箭引弓,使人几乎听得见铮铮的弦响！像湿婆天一样，在舞蹈的狂欢中，她忘怀了观众，也忘怀了自己。她只顾使出浑身解数，用她灵活熟练的四肢五官，来讲说着印度古代的优美的诗歌故事！

一段一段的舞蹈表演过（小妹妹拉达，有时单独舞蹈，有时和姐姐配合，她是一只雏凤！形容尚小而工夫已深，将来的成就也是不可限量的），我们发现她们不但是表现神和人，就是草木禽兽：如莲花的花开瓣颤，小鹿的疾走惊跃，孔雀的高视阔步，都能形容尽致，尽态极妍！最精彩的是"蛇舞"，颈的轻摇，肩的微颤：一阵一阵的柔韧的蠕动，从右手的指尖，一直传到左手的指尖！我实在描写不出，只能借用白居易的两句诗："珠缨炫转星宿摇，花鬘斗薮龙蛇动"来包括了。

看了卡拉玛姐妹的舞蹈，使人深深地体会到印度的优美悠久的文化艺术：舞蹈、音乐、雕刻、图画……都如同一条条的大榕树上的树枝，枝枝下垂，入地生根。这许多树枝在大地里面，息息相通、吸收着大地母亲给予它的食粮的供养，而这大地就是有着悠久历史的印度的广大人民群众。

卡拉玛和拉达还只是这棵大榕树上的两条柔枝。虽然卡拉玛以她的二十二年华，已过了十七年的舞台生活；十二岁的拉达也已经有了四年的演出经验，但是我们知道印度的伟大的大地母亲，还会不断地给她们以滋润培养的。

最使人惆怅的是她们刚显示给中国人民以她们"游龙"般的舞姿，因着她们祖国广大人民的需求，她们又将在两三天内"惊鸿"般地飞了回去!

　　北京的早春,找不到像她们的南印故乡那样的丰满芬芳的花朵,我们只能学她们的伟大诗人泰戈尔的充满诗意的说法:让我们将我们一颗颗的赞叹感谢的心,像一朵朵的红花似地穿成花串,献给她们挂在胸前,带回到印度人民那里去,感谢他们的友谊和热情,感谢他们把拉克希曼姐妹暂时送来的盛意!

(原载《人民日报》1957年4月6日)

樱 花 赞

　　樱花是日本的骄傲。到日本去的人，未到之前，首先要想起樱花；到了之后，首先要谈到樱花。你若是在夏秋之间到达的，日本朋友们会很惋惜地说："你错过了樱花季节了！"你若是冬天到达的，他们会挽留你说："多呆些日子，等看过樱花再走吧！"总而言之，樱花和"瑞雪灵峰"的富士山一样，成了日本的象征。

　　我看樱花，往少里说，也有几十次了。在东京的青山墓地看，上野公园看，千鸟渊看……；在京都看，奈良看……；雨里看，雾中看，月下看……日本到处都有樱花，有的是几百棵花树拥在一起，有的是一两棵花树在路旁水边悄然独立。春天在日本就是沉浸在弥漫的樱花气息里！

　　我的日本朋友告诉我，樱花一共有三百多种，最多的是山樱、吉野樱和八重樱。山樱和吉野樱不像桃花那样地白中透红，也不像梨花那样地白中透绿，它是莲灰色的。八重樱就丰满红润一些，近乎北京城里春天的海棠。此外还有浅黄色的郁金樱，花枝低垂的枝垂樱，"春分"时节最早开花的彼岸樱，花瓣多到三百余片的菊樱……掩映重叠、争妍斗艳。清代诗人黄遵宪的樱花歌中有：

…………

　　墨江泼绿水微波

　　万花掩映江之沱

　　倾城看花奈花何

　　人人同唱樱花歌

　　…………

　　花光照海影如潮

　　游侠聚作萃渊薮

　　…………

　　十日之游举国狂

　　岁岁欢虞朝复暮

　　…………

　　这首歌写尽了日本人春天看樱花的举国若狂的胜况。"十日之游"是短促的，连阴之后，春阳暴暖，樱花就漫山遍地的开了起来，一阵风雨，就又迅速地凋谢了，漫山遍地又是一片落英！日本的文人因此写出许多"人生短促"的凄凉感喟的诗歌，据说樱花的特点也在"早开早落"上面。

　　也许因为我是个中国人，对于樱花的联想，不是那么灰黯。虽然我在一九四七年的春天，在东京的青山墓地第一次看樱花的时候，墓地里尽是些阴郁的低头扫墓的人，间以喝多了酒引吭悲歌的醉客，当我穿过圆穹似的莲灰色的繁花覆盖的甬道的时候，也曾使我起了一阵低沉的感觉。

今年春天我到日本，正是樱花盛开的季节，我到处都看了樱花，在东京，大阪，京都，箱根，镰仓……但是四月十三日我在金泽萝香山上所看到的樱花，却是我所看过的最璀璨、最庄严的华光四射的樱花！

四月十二日，下着大雨，我们到离金泽市不远的内滩渔村去访问。路上偶然听说明天是金泽市出租汽车公司工人罢工的日子。金泽市有十二家出租汽车公司，有汽车二百五十辆，雇用着几百名的司机和工人。他们为了生活的压迫，要求增加工资，已经进行过五次罢工了，还没有达到目的，明天的罢工将是第六次。

那个下午，我们在大雨的海滩上和内滩农民的家里，听到了许多工农群众为反对美军侵占农田作打靶场，奋起斗争终于胜利的种种可泣可歌的事迹。晚上又参加了一个情况热烈的群众欢迎大会，大家都兴奋得睡不好觉，第二天早起，匆匆地整装出发，我根本就把今天汽车司机罢工的事情，忘在九霄云外了。

早晨八点四十分，我们从旅馆出来，十一辆汽车整整齐齐地摆在门口。我们分别上了车，徐徐地沿着山路，曲折而下。天气晴明，和煦的东风吹着，灿烂的阳光晃着我们的眼睛……

这时我才忽然想起，今天不是汽车司机们罢工的日子么？他们罢工的时间不是从早晨八时开始么？为着送我们上车，不是耽误了他们的罢工时刻么？我连忙向前面和司机同坐的日本朋友询问究竟。日本朋友回过头来微微地笑说："为着要送中国作家代表团上车站，他们昨夜开个紧急会议，决定把罢工时间改为从早晨九点开始了！"我正激动着要说一两句道谢的话的时候，那位端详稳静、目光注视着前面的司机，稍稍地侧着头，谦和地说："促进日中人民的友谊，也是斗争的一部分呵！"

我的心猛然地跳了一下,像点着的焰火一样,从心灵深处喷出了感激的漫天灿烂的火花……

清晨的山路上,没有别的车辆,只有我们这十一辆汽车,沙沙地飞驰。这时我忽然看到,山路的两旁,簇拥着雨后盛开的几百树几千树的樱花!这樱花,一堆堆,一层层,好像云海似地,在朝阳下绯红万顷,溢彩流光。当曲折的山路被这无边的花云遮盖了的时候,我们就像坐在十一只首尾相接的轻舟之中,凌驾着骀荡的东风,两舷溅起哗哗的花浪,迅捷地向着初升的太阳前进!

下了山,到了市中心,街上仍没有看到其他的行驶的车辆,只看到街旁许多的汽车行里,大门敞开着,门内排列着大小的汽车,门口插着大面的红旗,汽车工人们整齐地站在门边,微笑着目送我们这一行车辆走过。

到了车站,我们下了车,以满腔沸腾的热情紧紧地握着司机们的手,感谢他们对我们的帮助,并祝他们斗争的胜利。

热烈的惜别场面过去了,火车开了好久,窗前拂过的是连绵的雪山和奔流的春水,但是我的眼前仍旧辉映着这一片我所从未见过的奇丽的樱花!

我回过头来,问着同行的日本朋友:"樱花不消说是美丽的,但是从日本人看来,到底樱花美在哪里?"他搔了搔头,笑着说:"世界上没有不美的花朵……至于对某一种花的喜爱,却是由于各人心中的感触。日本文人从美而易落的樱花里,感到人生的短暂,武士们就联想到捐躯的壮烈。至于一般人民,他们喜欢樱花,就是因为它在凄厉的冬天之后,首先给人民带来了兴奋喜乐的春天的消息。在日本,樱花就是多!山上、水边、街旁、院里，到处都是。积雪还没有消融，冬服还没有去身，幽暗的房间里还是春寒料峭，只要远远地一丝东风吹来，天上露出了阳光，这樱花就漫山遍地的开起！不管是山樱也好，吉野樱也好，八重樱也好……向它旁边的日本三岛上的人民，报告了春天的振奋蓬勃的消息。"

这番话，给我讲明了两个道理。一个是：樱花开遍了蓬莱三岛，是日本人民自己的花，它永远给日本人民以春天的兴奋与鼓舞；一个是：看花人的心理活动，形成了对于某些花卉的特别喜爱。金泽的樱花，并不比别处的更加美丽。汽车司机的一句深切动人的、表达日本劳动人民对于中国人民的深厚友谊的话，使得我眼中的金泽的漫山遍地的樱花，幻成一片中日人民友谊的花的云海，让友谊的轻舟，激箭似地，向着灿烂的朝阳前进！

深夜回忆，暖意盈怀，欣然提笔作樱花赞。

一九六一年五月十八日

（原载《人民文学》1961年6月号）

只拣儿童多处行

　　从香山归来，路过颐和园，看见颐和园门口，就像散戏似的，成千盈百的孩子，闹嚷嚷地从门内挤了出来。这几扇大红门，就像一只大魔术匣子，盖子敞开着，飞涌出一群接着一群的关不住的小天使。

　　这情景实在有趣！我想起两句诗："儿童不解春何在，只拣游人多处行"，反过来也可以说，"游人不解春何在，只拣儿童多处行"。我们笑着下了车，迎着儿童的涌流，挤进颐和园去。

　　我们本想在知春亭畔喝茶，哪知道知春亭畔已是座无隙地！女孩子、男孩子，戴着红领巾的，把外衣脱下搭在肩上拿在手里的，东一堆，西一簇，唧唧呱呱地，也不知说些什么，笑些什么，个个鼻尖上闪着汗珠，小小的身躯上喷发着太阳的香气息。也有些孩子，大概是跑累了，背倚着树根坐在小山坡上，聚精会神地看小人书。湖面无数坐满儿童的小船，在波浪上荡漾，一面一面鲜红的队旗，在骀荡的东风里哗哗地响着。

　　我们站了一会，沿着湖边的白石栏杆向玉澜堂走，在转折的地方，总和一群一群的孩子撞个满怀，他们匆匆地说了声"对不起"，又匆匆地往前跑，知春亭和园门口大概是他们集合的地方，太阳已经偏西，是他们归去的时候了。

走进玉澜堂的院落里,眼睛突然地一亮,那几棵大海棠树,开满了密密层层的淡红的花,这繁花开得从树枝开到树梢,不留一点空隙,阳光下就像几座喷花的飞泉……

春光,就会这样地饱满,这样地烂漫,这样地泼辣,这样地华侈,它把一冬天蕴藏的精神、力量,都尽情地挥霍出来了!

我们在花下大声赞叹,引起一群刚要出门的孩子,又围聚过来了,他们抬头看看花,又看看我们。我拉住一个额前披着短发的男孩子,笑问:"你说这海棠花好看不好看?"他忸怩地笑着说:"好看。"我又笑问:"怎么好法?"当他说不出来低头玩着纽扣的时候,一个在他后面的女孩子笑着说:"就是开得旺嘛!"于是他们就像过了一关似的,笑着推着跑出门外去了。

对,就是开得旺!只要管理得好,给它适时地浇水施肥,花也和儿童一样,在春天的感召下,欢畅活泼地,以旺盛的生命力,舒展出新鲜美丽的四肢,使出浑身解数,这时候,自己感到快乐,别人看着也快乐。

朋友,春天在哪里?当你春游的时候,记住"只拣儿童多处行",是永远不会找不到春天的!

(原载《北京晚报》1962年5月6日)

一只木屐

淡金色的夕阳，像这条轮船一样，懒洋洋地停在这一块长方形的海水上。两边码头上仓库的灰色大门，已经紧紧地关起了。一下午的嘈杂的人声，已经寂静了下来，只有乍起的晚风，在吹卷着码头上零乱的草绳和尘土。

我默默地倚伏在船栏上，周围是一片的空虚——沉重，时间一分一分地过去，苍茫的夜色，笼盖了下来。

猛抬头，我看见在离船不远的水面上，飘着一只木屐，它已被海水泡成黑褐色的了。它在摇动的波浪上，摇着、摇着，慢慢地往外移，仿佛要努力地摇到外面大海上去似的！

啊！我苦难中的朋友！你怎么知道我要悄悄地离开？你又怎么知道我心里丢不下那些把你穿在脚下的朋友？你从岸上跳进海中，万里迢迢地在船边护送着我？

过去几年的、在东京的苦闷不眠的夜晚——相伴我的只有瓦檐上的雨声，纸窗外的月色，更多的是空虚——沉重的、黑魆魆的长夜；而每一个不眠的夜晚，我都听到戛达戛达的木屐声音，一阵一阵的从我楼前走过。这声音,踏在石子路上,清空而又坚实;它不像我从前听过的、引人憎恨的、北京东单操场上日本军官的军靴声,也不像北京饭店的大厅上日本官员、绅士的皮鞋声。这是日本劳动人民的、风里雨里寸步不离的、清空而又坚实的木屐的声音……

我把双手交叉起,枕在脑后,随着一阵一阵的屐声,在想象中从穿着木屐的双脚,慢慢地向上看,我看到悲哀憔悴的穿着外褂、套着白罩衣的老人、老妇的脸;我看到痛苦愤怒的穿着工裤、披着蓑衣的工人、农民的脸;我看到忧郁彷徨的戴着四角帽、穿着短裙的青年、少女的脸……这些脸,都是我白天在街头巷尾不断看到的,这时都汇合了起来,从我楼前戛达戛达地走过。

"苦难中的朋友!在这黑魆魆的长夜,希望在哪里?你们这样戛达戛达地往哪里走呢?"在失眠的辗转反侧之中,我总是这样痛苦地想。

但是鲁迅的几句话,也常常闪光似地刺进我黑暗的心头,"我想:希望是本无所谓有,无所谓无的。这正如地上的路;其实地上本没有路,走的人多了,也便成了路。"

就这样,这清空而又坚实的木屐声音,一夜又一夜地从我的乱石嶙峋的思路上踏过;一声一声、一步一步地替我踏出了一条坚实平坦的大道,把我从黑夜送到黎明!

事情过去十多年了,但是我还常常想起那日那时日本横滨码头旁边水上的那只木屐。对于我,它象征着日本劳动人民,也使我回忆起那几年居留日本的一段生活,引起我许多复杂的情感。

从那日那时离开日本后,我又去过两次。这时候,日本人民不但是我的苦难中的朋友,也是我的斗争中的朋友了,我心中的苦乐和十几年前已大不相同。但是,当同去的人们,珍重地带回了些与富士山或樱花有关的纪念品的时候,我却收集一些小小的、引人眷恋的玩具木屐……

一九六二年六月八日,北京

(原载《上海文学》1962年7月号)

第三辑

腊 八 粥

从我能记事的日子起,我就记得每年农历十二月初八,母亲给我们煮腊八粥。

这腊八粥是用糯米、红糖和十八种干果掺在一起煮成的。干果里大的有红枣、桂圆、核桃、白果、杏仁、栗子、花生、葡萄干等等,小的有各种豆子和芝麻之类,吃起来十分香甜可口。母亲每年都是煮一大锅,不但合家大小都吃到了,有多的还分送给邻居和亲友。

母亲说:这腊八粥本来是佛教寺煮来供佛的 —— 十八种干果象征着十八罗汉,后来这风俗便在民间通行,因为借此机会,清理厨柜,把这些剩余杂果,煮给孩子吃,也是节约的好办法。最后,她叹一口气说:"我的母亲是腊八这一天逝世的,那时我只有十四岁。我伏在她身上痛哭之后,赶忙到厨房去给父亲和哥哥做早饭,还看见灶上摆着一小锅她昨天煮好的腊八粥,现在我每年还煮这腊八粥,不是为了供佛,而是为了纪念我的母亲。"

我的母亲是一九三〇年一月七日逝世的,正巧那天也是农历腊八!那时我已有了自己的家,为了纪念我的母亲,我也每年在这一天煮腊八粥。虽然我凑不上十八种干果,但是孩子们也还是爱吃的。抗战后南北迁徙，有时还在国外，尤其是最近的十年，我们几乎连个"家"都没有，也就把"腊八"这个日子淡忘了。

今年"腊八"这一天早晨，我偶然看见我的第三代几个孩子，围在桌旁边，在洗红枣，剥花生，看见我来了，都抬起头来说："姥姥，以后我们每年还煮腊八粥吃吧！妈妈说这腊八粥可好吃啦。您从前是每年都煮的。"我笑了，心想这些孩子们真馋。我说："那是你妈妈们小时候的事情了。在抗战的时候，难得吃到一点甜食，吃腊八粥就成了大典。现在为什么还找这个麻烦？"

他们彼此对看了一下，低下头去，一个孩子轻轻地说："妈妈和姨妈说，您母亲为了纪念她的母亲，就每年煮腊八粥，您为了纪念您的母亲，也每年煮腊八粥。现在我们为了纪念我们敬爱的周总理，周爷爷，我们也要每年煮腊八粥！这些红枣、花生、栗子和我们能凑来的各种豆子，不是代表十八罗汉，而是象征着我们这一代准备走上各条战线的中国少年，大家紧紧地、融洽地、甜甜蜜蜜地团结在一起……"他一面从口袋里掏出一小张叠得很平整的小日历纸，在一九七六年一月八日的下面，印着"农历乙卯年十二月八日"字样。他把这张小纸送到我眼前说："您看，这是妈妈保留下来的。周爷爷的忌辰，就是腊八！"

我没有说什么，只泫然地低下头去，和他们一同剥起花生来。

一九七九年二月三日凌晨

（原载《新港》1979年3月号）

等　待

　　我拿起话筒，问："×楼吗？请你找××来听电话——我是她母亲。"

　　听到最后一句话，对方不再犹疑了。这位从未识面的同志，意味深长地带着笑声说："她走了。她留话说，她还是和往日那样，回家去吃晚饭，她还会给您带'好菜'来呢！"

　　我问："她是一个人去的吗？"

　　"不，她和她姐姐，还有她们的孩子，都去了，还带了照相机。"

　　我放下话筒，怔怔地站着，我不知道该怎么想。我不放心……我又放心，说到底，我放心！

　　昨天晚上，我们最好的朋友老赵来了，说：他的一个在劳动人民文化宫工作的亲戚，得到上头的密令，叫他们准备几十根大木棍，随时听命出动……他问我的女儿："你们还是天天去吧？"我的女儿们点了点头。他紧紧地握了握她们的手说："你们小心点！"就匆匆地走了。

　　我们都坐了下来，没有说话。我的小女儿走过来坐在我的旁边，扶着我的肩膀说："娘，您放心，他们不敢怎么样，就是敢怎么样，我们那么多的人，还怕吗？"她又笑着摇着我的手臂说："我知道，您也不怕，您还爱听我们的报告呢。"

我心里翻腾得厉害。没有等到我说什么，她们和她们的孩子已经纷纷地拿起挎包和书包，说："爷爷，姥姥，再见了，明天晚上我们还给您带些'好菜'来！"

老伴走过来问："她们又走了？"我点点头。他坐了下去，说："我们就等着吧。"

我最怕等待的时光！这时光多么难熬呵！

我说："咱们也出去走走。"老伴看着我，一声不响地站了起来。

我们信步走出了院门，穿过村子的小路，一直向南，到了高粱河边站住了。老伴说："过河吧，到紫竹院公园坐坐去！"我挽起他的左臂，在狭仄的小桥上慢慢地走着。

我忽然地抬头看他，他也正看着我，我们都微笑了，似乎都感觉到多少年来我们没有这样地挽臂徐行了！四十七年前，在黄昏的未名湖畔我们曾这样地散步过，但那时我们想的只是我们自己最近的将来；而今天，我们想的却是我们的孩子和孩子的孩子的遥远的将来了！

进了公园，看不到几个游人！春冰已泮，而丛树枝头，除了几棵松柏之外，还看不到一丝绿意！一阵寒冷寂寞之感骤然袭来，我们在水边站了一会，就在长椅上坐下了。谁也没有开口，但是我知道他也和我一样，一颗心已经飞到天安门广场上去了！那里不但有我们的孩子，还有许许多多天下人的孩子，就是这些孩子，给我们画出了一幅幅壮丽庄严的场面，唱出了一首首高亢入云的战歌……

这时忽然听到了沉重的铁锤敲在木头上的声音,我吃惊地抬头看时,原来是几个工人,正在水边修理着一排放着的翻过来的游船的底板。春天在望了,游船又将下水了,我安慰地长长地嘘了一口气。

　　老伴站起来说:"天晚了,我们从前门出去吧,也许可以看见她们回来。"我又挽起他的左臂,慢慢地走到公园门口。

　　浩浩荡荡的自行车队,正如飞地从广阔的马路上走过,眼花缭乱之中,一个清脆的童音回头向着我们叫:"爷爷,姥姥,回家去吧,我们又给您带了'好菜'来了!"

　　"万字墨石"之时,"动地歌吟"之后,必然是一声震天撼地的惊雷。

　　这"好菜"我们等到了!

一九七九年七月十二日大雨之晨

(原载《人民日报》1979年7月18日)

我和玫瑰花

我和玫瑰花接触，是从青年时代开始的。

记得在童年时代，在烟台父亲的花园里，只看到有江西腊梅、秋海棠和菊花等等。在福州祖父的花园里，看到的尽是莲花和兰花。兰花有一种清香，但很娇贵，剪花时要用竹剪子。还很怕蚂蚁，花盆架子的四条腿子，还得垫上四只水杯，阻止蚂蚁爬上去。用的肥料，是浸过黑豆的臭水。

差不多与此同时，我就开始看《红楼梦》，看到小厮兴儿对尤三姐形容探春，形容得很传神的句子，他说："三姑娘的混名儿叫'玫瑰花儿'，又红又香，无人不爱，只是有刺扎手……"我就对这种既浓艳又有风骨的花，十分向往，但我那时还没有具体领略到她的色香，和那尖锐的刺。

直到一九一八年的秋季，我进了大学，那时协和女大的校址，是在北京灯市口佟府夹道（后改同福夹道），这本是清朝佟王的府邸，女大的大礼堂就是这王府的大厅堂三间打通改成的。厅前的台阶很高，走廊也很长，廊前台阶两旁就种着一行猩红的玫瑰。这玫瑰真是"又红又香，无人不爱"，而且花朵也大到像一只碟子！我们同学们都爱摘下一朵含苞的花蕊，插在鬓上。当然我们在攀摘时也很小心花枝上的尖刺。记得我还写了一首诗，叫做《玫瑰的荫下》，因为那一行玫瑰的确又高又大，枝叶浓密，我们总喜欢坐在花下草地上，在香气氤氲中读书。

等到我出国后，在美国或欧洲，到处都可以看到品种繁多的玫瑰，而且玫瑰的声价，也可与我们的梅、兰、竹、菊相比！玫瑰园之多，到处都是，在印度的泰姬陵，我就惊喜地参观了陵畔五色缤纷、香气四溢的玫瑰园。

一九二九年以后，我自己有了家，便在我家廊前，种了两行德国种的白玫瑰，花也开得很大，而且不断地开花，从阴历的三月三，一直开到九月九，使得我家的花瓶里，繁花不断。我不但自己享受，也把它送给朋友，或是在校医院里养病的学生。

抗战军兴，我离开了北京。从此东迁西移，没有一定的住址，也更没有栽花的心绪。一九四一——一九四五年之间，我在重庆歌乐山下，倒是买了一幢土房，没有围墙，四周有点空地。但那时蔬菜紧张，我只在山坡上种些瓜菜之类，我记得有一年夏天，我们光吃南瓜下饭，就吃了三个月！

解放后回国来，有了自己的宿舍了，但是我们住的单元，是在楼上，没有土地，而我的幸运也因之而来！在我们楼下，有两家年轻人，都是业余的玫瑰花爱好者，花圃里栽满了各种各色的玫瑰。这几位年轻人，知道我也喜欢，就在他们清晨整理花圃的时候，给我送上来一把一把的鲜艳的带着朝露的玫瑰——他们几乎是轮流地给我送花，我在医院时也不例外，从春天开的第一朵直到秋后开的末一朵——每天早起，我还在梳洗的时候,只要听到轻轻的叩门声,我的喜悦就像泉水似地涌溢了出来……

一九八一年十一月五日

(原载《八小时以外》1982年第1期)

灯 光

——为《东方少年》创刊而写

初冬黎明时的灯光，总给人一种温暖，一种慰藉，一种希望。因为从家家窗户射出来的光明，是这片大地上人们醒起的信号，是灿烂阳光的前奏！

我的卧室是朝南的。我的床紧挨着北墙，从枕上总能看见前面那一座五层楼的宿舍，黑暗中就像一堵大灰墙似的。

近来睡眠少了，往往在黎明四五点钟醒来，这时天空沉黑，万籁无声，而我的心潮却挟着百感，汹涌而来……长夜漫漫，我充分地体会到古人诗中所说的"秋宵不肯明"的无聊滋味。

这时对面那座楼上忽然有一扇窗户亮了！这一块长方形的桔红色的灯光，告诉我，我不是一个独醒的人！我忽然心里感到说不出的快乐。

白天，我在楼下散步的时候，在我们楼前奔走踢球的男孩子，和在我窗外的松树和梨树之间拴上绳子跳猴皮筋的女孩子，他们和我招呼时，常常往前面一指说："我们的家就在那座楼上，你看那不是我们的窗户！"

从这扇发光的窗户位置上看去，我认出了那是央金家的盥洗室。这个用功的小姑娘,一早就起来读书了。

渐渐地一扇又一扇的窗户,错错落落地都亮了起来。强强,阿卜都拉他们也都起来了,他们在一夜充分地休息之后,正在穿衣、漱洗,精神抖擞地准备每天清晨的长跑。

这时天空已从深灰色变成了浅灰色,前面的大楼已现了轮廓,灯光又一盏一盏地放心地灭了。天光中已出现了鱼肚白色,灿烂的朝阳,不久就要照到窗前的书案上了。

灯光已经完成了它的"阳光的先行者"的使命,我也开始了我的宁静愉悦的一天。

(原载《东方少年》1982年第1期)

紫竹林怎么样了

天津日报《文艺》双月刊编辑部的同志来约我写文章，还说最好能谈谈天津。她刚走，我就从晚邮中接到一封信，是询问甲午海战中在威远舰上牺牲的、我父亲的战友的名字和职务等等。我忽然想起天津有个紫竹林，是我在很小的时候就听到的一个地名，虽然以后我从未去过。那里从前有个北洋水师学堂，是我父亲学习过的地方。他曾对我说，"从福建乍一到北方，觉得天津真冷！我穿的是夹裤和很薄的棉袍，幸而那时还年轻。记得有一年的除夕，因为我在宿舍里看《三国演义》，让我的老师、总教习严又陵先生看见了，罚我在院子里站在一张桌子上，整整地站了一夜，手脚都冻麻木了，可是也一样地过去了。"那时我听了很替父亲鸣不平，我觉得除夕应该算是假期，《三国演义》应该不算坏书，他的先生不应该罚他。

关于紫竹林，不记得父亲还说过什么，但天津到底是他到过的第一个北方城市，住的时间也不会太短。四十年代初，我在四川歌乐山时，南开大学校长张伯苓老先生同朋友上山遇见我，常常拍着我的肩膀，用很重的天津口音对他的朋友说，"她的父亲和我同班。"这使我猛然忆起，我父亲说"官话"的口音，也是天津味儿的，和张老伯一模一样！

天津这座城市，我不知去过多少次。五十年代初刚从日本回来的时候，我们还在那里住过几个月。我还到过南开大学，逛过水上公园，参观过三条石，吃过狗不理包子……我对于天津的印象，是很好的。它也有过租界，街道是弯弯曲曲的，在这一点上有些像上海，但人民却是北方的。在天津我也有些同学朋友，因为离北京近，他们常来，但在我们的谈话中，我总想不起向他们打听紫竹林在天津的什么地方？现在是否还有个海军学校？

　　七十几年前的一件小事，到底像旅行手提箱上，最先贴上的那一条旅馆标签，它往往被后来重重叠叠贴上的许许多多的标签，遮盖得看不见了！

（原载《天津日报·文艺双月刊》1982年第2期）

童年的春节

我童年生活中,不光是海边山上孤单寂寞的独往独来,也有热闹得锣鼓喧天的时候,那便是从前的"新年",现在叫做"春节"的。

那时我家住在烟台海军学校后面的东南山窝里,附近只有几个村落,进烟台市还要越过一座东山,算是最冷僻的一角了,但是"过年"还是一年中最隆重的节日。

过年的前几天,最忙的是母亲了。她忙着打点我们过年穿的新衣鞋帽,还有一家大小半个月吃的肉,因为那里的习惯,从正月初一到十五是不宰猪卖肉的。我看见母亲系起围裙、挽上袖子,往大坛子里装上大块大块的喷香的裹满"红糟"的糟肉,还有用酱油、白糖和各种香料煮的卤肉,还蒸上好几笼屉的红糖年糕……当母亲做这些事的时候,旁边站着的不只有我们几个馋孩子,还有在旁边帮忙的厨师傅和余妈。

父亲呢,就为放学的孩子们准备新年的娱乐。在海军学校上学的不但有我的堂哥哥,还有表哥哥。真是"一表三千里",什么姑表哥,舅表哥,姨表哥,至少有七八个。父亲从烟台市上买回一套吹打乐器,锣、鼓、箫、笛、二胡、月琴……弹奏起来,真是热闹得很。只是我挤不进他们的乐队里去!我只能白天放些父亲给我们买回来的鞭炮,晚上放些烟火。大的是一筒一筒的放在地上放,火树银花,璀璨得很!我最喜欢的还是一种最小、最简单的"滴滴金"。那是一条小纸捻,卷着一点火药,可以拿在手里点起来嗤嗤地响,爆出点点火星。

记得我们初一早起,换上新衣新鞋,先拜祖宗——我们家不供神佛——供桌上只有祖宗牌位、香、烛和祭品,这一桌酒菜就是我们新年的午餐——然后给父母亲和长辈拜年,我拿到的红纸包里的压岁钱,大多是一圆锃亮的墨西哥"站人"银元,我都请母亲替我收起。

最有趣的还是从各个农村来耍"花会"的了,演员们都是各个村落里冬闲的农民,节目大多是"跑旱船",和"王大娘锔大缸"之类,演女角的都是村里的年轻人,搽着很厚的脂粉。鼓乐前导,后面就簇拥着许多小孩子。到我家门首,自然就围上一大群人,于是他们就穿走演唱了起来,有乐器伴奏,歌曲大都滑稽可笑,引得大家笑声不断。耍完了,我们就拿烟、酒、点心慰劳他们。这个村的花会刚走,那个村的又来了,最先来到的自然是离我们最近的金钩寨的花会!

我十一岁那年,回到故乡的福建福州,那里过年又热闹多了。我们大家庭里是四房同居分吃,祖父是和我们这一房在一起吃饭的。从腊月廿三日起,大家就忙着扫房,擦洗门窗和铜锡器具,准备糟和腌的鸡、鸭、鱼、肉。祖父只忙着写春联,贴在擦得锃亮的大门或旁门上。他自己在元旦这天早上,还用红纸写一条:"元旦开业,新春大吉……"以下还有什么吉利话,我就不认得也不记得了。

新年里,我们各人从自己的"姥姥家"得到许多好东西。首先是灶糖、灶饼,那是一盒一盒的糖和点心。据说是祭灶王爷用的,糖和点心都很甜也很粘,为的是把灶王的嘴糊上,使得他上天不能汇报这家人的坏话！最好的东西，还是灯笼，福州方言，"灯"和"丁"同音，因此送灯的数目，总比孩子的数目多一盏，是添丁的意思。那时我的弟弟们还小，不会和我抢，多的那一盏总是给我。这些灯：有纸的，有纱的，还有玻璃的……于是我屋墙上挂的是"走马灯"，上面的人物是"三英战吕布"，手里提的是两眼会活动的金鱼灯，另一手就拉着一盏脚下有轮子的"白兔灯"。同时我家所在的南后街，本是个灯市，这一条街上大多是灯铺。我家门口的"万兴桶石店"，平时除了卖各种红漆金边的伴嫁用的大小桶子之外，就兼卖各种的灯。那就不是孩子们举着玩的灯笼了，而是上面画着精细的花鸟人物的大玻璃灯、纱灯、料丝灯、牛角灯等等，元宵之夜，都点了起来，真是"花市灯如昼"，游人如织，欢笑满街！

元宵过后，一年一度的光采辉煌的日子，就完结了。当大人们让我们把许多玩够了的灯笼，放在一起烧了之后，说："从明天起，好好收心上学去吧。"我们默默地听着，看着天井里那些灯笼的星星余烬，恋恋不舍地带着一种说不出的惆怅寂寞之感，上床睡觉的时候，这一夜的滋味真不好过！

一九八五年一月三十日

（原载《童年》1985年第1期）

霞

四十年代初期,我在重庆郊外歌乐山闲居的时候,曾看到英文《读者文摘》上,有个很使我惊心的句子,是:

May there be enough clouds in your life to make a beautiful sunset.

我在一篇短文里曾把它译成:"愿你的生命中有够多的云翳,来造成一个美丽的黄昏。"

其实,这个 sunset 应当译成"落照"或"落霞"。

霞,是我的老朋友了!我童年在海边、在山上,她是我的最熟悉最美丽的小伙伴。她每早每晚都在光明中和我说"早上好"或"明天见"。但我直到几十年以后,才体会到云彩更多,霞光才愈美丽。从云翳中外露的霞光,才是璀璨多彩的。

生命中不是只有快乐,也不是只有痛苦,快乐和痛苦是相生相成,互相衬托的。

快乐是一抹微云,痛苦是压城的乌云,这不同的云彩,在你生命的天边重叠着,在"夕阳无限好"的时候,就给你造成一个美丽的黄昏。

一个生命会到了"只是近黄昏"的时节,落霞也许会使人留恋,惆怅。但人类的生命是永不止息的。地球不停地绕着太阳自转。东方不亮西方亮,我窗前的晚霞,正向美国东岸的慰冰湖上走去……

一九八五年四月二十六日清晨

(原载《霞》,人民日报出版社1986年9月初版)

从联句又想到集句

记得几年前在柳无非同志家里，看到柳亚子老先生写的一副集龚的对联，是：

一寸春心红到死
四厢花影怒于潮

猛忆起我在中学时代，也有一阵子沉迷于集龚，龚定庵先生学问渊博，他的文章有许多是我看不懂的，但是他的诗词，我还可以领会一二。最妙的是，光是他的《己亥杂诗》，已有三百十五首，那就是有了一千二百六十句七言句，再加上其他诗词，数目就更多。这就如同我手边有好几百块五色缤纷大大小小的积木，可以堆成小巧玲珑的亭台，也可以搭成七宝庄严的楼阁！当时随手记下的都已不存了！现在想起来，还有几首不忘的。比如对联：

别有狂言谢时望
更何方法遣今生

又如：

烈士暮年宜学道
才人老去例逃禅

集的诗有："偶赋凌云偶倦飞，一灯慧命续如丝。百年心绪归平淡，暮气颓唐不自知。""风云材略已消磨，其奈尊前百感何。吟到恩仇心事涌，侧身天地我蹉跎。""光影犹存急网罗，江湖侠骨恐无多。夕阳忽下中原去，红豆年年掷逝波。""不容水部赋清愁，大宙南东久寂寥。且莫空山听雨去，四厢花影怒于潮。"也有些艳句，如："三生花草梦苏州，红似相思绿似愁。今日不挥闲涕泪，一身孤注掷温柔。"

这些感慨和情绪，都不是我当时心中脑中所有的！只为集起来，读来顺口，看来顺理，也不管它走韵不走韵，随时写好便寄去给我的"小长辈"看，如我的"小"舅舅杨子玉先生，我的"老"表兄刘放园先生，他们只比我大十七八岁，以博一笑。但是其中有一联句就觉得还朴素平稳，也合乎我当时的心境，于是在一九二四年从美国的沙穰疗养院寄回中国给刘放园表兄，请他写成一副对联，我好悬挂，那就是：

世事沧桑心事定
胸中海岳梦中飞

不料他却请梁任公先生代笔！那时我还不认识梁先生。

这副对联，我一直挂在我的案头或床头，从北京到重庆到日本又回到北京！幸而这次回来，这副对联却一直压在一只大书箱的底下，居然因此逃过十年浩劫！我案头、墙上的郭沫若、茅盾、老舍以及其他朋友的字，那时却都被整掉了。

　　如今这一副对联，依旧挂在我的小客厅墙上，朋友们来看了，都很欣赏。不容易呵，那是六十年前的"乙丑"写的，今年又是"乙丑"！

1985年3月22日晨
（原载《北京晚报》1985年5月10日）

漫谈赏花和玩猫

我为什么不说栽花和养猫？因为我从来没有伺弄过花卉和小动物，这些都是我的上一代人和下一代人爱做的事，他们把我"惯"成一个"坐享其成"的剥削者！

先谈赏花。

我的祖父爱花，一九一一年我见到他时，他伺弄的都是名贵的花。他中年时期，在福州道南祠设帐教学时，就写过十首种花育人的诗，至今他亲笔写的这十首诗，还挂在我的卧室兼书房的墙上。我看见过他伺弄兰花和莲花。在我们福州老家小小的后花园里，小径的两旁：一边是十几盆青淡的兰花，一边是十几盆红艳的莲花。摆着兰花盆的长凳腿下，还放着四个盛满清水的碟子，阻止蚂蚁顺着凳腿爬上去吸吮花露。祖父剪兰花的剪刀，也是竹子做的，为的是不伤花茎。他养出来的那些莲花，还都是并蒂的，还有三蒂、四蒂的，我在别家的花园里，还没有看到过！

我父亲栽花时，还是在工作最忙的时代，一九一一年以前。烟台也不比福州，天气干冷，因此他种的都是些一般的花，如菊花、江西腊、美人蕉之类，还有桃、李、杏、苹果等果树，只要满院子五彩缤纷，他就很满意。到了北京,他虽也每日上班,但工作上是闲散多了,而他种的花也还是这些,甚至有秋海棠、野茉莉之类更为平常的花。

说到养小动物,父亲癖爱犬、马。在烟台时期,常常带我骑马。到了北京,不能养马了,但我们家里还不断地有狗,哈巴狗、北京长毛狗都有。我的大弟弟还存有一个小本子,专记我们那十几年养过的狗,名字、毛色、专长等等。我最记得的是一只名叫"哈奇"的金黄色的哈巴狗,最机灵了,会逮耗子。它是我弟弟们的好朋友。我的弟弟们到北海划船,它会凫水跟在船后。弟弟们玩够了,骑车回家,它就水淋淋地跟在车后飞跑。惹得一位站在门口看街的老太太,向我弟弟们叫:"学生,别让您的狗跑了,看它跑的这一身汗!"

现在,我的儿女们和他们的配偶,也都喜欢养花。他们什么花草都爱:自己买的,人家送的,甚至人家扔的,他们也捡起来养。什么珠兰、石竹、朱顶红、凤尾草、仙人掌……窗台上、凉台上都摆满了。朋友送我的花,如果是切花,我就插在总理像前和自己案头的瓶子里;是盆栽的我就交给女儿们,特别是名贵的花,如君子兰,我接过后,就像拿到一块滚烫的烤白薯似的,立刻就给他们。从此,如何浇水施肥,我就都不闻不问,免得珍惜这花的主人万一问起,我可以不负花卉荣枯的责任。但如果这君子兰开了花,我知道他们会捧来放在我的窗台上的!

谈到养小动物。我父亲家里从来没养过猫。说起来,狗的确比猫灵得多,而且对主人也亲得多。谚语说"狗投穷,猫投富"。猫会上房,东窜西窜地,哪家有更好的吃食,它就往哪家跑。狗却是恋人过于恋吃。记得四十年代初,我们在重庆郊外歌乐山家里养过一条小狗,是我的小女儿从山路上捡回来的。抗战胜利了,我们北归时,就把它送给山上一位在金城银行工作的朋友——他们家喂狗的饭,当然比我们家的好得多,但是听说这小狗不肯呆在金城银行的宿舍,却跑回来饿死在我们山宅的廊上!

现在北京城不准养狗了,我小女儿还是去抱了一只小白猫。我们都喜欢白色的长毛猫——在这点上,我和我的爱猫的朋友夏衍同志对于猫的毛色优劣的评定,恰好相反!他的名次是黄、黑、花、白。他总爱养黄猫,还是短毛的,可是他的黄猫常常跑了就不回来。据说他最近又抱了两只小黄猫,但愿它们再不走失!

我小女儿的这只小白猫,叫"咪咪",雪白的长毛,眼睛却不是蓝的,大概是个"混血儿"吧。它是全家的宠儿。它却很居傲,懒洋洋地不爱理人。我当然不管给它煮鱼,也不给它洗澡,只在上下午的一定时间内给它一点鱼干吃。到时候它就记得跑来,跳到我书桌上,用毛茸茸的头来顶我,我给它吃完了,指着一张小沙发,说"睡觉去!"它就乖乖地跳上去,闻闻沙发上的垫子,蜷卧了下去,一睡就是半天。

在白天,我的第二代人教书去了,第三代人上学去了,我自己又懒得看书或写信的时候,一只小猫便也是个很好的伴侣。

一九八六年五月三十日

(原载《北京晚报》1986年6月13日)

漫谈过年

我这一辈子，经过几个朝代，也已经过了八十几个"年"了！时代在前进，这过年的方式，也有很大的不同和进步。

从我四五岁记事起到十一岁（那是在前清时代）过的是小家庭生活。那时，我父亲是山东烟台海军学校的校长，每逢年假，都有好几个堂哥哥，表哥哥回家来住。父亲就给他们买些乐器：锣、鼓、二胡、洞箫之类，让他们演奏，也买些鞭炮烟火。我不会演奏，也怕放炮，只捡几根"滴滴金"来放。那是一个小纸捻，里面卷一点火药，拿在手里抡起来，就放出一点点四散的金星。既没有大声音，又很好看。

那时代的风俗，从正月初一到十五，是禁止屠宰的。因此，母亲在过年前，就买些肘子、猪蹄、鸡、鸭之类煮好，用酱油、红糟和许多佐料，腌起来塞在大坛子里，还磨好多糯米水粉，做红白年糕。这些十分好吃的东西，我们都一直吃到元宵节！

除夕夜，我们点起蜡烛烧起香，办一桌很丰盛的酒菜来供祖宗，我们依次磕了头，这两次的供菜撤下来，就是我们的年夜饭了。

初一，我们一早就穿起新衣，对父母亲和长辈磕头拜年，也拿到了包着红纸的压岁钱，里面是锃亮的一块墨西哥"站人"银元！

既不会演奏,又不敢放炮的我,这一天最关心的就是附近几个村落"耍花会"的到来了。这些"花会"都是村里人办的,有跑旱船的,有扮"王大娘锔大缸"的,扮女人的都是村里的年轻人,擦粉描眉,很标致的!锣鼓前导,后面跟着许多小孩子,闹闹嚷嚷的。到了我家门口,自然会围上一大圈人,他们就停下来演唱,唱词很滑稽,四围笑声不断。这时,我们赶紧拿出烟酒点心,来慰劳他们,这一个花会走了,那一个花会又来了。最先来的总是金钩寨的花会。

到了一九一一年,我们回到福建福州去(那时已是中华民国时代了)和祖父、伯叔父母同住在一起。大家庭里的过年是十分热闹的。从祭灶那天起,大家就都忙乎起来。最先是叠"元宝",那是用金银纸箔,叠成元宝的样子,然后用绳子穿成一串一串的,准备在供神供祖的时候烧;然后就忙扫房,用很长的掸子将屋角的蛛网和尘土,都扫除干净,又擦亮一切铜器,如蜡台、香炉,以及柜子箱子上的铜锁等。大门上贴上新的鲜红的春联。祖父还用红纸在书桌旁边贴上"元旦开笔,新春大吉"等等的吉利话。这些当然都是大人们的事,我们小孩子只准备穿新衣服,放花炮,拜年,拿压岁钱。因为大家庭里兄弟姐妹多,祖父的红纸包里,只是一两角的新银币,但因为长辈也多,加上各人外婆家给的压岁钱,我们每人几乎都得到好几块!

新年过后,元宵节又是一个高潮。我们老家在福州市南后街,那条街从来就是灯市。灯节之前,就已是"花市灯如昼"了,灯月交辉,街上的人流彻夜不绝。福州的风俗,元宵节小孩子玩的灯,都是外婆家送的。福州方言,"灯"与"丁"同音。"添丁"是句吉利话,因此,外婆家送给我们姐弟四人的是五盏灯!我的弟弟们比我小的多,他们还不大会玩，我这时就占了便宜，我墙上挂的是"三英战吕布"的走马灯，一手提着一盏眼睛能动的金鱼灯，一手拉着会在地上走的兔儿灯，觉得自己神气得很。但最好玩的还是跟着哥哥姐姐们到大门口去看灯。有许多亲友到我家街上来看灯的，我们都高兴地点起用篾片编成的火把，把他们送走。

一九一三年，我们到了北京，又过起小家庭生活，过年供祖宗也不烧元宝了。给父母和长辈拜年也只鞠躬，不好意思拿压岁钱了。家里没有了大孩子，没有人敲锣打鼓。弟弟们只会放些小炮仗，过年就显得冷清多了。

家庭里过年不热闹，而集体的节日庆祝，却一年一年地扩大了，机关和学校里都有新年团拜，大门口还张灯结彩，也有种种文娱节目。如今呢，过年庆祝活动，更是以集体为中心，真是普天同庆！以近两年来的"地坛文化迎春庙会"为例，会上什么都有，参加的人既饱了眼福、耳福，又饱了口福。去年到过迎春庙会的朋友，回来都十分兴奋，我虽然因为行动不便，不能参加，但从报纸上的消息里，我已经想象到了那欢腾热闹的盛况，精神上已经参加进去了。

（原载《工人日报》1986年2月9日）

两栖动物

一九一一年冬，我们从烟台回到福建福州的大家庭里。以一个从小在山边海隅度过寂寞荒凉日子的孩子，突然进到一个笑语喧哗、目迷五色的青少年群里，大有"忘其所以"的飘飘然的感觉。

我的父亲有一个姐姐，四个弟兄。这五个小家庭，逢年过节便都有独自的或共同的种种亲戚，应酬来往；尤其在元旦到元宵这半个月之间，更是非常热闹。我记得一九一二年元旦那天早上，在我家大厅堂上给祖父拜年的，除了自己的堂兄弟姐妹之外，在大厅廊上还站着一大群等着给祖父鞠躬的各个小家庭的，我要称他们为表兄表姐的青少年们。这一天从祖父手里散发出来的压岁钱的红纸包，便不知有多少！

表姐们来了，都住在伯叔父母的居住区——东院。她们在一起谈着做活绣花，搽什么脂粉，怎样梳三股或五股辫子；怎样在扎红头绳时，扎上一圈再挑起几绺头发来再扎上一圈，这样就会在长长的一段红头绳上，呈现出"寿"字或"喜"字等花样等等；有时也在西院后花园里帮助祖父修整浇灌些花草。

表兄们呢，是每天从自己家里，到我们西院客厅一带来聚集。他们在那里吹弹歌唱，下棋做"诗"。我那年才十二岁，虽然换上女装，还是一股野孩子的脾气，祖父和父母都不大管我。我就像两栖动物一样，穿行于这两群表兄姐之间。他们都比我大七、八岁，都不拿我当回事，都不拒绝我，什么事也不避我。我还特喜欢往表兄们的群里跑，因为那边比较热闹，表兄们也比较欢迎我，因为我可以替他们传书递简。现在回忆起来，他们也是在"起哄"，并不严肃。某一个表兄每一张纸条或一封信给某个表姐时，写好多半在弟兄中公开地笑着传看。我当然也都看过，这些信的文字不一定都通顺，诗也多半是歪诗，不但平仄不对，连韵也没有押对。我前一年在烟台时，受过王峰逢表舅的教导，不但会对三个字、五个字、七个字的对子，并且已经写过几首七绝了，我的鉴赏力还是不低的！

这些纸条或诗，到了表姐们手里，并没有传看，大都是自己看完一笑，撕了或是烧了，并嘱咐我不必向大人报告。我倒是背下了一封比较通顺的信，还不完全：

×妹妆次，自违雅教，不胜怀念，咫尺天涯，未得畅谈，梦寐萦思，曷胜惆怅，造府屡遭白眼，不知有何开罪，唯鄙人愚蠢，疑云难破……

还有一位表兄写的一首七律诗，我觉得真是不错的：

此生幽愿可能酬，
未敢将情诉蹇修，
半晌沉吟曾露齿，

一年消受几回眸,
迷茫意绪心相印,
细腻风月梦借游,
妄想自如端罪过,
泥犁甘坠未甘休。

这首我认为很好的诗,也不曾得到那位表姐的青睐!后来在我十七八岁时,在我小舅舅杨子玉先生的书桌上,看到清代专写香奁诗的王次回的《疑雨集》中,就有这首诗。原来我以为很有诗才的那位表兄,也是一个"文抄公"!

现在回忆起来,那时男女还没有同学,社交也没有公开。青年人对异性情感的表示,只能在有机会接触的中表之间,怪不得像《红楼梦》那种的爱情故事,都是"兄妹为之"。

一九八六年三月二十八日
(原载《散文世界》1986年第6期)

当教师的快乐

我只当过十年的教师。那是一九二六年我从美国留学回来,在母校燕京大学国文系当了一名讲师。那时系里的主任和教师大半是我的老师。校内其他科、系里也有我的老师,总之,全校的教师都是我的师辈!因此在开教授会的时候,我总是挑个极边极角的座位,惶恐地缩在一旁。大家都笑着称我为 Faculty Baby(教授会的婴儿)。那一学期我还不满二十六岁。

在学生群中就大不一样了,他们是我的好朋友。我教一年级必修科的国文,用的是古文课本。大学一年级的男女学生很多,年纪又都不大,大概在十七到二十岁之间。国文课分成五个班,每班有三四十名,因为他们来自全国各地,闽粤的学生,听不大懂马鉴主任、周作人、沈尹默、顾随、郭绍虞等几位老先生的江南口音,于是教务处就把这一部分学生分到我的班上。从讲台上望去,一个个红扑扑的稚气未退的脸,嬉笑地、好奇地望着我这个"小先生"——那时一般称教师为"先生"。这些笑容对我并不陌生,和我的弟弟们和表妹们的笑容一模一样。打开点名簿请他们自己报名,我又逐一纠正了他们的口音,笑语纷纭之中,我们一下子就很熟悉很亲热了!

散文 — 当教师的快乐

我给他们出的第一道作文题目，就是自传，一来因为在这题目下人人都有话可写，二来通过这篇自传，我可以了解到每个学生的家庭背景、习惯、性情等等。我看完文卷，从来只打下分数，不写批语，而注重在和每个人做半小时以内的课外谈话上，这样，他们可以告诉我：他们是怎么写的，我也可告诉他们我对这篇文字的意见，思想沟通了，我们彼此也比较满意。

我还开了一班"习作"的课，是为一年级以上的学生选修的。我要学生们练习写各种文学形式的文字，如小说、诗、书信，有时也有翻译——我发现汉文基础好的学生，译文也会更通顺——期末考试是让他们每人交一本"刊物"，什么种类的都行，如美术、体育等等。但必须有封面图案、本刊宗旨、文章、相片等等，同班同学之间可以互相组稿。也可以向班外的同学索稿或相片。学生们都觉得这很新鲜有趣，他们期末交来的"刊物"，内容和刊名都很别致，又很活泼可喜。

回忆起那几年的教学生涯，最使我眷恋的是：学生们和我成了知心朋友。那时教师和男女学生都住在校内，课外的接触十分频繁。我们常常在未名湖上划船、在水中央的岛边石舫上开种种的讨论会，或是作个别谈话。这种个别谈话就更深入了，有个人的择业与择婚问题等等，这时我眼前忽然涌现出好几对美满的夫妻，如郑林庄和关瑞梧、林耀华和饶毓苏，等等。有的是我以"大媒"的身份去参加他们的完婚仪式，有的是由我出面宴请双方的家长，为他们撮合。说起来是半个世纪以前的事了。他们中有过半数的人已先我而进入另一个世界，写到这里，我心里有说不出的一种滋味！

我应该停笔了，我说的既不是"尊师"也不是"爱生"，我只觉得

197

"师"和"生"应当是互相尊重互相亲爱的朋友。

一九八六年七月七日大雨之晨

(原载《人民日报》1986年9月24日)

我 请 求

我请求我们中国每一个知书识字的公民，都来读读今年第九期的《人民文学》的第一篇报告文学，题目是《神圣忧思录》，副题是《中小学教育危机纪实》。

我每天都会得到好几本文艺刊物，大概都是匆匆过目，翻开书来，首先注意的是作者名字，再就是文章的题目。但对于《人民文学》，因为过去曾参加过一段时间的编辑工作，因此看得比较仔细。不料第九期来了，我一看第一篇文章的题目和副题，就使我动心而且惊心。虽然这两位作者我都不认识，这题目使我专心致志地一直看下去，看得我泪如雨下！真是写得太好了，太好了！

我一向关心着中小学教师的一切：如他们的任务之重，待遇之低，生活之苦，我曾根据我耳闻目睹的一点事实，写了一篇小说《万般皆上品……》。委婉地、间接地提到一位副教授的厄运，而这篇"急就章"，差点被从印版上撤了下来——这是我六十年创作生涯中所遇到的第一次"挫折"。据说是"上头"有通知下来，说是不许在报刊上讲这种问题。若不是因为组稿的编辑据理力争，说这是一篇小说，又不是报告文学，为什么登不得？此后又删了几句刺眼的句子，才勉强登上了。因为有这一段"经验",使我不能不对勇敢的报告文学的两位作者和《人民文学》的全体编辑同志致以最崇高的敬礼!

这篇《神圣忧思录》广闻博采,字字沉痛,可以介绍给读者的句子,真是抄不胜抄。对于这一件有关于我们国家、民族前途的头等大事的"报告"文章,我还是请广大读者们自己仔细地去考虑、思索,不过我还想引几段特别请读者注意的事实:

"小平同志讲:实现四化,科学是关键,教育是基础,但这个精神,并没有被人们认识,理解,接受。往往安排计划,总是先考虑工程,剩下多少钱,再给教育,……日本人说,现在的教育,就是十年后的工业。我们是反过来,……教师特别是小学教师工资太低,斯文扫地呵!世界银行派代表团来考察对中国的贷款,他们不能理解:你们这么低的工资,怎么能办好教育?可是我们同人家谈判时,最初提的各个项目,没有教育方面的,人家说,你们怎么不提教育?人的资源开发是重要的。后来人家把教育摆在优先援助地位,列为第一个项目。我们要等人家来给我们上课!"

作为一个中国人,我们不感到"无地自容"吗?我忆起抗战胜利后一九四六年的冬天,我们是第一拨到日本去的,那时的日本,真是遍地瓦砾,满目疮痍。但是在此后的几次友好访问中,我看到日本是一年比一年地繁荣富强,今天已成为世界上的经济大国。为什么?理由是再简单不过!因为日本深深懂得"教育是只母鸡"!

香港的中小学教师也亲口对我说,他们的待遇也比一般公务人员高。

一九八四年底新华通讯社发出通稿——教育部长何东昌在接受本社记者访问的时候非常高兴地指出:"党中央和国务院一直在关怀和研究

教师的问题，教师将逐步成为社会最使人羡慕的职业之一。"

但是，真是说来容易，听来兴奋，事实上："一九五七年反右以后知识分子就瘪了，后来闹'文革'，教师的罪比谁都多，从此地位一落千丈。后来拨乱反正了，世道清明了，是不幸中之大幸，可是教师的地位，恕我直言，名曰升，实则降。其它行业的待遇上去了，教师上得慢。……就是中学一、二级的老教师，月薪也不过百十块，还不抵大宾馆里的服务员，这到底是怎么个事？"

这是一位中学老教师提出的问题！还有一位教师充满着感情说："教师职业是神圣的，这神圣就在于甘愿吃亏。可是如果社会蔑视这种吃亏的人，神圣就消失了。作教师的有许多人不怕累和苦，也不眼红钱财，但唯有一条，他们死活摆脱不了，那就是对学生的爱。除了学生四大皆空。他们甚至回到家里对自己的孩子都没有耐心，不愿再扮演教师这个社会角色，但无论心情多坏，一上讲台什么都扔了，就入境了。这种心态，社会上有多少人了解？……"

这种心态，我老伴和我都能彻底地了解：死活摆脱不了的，就是对学生的爱。但也像另一位教师说的："像我们当年，社会那么污浊，自个儿还能清高，有那份高薪水撑着呢……"

不过如今我们的两个女儿（她们还都是大学教师），没有像我们当时那样高薪水撑着，她们也摆脱不了教师的事业。她们有了对学生的爱，也像我们一样得到了学生的爱。

"爱"是伟大的，但这只能满足精神上的需要，至于物质方面呢，就只能另想办法了。

办法有多种多样，是不是会有人"跳出"，离开教师的队伍？

大家都来想想办法嘛,我只能回到作者在文前的题记:"我们从来都有前人递过来的一个肩膀可以踩上去的,忽然,那肩膀闪开了,叫我们险些儿踩个空。"

一九八七年十月十日浓阴之晨写到阳光满室

(原载《人民日报》1987年11月14日)

病榻呓语

忽然一觉醒来,窗外还是沉黑的,只有一盏高悬的路灯,在远处爆发着无数刺眼的光线!

我的飞扬的心灵,又落进了痛楚的躯壳。

我忽然想起老子的几句话:

吾有大患,及吾有身;及吾无身,吾有何患。

这时我感觉到了躯壳给人类的痛苦。而且人类也有精神上的痛苦:大之如国忧家难,生离死别……小之如伤春悲秋……

宇宙内的万物,都是无情的:日月经天,江河行地,春往秋来,花开花落,都是遵循着大自然的规律。只在世界上有了人——万物之灵的人,才会拿自己的感情,赋予在无情的万物身上!什么"感时花溅泪,恨别鸟惊心"这种句子,古今中外,不知有千千万万。总之,只因有了有思想、有情感的人,便有了悲欢离合,便有了"战争与和平",便有了"爱和死是永恒的主题"。

我羡慕那些没有人类的星球!

我清醒了。

我从高烧中醒了过来,睁开眼看到了床边守护着我的亲人的宽慰欢喜的笑脸。侧过头来看见了床边桌上摆着许多瓶花:玫瑰、菊花、仙客来、马蹄莲……旁边还堆着许多慰问的信……我又落进了爱和花的世界——这世界上还是有人类才好!

一九八八年三月十五日晨

(原载《人民日报》1988年5月15日)

一颗没人肯刻的图章

我每天都会得到一两封信，而每当作协的信使来时，更会得到一大捆小朋友的信，这些信有的是从同一个小学校来的，大概是这班小朋友在课本上读到我的一封《寄小读者》，于是老师就让他们来写回信。总之，无论是老、中、青或小朋友的信，信末总是祝我"健康长寿！"

我活了八十八岁，寿是不短了，但是健康呢？

我不能和健康的老人一样，不用说国内国外地旅行访问，就连"闲庭信步"也做不到。八年前我的右腿摔折了，虽然做过手术，但仍只能扶着"助步器"，至多到隔壁我的小女儿住的单元去坐一坐。每月到医院检查时，是要下楼坐车的，也是靠我的外孙或司机同志背我下楼，再塞进汽车里。总之，我是个废人！

每天，天还未明，我就醒得双眸炯炯了，我一想到又得过一天"废人"的生活，就恨不得甩掉这一个沉重痛楚的躯壳！

但是我的儿女们和大夫们还千方百计地保我"永远健康"！

可见甩掉一个躯壳也不是一件容易的事。

我想起至圣先师孔子有过一句"骂人"的话："老而不死是为贼"。

我就想刻一颗"是为贼"的闲章来嘲弄自己。

我请了一向替我刻闲章的朋友王世襄，他笑着摇头不干！我又请别的许多朋友，他们也都是笑着摇头。我只好请我的老朋友胡絜青大姐去请一个职业的刻图章的人来做这受酬的工作，没想到她倒请到了一位王老先生替我刻了，还亲自送来，我真是喜出望外。

现在这颗闲章，已经用过几次了，是几位年轻的朋友，向我索赠近作的时候，在书上印上了我的所有的图章，其中自然也包括所有的闲章，"是为贼"是最后的一颗！

我替团体或个人题字的时候，却从来不用它，因为这颗图章，"不恭"的意味太重。

一九八八年十一月六日晨

（原载《散文世界》1989年第1期）

无士则如何

前几年，不少领导人常说：无农不稳，无工不富，无商不活。其后，又有人加了一句：无兵不安。这些话都对，概括得也非常准确。可惜尚缺一个重要方面——无士怎么样呢？

士，就是知识、文化、科学、教育，就是知识分子、人才。

几个月前，我曾向一些同志提出这个问题。后来有的报刊将我这问题公开发表了。我想，发表也好，让社会上各方有识之士来一起思索吧。

果然，半个月中，我就收到有全国政协转来三封信件，都是"无士则如何"的回响。即使是微弱的回响，也比石沉大海要好。恕我没有征求他们的同意，将三封信的内容摘录如下。因为我觉得信虽是写给我个人的，而谈论的却是全社会、全民族所关心和应该关心的大事。

江西南昌油脂化工厂陈水根的信中说：

"我个人认为答案应是无士不兴。兴者，旺盛之谓也。'没有文化的军队是愚蠢的军队'，同样，没有文化的群体是愚蠢的群体。无士，我们的事业就不会兴旺发达。

"我是一个普通老百姓，接触的是大众的实践。我认为，要实现四个现代化，不提高全民族的文化素质是不可思议的。无论在国际还是在国内，吃亏在文化素质低的例子俯拾皆是。您老知道的比我更多（这倒未必。——冰心注）。这要引起领导们的重视，尤其是决策者的重视，要把提高全民族的文化素质提到重要议事日程上来议议。

"任何民族都需要有一精神支柱，尤其是当今改革开放的时代，尤显重要。这支柱的建造需要全民族的文化素质与道德修养凝聚。舍此别无他路。因此，要重视文化知识，重视道德修养，重视知识分子、提高教师的社会地位是势在必行、理所当然的事。"

黑龙江齐齐哈尔市求是新能源研究所杨俊宇同志信中说：

"目前我们国家正在进行四化建设，目的是要建成文明昌盛的国家。否则，我们就有被开除'球籍'的危险了。因此，我悟出了您所提的问题的答案，这就是'无士不昌'。加上这句，就完整了。是否有当，请您及政协委员们给以指正。"

四川成都513信箱余人同志对这个问题更作了详尽的阐述。他说：

"士者，知识分子也。它是和知识、科学、社会文明紧密联系的代名词。中国要富强，中华要振兴，一要靠民主，二要靠科学。但归根到底是要靠科学。因为民主也是一种科学，它属于社会科学范畴。一切事物，党也好，政也好，农也好，工也好，商也好，教也好，如果违背了科学而行事，必将受到应有的惩罚，产生阻碍社会发展的破坏力量。很难想象，在一个文盲充塞、科学文化落后、社会道德水平低下的国度能建设现代化的国家。靠缺乏教育和文化修养的人不能搞好现代化事业；靠杂乱无章的管理不能建立社会主义经济新秩序；靠投机诈骗、阿谀奉承、以权谋私之徒，只能搞乱整个社会。这是再明显不过的道理。我们中国在世界民族之林中还处于落后地位，究其原因，不是因为懒惰，也不是因为贫穷，而是长时期缺乏民主和不重视科学所造成的恶果。缺乏民主制度和民主观念，必然阻碍科学文化的发展和社会的进步，而科技落后、文化素质低，社会生产力低下，又维持了不民主制度的延续。如此恶性循环，就使社会停滞不前。

"要促进民主化进程，促进科学技术发展，首先就要培养更多的士，造成更多的有用之材。而教育，又是振兴中华的基础工程，切不可认为办教育不但不赚钱、反而花大钱而丢了这项千年大计的根本，去办那些急功近利的蠢事；更不要只把重视教育挂在口头上，写在文件中，而不去办一件两件实实在在的事。

"所以，对冰心老前辈所提问题，我这个后生小子的答案，只有一句话：无士不兴！"

他们三位身在天南地北，却不约而同地说了同一个意思。可见人同此心，心同此理，我也似乎无需再多说什么了。我只希望领导者和领导部门谛听一下普通群众、普通知识分子的心声，更要重视"无士"的严重而深远的后果。"殷鉴不远"，只要回想一下十年大乱中践踏知识、摧残知识分子、大革文化命所造成的灾难，还不清楚吗？

岁月易得，五四运动七十周年就在眼前。七十年前，一批思想界、文化界的先锋人物，于国事蜩螗之时高举民主和科学大旗，向封建势力、军阀势力和帝国主义势力冲击，揭开中国的现代史页。时隔七十年，我们今天还是要大声疾呼：要让德先生、赛先生在中国这个古老的土地上生根、发芽、开花、结果。如果不重视"士"，不重视科学、教育、文化，德先生和赛先生就成了空谈，现代化也会流于纸上谈兵。

一九八八年十一月

（原载《散文世界》1989年第4期）

一个最充满了力量的汉字

我近来往往在天还没亮时就醒起了,这时周围沉黑,宇宙间没有半点声息!

真是"万籁无声"!

从这一句里,我心头涌上许许多多的"万"字。

我惊奇地发现:中国文字中的"万"字有这么大的惊人的魅力,它的覆盖面之大,之深,是无与伦比的。

我首先想起的是古人的诗句——我往往只记得诗句而忘了诗人的名字——如:

独立中流喧日夜
万山无语看焦山

这把焦山写得何等挺拔、何等声势?大有"万笏朝天"的意味了。

又如咏牡丹的诗句:

十里散香酥地脉

万花低首避天人

又把牡丹写得何等端严,何等艳丽!
唐诗人李白有:

五花马　千金裘
呼儿将出换美酒
与尔同销万古愁

两岸猿声啼不住
轻舟已过万重山

上两句写的是他的无聊、落魄;下两句写的是"一江春水向东流"之急、之快。而两岸猿声又一直伴随着他的无限的离愁。
唐诗人杜甫的:

花近高楼伤客心
万方多难此登临

说的是当时天下动乱的情景,又如:

安得广厦千万间
大庇天下寒士俱欢颜

那就是因自己的贫寒，而想到天下的无可庇风雨之茅屋的寒士，真是"仁人之心"。

清诗人龚定庵有：

> 九州生气恃风雷
> 万马齐喑究可哀

他要叫唤出九州风雷，请老天抖擞精神，不拘一格地降下许多可用的人才。

他却也有缠绵悱恻的句子，如：

> 万种温馨何用觅
> 枕上逃禅　遣却心头忆

古人的反战文字，如李华的《吊古战场文》：

> 秦起长城，竟海为关，荼毒生灵，万里朱殷

就比西方人因从月球上能看到中国的万里长城而倍加称道的，"人道主义"得多了。

昔人诗里的：

> 碛里征人三十万
> 一时回首月中看

写的就是三十万征人心中的"厌战"情绪，至于花蕊夫人的：

> 四十万人齐解甲
> 更无一个是男儿

就是一位女强人刺向"投降者"的一把匕首了！

这时窗外已经出现了曙光，我对于"万"字的思索暂时被打断了。而我心中的这个充满了力量的"万"字，是不到我自己"万念俱消"、"万缘俱断"的时候，是决不会泯灭的！

一九八八年十一月二十五日晨急就

（原载《散文世界》1989年第2期）

施者比受者更为有福

我看着我客厅里的两架玻璃书柜里堆叠着的许许多多海内外的朋友亲戚和许许多多不认识的小朋友送我的贺年片。那些片上的图画真是花团锦簇，不但有花朵、儿童，还有更多的小猫（也都是白色的，和我的"咪咪"一样）。

我衷心地感谢这许多年来给我写信的上百上千的小朋友们，他（她）们的情意是那么恳切，字迹是那么工整，最后还总是祝我健康长寿。我的寿命真是不短，算来已经度过八十八个春秋了。但是健康呢，却有不少问题，我从一九八〇年九月右腿骨折后，不但行动不自由了，生活也不能自理，这时亏得有我小女婿的姐姐陈玛同志，日夜在帮助照顾我。我不但夜里不能自己翻身，连人家把我扶坐书桌前以后凡是我的手够不到的地方，还是要人帮忙，比如拿一本书，一支笔，一张纸，一杯茶等等、等等都是要麻烦人的。我们一般笑骂无用的人是"行尸走肉"，但是我却连"行尸走肉"都不如，因为"尸""肉"，还能行走！

想起我小的时候，在海岸上狂奔……就是在一九八〇年以前，我也还是走遍五湖四海。我半夜醒来还会悄悄地呜咽！

我勉励着自己坚强起来，还满有希望似地说过"生命从八十岁开始",但实际上那种的生命,是什么样的生命啊!

  我近来又增加上右膝骨上骨节增生,眼睛里又有了白内障,起来、坐下、看书、写字都有困难……总之,这些都是我从来不复小朋友信的原因。我不但没有时间,也没有了精力。但我已珍重地将这些年来收到的千百封可贵的信,都送到巴金同志创办的"中国现代文学馆",请他们代为收藏起来了。

  中国俗话说:"岁数不饶人",老年来到了,这原是无法抗拒的千古以来的真理。是我自己太"天真"了,不能正确地承认这个真理!

  话说回来,我看着我玻璃书柜里堆积的那些五光十色的贺年片,我心里充满了幸福!

  我也记得西方一本圣书上有句能够说出我心底的话的句子,是"施者比受者更为有福"!

一九八九年一月七日大雪之后
(原载《散文世界》1989年第3期)

我喜爱小动物

我喜爱小动物。这个传统是从谢家来的,我的父亲就非常地喜爱马和狗,马当然不能算只小动物了,自从1913年我们迁居北京以后,住在一所三合院里,马是养不起的了,可是我们家里不断地养着各种的小狗——我的大弟弟为涵在他刚会写作文的年龄,大约是12岁吧,就写了一本《家犬列传》,记下了我家历年来养过的几只小狗。狗是一种最有人情味的小动物,和主人亲密无间,忠诚不二,这都不必说了,而且每只狗的性格、能耐、嗜好也都不相同。比如"小黄",就是只"爱管闲事"的小狗,它专爱抓老鼠,夜里就蹲在屋角,侦伺老鼠的出动。而"哈奇"却喜欢泅水。每逢弟弟们到北海划船,它一定在船后泅水跟着。当弟弟们划完船从北海骑车回家,它总是浑身精湿地跟在车后飞跑。惹得我们胡同里倚门看街的老太太们喊:"学生! 别让你的狗跑啦,看它跑得这一身大汗。"我的弟弟们都笑了。

我家还有一只很娇小又不大活动的"北京狗",那是一位旗人老太太珍重地送给我母亲的。这个"小花"有着黑白相间的长毛,脸上的长毛连眼睛都盖住了。母亲便用红头绳给它梳一根"朝天杵"式的辫子,十分娇憨可爱,它是唯一的被母亲许可走近她身边的小狗,因为母亲太爱干净了。当1927年我们家从北京搬到上海时，父亲买了两张半价车票把"哈奇"和"小花"都带到上海，可是到达的第二天，"小花"就不见了，一般"北京狗"十分金贵，一定是被人偷走了，我们一家人，尤其是母亲，难过了许多日子！

谢家从来没养过猫。人家都说"狗投穷，猫投富"。因为猫会上树、上房，看见哪家有好吃的便向哪家跑。狗就不是这样！我永远也忘不了，40年代我们住在重庆郊外歌乐山时，我的小女儿吴青从山路上抱回一只没人要的小黄狗，那时我们人都吃不好，别说喂狗了。抗战胜利后我们离开重庆时，就将这只小黄狗送给山上在金城银行工作的一位朋友。后来听我的朋友说，它就是不肯吃食——金城银行的宿舍里有许多人养狗，他们的狗食，当然比我们家的丰富得多，然而那只小黄狗竟然绝粒而死在"潜庐"的廊上！写到此我不禁落下了眼泪。

1947年后，我们到了日本，我的在美国同学的日本朋友，有一位送了一只白狗，有一位送了一只黑猫，给我们的孩子们。这两只良种的狗和猫，不但十分活泼，而且互相友好，一同睡在一只大篮子里，猫若是出去了很晚不回来，狗也不肯睡觉。1951年我们回国来，便把这两只小动物送给了儿女们的小朋友。

现在我们住的是学院里的楼房，北京又不许养狗。我们有过养猫的经验，知道了猫和主人也有很深的感情，我的小吴青十分兴奋地从我们的朋友宋蜀华家里抱了3只新生的小白猫让我挑，我挑了"咪咪"，因为它有一只黑尾巴，身上有3处黑点，我说："这猫是有名堂的，叫'鞭打绣球'。就要它吧。"关于这段故事，我曾在小说《明子和咪子》中描写过了。咪咪不算是我养的，因为我不能亲自喂它，也不能替它洗澡，——

它的毛很长又厚，洗澡完了要用大毛巾擦，还得用吹风机吹。吴青夫妇每天给它买小鱼和着米饭喂它，但是它除了3顿好饭之外，每天在我早、午休之后还要到我的书桌上来吃"点心"，那是广州精制的鱼片。只要我一起床，就看见它从我的窗台上跳下来，绕着我在地上打滚，直到我把一包鱼片撕碎喂完，它才乖乖地顺我的手势指向，跳到我的床上蜷卧下来，一直能睡到午间。

近来吴青的儿子陈钢，又从罗慎仪——我们的好友罗莘田的女儿——家里抱来一只纯白的蓝眼的波斯猫，因为它有个"奔儿头"，我们就叫它"奔儿奔儿"。它比"咪咪"小得多而且十分淘气，常常跳到蜷卧在我床上的咪咪身上，去逗它，咬它！咪咪是老实的，实在被咬急了，才弓起身来回咬一口，这一口当然也不轻！

我讨厌"奔儿奔儿"，因为它欺负咪咪，我从来不给它鱼片吃。吴青他们都笑说偏心！

1989年3月9日晨

（原载《新观察》1989年第7期）

市场上买不到一尊女寿星

今年我的生日时,我的小老弟萧乾送来了一尊寿星,还附了一张条子,大意说:这世界上真不公平,我走遍了市场竟买不到一尊女寿星,只好送你一尊寿翁。小朋友李小雨送我贺寿的礼物,也是一尊小寿翁。

这便是数千年来重男轻女的一个铁证!虽然不但在中国,在全世界上妇女的寿命一般也长过于男子。

我想这可能是塑像或捏像的工匠都是男人,他们不会想起去塑或捏一尊女像。

我把人家送我的大小寿星,都转送给了过生日的男性朋友。我感谢我的朋友们对我的祝福,但却不大愿意把寿翁摆在我的玻璃书柜里。一来因为我从来不信神佛,二来我相信"天助自助者",没有神佛的保佑,我也挣扎着活到了90岁!

一九八九年十一月十六日

(原载《随笔》1990年第2期)

我家的茶事

袁鹰同志来信要我为《清风集》写一篇文章，并替我出了题目，是《我家的茶事》我真不知从哪里说起！

从前有一位诗人（我忘了他的名字），写过一首很幽默的诗：

琴棋书画诗酒花
当时样样不离它
而今万事都更变
柴米油盐酱醋茶

这首诗我觉得很有意思。

这首诗第一句的七件事，从来就与我无"缘"。我在《关于男人》写到"我的小舅舅"那一段里，就提到他怎样苦心地想把我"培养"成个"才女"。他给我买了风琴、棋子、文房四宝、彩色颜料等等，都是精制的。结果因为我是个坐不住的"野孩子"，一件也没学好。他也灰了心，不干了！我不会做诗，那些《繁星》、《春水》等等，不过是分行写的"零碎的思想"。酒呢，我从来不会喝，喝半杯头就晕了，而且医生也不许我喝。至于"花"呢，我从小就爱——我想天下也不会有一个不爱花的人——可惜我只会欣赏，却没有继承到我的祖父和父亲的种花艺术和耐心。我没有种过花，虽然我接受过不少朋友的赠花。我送朋友的花篮，都是从花卉公司买来的！

至于"柴米油盐酱醋"，做为一个主妇，我每天必须和它们打交道，至少和买菜的阿姨，算这些东西的帐。

现在谈到了正题，就是"茶"，我是从中年以后，才有喝茶的习惯。现在我是每天早上沏一杯茉莉香片，外加几朵杭菊（杭菊是降火的，我这人从小就"火"大。祖父曾说过，我吃了五颗荔枝，眼珠就红了，因此他只让我吃龙眼）。

茉莉香片是福建的特产。我从小就看见我父亲喝茶的盖碗里，足足有半杯茶叶，浓得发苦。发苦的茶，我从来不敢喝。我总是先倒大半杯开水，然后从父亲的杯里，兑一点浓茶，颜色是浅黄的。那只是止渴，而不是品茶。

23岁以后，我到美国留学，更习惯于只喝冰冷的水了。29岁和文藻结婚后，我们家客厅沙发旁边的茶几上，虽然摆着周作人先生送的一副日本精制的茶具：一只竹柄的茶壶和四只带盖子的茶杯，白底青花，十分素雅可爱。但是茶壶里装的仍是凉开水，因为文藻和我都没有喝茶的习惯。直到有一天，文藻的清华同学闻一多和梁实秋先生来后，我们受了一顿讥笑和教训，我们才准备了待客的茶和烟。

抗战时期，我们从沦陷的北平，先到了云南，两年后又到重庆。文藻住在重庆城里，我和孩子们为避轰炸，住到了郊外的歌乐山。百无聊赖之中，我一面用"男士"的笔名，写着《关于女人》的游戏文字，来挣稿费，一面沏着福建乡亲送我的茉莉香片来解渴，这时总想起我故去的祖父和父亲，而感到"茶"的特别香洌。我虽然不敢沏得太浓，却是从那时起一直喝到现在！

一九八九年十月十六日

（原载《随笔》1990年第3期）

我梦中的小翠鸟

六月十五夜，在我两次醒来之后，大约是清晨五时半吧，我又睡着了，而且做了一个使我永不忘怀的梦。

我梦见：我仿佛是坐在一辆飞驰着的车里，这车不知道是火车？是大面包车？还是小轿车？但这些车的坐垫和四壁都是深红色的。我伸着左掌，掌上立着一只极其纤小的翠鸟。

这只小翠鸟绿得夺目，绿得醉人！它在我掌上清脆吟唱着极其动听的调子。那高亢的歌声和它纤小的身躯，毫不相称。

我在梦中自己也知道这是个梦。我对自己说，醒后我一定把这个神奇的梦，和这个永远铭刻在我心中的小翠鸟写下来……这时窗外啼鸟的声音把我从双重的梦中唤醒了，而我的眼中还闪烁着那不可逼视、翠绿的光，耳边还缭绕着那动人的吟唱。

做梦总有个来由吧？是什么时候、什么回忆、什么所想，使我做了这么一个翠绿的梦？我想不出来了。

一九九〇年六月十六日 — 响晴之晨

（原载《星火》1990年第12期）

话说"客来"

古人有诗云:"有好友来如对月"。

又有古诗云:"寒夜客来茶当酒,竹炉汤沸火初红,寻常一样窗前月,一有梅花便不同。"

古人把客人当作光明透彻的月亮,又把客人当作暗香疏影的梅花。

我呢,每天几乎都有客来,我总觉得每一位客人都是一篇文章。

这文章,有抒情的也有叙事的。抒情的往往是老朋友或好朋友,在两人独对的时候,有时追忆往事,有时瞻望未来,总之,是"抵掌谈天下事",有时欢喜,有时忧郁。

至于叙事的,那就广泛了!多半是"无事不来"的,总是叫我写点什么,反正我的文债多了,总是还不清,而且我的思想太杂乱,写下来就印在纸上,涂抹不去了,无聊的思想,留下印迹,总不太好,好在"债多不愁",看心潮吧。

最麻烦的是来"采访"的。有的"记者",对于我这人的来龙去脉,一概不知,只是奉总编辑之命,来写一个陌生人,他(她)总是自我介绍以后,坐下来就掏出笔记本,让我"自报家门"!话得从九十年前说起,累得我要死!

这篇文章是在灯下写的,时间是清晨,窗外却下着大雷雨,天容如淡墨。抒情的朋友是来不了了,叙事的,恐怕也要躲过这一阵,我就随便写下这一段小文。

一九九一年六月十日　大雨之晨
(原载《今晚报》1991年6月23日)

谈孟子和民主

听说日本著名作家井上靖先生,写了一本叫作《孔子》的书,在日本大受欢迎,成了畅销书之一。对于至圣先师孔子,我当也极尊崇。我小时候在私塾里,也读过背过一部《论语》,以后又读、背过《孟子》,可惜只读了一章,我便进了学校,改读"国文教科书"了。

前年我托朋友买了一本《十三经》,想自己阅读古人的书,以补我的对于祖国古典经史知识之不足。这十三经是:1.周易,2.尚书,3.毛诗,4.周礼,5.仪礼,6.礼记,7.春秋左传,8.春秋公羊传,9.春秋穀梁传,10.论语,11.孝经,12.尔雅,13.孟子。

我不厌其烦地写出了《十三经》每一卷的名字,因为我读了前几卷,有的不懂,如《周易》,有的太繁琐了,如《礼记》之类,只有《毛诗》还看得进去。一直看到第十三卷《孟子》,我心里忽然感到豁然开朗,没想到两千多年以前的古人,就主张"民主",且言论精辟深刻!我希望读者们都自己去找出这本古书来,细细地读它一遍!在这里我只能举出一些给我印象最深的几点:

他主张"与民同乐",他处处重视"人民",把"人民"放在"君主"之上。

他说，国人皆曰可用，则用之；国人皆曰可杀，则杀之。这里的"国人"，就是"老百姓"，就是"人民"。凡事不能由"君王"擅自作主。

他主张君臣平等，他说君之视臣如土芥，则臣视君如寇仇。意思是当君王把人民踩在脚下的时候，人民就可以把君王当做敌人。这话说得多么直接痛快！

他的"大丈夫"的定义，也是极其深刻的。"大丈夫"用现代的话说，就是"堂堂男子汉"，是个极其自豪的名词。孟子说："富贵不能淫，贫贱不能移，威武不能屈，此之谓大丈夫。"他把"富贵不能淫"放在首位，足见"贫贱不能移，威武不能屈"凡是有操守的人都还容易做到，富贵了而能不被淫是比较困难的。因为富贵了必然有权，有权就有了一切，"一朝权在手，便把令来行"；有了权就可以胡作非为，什么民意，都可以不顾了！这些都是富贵能淫的人。富贵了而能不被淫的人，从我国几千年的封建历史上看，几乎数不出几个来！

一九八九年十一月二十九日

（原载《中国文化》1990年12月第3期）

我的家在哪里？

梦，最能"暴露"和"揭发"一个人灵魂深处连自己都没有意识到的"向往"和"眷恋"。梦，就会告诉你，你自己从来没有想过的地方和人。

昨天夜里，我忽然梦见自己在大街旁边喊"洋车"。有一辆洋车跑过来了，车夫是一个膀大腰圆，脸面很黑的中年人，他放下车把，问我："你要上哪儿呀"？ 我感觉到他称"你"而不称"您"，我一定还很小，我说："我要回家，回中剪子巷。"他就把我举上车去，拉起就走。走穿许多黄土铺地的大街小巷，街上许多行人，男女老幼，都是"慢条斯理"地互相作揖、请安、问好，一站就站老半天。

这辆洋车没有跑，车夫只是慢腾腾地走呵走呵，似乎走遍了北京城，我看他褂子背后都让汗水湿透了，也还没有走到中剪子巷！

这时我忽然醒了，睁开眼，看到墙上挂着的文藻的相片，我迷惑地问我自己："这是谁呀？ 剪子巷里没有他！"连文藻都不认识了，更不用说睡在我对床的陈一玛大姐和以后进到屋里来的女儿和外孙了！

只有住着我的父母和弟弟们的中剪子巷才是我灵魂深处永久的家。连北京的前圆恩寺，在梦中我也没有去找过，更不用说美国的娜安辟迦楼，北京的燕南园，云南的默庐，四川的潜庐，日本东京麻布区，以及伦敦、巴黎、柏林、开罗、莫斯科一切我住过的地方，偶然也会在我梦中出现，但都不是我的"家"！

这时，我在枕上不禁回溯起这九十年所走过的甜、酸、苦、辣的生命道路，真是"万千恩怨集今朝"，我的眼泪涌了出来……

前天下午我才对一位年轻朋友戏说，"我这人真是'一无所有'！从我身上是无'权'可'夺'，无'官'可'罢'，无'级'可'降'，无'款'可'罚'，地道的无顾无虑，无牵无挂，抽身便走的人，万万没有想到我还有一个我自己不知道的，牵不断，割不断的朝思暮想的'家'！"

1991年9月15日微雨之晨
（原载《中国文化》1992年第6期）

"孝"字怎么写

记得我母亲逝世的时候,我们家得到的许多奠仪中,有不少捆的金银纸箔。我们家供祖从来都不烧纸,因此那些纸箔都捆着放在一边。有一天一位长辈来了,看见母亲灵前只烧着一炉檀香,灵桌前连一个火盆也没有,金银纸箔也没有被叠起焚化,他心里大不以为然,出去就对人说:"人家都说谢家孩子孝顺,我看他们连'孝'字都不知道怎么写!"听到这句话的另一位长辈又把这话传给我们,我们只有相对苦笑。

真的,在我们家里,很少听见"孝顺"这两个字。当我们1911年从烟台回到福州大家庭时,父母亲只嘱咐我们说:"回去在大家庭里不能那么'野'了,对祖父尤其要尊敬。"

回去在大家庭里,祖父也从来没有教训我们要"孝顺"。倒是我的三个小弟弟彼此嘲笑时,例如父母亲吩咐做一件事情,有一个抢先做了,得了夸奖,其余的两个就站在远处,笑着说:"孝子,真孝顺,廿四孝加上你,廿五孝了!"于是又引起一番吵架。

大概那时我们都看过《二十四孝》那本书,其中有"王祥卧冰"、"孟春哭竹"等极不科学的愚孝的表现。尤其是"郭巨埋儿",我认为那是最不人道而且是最不孝的一件事,因为儿子分吃了父母的食粮,就把儿子活埋了,那是什么心理?! 要丢掉儿子,就是把儿子卖了也不至于伤父母的心。他的所以要"埋儿",只为的是掘地得到金银为伏笔! 尽孝为的是得到金银,这"居心"还"可问"吗?

我想《论语》里谈到"孝"时最多,孔子是因人施教的,对"孝"字有不同的解释。但也有使人不解的地方,如:"三年无改于父之道,可谓孝矣"。我认为那也看那"父"是什么样的人,假如那"父"是岳飞,不必说"三年无改",就是"终身"也不能改;假如那"父"是秦桧,那是一分一秒也不能学的!

我又去翻了《孝经》,看到了《谏诤章》,我心里廓然开朗,特此恭录如下:

曾子曰:"若夫慈爱恭敬,安亲扬名则闻命矣。敢问子从父之令,可谓孝乎?"子曰:"是何言与,是何言与。①昔者天子有争臣七人,虽无道,不失其天下;诸侯有争臣五人,虽无道,不失其国;大夫有争臣三人,虽无道,不失其家;士有争友,则身不离于令名;父有争子,则身不陷于不义。故当不义,则子不可以不争于父,臣不可以不争于君;故当不义,则争之,从父之令,又焉得为孝乎?"

抄完这一段,我真是"心悦诚服"了。此孔子之所以为"至圣先师"也!

1991年11月16日之晨

(原载《随笔》1992年第2期)

---

① 重复一句,极言其不可也。——作者注

五行缺火

我出生的那一天，全家都很兴奋，我的姑母把我的生辰八字拿去算命。算命先生除了说许多好话之外，还说我命里"五行缺火"。那时我的父亲在海上服务，我的二伯父谢葆璋先生就给我取了名字，叫"婉莹"。因为"莹"上面有两个"火"字。（"婉"字是我家姐妹的排行，我的三个堂姐：大伯父房里的大姐，就叫"婉珠"，二姐叫"婉榕"，四叔父房里的三姐叫"婉聪"。）

这一下子，我的"肝火"就"旺"了！我的脾气急得很，刚会说话就"口吃"，因为一肚子的话，恨不得一口气就都说了出来。想做的事情，要立刻就做；想要的东西，要立刻到手。我的母亲十分严厉地对我说："你这种脾气，就是不能'处世为人'的！你要发脾气，只能对自己发，决不能对别人发。"因为每逢有我看不过的事情，或想不通的事，只有自己使劲搓着双掌，或握拳捶着自己的头。

再大一点，上了中学，会使用文字了，我才高兴起来。一切不顺眼、不称心的事，我都可以用文字写了出来。我用小说体裁，写了《斯人独憔悴》，《秋雨秋风愁煞人》等短篇。

如今，每当"肝火旺"的时候，我还要写，年轻的编辑们就笑说："老太太的文章好是好,就是烫手。"烫手?! 我有什么好说的? 谁让我头上顶着两团"火"呢?

一九九二年八月十八日

(原载《随笔》1992年第6期)

从"一"数到"九十二"

每逢我吃过安眠药之后，仍旧睡不着的时候，我就听从朋友的劝告，让我静静地数"数儿"，从一数起，以后就会慢慢地进入睡乡。这个妙诀，起初还灵，后来就不行了；我往往会把数字和我的年岁联系起来！比如说数到四、五，我就想起那时在上海和祖父在一起的乐事；数到了七、八，就会想起我在烟台海边奔走游戏的快事；数到以后心绪却渐渐地复杂起来了。我走过的生命的道路，往"适意"里说，就像陆放翁的诗，"山重水复疑无路，柳暗花明又一村"。往不如意里说，就像李清照词里的："多少事欲说还休。新来瘦，非关病酒，不是悲秋。"

我这辆火车，在生命的铁轨上，一直在长长短短的隧道中间飞驰。刚刚明亮一些，又驰进了长长的黑暗的隧道；已经习惯于黑暗了，忽然又在灿烂的阳光下奔走……

九十二年过去了，炎凉"历尽"了，真是"百年心事归平淡"！我在另一篇短文里写过："我这人真是一无所有。从我身上，是无'权'可'夺'，无'官'可'罢'，无'级'可'降'……地地道道地是无忧无虑，无牵无挂，抽身便走的人。"

再过半个月,就会"数"到"九十三"了,且看我还能"数"到多少?我同意陶渊明诗人所说的"聊乘化以归尽,乐夫天命复奚疑"。

一九九二年十二月十六日阳光满案之晨

(原载《绿叶》1991年第1期)

第四辑

目 录

南 归

—— 贡献给母亲在天之灵

去年秋天，楫自海外归来，住了一个多月又走了。他从上海十月三十日来信说："……今天下午到母亲墓上去了，下着大雨。可是一到墓上，阳光立刻出来。母亲有灵！我照了六张相片。照完相，雨又下起来了。姊姊！上次离国时，母亲在床上送我，嘱咐我，不想现在是这样的了！……"

我的最小偏怜的海上飘泊的弟弟！我这篇《南归》，早就在我心头，在我笔尖上。只因为要瞒着你，怕你在海外孤身独自，无人劝解时，得到这震惊的消息，读到这一切刺心刺骨的经过。我挽住了如澜的狂泪，直待到你归来，又从我怀中走去。在你重过飘泊的生涯之先，第一次参拜了慈亲的坟墓之后，我才来动笔！你心下一切都已雪亮了。大家颤栗相顾，都已做了无母之儿，海枯石烂，世界上慈怜温柔的恩福，是没有我们的份了！我纵然尽写出这深悲极恸的往事，我还能在你们心中，加上多少痛楚？！我还能在你们心中，加上多少痛楚？！

现在我不妨解开血肉模糊的结束，重理我心上的创痕。把心血呕尽，眼泪倾尽，和你们恣情开怀的一恸，然后大家饮泣收泪，奔向母亲要我们奔向的艰苦的前途!

　　我依据着回忆所及,并参阅藻的日记,和我们的通信,将最鲜明,最灵活,最酸楚的几页,一直写记了下来。我的握笔的手,我的笔儿,怎想到有这样运用的一天! 怎想到有这样运用的一天!

　　前冬十二月十四日午,藻和我从城中归来,客厅桌上放着一封从上海来的电报,我的心立刻震颤了。急忙的将封套拆开,上面是"……母亲云,如决回,提前更好",我念完了,抬起头来,知道眼前一片是沉黑的了!

　　藻安慰我说:"这无非是母亲想你,要你早些回去,决不会怎样的。"我点点头。上楼来脱去大衣,只觉得全身颤栗,如冒严寒。下楼用饭之先,我打电话到中国旅行社买船票。据说这几天船只非常拥挤,须等到十九日顺天船上,才有舱位,而且还不好。我说无论如何,我是走定了。即使是猪圈,是狗窦,只要能把我渡过海去,我也要蜷伏几宵——就这样的定下了船票。

　　夜里如同睡在冰穴中,我时时惊跃。我知道假如不是母亲病的危险,父亲决不会在火车断绝,年假未到的时候,催我南归。他拟这电稿的时候,虽然有万千的斟酌使词气缓和,而背后隐隐的着急与悲哀是掩不住的——藻用了无尽的言语来温慰我;说身体要紧,无论怎样,在路上,在家里,过度的悲哀与着急,都与自己母亲是无益有害的。这一切我也知道,便饮泪收心的睡了一夜。

　　以后的几天,便消磨在收拾行装,清理剩余手续之中。那几天又特别的冷。朔风怒号,楼中没有一丝暖气。晚上藻和我总是强笑相对,而心中的怔忡，孤悬，恐怖，依恋，在不语无言之中，只有钟和灯知道了！

杰还在学校里，正预备大考。南归的消息，纵不能瞒他，而提到母亲病的推测，我们在他面前，总是很乐观的，因此他也还坦然。天晓得，弟弟们都是出乎常情的信赖我。他以为姊姊一去，母亲的病是不会成问题的。可怜的孩子，可祝福的无知的信赖！

十八日的下午四时二十五分的快车，藻送我到天津。这是我们蜜月后的第一次同车，虽然仍是默默的相挨坐着，而心中的甜酸苦乐，大不相同了！窗外是凝结的薄雪，窗隙吹进砭骨的冷风，斜日黯然，我已经觉得腹痛。怕藻着急，不肯说出，又知道说了也没用，只不住的喝热茶。七点多钟到天津，下了月台，我已痛得走不动了。好容易挣出站来，坐上汽车，径到国民饭店，开了房间，我一直便躺在床上。藻站在床前，眼光中露出无限的惊惶："你又病了？"我呻吟着点一点头。——我以后才发现这病是慢性的盲肠炎。这病根有十年了，一年要发作一两次。每次都痛彻心腑，痛得有时延长至十二小时。行前为预防途中复发起见，曾在协和医院仔细验过，还看不出来。直到以后从上海归来，又患了一次，医生才绝对的肯定，在协和开了刀，这已是第二年三月中的事了。

这夜的痛苦，是逐秒逐分的加紧，直到夜中三点。我神志模糊之中，只觉得自己在床上起伏坐卧，呕吐，呻吟，连藻的存在都不知道了。中夜以后，才渐渐的缓和，转过身来对坐在床边拍抚着我的藻，作颓乏的惨笑。他也强笑着对我摇头不叫我言语。慢慢的替我卸下大衣，严严的盖上被。我觉得刚一闭上眼，精魂便飞走了！

醒来眼里便满了泪；病后的疲乏，临别的依恋，眼前旅行的辛苦，到家后可能的恐怖的事实，都到心上来了。对床的藻，正做着可怜的倦梦。一夜的劳瘁，我不忍唤醒他，望着窗外天津的黎明，依旧是冷酷的阴天！我思前想后，除了将一切交给上天之外，没有别的方法了！

这一早晨，我们又相倚的坐着。船是夜里十时开，藻不能也不敢说出不让我走的话，流着泪告诉我："你病得这样！我是个穷孩子，忍心的丈夫。我不能陪你去，又不能替你预备下好舱位，我让你自己在这时单身走！……"他说着哽咽了。我心中更是甜酸苦辣，不知怎么好，又没有安慰他的精神与力量，只有无言的对泣。

还是藻先振起精神来，提议到梁任公家里，去访他的女儿周夫人，我无力的赞成了。到那里蒙他们夫妇邀去午饭。席上我喝了一杯白兰地酒，觉得精神较好。周夫人对我提到她去年的回国，任公先生的病以及他的死。悲痛沉挚之言，句句使我闻之心惊胆跃，最后实在坐不住，挣扎着起来谢了主人。发了一封报告动身的电报到上海，两点半钟便同藻上了顺天船。

房间是特别官舱，出乎意外的小！又有大烟囱从屋角穿过。上铺已有一位广东太太占住，箱儿篓子，堆满了一屋。幸而我行李简单，只一副卧具，一个手提箱。藻替我铺好了床，我便蜷曲着躺下。他也蜷伏着坐在床边。门外是笑骂声，叫卖声，喧哗声，争竞声；杂着油味，垢腻味，烟味，咸味，阴天味；一片的拥挤，窒塞，纷扰，叫嚣！我忍住呼吸，闭着眼。藻的眼泪落在我的脸上："爱，我恨不能跟了你去！这种地方岂是你受得了的！"我睁开眼，握住他的手："不妨事，我原也是人类中之一！"

直挨到夜中九时，烟囱旁边的横床上，又来了一位女客，还带着一个小女儿。屋里更加紧张拥挤了，我坐了起来，拢一拢头发，告诉藻："你走罢，我也要睡一歇，这屋里实在没有转身之地了！"因着早晨他说要坐三等车回北平去，又再三的嘱咐他："天气冷，三等车上没有汽炉，还是不坐好。和我同甘苦，并不在于这情感用事上面！"他答应了我，便从万声杂沓之中挤出去了。

　　——到沪后，得他的来信说："对不起你，我毕竟是坐了三等车。试想我看着你那样走的，我还有什么心肠求舒适？ 即此，我还觉得未曾分你的辛苦于万一！ 更有一件可喜的事，我将剩下的车费在市场的旧书摊上，买了几本书了……"——

　　这几天的海行，窗外只看见唐沽的碎裂的冰块，和大海的洪涛。人气蒸得模糊的窗眼之内，只听得人们的呕吐。饭厅上，茶房连叠声叫"吃饭咧！"以及海客的谈时事声，涕唾声。这一百多钟头之中，我已置心身于度外，不饮不食，只求能睡，并不敢想到母亲的病状。睡不着的时候，只瞑目遐思夏日蜜月旅行中之西湖莫干山的微蓝的水，深翠的竹，以求超过眼前地狱景况于万一！

　　二十二日下午，船缓缓的开进吴淞口，我赶忙起来梳头著衣，早早的把行装收拾好。上海仍是阴天！ 我推测着数小时到家后可能的景况，心灵上只有颤栗，只有祈祷！ 江上的风吹得萧萧的。寒星般的万船楼头的灯火，照映在黄昏的深黑的水上，画出弯颤的长纹。晚六时，船才缓缓的停在浦东。我又失望，又害怕，孤身旅行，这还是第一次。这些脚夫和接水，我连和他们说话的胆量都没有，只把门紧紧的关住，等候家里的人来接。直等到七时半，客人们都已散尽，连茶房都要下船去了。无可奈何，才开门叫住了一个中国旅行社的接客，请他照应我过江。

　　我坐在颠簸的摆渡上，在水影灯光中，只觉得不时摇过了黑而高大的船舷下,又越过了几只横渡的白篷带号码的小船。在料峭的寒风之中,淋漓精湿的石阶上,踏上了外滩。大街楼顶广告上的电灯联成的字,仍旧追逐闪烁着,电车仍旧是隆隆不绝的往来的走着。我又已到了上海!万分昏乱的登上旅行社运箱子的汽车,连人带箱子从几个又似迅速又似疲缓的转弯中,便到了家门口。

按了铃,元来开门。我头一句话,是"太太好了么?"他说:"好一点了。"我顾不得说别的,便一直往楼上走。父亲站在楼梯的旁边接我。走进母亲屋里,华坐在母亲床边,看见我站了起来。小菊倚在华的膝旁,含羞的水汪汪的眼睛直望着我。我也顾不得抱她,我俯下身去,叫了一声"妈!"看母亲时,真病得不成样子了!所谓"骨瘦如柴"者,我今天才理会得!比较两月之前,她仿佛又老了二十岁。额上似乎也黑了。气息微弱到连话也不能说一句,只用悲喜的无主的眼光看着我……

父亲告诉我电报早接到了。涵带着苑从下午五时便到码头去了,不知为何没有接着。这时小菊在华的推挽里,扑到我怀中来,叫了一声"姑姑"。小脸比从前丰满多了,我抱起她来,一同伏到母亲的被上。这时我的眼泪再也止不住了,赶紧回头走到饭厅去。

涵不久也回来了,脸冻得通红——我这时方觉得自己的腿脚,也是冰块一般的僵冷。——据说是在外滩等到七时。急得不耐烦,进到船公司去问,公司中人待答不理的说:"不知船停在哪里,也许是没有到罢!"他只得转了回来。

饭桌上大家都默然。我略述这次旅行的经过,父亲凝神看着我,似乎有无限的过意不去。华对我说发电叫我以后,才告诉母亲的,只说是我自己要来。母亲不言语,过一会子说:"可怜的,她在船上也许时刻提心吊胆的想到自己已是没娘的孩子了！"

饭后涵华夫妇回到自己的屋里去。我同父亲坐在母亲的床前。母亲半闭着眼，我轻轻的替她拍抚着。父亲悄声的问："你看母亲怎样？"我不言语，父亲也默然，片响，叹口气说："我也看着不好，所以打电报叫你，我真觉得四无依傍——我的心都碎了！……"

此后的半个月，都是侍疾的光阴了。不但日子不记得，连昼夜都分不清楚了！一片相连的是母亲仰卧的瘦极的睡容，清醒时低弱的语声和憔悴的微笑，窗外的阴郁的天，壁炉中发爆的煤火，凄绝静绝的半夜炉台上滴答的钟声，黎明时四壁黯然的灰色，早晨开窗小立时濛濛的朝雾！在这些和泪的事实之中，我如同一个无告的孤儿，独自赤足拖踏过这万重的火焰！

在这一片昏乱迷糊之中，我只记得侍疾的头几天，我是每天晚上八点就睡，十二点起来，直至天明。起来的时候，总是很冷。涵和华摩挲着忧愁的倦眼，和我交替。我站在壁炉边穿衣裳，母亲慢慢的侧过头来说："你的衣服太单薄了，不如穿上我的黑骆驼绒袍子，省得冻着！"我答应了，她又说："我去年头一次见藻，还是穿那件袍子呢。"

她每夜四时左右，总要出一次冷汗，出了汗就额上冰冷。在那时候，总要喝南枣北麦汤，据说是止汗滋补的。我恐她受凉，又替她缝了一块长方的白绒布，轻轻的围在额上。母亲闭着眼微微的笑说："我像观世音了。"我也笑说："也像圣母呢！"

因着骨痛的关系，她躺在床上，总是不能转侧。她瘦得只剩一把骨了，褥子嫌太薄，被又嫌太重。所以褥子底下，垫着许多棉花枕头，鸭绒被等，上面只盖着一层薄薄的丝绵被头。她只仰着脸在半靠半卧的姿势之下，过了我和她相亲的半个月，可怜的病弱的母亲！

夜深人静，我偎卧在她的枕旁。若是她精神较好，就和我款款的谈话，语音轻得似天半飘来，在半朦胧半追忆的神态之中，我看她的石像似的脸，我的心绪和眼泪都如潮涌上。她谈着她婚后的暌离和甜蜜的生活，谈到幼年失母的苦况，最后便提到她的病，她说："我自小千灾百病的，你父亲常说：'你自幼至今吃的药，总集起来，够开一间药房的了。'真是我万想不到，我会活到六十岁！男婚女嫁，大事都完了。人家说，'久病床前无孝子'，我这次病了五个月，你们真是心力交瘁！我对于我的女儿，儿子，媳妇，没有一毫的不满意。我只求我快快的好了，再享两年你们的福……"我们心力交瘁，能报母亲的恩慈于万一么？母亲这种过分爱怜的话语，使听者伤心得骨髓都碎了！

如天之福，母亲临终的病，并不是两月前的骨痧。可是她的老病"胃痛"和"咳嗽"又回来了。在每半小时一吃东西之外，还不住的要服药，如"胃活""止咳丸"之类，而且服量要每次加多。我们知道这些药品都含有多量的麻醉性的，起先总是竭力阻止她多用。几天以后，为着她的不能支持的痛苦，又渐渐的知道她的病是没有痊愈的希望，只得咬着牙，忍着心肠，顺着她的意思，狂下这种猛剂，节节的暂时解除她突然袭击的苦恼。

此后她的精神愈加昏弱了，日夜在半醒不醒之间。却因着咳嗽和胃痛，不能睡得沉稳，总得由涵用手用力的替她揉着，并且用半催眠的方法，使她入睡。十二月二十四夜，是基督降生之夜。我伏在母亲的床前，终夜在祈祷的状态之中！在人力穷尽的时候，宗教的倚天祈命的高潮，淹没了我的全意识。我觉得我的心香一缕勃勃上腾,似乎是哀求圣母,体恤到婴儿爱母的深情,而赐予我以相当的安慰。那夜街上的欢呼声,爆竹声不停。隔窗看见我们外国邻人的灯彩辉煌的圣诞树,孩子们快乐的歌唱跳跃,在我眼泪模糊之中,这些都是针针的痛刺!

半夜里父亲低声和我说:"我看你母亲的身后一切该预备了。旧式的种种规矩,我都不懂。而且我看也没有盲从的必要。关于安葬呢——你想还回到故乡去么?山遥水隔的,你们轻易回不去,年深月久,倒荒凉了,是不是?不过这须探问你母亲的意思。"我说:"父亲说出这话来,是最好不过的了。本来这些迷信禁忌的办法,我们所以有时曲从,都是不忍过拂老人家的意思。如今父亲既不在乎这些,母亲又是个最新不过的人。纵使一切犯忌都有后验,只要母亲身后的事能舒舒服服的办过去,千灾五毒,都临到我们四个姊弟身上,我们也是甘心情愿的!"

——第二天我们便托了一位亲戚到万国殡仪馆接洽一切。钢棺也是父亲和我亲自选定的。这些以后在我寄藻和杰的信中,都说得很详细。——

这样又过了几天。母亲有时稍好,微笑的躺着。小菊爬到枕边,捧着母亲的脸叫"奶奶"。华和我坐在床前,谈到秋天母亲骨痛的时候,有时躺在床上休息,有时坐在廊前大椅上晒太阳,旁边几上总是供着一大瓶菊花。母亲说:"是的,花朵儿是越看越鲜,永远不使人厌倦的。病中阳光从窗外进来,照在花上,我心里便非常的欢畅!"母亲这种爱好天然的性情,在最深的病苦中,仍是不改。她的骨痛,是由指而臂,而肩背,而膝骨,渐渐下降,全身僵痛,日夜如在桎梏之中,偶一转侧,都痛彻心腑。假如我是她,我要痛哭,我要狂呼,我要咒诅一切,弃掷一切。

而我的最可敬爱的母亲，对于病中的种种，仍是一样的接受，一样的温存。对于儿女，没有一句性急的话语；对于奴仆，却更加一倍的体恤慈怜。对于这些无情的自然，如阳光，如花卉，在她的病的静息中，也加倍的温煦馨香。这是上天赐予，惟有她配接受享用的一段恩福！

我们知道母亲决不能过旧历的新年了，便想把阳历的新年，大大的点缀一下。一清早起来，先把小菊打扮了，穿上大红缎子棉袍，抱到床前，说给奶奶拜年。桌上摆上两盘大福桔，炉台窗台上的水仙花管，都用红纸条束起。又买了十几盏小红纱灯，挂在床角上，炉台旁，电灯下。我们自己也略略的妆扮了，——我那时已经有十天没有对镜梳掠了！我觉得平常过年，我们还没有这样的起劲！到了黄昏我将十几盏纱灯点起挂好之后，我的眼泪，便不知是从哪里来的，一直流个不断了！

有谁经过这种的痛苦？你的最爱的人，抱着最苦恼的病，要在最短的时间内从你的腕上臂中消逝；同时你要伴欢诡笑的在旁边伴着，守着，听着，看着，一分一秒的爱惜恐惧着这同在的光阴！这样的生活，能使青年人老，老年人死，在天堂上的人，下了地狱！世间有这样痛苦的人呵，你们都有了我的最深极厚的同情！

裁缝来了，要裁做母亲装裹的衣裳。我悄悄的把他带到三层楼上。母亲平时对于穿著，是一点不肯含糊的。好的时候遇有出门，总是把要穿的衣服，比了又比，看了又看，熨了又熨。所以这次我对于母亲寿衣的材料，颜色，式样，尺寸，都不厌其详的叮咛嘱咐了。告诉他都要和好人的衣裳一样的做法，若含糊了要重做的。至于外面的袍料，帽子，袜子，手套等，都是我偷出睡觉的时间来，自己去买的。那天上海冷极，全市如冰。而我的心灵，更有万倍的僵冻！

　　回来脱了外衣，走到母亲跟前。她今天又略好了些，问我："睡足了么？"我笑说："睡足了。"因又谈起父亲的生日——阳历一月三日，阴历十二月四日——快到了。父亲是在自己生日那天结婚的。因着母亲病了，父亲曾说过不做生日，而父母亲结婚四十年的纪念，我们却不能不庆祝。这时父亲涵华等都在床前，大家凑趣谈笑，我们便故作娇痴的佯问母亲做新娘时的光景。母亲也笑着，眼里似乎闪烁着青春的光辉。她告诉我们结婚的仪式，赠嫁的妆奁，以及佳礼那天怎样的被花冠压得头痛。我们都笑了。爬在枕边的小菊看见大家笑，也莫名其妙的大声娇笑。这时，眼前一切的悲怀，似乎都忘却了。

　　第二天晚上为父亲暖寿。这天母亲又不好，她自己对我说："我这病恐怕不能好了。我从前看弹词，每到人临危的时候总是说'一日轻来一日重，一日添症八九分'。便是我此时的景象了。"我们都忙笑着解释，说是天气的关系，今天又冷了些。母亲不言语。但她的咳嗽，愈见艰难了，吐一口痰，都得有人使劲的替她按住胸口。胃痛也更剧烈了，每次痛起，面色惨变。——晚上，给父亲拜寿的子侄辈都来了。涵和华忙着在楼下张罗。我仍旧守在母亲旁边。母亲不住的催我，快拢拢头，换换衣服，下楼去给父亲拜寿。我含着泪答应了。草草的收拾毕，下得楼来，只看见寿堂上红烛辉煌，父亲坐在上面，右边并排放着一张空椅子。我一跪下，眼泪突然的止不住了，一翻身赶紧就上楼去，大家都默然相视无语。

　　夜里母亲忽然对我提起她自己儿时侍疾的事了："你比我有福多了，

我十四岁便没了母亲！你外祖母是痨病，那年从九月九卧床，就没有起来。到了腊八就去世了。病中都是你舅舅和我轮流伺候着。我那时还小，只记得你外祖母半夜咽了气，你外祖父便叫老妈子把我背到前院你叔祖母那边去了。从那时起，我便是没娘的孩子了。"她叹了一口气，"腊八又快到了。"我那时真不知说什么好。母亲又说："杰还不回来——算命的说我只有两孩子送终，有你和涵在这里，我也满意了。"

父亲也坐在一边，慢慢的引她谈到生死，谈到故乡的茔地。父亲说："平常我们所说的'狐死首丘'，其实也不是……"母亲便接着说："其实人死了，只剩一个躯壳，丢在哪里都是一样。何必一定要千山万水的运回去，将来糊口四方的子孙们也照应不着。"

现在回想，那时母亲对于自己的病势，似乎还模糊，而我们则已经默晓了，在轮替休息的时间内，背着母亲，总是以眼泪洗面。我知道我的枕头永远是湿的。到了时候，走到母亲面前，却又强笑着，谈些不要紧的宽慰的话。涵从小是个浑化的人，往常母亲病着，他并不会怎样的小心伏侍。这次他却使我有无限的惊奇！他静默得像医生，体贴得像保姆。我在旁静守着，看他喂桔汁，按摩，那样子不像儿子伏侍母亲，竟像父亲调护女儿！他常对我说："病人最可怜，像小孩子，有话说不出来。"他说着眼眶便红了。

这使我如何想到其余的两个弟弟！杰是夏天便到唐沽工厂实习去了。母亲的病态，他算是一点没有看见。楫是十一月中旬走的。海上漂流，明年此日，也不见得会回来。母亲对于楫，似乎知道是见不着了，并没有怎样的念道他。却常常的问起杰："年假快到了，他该回来了罢？"一天总问起三四次，到了末几天，她说："他知道我病，不该不早回！

做母亲的一生一世的事，……"我默然，母亲哪里知道可怜的杰，对于母亲的病还一切蒙在鼓里呢！

十二月三十一夜，除夕。母亲自己知道不好，心里似乎很着急，一天对我说了好几次："到底请个大医生来看一看，是好是坏，也叫大家定定心。"其实那时隔一两天，总有医生来诊。照样的打补针，开止咳的药，母亲似乎腻烦了。我们立刻商量去请V大夫，他是上海最有名的德国医生，秋天也替她看过的。到了黄昏，大夫来了。我接了进来，他还认得我们，点首微笑。替母亲听听肺部，又慢慢的扶她躺下，便走到桌前。我颤声的问："怎么样？"他回头看了看母亲，"病人懂得英文么？"我摇一摇头，那时心胆已裂！他低声说："没有希望了，现时只图她平静的度过最后的几天罢了！"

本来是我们意识中极明了的事，却经大夫一说破，便似乎全幕揭开了。一场悲惨的现象，都跳跃了出来！送出大夫，在甬道上，华和我都哭了，却又赶紧的彼此解劝说："别把眼睛哭红了，回头母亲看出，又惹她害怕伤心。"我们拭了眼泪，整顿起笑容，走进屋里，到母亲床前说："医生说不妨事的，只要能安心静息，多吃东西，精神健朗起来，就慢慢的会好了。"母亲点一点头。我们又说："今夜是除夕，明天过新历年了，大家守岁罢。"

领略人生，可是一件容易事？我曾说过种种无知，痴愚，狂妄的话语，我说："我愿遍尝人生中的各趣，人生中的各趣，我都愿遍尝。"又说："领略人生，要如滚针毡，用血肉之躯，去遍挨遍尝，要它针针见血。"又说："哀乐悲欢，不尽其致时，看不出生命之神秘与伟大。"其实所谓之"神秘""伟大",都是未经者理想企望的言词,过来人自欺解嘲的话语!我宁可做一个麻木,白痴,浑噩的人,一生在安乐,卑怯,依赖的环境中过活。我不愿知神秘,也不必求伟大!

话虽如此,而人生之逼临,如狂风骤雨。除了低头闭目战栗承受之外,没有半分方法。待到雨过天青,已另是一个世界。地上只有衰草,只有落叶,只有曾经风雨的凋零的躯壳与心灵。霎时前的浓郁的春光,已成隔世!那时你反要自诧!你曾有何福德,能享受了从前种种怡然畅然,无识无忧的生活!

我再不要领略人生,也更不要领略如十九年一月一日之后的人生!那种心灵上惨痛,脸上含笑的生活,曾碾我成微尘,绞我为液汁。假如我能为力,当自此斩情绝爱,以求免重过这种的生活,重受这种的苦恼!但这又有谁知道!

一月三日,是父亲的正寿日。早上便由我自到市上,买了些零吃的东西,如果品,点心,熏鱼,烧鸭之类。因为我们知道今晚的筵席,只为的是母亲一人。吃起整桌的菜来,是要使她劳乏的。到了晚上,我们将红灯一齐点起;在她床前,摆下一个小圆桌;桌上满满的分布着小碟小盘;一家子团团的坐下。把父亲推坐在母亲的旁边,笑说:"新郎来了。"父亲笑着,母亲也笑了!她只尝了一点菜,便摇头叫"撤去罢,你们到前屋去痛快的吃,让我歇一歇"。我们便把父亲留下,自己到前头匆匆的胡乱的用了饭。到我回来,看见父亲倚在枕边,母亲蒙蒙眬眬的似乎睡着了。父亲眼里满了泪!我知道他觉得四十年的春光,不堪回首了!

如此过了两夜。母亲的痛苦,又无限量的增加了。肺部狂热,无论多冷,被总是褪在胸下;炉火的火焰,也隔绝不使照在脸上(这总使我想到《小青传》中之"痰灼肺然,见粒而呕"两语)。每一转动,都喘息得接不过气来。大家的恐怖心理,也无限量的紧张了。我只记得我日夜口里只诵祝着一句祈祷的话,是:"上帝接引这纯洁的灵魂!"这时我反不愿看母亲多延日月了,只求她能恬静平安的解脱了去! 到了夜半,我仍半跪半坐的伏在她床前,她看着我喘息着说:"辛苦你了……等我的事情过去了,你好好的睡几夜,便回到北平去,那时什么事都完了。"母亲把这件大事说得如此平凡,如此稳静! 我每次回想,只有这几句话最动我心! 那时候我也不敢答应,喉头已被哽咽塞住了!

张妈在旁边,抚慰着我。母亲似乎又入睡了。张妈坐在小凳上,悄声的和我谈话,她说:"太太永远是这样疼人的! 秋天养病的时候,夜里总是看通宵的书,叫我只管睡去。半夜起来,也不肯叫我。我说:'您可别这样自己挣扎,回头摔着不是玩的。'她也不听。她到天亮才能睡着。到了少奶奶抱着菊姑娘过来,才又醒起。"

谈到母亲看的书,真是比我们家里什么人看的都多。从小说,弹词,到杂志,报纸,新的,旧的,创作的,译述的,她都爱看。平常好的时候,天天夜里,不是做活计,就是看书。总到十一二点才睡。晨兴绝早,梳洗完毕,刀尺和书,又上手了。她的针线匣里,总是有书的。她看完又喜欢和我们谈论,新颖的见解,总使我们惊奇。有许多新名词,我们还是先从她口中听到的,如"普罗文学"之类。我常默然自惭,觉得我们在新思想上反像个遗少,做了落伍者!

一月五夜，父亲在母亲床前。我困倦已极，侧卧在父亲床上打盹，被母亲呻吟声惊醒，似乎母亲和父亲大声争执。我赶紧起来，只听见母亲说："你行行好罢，把安眠药递给我，我实在不愿意再俄延了！"那时母亲辗转呻吟，面红气喘。我知道她的痛苦，已达极点！她早就告诉过我，当她骨痛的时候，曾私自写下安眠药名，藏在袋里，想到了痛苦至极的时候，悄悄的叫人买了，全行服下，以求解脱——这时我急忙走到她面前，万般的劝说哀求。她摇头不理我，只看着父亲。父亲呆站了一会，回身取了药瓶来，倒了两丸，放在她嘴里。她连连使劲摇头，喘息着说："你也真是……又不是今后就见不着了！"这句话如同兴奋剂似的，父亲眉头一皱，那惨肃的神宇，使我起栗。他猛然转身，又放了几粒药丸在她嘴里。我神魂俱失，飞也似的过去攀住父亲的臂儿，已来不及了！母亲已经吞下药，闭上口，垂目低头，仿佛要睡。父亲颓然坐下，头枕在她肩旁，泪下如雨。我跪在床边，欲呼无声，只紧紧的牵着父亲的手，凝望着母亲的睡脸。四周惨默，只有时钟滴答的声音。那时是夜中三点，我和父亲战栗着相倚至晨四时。母亲睡容惨淡，呼吸渐渐急促，不时的干咳，仍似日间那种咳不出来的光景，两臂向空抱捉。我急忙悄悄的去唤醒华和涵，他们一齐惊起，睡眼朦胧的走到床前，看见这景象，都急得哭了。华便立刻要去请大夫，要解药，父亲含泪摇头。涵过去抱着母亲，替她抚着胸口。我和华各抱着她一只手，不住的在她耳边轻轻的唤着。母亲如同失了知觉似的，垂头不答。在这种状态之下，延至早晨九时。直到小菊醒了，我们抱她过来坐到母亲床上，教她抱着母亲的头，摇撼着频频的唤着"奶奶"。她唤了有几十声，在她将要急哭了的时候，母亲的眼皮，微微一动。我们都跃然惊喜，围拢了来，将母亲轻轻的扶起。母亲仍是矇矇眬眬的，只眼皮不时的动着。在这种状态之下，又延至下午四时。这一天的工夫，我们也没有梳洗，也不饮食，只围在床前，悬空挂着恐怖希望的心！这一天比十年还要长，一家里连雀鸟都住了声息。

四时以后母亲才半睁开眼，长呻了一声，说"我要死了！"她如同从浓睡中醒来一般，抬眼四下里望着。对于她服安眠药一事，似乎全不知道。我上前抱着母亲，说"母亲睡得好罢？"母亲点点头，说"饿了！"大家赶紧将久炖在炉上的鸡露端来，一匙一匙的送在她嘴里。她喝完了又闭上眼休息着。我们才欢喜的放下心来，那时才觉得饥饿，便轮流去吃饭。

那夜我倚在母亲枕边，同母亲谈了一夜的话。这便是三十年来末一次的谈话了！我说的话多，母亲大半是听着。那时母亲已经记起了服药的事，我款款的说："以后无论怎样，不能再起这个服药的念头了！母亲那种咳不出来，两手抓空的光景，别人看着，难过不忍得肝肠都断了。涵弟直哭着说：'可怜母亲不知是要谁？有多少话说不出来！'连小菊也都急哭了。母亲看……"母亲听着，半晌说："我自己一点不觉得痛苦，只如同睡了一场大觉。"

那夜，轻柔得像湖水，隐约得像烟雾。红灯放着温暖的光。父亲倦乏之余，睡得十分甜美。母亲精神似乎又好，又是微笑的圣母般的瘦白的脸。如同母亲死去复生一般，喜乐充满了我的四肢。我说了无数的憨痴的话：我说着我们欢乐的过去，完全的现在，繁衍的将来，在母亲迷糊的想象之中，我建起了七宝庄严之楼阁。母亲喜悦的听着，不时的参加两句。……到此我要时光倒流，我要诅咒一切，一逝不返的天色已渐渐的大明了！

一月七晨，母亲的痛苦已到了终极了！她厉声的拒绝一切饮食。我们从来不曾看见过母亲这样的声色，觉得又害怕，又胆怯，只好慢慢轻轻的劝说。她总是闭目摇头不理，只说："放我去罢，叫我多捱这几天痛苦做什么！"父亲惊醒了，起来劝说也无效。大家只能围站在床前，看着她苦痛的颜色，听着她悲惨的呻吟。到了下午，她神志渐渐昏迷，呻吟的声音也渐渐微弱。医生来看过，打了一次安眠止痛的针。又拨开她的眼睑，用手电灯照了照，她的眼光已似乎散了！

这时我如同痴了似的，一下午只两手抱头，坐在炉前，不言不动，也不到母亲跟前去。只涵和华两个互相依傍的，战栗的，在床边坐着。涵不住的剥着桔子，放在母亲嘴里，母亲闭着眼都吸咽了下去。到了夜九时，母亲脸色更惨白了。头摇了几摇，呼吸渐渐急促。涵连忙唤着父亲。父亲跪在床前，抱着母亲在腕上。这时我才从炉旁慢慢的回过头来，泪眼模糊里，看见母亲鼻子两边的肌肉，重重的抽缩了几下，便不动了。我突然站起过去，抱住母亲的脸，觉得她鼻尖已经冰凉。涵俯身将他的银表，轻轻的放在母亲鼻上，战兢的拿起一看，表壳上已没有了水气。母亲呼吸已经停止了。他突然回身，两臂抱着头大哭起来。那时正是一月七夜九时四十五分。我们从此是无母之人了，呜呼痛哉！

关于这以后的事，我在一月十一晨寄给藻和杰的信中，说的很详细，照录如下：

亲爱的杰和藻：

我在再四思维之后，才来和你们报告这极不幸极悲痛的消息。

就是我们亲爱的母亲,已于正月七夜与这苦恼的世界长辞了!她并没有多大的痛苦,只如同一架极玲珑的机器,走的日子多了,渐渐停止。她死去时是那样的柔和,那样的安静。那快乐的笑容,使我们竟不敢大声的哭泣,仿佛恐怕惊醒她一般。那时候是夜中九时四十五分。那日是阴历腊八,也正是我们的外祖母,她自己亲爱的母亲,四十六年前离世之日!

至于身后的事呢,是你们所想不到的那样庄严,清贵,简单。当母亲病重的时候,我们已和上海万国殡仪馆接洽清楚,在那里预备了一具美国的钢棺。外面是银色凸花的,内层有整块的玻璃盖子,白绫捏花的里子。至于衣衾鞋帽一切,都是我去备办的,件数不多,却和生人一般的齐整讲究。……

经过是这样:在母亲辞世的第二天早晨,万国殡仪馆便来一辆汽车,如同接送病人的卧车一般,将遗体运到馆中。我们一家子也跟了去。当我们在休息室中等候的时候,他们在楼下用药水灌洗母亲的身体。下午二时已收拾清楚,安放在一间紫色的屋子里,用花圈绕上,旁边点上一对白烛。我们进去时,肃然的连眼泪都没有了!堂中庄严,如入寺殿。母亲安稳的仰卧在矮长榻之上,深棕色的锦被之下,脸上似乎由他们略用些美容术,觉得比寻常还好看。我们俯下去偎着母亲的脸,只觉冷彻心腑,如同石膏制成的慈像一般!我们开了门,亲友们上前行礼之后,便轻轻将母亲举起,又安稳装入棺内,放在白绫簇花的枕头上,齐肩罩上一床红缎绣花的被,盖上玻璃盖子。棺前仍旧点着一对高高的白烛。紫绒的桌罩下立着一个银十字架。母亲慈爱纯洁的灵魂,长久依傍在上帝的旁边了!

五点多钟诸事已毕。计自逝世至入殓，才用十七点钟。一切都静默，都庄严，正合母亲的身分。客人散尽，我们回家来，家里已洒扫清楚。我们穿上灰衫，系上白带，为母亲守孝。家里也没有灵位。只等母亲放大的相片送来后，便供上鲜花和母亲爱吃的果子，有时也焚上香。此外每天早晨合家都到殡仪馆，围立在棺外，隔着玻璃盖子，瞻仰母亲如睡的慈颜！

　　这次办的事，大家亲友都赞成，都艳羡，以为是没有半分糜费。我们想母亲在天之灵一定会喜欢的。异地各戚友都已用电报通知。楫弟那里，因为他远在海外，环境不知怎样，万一他若悲伤过度，无人劝解，可以暂缓告诉。至于杰弟，因为你病，大考又在即，我们想来想去，终以为恐怕这消息是终久瞒不住的，倘然等你回家以后，再突然告诉，恐怕那时突然的悲痛和失望，更是难堪。杰弟又是极懂事极明白的人。你是母亲一块肉，爱惜自己，就是爱母亲。在考试的时候，要镇定，就凡事就序，把书考完再回来，你别忘了你仍旧是能看见母亲的！

　　我们因为等你，定二月二日开吊，三日出殡。那万国公墓是在虹桥路。草树葱茏，地方清旷，同公园一般。上海又是中途，无论我们下南上北，或是到国外去，都是必经之路，可以随时参拜，比回老家去好多了。

　　藻呢，父亲和我都十二分希望你还能来。母亲病时曾说："我的女婿，不知我还能见着他否？"你如能来，还可以见一见母亲。父亲又爱你，在悲痛中有你在，是个慰安。不过我顾念到你的经济问题，一切由你自己斟酌。

这事的始末是如此了。涵仍在家里，等出殡后再上南京。我们大概是都上北平去，为的是父亲离我们近些，可以照应。杰弟要办的事很多，千万要爱惜精神，遏抑感情，储蓄力量。这方是孝。你看我写这信时何等安静，稳定？杰弟是极有主见的人，也当如此，是不是？

此信请留下，将来寄榇！

　　　　　　　　　　　　永远爱你们的冰心
　　　　　　　　　　　　正月十一晨

我这封信虽然写的很镇定，而实际上感情的掀动，并不是如此！一月七夜九时四十五分以后，在茫然昏然之中，涵，华和我都很早就寝，似乎积劳成倦，睡得都很熟。只有父亲和几个表兄弟在守着母亲的遗体。第二天早起，大家乱烘烘的从三层楼上，取下预备好了的白衫，穿罢相顾，不禁失声！下得楼来，又看见饭厅桌上，摆着厨师父从早市带来的一筐蜜桔——是我们昨天黄昏，在厨师父回家时，吩咐他买回给母亲吃的。才有多少时候？蜜桔买来，母亲已经去了！

小菊穿着白衣，系着白带，白鞋白袜，戴着小蓝呢白边帽子，有说不出的飘逸和可爱。在殡仪馆大家没有工夫顾到她，她自在母亲榻旁，摘着花圈上的花朵玩耍。等到黄昏事毕回来，上了楼，尽了梯级。正在大家彷徨无主，不知往哪里走，不知说什么好的时候，她忽然大哭说："找奶奶，找奶奶。奶奶哪里去了？怎么不回来了！"抱着她的张妈，忍不住先哭了，我们都不由自主的号啕大哭起来。

吃过晚饭，父亲很早就睡下了。涵，华和我在父亲床前炉边，默然的对坐。只见炉台上时钟的长针,在凄清的滴答声中,徐徐移动。在这针徐徐的将指到九点四十分的时候,涵突然站起,将钟摆停了,说"姊姊,我们睡罢!"他头也不回,便走了出去。华和我望着他的背影,又不禁滚下泪来。九时四十五分! 又岂只是他一个人,不忍再看见这炉台上的钟,再走到九时四十五分!

天未明我就忽然醒了,听见父亲在床上转侧。从前窗下母亲的床位,今天从那里透进微明来,那个床没有了,这屋里是无边的空虚,空虚,千愁万绪,都从晓枕上提起。思前想后,似乎世界上一切都临到尽头了!

在那几天内,除了几封报丧的信之外,关于母亲,我并没有写下半个字。虽然有人劝我写哀启,我以为不但是"语无伦次"之中,不能写出什么来,而且"先慈体素弱"一类的文字,又岂能表现母亲的人格于万一? 母亲的聪明正直,慈爱温柔,从她做孙女儿起,至做祖母止,在她四围的人对她的疼怜,眷恋,爱戴,这些情感,在我知识内外的,在人人心中都是篇篇不同的文字了。受过母亲调理,栽培的兄姊弟侄,个个都能写出一篇最真挚最沉痛的哀启。我又何必来敷衍一段,使他们看了觉得不完全不满意的东西?

虽然没有写哀启,我却在父亲下泪搁笔之后,替他凑成一副挽联。我觉得那却是字字真诚,能表现那时一家的情感! 联语是:

教养全赖卿贤,五个月病榻呻吟,最可怜娇儿爱婿,
　　死别生离,几辈伤心失慈母。
晚近方知我老,四十载春光顿歇,那忍看稚孙弱媳,
　　承欢强笑,举家和泪过新年。

在那几天内,除了每天清晨,一家子从寓所走到殡仪馆参谒母亲的遗容之外,我们都不出门。从殡仪馆归来,照例是阴天。进了屋子,刚擦过的地板,刚旺上来的炉火——脱了外面的衣服,在炉边一坐,大家都觉得此心茫茫然无处安放!我那几天的日课,是早晨看书,做活计。下午多有戚友来看,谈些时事,一天也就过去。到了夜里,不是呆坐,就是写信。夜中的心情,现在追忆已模糊了,为写这篇文章,检出旧信,觉得还可以寻迹:

藻:

　　真想不到现在才能给你写这封长信。藻,我从此是没有娘的孩子了!这十几天的辛苦,失眠,落到这么一个结果。我的悲痛,我的伤心,岂是千言万语所说得尽?前日打起精神,给你和杰弟写那一封慰函,也算是肝肠寸断。……这两天家中倒是很安静,可是更显出无边的空虚,孤寂。我在父亲屋中,和他作伴。白天也不敢睡,怕他因寂寞而伤心,其实我躺下也睡不着。中夜惊醒,尤为难过,……

　　　　　　　　　　　　　　——摘录一月十三信

　　母亲死后的光阴真非人过的!就拿今晚来说,父亲出门访友去了;涵和华在他们屋里;我自己孤零零的坐在母亲屋内。四围只有悲哀,只有寂寞,只有凄凉。连炉炭爆发的声音,都予我以辛酸的联忆。这种一人独在的时光,我已过了好几次了,我真怕,彻骨的怕,怎么好?

因着母亲之死,我始惊觉于人生之极短。生前如不把温柔尝尽,死后就无从追讨了。我对于生命的前途,并没有一点别的愿望,只愿我能在一切的爱中陶醉,沉没。这情爱之杯,我要满满的斟,满满的饮。人生何等的短促,何等的无定,何等的虚空呵!

千言万语仍回到一句话来,人生本质是痛苦,痛苦之源,乃是爱情过重。但是我们仍不能不饮鸩止渴,仍从生痛苦之爱情中求慰安。何等的痴愚呵,何等的矛盾呵!

写信的地方,正是母亲生前安床之处。我愈写愈难过了,愈写愈糊涂了。若再写下去,我连气息也要窒住了!

——摘录一月十八夜信

一月二十六夜,因为杰弟明天到家,我时时惊跃,终夜不寐,想到这可怜的孩子,在风雪中归来,这一路哀思痛哭的光景,使我在想象中,心胆俱碎!二十七日下午,报告船到。涵驱车往接,我们提心吊胆的坐候着,将近黄昏,听得门外车响,大家都突然失色。华一转身便走回她屋里。接着楼梯也响着。涵先上来,一低头连忙走入他屋里去了。后面是杰,笑容满面,脱下帽子在手里,奔了进来。一声叫"妈",我迎着他,忍不住哭了起来。他突然站住呆住了!那时惊痛骇疾的惨状,我这时追思,一枝秃笔,真不能描写于万一!雷掣电挚一般,他垂下头便倒在地上,双手抱住父亲的腿,猛咽得闭过气去。缓了一缓,他才哭喊了出来,说:"你们为什么不早告诉我!你们为什么不早告诉我!"这时一片哭声之中涵和华也从他们屋里哭着过来。父亲拉着杰,泪流满面。婢仆们渐渐进来,慢慢的劝住,大家停了泪。杰立刻便要到殡仪馆去,看看母亲的遗容。父亲和涵便带了他去。回来问起母亲病中情状，又重新哭泣。在这几天内，杰从满怀的希望与快乐中，骤然下堕。他失魂落魄似的，一天哭好几次。我们只有勉强劝慰。幸而他有主见，在昏迷之中，还能支拄，我才放下了心。

二月二日开吊。礼毕，涵因有紧急的公事，当晚就回到南京去了。母亲曾说命里只有两个孩子送她，如今送葬又只剩我和杰了。在涵未走之前，我们大家聚议，说下葬之后，我们再看不见母亲了，应该有些东西殉葬，只当是我们自己永远随侍一般。我们随各剪下一缕头发，连父亲和小菊的，都装在一个小白信封里。此外我自己还放入我头一次剃下来的胎发（是母亲珍重的用红线束起收存起来的）以及一把"斐托斐"（Phi Tau Phi）名誉学位的金钥匙。这钥匙是我在大学毕业时得到的，上面刻有年月和姓名。我平时不大带它，而在我得到之时，却曾与母亲以很大的喜悦。这是我觉得我的一切珍饰，都是母亲所赐与，只有这个，是我自己以母亲栽培我的学力得来的。我愿意以此寄托我的坚逾金石的爱感的心，在我未死之前，先随侍母亲于九泉之下！

二月三日，下午二时，我们一家收拾了都到殡仪馆。送葬的亲朋，也陆续的来了。我将昨夜封好了的白信封儿，用别针别在棺盖里子的白绫花上。父亲俯在玻璃盖上，又痛痛的哭了一场。我们扶起父亲，拭去了盖上的眼泪，珍重的将棺盖掩上。自此我们再无从瞻仰母亲的柔静慈爱的睡容了！

父亲和杰及几个伯叔弟兄，轻轻的将钢棺抬起，出到门外，轻轻的推进一辆堆满花圈的汽车里。我们自己以及诸亲友，随后也都上了汽车，从殡仪馆徐徐开行。路上天阴欲雨，我紧握着父亲的手，心头一痛，吐出一口血来。父亲惨然的望着我。

二时半到了虹桥万国公墓,我们又都跟着下车,仍由父亲和杰等抬着钢棺。执事的人,穿着黑色大礼服,静默前导。到了坟地上,远远已望见地面铺着青草似的绿毡。中央坟穴里嵌放着一个大水泥框子。穴上地面放着一个光耀射目的银框架。架的左右两端,横牵着两条白带。钢棺便轻轻的安稳的放在白带之上。父亲低下头去,左右的看周正了。执事的人,便肃然的问我说:"可以了罢?"我点一点首,他便俯下去,拨开银框上白带机括。白带慢慢的松了,盛着母亲遗体的钢棺,便平稳的无声的徐徐下降。这时大家惨默的凝望着,似乎都住了呼吸。在钢棺降下地面时,万千静默之中,小菊忽然大哭起来,挣出张妈的怀抱,向前走着说:"奶奶掉下去了!我要下去看看,我要下去看看!"华一手拉住小菊,一手用手绢掩上脸。这时大家又都支持不住,忽然都背过脸去,起了无声的幽咽!

钢棺安稳平正的落在水泥框里,又慢慢的抽出白带来。几个人夫,抬过水泥盖子来,平正的盖上。在四周合缝里和盖上铁环的凹处,都抹上灰泥。水泥框从此封锁。从此我们连盛着母亲遗体的钢棺也看不见了!

堆掩上黄土,又密密的绕覆上花圈。大家向着这一抔香云似的土丘行过礼。这简单严静的葬礼,便算完毕了。我们谢过亲朋,陆续的向着园门走。这时林青天黑,松梢上已洒上*丝丝*的春雨。走近园门,我回头一望。蜿蜒的灰色道上,阴沉的天气之中,松荫苍苍,杰独自落后,低头一步一跛的拖着自己似的慢慢的走。身上是灰色的孝服,眉宇间充满了绝望,无告,与迷茫!我心头刺了一刀似的!我止了步,站着等着他。

可怜的孩子呵！我们竟到了今日之一日！

回家以后，呵，回家以后！家里到处都是黑暗，都是空虚了。我在二月五夜寄给藻的信上说：

> 我从前有一个心，是个充满幸福的心。现在此心是跟着我最宝爱的母亲葬在九泉之下了。前天两点半钟的时候，母亲的钢棺，在光彩四射的银架间，由白带上徐徐降下的时光，我的心，完全黑暗了。这心永远无处捉摸了，永远不能复活了！……
>
> 不说了，爱，请你预备着迎接我，温慰我。我要飞回你那边来。只有你，现在还是我的幻梦！

以后的几个月中，涵调到广州去，杰和我回校，父亲也搬到北平来。只有海外的楫，在归舟上，还做着"偎依慈怀的温甜之梦"。

九月七日晨，阴。我正发着寒热，楫归来了。轻轻推开屋门，站在我的床前。我们握着手含泪的勉强的笑着。他身材也高了，手臂也粗了，胸脯也挺起了，面目也黧黑了。海上的辛苦与风波，将我的娇生惯养的小弟弟，磨炼成一个忍辱耐劳的青年水手了！我是又欢喜，又伤心。他只四面的看着，说了几句不相干的话，才款款的坐在我床沿，说："大哥并没有告诉我。船过香港，大哥上来看我，又带我上岸去吃饭，万分恳挚爱怜的慰勉我几句话。送我走时，他交给我一封信，叫我给二哥。我珍重的收起。船过上海，亲友来接，也没有人告诉我。船过芝罘，停了几个钟头，我倚阑远眺。那是母亲生我之地！我忽然觉得悲哀迷惘，万不自支，我心血狂涌，颠顿的走下舱去。我素来不拆阅弟兄们的信，那时如有所使,我打开箱子,开视了大哥的信函。里面赫然的是一条系臂的黑纱,此外是空无所有了!……"他哽咽了,俯下来,埋头在我的衾上,"我明白了一大半,只觉得手足冰冷!到了天津,二哥来接我,我们昨夜在旅馆里,整整的相抱的哭了一夜!"他哭了,"你们为什么不早告诉我?我一道上做着万里来归,偎倚慈怀的温甜的梦,到得家来,一切都空了!忍心呵,你们!"我那时也只有哭的分儿。是呵,我们都是最弱的人,父亲不敢告诉我;藻不敢告诉杰;涵不敢告诉楫;我们只能战栗着等待这最后的一天!忍心的天,你为什么不早告诉我们,生生的突然的将我们慈爱的母亲夺了去!

完了,过去这一生中这一段慈爱,一段恩情,从此告了结束。从此宇宙中有补不尽的缺憾,心灵上有填不满的空虚。只有自家料理着回肠,思想又思想,解慰又解慰。我受尽了爱怜,如今正是自己爱怜他人的时候。我当永远勉励着以母亲之心为心。我有父亲和三个弟弟,以及许多的亲眷。我将永远拥抱爱护着他们。我将永远记着楫二次去国给杰的几句话:"母亲是死去了,幸而还有爱我们的姊姊,紧紧的将我们搂在一起。"

窗外是苦雨,窗内是孤灯。写至此觉得四顾彷徨,一片无告的心,没处安放!藻迎面坐着,也在写他的文字。温静沉着者,求你在我们悠悠的生命道上,扶助我,提醒我,使我能成为一个像母亲那样的人!

一九三一年六月三十日夜,燕南园,海淀,北平。

(原载《南归》,北新书局1931年9月初版)

我的故乡

我生于一九〇〇年十月五日（农历庚子年闰八月十二日），七个月后我就离开了故乡——福建福州。但福州在我的心里，永远是我的故乡，因为它是我的父母之乡。我从父母亲口里听到的极其琐碎而又极其亲切动人的故事，都是以福州为背景的。

我母亲说：我出生在福州城内的隆普营。这所祖父租来的房子里，住着我们的大家庭，院里有一个池子，那时福州常发大水，水大的时候，池子里的金鱼都游到我们的屋里来。

我的祖父谢銮恩（子修）老先生，是个教书匠，在城内的道南祠授徒为业。他是我们谢家第一个读书识字的人。我记得在我十一岁那年（一九一一年），从山东烟台回到福州的时候，在祖父的书架上，看到薄薄的一本套红印的家谱。第一位祖父是昌武公，以下是顺云公、以达公，然后就是我的祖父。上面仿佛还讲我们谢家是从江西迁来的，是晋朝谢安的后裔。但是在一个清静的冬夜，祖父和我独对的时候，他忽然摸着我的头说："你是我们谢家第一个正式上学读书的女孩子，你一定要好好地读呵。"说到这里，他就源源本本地讲起了我们贫寒的家世！原来我的曾祖父以达公，是福建长乐县横岭乡的一个贫农，因为天灾，逃到了福州城里学做裁缝。这和我们现在遍布全球的第一代华人一样，都是为祖国的天灾人祸所迫，飘洋过海，靠着不用资本的三把刀，剪刀（成衣业）、厨刀（饭馆业）、剃刀（理发业）起家的，不过我的曾祖父还没有逃得那么远！

那时做裁缝的是一年三节，即春节、端午节、中秋节，才可以到人家去要账。这一年的春节，曾祖父到人家要钱的时候，因为不认得字，被人家赖了账，他两手空空垂头丧气地回到家里，等米下锅的曾祖母听到这不幸的消息，沉默了一会，就含泪走了出去，半天没有进来。曾祖父出去看时，原来她已在墙角的树上自缢了！他连忙把她解救了下来，两人抱头大哭；这一对年轻的农民，在寒风中跪下对天立誓：将来如蒙天赐一个儿子，拚死拚活，也要让他读书识字，好替父亲记账、要账。但是从那以后我的曾祖母却一连生了四个女儿，第五胎才来了一个男的，还是难产。这个难得出生的男孩，就是我的祖父谢子修先生，乳名"大德"的。

这段故事，给我的印象极深，我的感触也极大！假如我的祖父是一棵大树，他的第二代就是树枝，我们就都是枝上的密叶；叶落归根，而我们的根，是深深地扎在福建横岭乡的田地里的。我并不是"乌衣门第"出身，而是一个不识字、受欺凌的农民裁缝的后代。曾祖父的四个女儿，我的祖姑母们，仅仅因为她们是女孩子，就被剥夺了读书识字的权利！当我把这段意外的故事，告诉我的一个堂哥哥的时候，他却很不高兴地问我是听谁说的？当我告诉他这是祖父亲口对我讲的时候，他半天不言语，过了一会才悄悄地吩咐我，不要把这段故事再讲给别人听。当下，我对他的"忘本"和"轻农"就感到极大的不满！从那时起，我就不再遵守我们谢家写籍贯的习惯。我写在任何表格上的籍贯，不再是祖父"进学"地点的"福建闽侯"，而是"福建长乐"，以此来表示我的不同意见！

我这一辈子，到今日为止，在福州不过前后呆了两年多，更不用说长乐县的横岭乡了。但是我记得在一九一一年到一九一二年之间我们在福州的时候，横岭乡有几位父老，来邀我的父亲回去一趟。他们说横岭乡小，总是受人欺侮，如今族里出了一个军官，应该带几个兵勇回去夸耀夸耀。父亲恭敬地说：他可以回去祭祖，但是他没有兵，也不可能带兵去。我还记得父老们送给父亲一个红纸包的见面礼，那是一百个银角子，合起来值十个银元。父亲把这一个红纸包退回了，只跟父老们到横岭乡去祭了祖。一九二〇年前后，我在北京《晨报》写过一篇叫做《还乡》的短篇小说，就讲的是这个故事。现在这张剪报也找不到了。

从祖父和父亲的谈话里，我得知横岭乡是极其穷苦的。农民世世代代在田地上辛勤劳动，过着蒙昧贫困的生活，只有被卖去当"戏子"，才能逃出本土。当我看到那包由一百个银角子凑成的"见面礼"时，我联想到我所熟悉的山东烟台东山金钩寨的穷苦农民来，我心里涌上了一股说不出来难过的滋味！

我很爱我的祖父，他也特别的爱我，一来因为我不常在家，二来因为我虽然常去看书，却从来没有翻乱他的书籍，看完了也完整地放回原处。一九一一年我回到福州的时候，我是时刻围绕在他的身边转的。那时我们的家是住在"福州城内南后街杨桥巷口万兴桶石店后"。这个住址，现在我写起来还非常地熟悉、亲切，因为自从我会写字起，我的父母亲就时常督促我给祖父写信，信封也要我自己写。这所房子很大，住着我们大家庭的四房人。祖父和我们这一房，就住在大厅堂的两边，我们这边的前后房,住着我们一家六口,祖父的前、后房,只有他一个人,和满屋满架的书,那里成了我的乐园,我一得空就钻进去翻书看。我所看过的书,给我的印象最深的是清袁枚(子才)的笔记小说《子不语》,还有我祖父的老友林纾(琴南)老先生翻译的线装的法国名著《茶花女遗事》。这是我以后竭力搜求"林译小说"的开始,也可以说是我追求阅读西方文学作品的开始。

我们这所房子,有好几个院子,但它不像北方的"四合院"的院子,只是在一排或一进屋子的前面,有一个长方形的"天井",每个"天井"里都有一口井,这几乎是福州房子的特点。这所大房里,除了住人的以外,就是客室和书房。几乎所有的厅堂和客室、书房的柱子上墙壁上都贴着或挂着书画。正房大厅的柱子上有红纸写的很长的对联,我只记得上联的末一句是"江左风流推谢傅",这又是对晋朝谢太傅攀龙附凤之作,我就不屑于记它!但这些挂幅中的确有许多很好很值得记忆的,如我的伯叔父母居住的东院厅堂的楹联,就是:

海阔天高气象
风光月霁襟怀

又如西院客室楼上有祖父自己写的:

知足知不足
有为有弗为

这两副对联，对我的思想教育极深。祖父自己写的横幅，更是到处都有。我只记得有在道南祠种花诗中的两句：

> 花花相对叶相当
> 红紫青蓝白绿黄

在西院紫藤书屋的过道里还有我的外叔祖父杨维宝（颂岩）老先生送给我祖父的一副对联是：

> 有子才如不羁马
> 知君身是后凋松

那几个字写得既圆润又有力！我很喜欢这一副对子，因为"不羁马"夸奖了他的侄婿、我的父亲，"后凋松"就称赞了他的老友，我的祖父！

从"不羁马"应当说到我的父亲，谢葆璋（镜如）了。他是我祖父的第三个儿子。我的两个伯父，都继承了我祖父的职业，做了教书匠。在我父亲十七岁那年，正好祖父的朋友严复（又陵）老先生，回到福州来招海军学生，他看见了我的父亲，认为这个青年可以"投笔从戎"，就给我父亲出了一道诗题，是"月到中秋分外明"，还有一道八股的破题。父亲都做出来了。在一个穷教书匠的家里，能够有一个孩子去当"兵"领饷，也还是一件好事，于是我的父亲就穿上一件用伯父们的两件长衫和半斤棉花缝成的棉袍，跟着严老先生到天津紫竹林的水师学堂，去当了一名驾驶生。

父亲大概没有在英国留过学,但是作为一名巡洋舰上的青年军官,他到过好几个国家,如英国、日本。我记得他曾气愤地对我们说:"那时堂堂一个中国,竟连一首国歌都没有! 我们到英国去接收我们中国购买的军舰,在举行接收典礼仪式时,他们竟奏一首《妈妈好胡涂》的民歌调子,作为中国的国歌,你看!"

甲午中日海战之役,父亲是军舰上的枪炮二副,参加了海战。这艘军舰后来在威海卫被击沉了。父亲泅到刘公岛,从那里又回到了福州。

我的母亲常常对我谈到那一段忧心如焚的生活。我的母亲杨福慈,十四岁时她的父母就相继去世,跟着她的叔父颂岩先生过活,十九岁嫁到了谢家。她的婚姻是在她九岁时由我的祖父和外祖父做诗谈文时说定的。结婚后小夫妻感情极好,因为我父亲长期在海上生活,"会少离多",因此他们通信很勤,唱和的诗也不少。我只记得父亲写的一首七绝中的三句:

××××××××,
此身何事学牵牛,
燕山闽海遥相隔,
会少离多不自由。

甲午海战爆发后,因为海军里福州人很多,阵亡的也不少,因此我们住的这条街上,今天是这家糊上了白纸的门联,明天又是那家糊上白纸门联。母亲感到这副白纸门联,总有一天会糊到我们家的门上! 她悄悄地买了一盒鸦片烟膏,藏在身上,准备一旦得到父亲阵亡的消息,她就服毒自尽。祖父看到了母亲沉默而悲哀的神情,就让我的两个堂姐姐,日夜守在母亲身旁。家里有人还到庙里去替我母亲求签,签上的话是:

筵已散,
堂中寂寞恐难堪,
若要重欢,
除是一轮月上。

母亲半信半疑地把签纸收了起来。过了些日子,果然在一个明月当空的夜晚,听到有人敲门,母亲急忙去开门时,月光下看见了辗转归来的父亲!母亲说:"那时你父亲的脸,才有两个指头那么宽!"

从那时起,这一对年轻夫妻,在会少离多的六七年之后,才厮守了几个月。那时母亲和她的三个妯娌,每人十天替大家庭轮流做饭,父亲便帮母亲劈柴、生火、打水,做个下手。不久,海军名宿萨鼎铭(镇冰)将军,就来了一封电报,把我父亲召出去了。

一九一二年,我在福州时期,考上了福州女子师范学校预科,第一次过起了学校生活。头几天我还很不惯,偷偷地流过许多眼泪,但我从来没有对任何人说过,怕大家庭里那些本来就不赞成女孩子上学的长辈们,会出来劝我辍学!但我很快地就交上了许多要好的同学。至今我还能顺老师上班点名的次序,背诵出十几个同学的名字。福州女师的地址,是在城内的花巷,是一所很大的旧家第宅,我记得我们课堂边有一个小池子,池边种着芭蕉。学校里还有一口很大的池塘,池上还有一道石桥,连接在两处亭馆之间。我们的校长是黄花岗七十二烈士中之一的方声洞先生的姐姐，方君瑛女士。我们的作文老师是林步瀛先生。在我快离开女师的时候，还来了一位教体操的日本女教师，姓石井的，她的名字我不记得了。我在这所学校只读了三个学期，中华民国成立后，海军部长黄钟瑛（赞侯），又来了一封电报，把父亲召出去了。不久，我们全家就到了北京。

我对于故乡的回忆，只能写到这里，十几年来，我还没有这样地畅快挥写过！我的回忆像初融的春水，涌溢奔流。十几年来，睡眠也少了，"晓枕心气清"，这些回忆总是使人欢喜而又惆怅地在我心头反复涌现。这一幕一幕的图画或文字，都是我的弟弟们没有看过或听过的，即使他们看过听过，他们也不会记得懂得的，更不用说我的第二代第三代了。我有时想如果不把这些写记下来，将来这些图文就会和我的刻着印象的头脑一起消失。这是否可惜呢？但我同时又想，这些都是关于个人的东西，不留下或被忘却也许更好。这两种想法在我心里矛盾了许多年。

一九三六年冬，我在英国的伦敦，应英国女作家弗吉尼亚·沃尔夫（Virginia Woolf）之约，到她家喝茶。我们从伦敦的雾，中国和英国的小说、诗歌，一直谈到当时英国的英王退位和中国的西安事变。她忽然对我说："你应该写一本自传。"我摇头笑说："我们中国人没有写自传的风习，而且关于我自己也没有什么可写的。"她说："我倒不是要你写自己，而是要你把自己作为线索，把当地的一些社会现象贯穿起来，即使是关于个人的一些事情，也可作为后人参考的史料。"我当时没有说什么，谈锋又转到别处去了。

事情过去四十三年了，今天回想起来，觉得她的话也有些道理，我就把这些在我脑子里反复呈现的图画和文字，奔放自由地写在纸上。

记得在半个世纪之前,在我写《往事》(之一)的时候,曾在上面写过这么几句话:

　　索性凭着深刻的印象,
　　　　将这些往事
　　　　移在白纸上罢——
　　再回忆时
　　　　不向心版上搜索了!

这几句话,现在还是可以应用的。把这些图画和文字,移在白纸上之后,我心里的确轻松多了!

一九七九年二月十一日

(原载《福建文艺》1979年4、5期合刊)

童年杂忆

童年呵!
是梦中的真,
是真中的梦,
是回忆时含泪的微笑。

——《繁星》

一九八〇年的后半年,几乎全在医院中度过,静独时居多。这时,身体休息,思想反而繁忙,回忆的潮水,一层一层地卷来,又一层一层地退去,在退去的时候,平坦而光滑的沙滩上,就留下了许多海藻和贝壳和海潮的痕迹!

这些痕迹里,最深刻而清晰的就是童年时代的往事。我觉得我的童年生活是快乐的,开朗的,首先是健康的。该得的爱,我都得到了,该爱的人,我也都爱了。我的母亲,父亲,祖父,舅舅,老师以及我周围的人都帮助我的思想、感情往正常、健康里成长。二十岁以后的我,不能说是没有经过风吹雨打,但是我比较是没有受过感情上摧残的人,我就能够禁受身外的一切。有了健康的感情,使我相信人类的前途是光明的，虽然在螺旋形上升的路上，是峰回路转的，但我们有自己的看法，自己的判断，来克制外来的侵袭。

八十年里我过着和三代人相处（虽然不是同居）的生活，感谢天，我们的健康空气，并没有被污染。我希望这爱和健康的气息，不但在我们一家中间，还在每一个家庭中延续下去。

话说远了，收回来吧。

读 书

我常想，假如我不识得字，这病中一百八十天的光阴，如何消磨得下去？

感谢我的母亲，在我四、五岁的时候，在我百无聊赖的时候，把文字这把钥匙，勉强地塞在我手里。到了我七岁的时候，独游无伴的环境，迫着我带着这把钥匙，打开了书库的大门。

门内是多么使我眼花缭乱的画面呵！我一跨进这个门槛，我就出不来了！

我的文字工具，并不锐利，而我所看到的书，又多半是很难攻破的。但即使我读到的对我是些不熟习的东西，而"熟能生巧"，一个字形的反复呈现，这个字的意义，也会让我猜到一半。

我记得我首先得到手的，是《三国演义》《聊斋志异》，这里我只谈《聊斋志异》。

《聊斋志异》真是一本好书，每一段故事，多的几千字，少的只有几百字。其中的人物，是人、是鬼、是狐，都有自己独特的性格，每个"人"

都从字上站起来了！看得我有时欢笑，有时流泪，母亲说我看书看得疯了。不幸的《聊斋志异》，有一次因为我在澡房里偷看，把洗澡水都凉透了，她气得把书抢过去，撕去了一角，从此后我就反复看着这残缺不完的故事，直到十几年后我自己买到一部新书时，才把故事的情节拼全了。

此后是无论是什么书，我得到就翻开看。即或不是一本书，而是一张纸，哪怕是一张极小的纸，只要上面有字，我就都要看看。我记得当我八岁或九岁的时候，我要求我的老师教给我做诗。他说做诗要先学对对子，我说我要试试看。他笑着给我写了三个字，是"鸡唱晓"，我几乎不假思索地就对上个"鸟鸣春"，他大为喜悦诧异，以为我自己已经看过韩愈的《送孟东野序》。其实"以鸟鸣春，以雷鸣夏，以虫鸣秋，以风鸣冬"这四句话，我是在一张香烟画的后面看到的！

再大一点，我又看了两部"传奇"，如《再生缘》、《天雨花》等，都是女作家写的，七字一句的有韵的故事，中间也夹些说白，书中的主要角色，又都是很有才干的女孩子。如《再生缘》中的孟丽君，《天雨花》中的左仪贞。故事都很曲折，最后还是大团圆。以后我还一些类似的书，如《凤双飞》，看过就没有印象了。

与此同时，我还看了许多商务印书馆出版的"说部丛书"，其中就有英国名作家迭更斯的《块肉余生述》，也就是《大卫·考伯菲尔》，我很喜欢这本书！译者林琴南老先生，也说他译书的时候，被原作的情文所感动，而"笑啼间作"。我记得当我反复地读这本书的时候，当可怜的大卫，从虐待他的店主出走，去投奔他的姨婆，旅途中饥寒交迫的时候，我一边流泪，一边掰我手里母亲给我当点心吃的小面包，一块一块地往嘴里塞,以证明并体会我自己是幸福的! 有时被母亲看见了,就说,"你这孩子真奇怪,有书看,有东西吃,你还哭!"事情过去几十年了,这一段奇怪的心理,我从来没有对人说过!

我的另一个名字

我的另一个名字,是和我该爱而不能爱的人有关,这个人就是我的姑母。

我从来没有见过我的姑母,只从父亲口里听到关于她的一切。她是父亲的姐姐,父亲四岁丧母,一切全由姐姐照料。我记得父亲说过姑母出嫁的那一天,父亲在地上打着滚哭,看来她似乎比我的父亲大得多。

姑母嫁给冯家,我在一九一一年回福州去的时候,曾跟我的父亲到三官堂冯家去看我的姑夫。姑姑生了三男二女,我的二表姐,乳名叫"阿三"的,长得非常的美。坐在镜前梳头,发长委地,一张笑脸红扑扑地!父亲替她做媒,同一位姓陈的海军青年军官——也是父亲的学生——结了婚,她回娘家的时候,就来看我们。我们一大家的孩子都围着她看,舍不得走开。

冯家也是一个大家庭,我记得他们堂兄弟姐妹很多,个个都会吹弹歌唱,墙上挂的都是些箫,笙,月琴,琵琶之类。父亲常说他们家可以成立一个民乐团!

我生下来多病。姑母很爱我的父母,因此也极爱我。据说她出了许多求神许愿的主意,比如说让我拜在吕洞宾名下,作为寄女,并在他神座前替我抽了一个名字,叫"珠瑛",我们还买了一条牛,在吕祖庙放生——其实也就是为道士耕田！每年在我生日那一天，还请道士到家来念经，叫做"过关"。这"关"一直要过到我十六岁，都是在我老家福州过的，我只有在回福州那个时期才得"恭逢其盛"！一个或两个道士一早就来，在厅堂用八仙桌搭起祭坛，围上红缎"桌裙"，点蜡，烧香，念经，上供，一直闹到下午。然后立起一面纸糊的城门似的"关"，让我拉着我们这一大家的孩子，从"关门"里走过，道士口里就唱着"××关过啦""××关过啦"，我们哄笑着穿走了好几次，然后把这纸门烧了，道士也就领了酒饭钱，收拾起道具，回去了。

吕祖庙在福州城内乌石山上——福州是山的城市，城内有三座山，乌石山，越王山（屏山），于山。一九三六年冬我到欧洲七山之城的罗马的时候，就想到福州！

吕祖庙是什么样子，我已忘得干干净净，但是乌石山上有两大块很光滑的大石头，突兀地倚立在山上，十分奇特。福州人管这两块大石头叫"桃瓣李片"，说出来就是一片桃子和一片李子倚立在一起，这两块石头给我的印象很深。

和我的这个名字（珠瑛）有联系的东西，我想起了许多，都是些迷信的事，像把我寄在吕祖名下和"过关"等等，我的父亲和母亲都不相信的，只因不忍过拂我姑母的意见，反正这一切都在老家进行，并不麻烦他们自己，也就算了，"珠瑛"这个名字，我从来没有用过，家里人也从不这样称呼我。

在我开始写短篇小说的时候，一时兴起，曾想以此为笔名，后来终竟因为不喜欢这迷信的联想，又觉得"珠瑛"这两字太女孩子气了，就没有用它。

这名字给了我八十年了,我若是不想起,提起,时至今日就没有人知道了。

父亲的"野"孩子

当我连蹦带跳地从屋外跑进来的时候,母亲总是笑骂着说,"看你的脸都晒'熟'了!一个女孩子这么'野',大了怎么办?"跟在我后面的父亲就会笑着回答,"你的孩子,大了还会野吗?"这时,母亲脸上的笑,是无可奈何的笑,而父亲脸上的笑,却是得意的笑。

的确,我的"野",是父亲一手"惯"出来的,一手训练出来的。因为我从小男装,连穿耳都没有穿过。记得我回福州的那一年,脱下男装后,我的伯母,叔母都说"四妹(我在大家庭姐妹中排行第四)该扎耳朵眼,戴耳环了。"父亲还是不同意,借口说"你们看她左耳唇后面,有一颗聪明痣。把这颗痣扎穿了,孩子就笨了。"我自己看不见我左耳唇后面的小黑痣,但是我至终没有扎上耳朵眼!

不但此也,连紧鞋父亲也不让穿。有时我穿的鞋稍为紧了一点,我就故意在父亲面前一瘸瘸地走,父亲就埋怨母亲说,"你又给她小鞋穿了!"母亲也气了,就把剪刀和纸裁的鞋样推到父亲面前说"你会做,就给她做,将来长出一对金刚脚,我也不管!"父亲真的拿起剪刀和纸就要铰个鞋样,母亲反而笑了,把剪刀夺了过去。

那时候,除了父亲上军营或军校的办公室以外,他一下班,我一放学,他就带我出去,骑马或是打枪。海军学校有两匹马,一匹是白的老马,一匹黄的小马,是轮流下山上市去取文件或书信的。我们总在黄昏,把这两匹马牵来，骑着在海边山上玩。父亲总让我骑那匹老实的白马，自己骑那匹调皮的小黄马，跟在后面。记得有一次，我们骑马穿过金钩寨，走在寨里的小街上时，忽然从一家门里蹒跚地走出一个刚会走路的小娃娃，他一直闯到白马的肚子底下，跟在后面的父亲，吓得赶忙跳下马来拖他。不料我座下的那匹白马却从从容容地横着走向一边，给孩子让出路来。当父亲把这孩子抱起交给他的惊惶追出的母亲时，大家都松了一口气，父亲还过来抱着白马的长脸，轻轻地拍了几下。

在我们离开烟台以前，白马死了。我们把它埋在东山脚下。我有时还在它墓上献些鲜花，反正我们花园里有的是花。从此我们再也不骑马了。

父亲还教我打枪，但我背的是一杆鸟枪。枪弹只有绿豆那么大。母亲不让我向动物瞄准，只许我打树叶或树上的红果，可我很少能打下一片绿叶或一颗红果来！

烟台是我们的！

夏天的黄昏，父亲下了班就带我到山下海边散步，他不换便服，只把白色制服上的黑地金线的肩章取了下来，这样，免得走在路上的学生们老远看见了就向他立正行礼。

我们最后就在沙滩上面海坐下，夕阳在我们背后慢慢地落下西山，红霞满天。对面好像海上的一抹浓云，那是芝罘岛。岛上的灯塔，已经一会儿一闪地发出强光。

有一天，父亲只管抱膝沉默地坐着，半天没有言语。我就挨过去用头顶着他的手臂,说,"爹,你说这小岛上的灯塔不是很好看么? 烟台海边就是美,不是吗?"这些都是父亲平时常说的话,我想以此来引出他的谈锋。

父亲却摇头慨叹地说,"中国北方海岸好看的港湾多的是,何止一个烟台? 你没有去过就是了。"

我瞪着眼等他说下去。

他用手拂弄着身旁的沙子,接着说,"比如威海卫,大连湾,青岛,都是很好很美的……"

我说,"爹,你哪时也带我去看一看。"父亲拣起一块卵石,狠狠地向海浪上扔去,一面说,"现在我不愿意去! 你知道,那些港口现在都不是我们中国人的,威海卫是英国人的,大连是日本人的,青岛是德国人的,只有,只有烟台是我们的,我们中国人自己的一个不冻港!"

我从来没有看见父亲愤激到这个样子。他似乎把我当成一个大人,一个平等的对象,在这海天辽阔,四顾无人的地方,倾吐出他心里郁积的话。

他说,"为什么我们把海军学校建设在这海边偏僻的山窝里? 我们是被挤到这里来的呵。这里僻静,海滩好,学生们可以练习游泳,划船,打靶等等。将来我们要夺回威海,大连,青岛,非有强大的海军不可。现在大家争的是海上霸权呵!"

从这里他又谈到他参加过的中日甲午海战:他是在威远战舰上的枪炮副。开战的那一天,站在他身旁的战友就被敌人的炮弹打穿了腹部,把肠子都打溅在烟囱上! 炮火停歇以后,父亲把在烟囱上烤焦的肠子撕下来,放进这位战友的遗体的腔子里。

"这些事,都像今天的事情一样,永远挂在我的跟前,这仇不报是不行的!我们受着外来强敌的欺凌,死的人,赔的款,割的地还少吗?

"这以后,我在巡洋舰上的时候,还常常到外国去访问。英国,日本,法国,意大利……我觉得到哪里我都抬不起头来!你不到外国,不知道中国的可爱,离中国越远,就对她越亲。但是我们中国多么可怜呵,不振兴起来,就会被人家瓜分了去。可是我们现在难关多得很,上头腐败得……"

他忽然停住了,注视着我,仿佛要在他眼里把我缩小了似的。他站起身来,拉起我说,"不早了,我们回去吧!"

一般父亲带我出去,活动的时候多,像那天这么长的谈话,还是第一次!在这长长的谈话中,我记得最牢,印象最深的,就是"烟台是我们的"这一句。

许多年以后,除了威海卫之外,青岛,大连,我都去过。英国、日本、法国、意大利……的港口,我也到过,尤其在新中国成立后,我并没有觉得抬不起头来。做一个新中国的人民是光荣的!

但是,"烟台是我们的",这"我们"二字,除了十亿我们的人民之外,还特别包括我和我的父亲!

一九八一年四月

(原载《新文学史料》1981年第3期)

我到了北京

大概是在一九一三年初秋，我到了北京。

中华民国成立后，海军部长黄钟瑛打电报把我父亲召到北京，来担任海军部军学司长。父亲自己先去到任，母亲带着我们姐弟四个，几个月后才由舅舅护送着，来到北京。

实话说，我对北京的感情，是随着居住的年月而增加的。我从海阔天空的烟台，山清水秀的福州，到了我从小从舅舅那里听到的腐朽破烂的清政府所在地——北京，我是没有企望和兴奋的心情的。当轮船缓慢地驶进大沽口十八湾的时候，那浑黄的河水和浅浅的河滩，都给我以一种抑郁烦躁的感觉。从天津到北京，一路上青少黄多的田亩，一望无际，也没有引起我的兴趣！到了北京东车站，父亲来接，我们坐上马车，我眼前掠过的，就是高而厚的灰色的城墙，尘沙飞扬的黄土铺成的大道，匆忙而又迂缓的行人和流汗的人力车夫的奔走，在我茫然漠然的心情之中，马车已把我送到了一住十六年的"新居"，北京东城铁狮子胡同中剪子巷十四号。

这是一个不大的门面，就像天津出版社印的老舍先生的《四世同堂》的封面画，是典型的北京中等人家的住宅。大门左边的门框上，挂着黑底金字的"齐宅"牌子。进门右边的两扇门内,是房东齐家的住处。往左走过一个小小的长方形外院,从朝南的四扇门进去,是个不大的三合院,便是我们的"家"了。

这个三合院,北房三间,外面有廊子,里面有带砖炕的东西两个套间。东西厢房各三间,都是两明一暗,东厢房作了客厅和父亲的书房,西厢房成了舅舅的居室和弟弟们读书的地方。从北房廊前的东边过去,还有个很小的院子,这里有厨房和厨师父的屋子,后面有一个蹲坑的厕所。北屋后面西边靠墙有一座极小的两层"楼",上面供的是财神,下面供的是狐仙。

我们住的北房,除东西套间外,那两明一暗的正房,有玻璃后窗,还有雕花的"隔扇",这隔扇上的小木框里,都嵌着一幅画或一首诗。这是我在烟台或福州的房子里所没有的装饰,我很喜欢这个装饰!框里的画,是水墨或彩色的花卉山水,诗就多半是我看过的《唐诗三百首》中的句子,也有的是我以后在前人诗集中找到的。其中只有一首,是我从来没有遇见过的,那是一首七律:

　　飘然高唱入层云
　　风急天高(?)忽断闻
　　难解乱丝唯勿理
　　善存余焰不教焚
　　事当路口三叉误
　　人便江头九派分
　　今日始知吾左计

> 枉亲书剑负耕耘

我觉得这首诗很有哲理意味。

我们在这院子里住了十六年！这里面堆积了许多我对于我们家和北京的最初的回忆。

我最初接触的北京人，是我们的房东齐家。我们到的第二天，齐老太太就带着她的四姑娘，过来拜访。她称我的父母亲为"大叔"、"大婶"，称我们为姑娘和学生。（现在我会用"您"字，就是从她们学来的。）齐老太太常来请我母亲到她家打牌，或出去听戏。母亲体弱，又不惯于这种应酬，婉言辞谢了几次之后，她来的便少了。我倒是和她们去东安市场的吉祥园，听了几次戏，我还赶上了听杨小楼先生演黄天霸的戏，戏名我忘了。我又从《汾河湾》那出戏里，第一次看到了梅兰芳先生。

我常被领到齐家去，她们院里也有三间北屋和东西各一间的厢房。屋里生的是大的铜的煤球炉子，很暖。她家的客人很多，客人来了就打麻雀牌，抽纸烟。四姑娘也和他们一起打牌吸烟，她只不过比我大两三岁！

齐家是旗人，他本来姓"祈"（后来我听到一位给母亲看病的满族中医讲到，旗人有八个姓，就是童、关、马、索、祈、富、安、郎。），到了民国，旗人多改汉姓，他们就姓了"齐"。他们家是老太太当权，齐老先生和他们的小脚儿媳，低头出入，忙着干活，很少说话。后来听人说，这位齐老太太从前是一个王府的"奶子"，她攒下钱盖的这所房子。我总觉得她和我们家门口大院西边那所大宅的主人有关系。这所大宅子的前门开在铁狮子胡同，后门就在我们门口大院的西边。常常有穿着鲜艳的旗袍和坎肩，梳着"两把头"，髻后有很长的"燕尾儿"，脚登高底鞋的贵妇人出来进去的。她们彼此见面，就不住地请安问好，寒暄半天，我远远看着觉得十分有趣。但这些贵妇人，从来没有到齐家来过。

就这样，我所接触的只是我家院内外的一切，我的天地比从前的狭仄冷清多了，幸而我的父亲是个不甘寂寞的人，他在小院里砌上花台，下了"衙门"（北京人称上班为上衙门！）便卷起袖子来种花。我们在外头那个长方形的院子里，还搭起一个葡萄架子，把从烟台寄来的葡萄秧子栽上。后来父亲的花园渐渐扩大到大门以外，他在门口种了些野茉莉、蜀葵之类容易生长的花朵，还立起了一个秋千架。周围的孩子就常来看花，打秋千，他们把这大院称作"谢家大院"。

"谢家大院"是周围的孩子们集会的地方，放风筝的、抖空竹的、跳绳踢毽子的、练自行车的……热闹得很。因此也常有"打糖锣的"的担子歇在那里，锣声一响，弟弟们就都往外跑，我便也跟了出去。这担子里包罗万象，有糖球、面具、风筝、刀枪等等，价钱也很便宜。这糖锣担子给我的印象很深！前几年我认识一位面人张，他捏了一尊寿星送我，我把这尊寿星送给一位英国朋友——一位人类学者，我又特烦面人张给我捏一副"打糖锣的"的担子，把它摆在我玻璃书架里面，来锁住我少年时代的一幅画境。

总起来说，我初到北京的那一段生活，是陌生而乏味的。"山中岁月"、"海上心情"固然没有了，而"辇下风光"我也没有领略到多少！那时故宫、景山和北海等处，还都没有开放，其他的名胜地区，我记得也没有去过。只有一次和弟弟们由舅舅带着逛了隆福寺市场，这对我也是一件新鲜事物！市场里熙来攘往，万头攒动。栉比鳞次的摊子上，卖什么的都有，古董、衣服、吃的、用的五光十色；除了做买卖的，还有练武的、变戏法的、说书的……我们的注意力却集中在玩具摊上！我记得最清楚的是棕人铜盘戏出。这是一种纸糊的戏装小人，最精彩的是武将，头上插着翎毛，背后扎着四面小旗，全副盔甲，衣袍底下却是一圈棕子。这些戏装小人都放在一个大铜盘上。耍的人一敲那铜盘子，个个棕人都旋转起来，刀来枪往，煞是好看。

父亲到了北京以后，似乎消沉多了，他当然不会带我上"衙门"，其他的地方，他也不爱去，因此我也很少出门。这一年里我似乎长大了许多！因为这时围绕着我的，不是那些堂的或表的姐妹弟兄，而只是三个比我小得多的弟弟，岁时节序，就显得冷清许多。二来因为我追随父亲的机会少了，我自然而然地成了母亲的女儿。我不但学会了替母亲梳头（母亲那时已经感到臂腕酸痛），而且也分担了一些家务，我才知道"过日子"是一件很操心、很不容易对付的事！这时我也常看母亲订阅的各种杂志，如商务印书馆出版的《妇女杂志》，《小说月报》和《东方杂志》等，我就是从《妇女杂志》的文苑栏内，首先接触到"词"这种诗歌形式的。我的舅舅杨子敬先生做了弟弟们的塾师，他并没有叫我参加学习，我白天帮母亲做些家务，学些针黹，晚上就在堂屋的方桌边，和三个弟弟各据一方，帮他们温习功课。他们倦了就给他们讲些故事，也领他们做些游戏，如"老鹰抓小鸡"之类，自己觉得俨然是个小先生了。

弟弟们睡觉以后，我自己孤单地坐着，听到的不是高亢的军号，而是墙外的悠长而凄清的叫卖"羊头肉"或是"赛梨的萝卜"的声音，再不就是一声声算命瞎子敲的小锣,敲得人心头打颤,使我彷徨而烦闷!

　　写到这里,我微微起了感喟。我的生命的列车,一直是沿着海岸飞驰,虽然山回路转,离开了空阔的海天,我还看到了柳暗花明的村落。而走到北京的最初一段,却如同列车进入隧道,窗外黑糊糊的,车窗关上了,车厢里电灯亮了,我的眼光收了回来,在一圈黄黄的灯影下,我仔细端详了车厢里的人和物,也端详了自己……

　　北京头一年的时光,是我生命路上第一段短短的隧道,这种黑糊糊的隧道,以后当然也还有,而且更长,不过我已经长大成人了!

一九八一年六月十六日

(原载《收获》1981年第6期)

我入了贝满中斋

我在北京闲居了半年,家里的大人们都没有提起我入学的事,似乎大家都在努力适应这陌生而古老的环境。我忍耐不住了,就在一个夏天的晚上,向我的舅舅杨子敬先生提出我要上学。那时他除了在家里教我的弟弟们读书以外,也十分无聊,在生疏的北京,又不知道有什么正当的娱乐场所,他就常到米市大街基督教青年会去看书报、打球,和青年会干事们交上朋友(他还让我的大弟谢为涵和他自己的儿子杨建辰到青年会夜校去读英文)。当我舅舅向他的青年会干事朋友打听有什么好的女子中学的时候,他们就介绍了离我们家最近的东城灯市口公理会的贝满女子中学。

我的父母并不反对我入教会学校,因为我的二伯父谢葆璋(穆如)先生,就在福州仓前山的英华书院教中文,那也是一所教会学校,二伯父的儿子,我的堂兄谢为枢,就在那里读书。仿佛除了教学和上学之外,并没有勉强他们入教。英华书院的男女教师,都是传教士,也到我们福州家里来过。还因为在我上面有两个哥哥,都是接生婆接的,她的接生器具没有经过消毒,他们都得了脐带疯而夭折了。于是在我和三个弟弟出生的时候,父亲就去请教会医院的女医生来接生。我还记得给我弟弟们接生的美国女医生,身上穿的都是中国式的上衣和裙子,不过头上戴着帽子,脚上穿着皮鞋。在弟弟们满月以前,她们还自动来看望过,都是从山下走上来的。因此父母亲对她们的印象很好。父亲说:"教会学校的教学是认真的,英文的口语也纯正,你去上学也好。"

于是在一九一四年的秋天,舅舅就带我到贝满女子中学去报名。

那时的贝满女中是在灯市口公理会大院内西北角的一组曲尺形的楼房里。在曲尺的转折处,东南面的楼壁上,有横写的四个金字"贝满中斋"——那时教会学校用的都是中国传统的名称:中学称中斋,大学称书院,小学称蒙学。公理会就有培元蒙学(六年)、贝满中斋(四年)、协和女子书院(四年),因为在通县还有一所男子协和书院,女子书院才加上"女子"二字。这所贝满中斋是美国人姓 Bridgeman 的捐款建立的,"贝满"是 Bridgeman 的译音——走上十级左右的台阶,便进到楼道左边的一间办公室。有位中年的美国女教士,就是校长吧,把我领到一间课室里,递给我一道中文老师出的论说题目,是"学然后知不足"。这题目是我在家塾中做过的,于是我不费思索,一挥而就。校长斐教士十分惊奇叹赏,对我舅舅说:"她可以插入一年级,明天就交费上学吧。"考试和入学的手续是那样地简单,真出乎我们意料之外,我是又高兴而又不安。

第二天我就带着一学期的学费(十六元)去上学了。到校后检查书包,那十六元钱不见了,在校长室里我窘得几乎落下泪来。斐教士安慰我说:"不要紧的,丢了就不必交了。"我说:"那不好,我明天一定来补交。"这时斐教士按了电铃,对进来的一位老太太说:"叫陶玲来。"不久门外便进来一个二年级的同学——一个能说会道、大大咧咧的满族女孩子，也就是这个陶玲，一直叫我"小谢"，叫到了我八十二岁——她把我带进楼上的大课堂，这大堂上面有讲台，下面有好几排两人同桌的座位，是全校学生自修和开会的地方。我被引到一年级的座位上坐下。这大堂里坐着许多这时不上课的同学，都在低首用功，静默得没有一点声息。上了一两堂课，到了午饭时间，我仍是羞怯地坐在自己的座位上。同学们都走了，我也不敢自动跟了去。下午放了学，就赶紧抱起书包回家。上学的第一天就不顺利，既丢了学费，又没有吃到午饭，心里十分抑郁，回到家里就哭了一场！

第二天我补交了学费。特意来送我上学的、我的二弟的奶娘，还找到学校传达室那位老太太说了昨天我没吃到午饭的事。她笑了，于是到了午饭时间，仍是那个爱说爱笑的斋二同学陶玲，带我到楼下一个大餐厅的内间，那是走读生们用饭的地方。伙食不错，米饭，四菜一汤，算是"小灶"吧。这时外面大餐厅里响起了"谢饭"的歌声，住校的同学们几乎都在那里用饭，她们站着唱歌，唱完才坐下吃。吃的是馒头、窝头，饭菜也很简单。

同学们慢慢地和我熟了，我发现她们几乎都是基督教徒，从保定、通县和北京或外省的公理会女子小学升上来的，也几乎都是住校。她们都很拘谨、严肃，衣着都是蓝衣青裙，十分朴素。刚上学的一个月，我感到很拘束，很郁闷。圣经课对我本来是陌生的，那时候读的又是《列王纪》，是犹太国古王朝的历史，枯燥无味。算术学的又是代数，我在福州女子师范学校预科只学到加减乘除，中间缺了一大段。第一次月考，我只得62分，不及格！这"不及格"是从我读书以来未曾有过的，给我的刺激很大！我曾把它写在《关于女人》中《我的教师》一段里。这位教师是丁淑静,她教过我历史、地理、地质等课。但她不是我的代数教师,也没有给我补过课,其他的描写,还都是事实。以后在一九一五年的暑假里,由培元蒙学的一位数学教师,给我补了这一段空白。但是其他课目,连圣经、英文我的分数几乎都不在95分以下,作文老师还给过我100加20的分数。

慢慢地高班的同学们也和我熟了,女孩子究竟是女孩子,她们也很淘气,很爱开玩笑。她们叫我"小碗儿",因为学名是谢婉莹;叫我"侉子",因为我开始在班里回答问题的时候,用的是道地的烟台话,教师听不懂,就叫我在黑板上写出答案。同学中间到了能开玩笑的地步,就表示出我们之间已经亲密无间。我不但喜爱她们,也更学习她们的刻苦用功。我们用的课本,都是教会学校系统自己编的,大半是从英文课本翻译过来的,比如在代数的习题里就有"四开银角"的名词,我们都算不出来。直到一九二三年我到美国留学,用过 quarter,那是两角五分的银币,一元钱的四分之一,中国没有这种币制。我们的历史教科书,是从《资治通鉴》摘编的"鉴史辑要"。只有英文用的是商务印书馆的课本,也是从 A Boy A Peach 开始,教师是美国人芬教士,她很年轻,刚从美国来,汉语不太娴熟,常用简单的英语和我们谈笑,因此我们的英文进步得比较快。

我们每天上午除上课外,最后半小时还有一个聚会,多半是本校的中美教师或公理会的牧师来给我"讲道"。此外就是星期天的"查经班",把校里的非基督徒学生,不分班次地编在一起,在到公理会教堂做礼拜以前,由协和女子书院的校长麦教士,给我们讲半小时的圣经故事。"查经班"和做大礼拜对我都是负担,因为只有星期天我才能和父母亲和弟弟们整天在一起，或帮母亲做些家务，我就常常托故不去。但在"查经班"里有许多我喜欢的同学，如斋二的陶玲、斋三的陈克俊等，我尤其喜欢陈克俊。在贝满中斋和以后在协和女子大学同学时期，我们常常一起参加表演，我在《关于女人》里写的《我的同学》，就是陈克俊。

在贝满还有一个集体活动，是每星期三下午的"文学会"，是同学们练习演讲辩论的集会。这会是在大课堂里开的。讲台上有主席，主持并宣告节目；还有书记，记录开会过程；台下有记时员，她的桌上放一只记时钟，讲话的人过了时间，她就叩钟催她下台。节目有读报、演说、辩论等。辩论是四个人来辩论一个题目，正反面各有两人，交替着上台辩论。大会结束后，主席就请坐在台旁旁听的教师讲几句评论的话。我开始非常害怕这个集会。第一次是让我读报，我走上台去，看见台下有上百对的眼睛盯着我看，我窘得急急忙忙地把那一段报读完，就跑回位上去，用双手把通红的脸捂了起来，同学们都看着我笑。一年下来，我逐渐磨炼出来了，而且还喜欢有这个发表意见的机会。我觉得这训练很好，使我以后在群众的场合，敢于从容地作即席发言。

我入学不久，就遇到贝满中斋建校五十年的纪念，我是个小班学生，又是走读，别的庆祝活动，我都没有印象了。只记得那一天有许多来宾和校友来观看我们班的体操表演。体育教师是一个美国人，她叫我们做下肢运动的口令是"左脚往左撇，回来！右脚往右撇，回来！"我们大家使劲忍着笑，把嘴唇都咬破了！

第一学年的下半季，一九一五年的一月日本军国政府向袁世凯政府提出了灭亡中国的"二十一条"，五月七日又提出了"最后通牒"，那时袁世凯正密谋称帝，想换取日帝对他的支持，在五月九日公然接受了日本的要求。这遭到了全国人民的强烈反对,各地掀起了大规模的讨袁抗日爱国运动。我们也是群情愤激,和全北京的学生在一起,冲出校门,由我们学生会的主席、斋四同学李德全带领着,排队游行到了中央公园(现在的中山公园),在万人如海的讲台上,李德全同学慷慨陈词,我记得她愤怒地说:"别轻看我们中国人!我们四万万人一人一口唾沫,还会把日本兵淹死呢!"我们纷纷交上了爱国捐,还宣誓不买日货。我满怀悲愤地回到家来,正看见父亲沉默地在书房墙上贴上一张白纸,是用岳飞笔迹横写的"五月七日之事"六个大字。父亲和我都含着泪,久久地站在这幅横披的下面,我们互相勉励永远不忘这个国耻纪念日!

到了一九一五年的十二月十二日,那是我在斋二这年的上半季,袁世凯公然称帝了,改民国五年为"洪宪"元年,他还封副总统黎元洪为"武义亲王",把他软禁在中南海的瀛台里。黎元洪和我父亲是紫竹林水师学堂的同级生,不过我父亲学的是驾驶,他学的是管轮,许多年来,没有什么来往。民国成立后,他当了副总统,住东厂胡同,他曾请我父亲去玩,父亲都没有去。这时他住进了瀛台,父亲倒有时去看他,说是同他在木炕上下棋——我从来不知道父亲会下棋——每次去看他以前,父亲都在制服呢裤下面多穿一条绒布裤子,说是那里房内很冷。

这时全国又掀起了"护国运动",袁世凯的皇帝梦只做了八十三天就破灭了。校园内暂时恢复了平静。我们的圣经课已从《旧约》读到了《新约》,我从《福音书》里了解了耶稣基督这个"人"。我看到一个穷苦木匠家庭的私生子,竟然能有那么多信从他的人,而且因为宣传"爱人如己",而被残酷地钉在十字架上,这个形象是可敬的。但我对于"三位一体"、"复活"等这类宣讲,都不相信,也没有入教做个信徒。

贝满中斋的课外活动，本来很少，在我斋三那一年，一九一七年的暑假，我和一些同学参加了女青年会在西山卧佛寺举办的夏令会。我们坐洋车到了西直门，改骑小驴去西山。这是我到北京以后的第一次郊游，我感到十分兴奋。忆起童年骑马的快事，便把小驴当成大马，在土路上扬鞭驰骋，同学当中我是第一个到达卧佛寺的！在会上我们除开会之外还游了山景，结识了许多其他女校的同学，如天津的中西女校的学生。她们的衣着比我们讲究。我记得当女青年会干事们让陈克俊和我在一个节目里表演"天使"的时候，白绸子衣裙就是向中西女校的同学借的。

开完会回家，北京市面已是乱哄哄的了。谣言很多，说是南北军阀之间正在酝酿什么大事，张勋的辫子军要进京调停。辫子军纪律极坏，来了就会到人家骚扰。父亲考虑后就让母亲带我们姐弟，到烟台去暂避一时。

我最喜欢海行，可是这次从塘沽到烟台的船上，竟拥挤得使我们只买到货舱的票。下到沉黑的货舱，里面摆的是满舱的大木桶。我们只好在凸凹不平的桶面上铺上席子。母亲一边挥汗，一边还替我们打扇。过了黑暗、炎热、窒息、饥渴的几十小时，好容易船停了，钻出舱来，呼吸着迎面的海风，举目四望，童年的海山，又罗列在我面前，心里真不知是悲是喜！

父亲的朋友、烟台海军学校校长曾恭甫伯伯，来接我们。让我们住在从前房子的西半边。在烟台这一段短短时间里，我还带弟弟们到海边去玩了几次，在《往事》（一）中也描写过我当时的心境。人大了些，海似乎也小些了，但对面芝罘岛上灯塔的灯光，却和以前一样，一闪一闪地在我心上跳跃！

复辟的丑剧,从一九一七年七月一日起,只演了十二天,我们很快就回到北京,准备上学。

贝满中斋扎扎实实的四个年头过去了,一九一八年的夏天,我们毕业时全班只有十八个人。我以最高的分数,按照学校的传统,编写了"辞师别友"的歌词,在毕业会上做了"辞师别友"的演说。我的同班从各教会中学升上来的,从此多半都回到母校去教书,风流云散了!只有我和吴搂梅、邝淑贞和她的妹妹,我们这些没有教学的义务的,升入了协和女子大学预科。

我以十分激动的心情,来写这四年认真严肃的生活。这训练的确约束了我的"野性",使我在进入大学的丰富多彩的生活以前,准备好一个比较稳静的起步。

一九八四年三月十四日

(原载《收获》1984年第4期)

我的中学时代

因为整理信件，忽然翻出我的一位中学同学，在七十年代给我写的末一封信。她写：

小谢：

记忆力真是一件奇妙的东西！你的声音笑貌和我们中学时代的一切，在我病榻上的回忆中，都是那样出奇地活跃而清晰……

这几句话又使我十分激动，思潮久久不能平静下来！

的确的，在我十几年海内外的学校生活中，也就是中学时代，给我的印象最深，对我的性格影响也最大。

我的中学生涯是在一九一四——一九一八年度过的（那时的中学是四年制）。十四岁的年纪，正是感情最丰富，思想最活泼，好奇心最强，模仿力和可塑性也最强的时候，我以一个山边海角独学无友的野孩子，一下子投入到大城市集体学习的生活中来，就如同穿上一件既好看又紧仄的新衣一样，觉得高兴也感到束缚。我用好奇而谨慎的目光，盯着陌生环境中的一切：高大的校舍，新鲜的课程，如音乐、体操，和不同的男女教师……

　　但是我最注意的还是和我同班的年龄相仿的女孩子。她们都是梳髻穿裙，很拘谨，守纪律，学习尤其刻苦。一同上了几天课，她们就渐渐地和我熟悉起来。因为我从小听的说的都是山东话，在课堂上听讲和答问都有困难。她们就争着教我说北京话。（那个头一个叫我"小谢"的同学，是满族人，语音尤其纯正。）我们也开始互相谈着自己的家庭和过去的一切。她们大多数是天津、通县、保定等处的小学升上来的（她们都是寄宿生），数学基础比我好，在国文上我又比她们多读了一些，就这样我们开始互帮互学，我觉得我有了学习和竞赛的对象。那时我是走读生，放学到家打开书包，就埋头做功课，一切"闲书"都顾不得看了。

　　就这样紧张而规律地过了四年中学时代。我体会到了"切磋琢磨"的好处，也得到了集体生活的温暖。四年之末，我们毕业的同学才有十八个人。毕业后有的上了大学，有的参加了工作，我们约定大家都努力学习，好好工作，还尽量保持联系。此后的年月里，我们风流云散，也都有了自己的人生经历。但无论在天涯在海角我们惊喜地遇见，共同回忆起中学时代这一段生活时，我们总会互相询问：我们每一个人是否都完成了中学时代的志愿，做一个对国家对人民有益的人？

一九八三年四月十六日

（原载《少年之友》1983年8月12日第4期）

我的大学生涯

这是我自传的第五部分了,(一、我的故乡。二、我的童年。三、我到了北京。四、我入了贝满中斋。)每段都只有几千字,因为我不惯于写叙述性的文章,而且回忆时都是些零碎的细节,拼在一起又太繁琐了。但是在我的短文里,关于这一段时期的叙述是比较少的,而这一段却是我一生中最热闹、最活跃、精力最充沛的一段!

我从贝满中斋毕了业,就直接升入了协和女子大学。我选的是理预科,因为我一心一意想学医,对于数、理、化的功课,十分用功,成绩也好。至于中文呢,因为那时教会学校请的中文老师,多半是前清的秀才或举人,讲的都是我在家塾里或自己读过的古文,他们讲书时也不会旁征侧引,十分无趣。我入了理科,就埋头苦学,学校生活如同止水一般地静寂,只有一件事,使我永志不忘!

我是在夏末秋初,进了协和女子大学的校门的,这协和女大本是清朝的佟王府第,在大门前抬头就看见当时女书法家吴之瑛女士写的"协和女子大学校"的金字蓝地花边的匾额。走进二门,忽然看见了由王府前三间大厅改成的大礼堂的长廊下,开满了长长的一大片猩红的大玫瑰花!这是玫瑰花第一次开进了我的眼帘,从此我就一辈子爱上了这我认为是艳冠群芳、又有风骨的花朵,又似乎是她揭开了我生命中最绚烂的一页。

理科的功课是严紧的,新的同学们更是来自五湖四海,大多数比我大好几岁。除了从贝满女中升上来的同学以外,我又结识了许多同学。那时我弟弟们也都上学了。在大学我仍是走读,每天晚餐后,和弟弟们在饭桌旁各据一方,一面自己温课,一面帮助他们学习,看到他们困倦了时,就立起来同他们做些游戏。早起我自己一面梳头的时候,一面还督促他们"背书"。现在回忆起来,在这些最单调的日子里,我只记得在此期间有一次的大风沙。那时北京本有"无风三尺土,有雨一街泥"的谚语,春天风多风大,不必说了。而街道又完全是黄土铺的,每天放学回来总得先洗脸,洗脖子。我记得这一天下午,我们正在试验室里,由一位美国女教师带领着,解剖死猫,忽然狂风大作,尘沙蔽天,电灯也不亮了,连注射过红药水的猫的神经,都看不出来了。教师只得皱眉说:"先把死猫盖上布,收在橱子里吧,明天晴了再说。"这时住校的同学都跑回到自己屋里去了。我包上很厚的头巾,在扑面的尘沙中抱肩低头、昏天黑地地走回家里,看见家里廊上窗台上的沙土,至少有两寸厚。

其实这种大风沙的日子,在当时的北京并不罕见,只因后来我的学校生活,忽然热闹而繁忙了起来,也就记不得天气的变迁了!

在理预科学习的紧张而严肃的日子,只过了大半年,到了第二年——一九一九年——五四运动起来了,我虽然是个班次很低的"大学生",也一下子被卷进了这兴奋而伟大的运动。关于这一段我写过不少,在此就不多说了。我要说的就是我因为参加运动又开始写些东西,耽误了许许多多理科实验的功课,幸而理科老师们还能体谅我,我敷敷衍衍地读完了两年理科,就转入文科,还升了一班!

改入文科以后,功课就轻松多了!就是这一年——一九二〇年,协和女子大学,同通州潞河大学和北京的协和大学合并成燕京大学。校长是司徒雷登。我们协和女子大学就改称"燕大女校"。有的功课是在男校上课,如"哲学"、"教育学"等,有的是在女校上的,如"社会学"、"心理学"等。在男校上课时,我们就都到男校所在地的盔甲厂去。当时男女合校还是一件很新鲜的事,因此我们都很拘谨,在到男校上课以前,都注意把头上戴的玫瑰花蕊摘下。在上课前后,也轻易不同男同学交谈。他们似乎也很腼腆。一般上课时我们都安静地坐在第一排,但当坐在我们后面的男同学,把脚放在我们椅子下面的横杠上,簌簌抖动的时候,我们就使劲地把椅子往前一拉,他们的脚就忽然砰的一声砸到地上。我们自然没有回头,但都忍住笑,也不知道他们伸出舌头笑了没有?

但是我们几个在全校的学生会里有职务的人,都不免常和男生接触,如校刊编辑部、班会等。我们常常开会,那时女校还有"监护人"制度,无论是白天或晚上,几个人或几十个人,我们的会场座后,总会有一位老师,多半是女教师,她自己拿着一本书在静静地看。这一切,连老师带学生都觉得又无聊,又可笑!

我是不怕男孩子的!自小同表哥哥、堂哥哥们同在惯了,每次吵嘴打架都是我得了"最后胜利",回到家里,往往有我弟弟们的同学十几个男孩子围着我转。只是我的女同学们都很谦让,我也不敢"冒尖",但是后来熟了以后,男同学们当面都说我"厉害",说这些话的,就是许地山、瞿世英（菊农）、熊佛西这些人，他们同我后来也成了好朋友。

这时我在燕大女校"学生自治会"里，任务也多得很！自治会里有许多委员会——甚至有伙食委员会！因为我没有住校，自然不会叫我参加，但是其他的委员会，我就都被派上了！那时我们最热心的就是做社会福利工作，而每兴办一项福利工作，都得"自治会"自己筹款。最方便而容易的，就是演戏卖票！我记得我们演过许多莎士比亚的戏，如《威尼斯商人》、《第十二夜》等等，那时我们英文班里正读着"莎士比亚"，美国女教师们都十分热心地帮助我们排练、设计服装、道具等等，我们演得也很认真卖力，记得有一次鲁迅先生和俄国盲诗人爱罗先珂来看过我们的戏——忘了是哪一出——鲁迅先生写过文章说爱罗先珂先生说我们演的比当时北京大学的某一出戏好得多。因此他和北大同学还引起了一番争论，北大同学说爱罗先珂先生是个盲人，怎能"看"出戏的好坏？我和鲁迅先生只谈过一次话，还是很短的，因为我负责请名人演讲，我记得请过鲁迅先生、胡适先生，还有吴贻芳先生……我主持演讲会，向听众同学介绍了主讲人以后，就只坐在讲台上听讲了——我和鲁迅先生的接触，就这么一次，我也不知道鲁迅先生是从哪一位同学手里买到戏票的。

这次演剧筹款似乎是我们要为学校附近佟府夹道的不识字的妇女们，义务开办一个"注音字母"学习班。自治会派我去当校长。我自己就没有学过注音字母，但是被委为校长，就意味着把找"校舍"——其实就是租用街道上一间空屋——招生、请老师——也就是请一个会教注音字母的同学——都由我包办下来。这一切，居然都很顺利。开学那一天，我去"训话"，看到讲台前坐的都是中年妇女。只前排右首坐着一个十分聪明俊俏的姑娘,听课后我过去和她搭话,她说:"我叫佟志云,十八岁,我识得字,只不过也想学学注音字母。"我想她可能是佟王后裔。她问我:"校长,您多大年纪了?"我笑着说,"反正比你大几岁!"

这时燕大女校已经和美国威尔斯利(Wellesley College)女子大学结成"姐妹学校"。我们女校里有好几位教师,都是威校的毕业生。忘了是哪一年,总在二十年代初期吧,威校的女校长来到我们校里访问,住了几天,受到盛大的欢迎。有一天她——我忘了她的名字——忽然提出要看看古老北京的婚礼仪式,女校主任就让学生们表演一次,给她开开眼。这事自然又落到我们自治会委员身上,除了不坐轿子以外,其他服装如凤冠霞帔、靴子、马褂之类,也都很容易地借来了,只是在演员的分配上,谁都不肯当新娘。我又是主管这个任务的人,我就急了,我说:"这又不是真的,只是逢场做戏而已。你们都不当,我也不等'父母之命,媒妁之言',我就当了!"于是我扮演了新娘。凌淑浩——凌淑华的妹妹,当了新郎。送新太太是陈克俊和谢兰蕙。扮演公公婆婆的是一位张大姐和一位李大姐,都是高班的学生,至今我还记得她们的面庞。她们以后在演比利时作家梅特林克的童话剧《青鸟》中,还是当了我的爷爷和奶奶,可是她们的名字,我苦忆了半天也想不起来!

那夜在女校教职员宿舍院里,大大热闹了一阵,又放鞭炮,又奏鼓乐。我们磕了不少的头!演到坐床撒帐的时候,我和淑浩在帐子里面都忍不住笑了起来,急得克俊和兰蕙直捂着我们的嘴!

我演的这些戏中,我最喜欢的还是《青鸟》,剧本是我从英文译的,演员也是我挑的,还到培元女子小学,请了几个小学生,都是我在西山夏令会里认识的小朋友。我在《关于女人》那本书内写的"我的同学"里,就写了和陈克俊在"光明宫"对话的那一段。这出剧里还有一只小狗，我就把我家养的北京长毛狗"狮子"也带上台了。我的小弟弟冰季，还怕我们会把"狮子"用绳子拴起，他就亲自跟来，抱着它悄悄地在后台坐着，等到它被放到台上，看见了我，它就高兴得围着我又蹦又跳，引得台下一片笑声。

　　总之，我的大学生涯是够忙碌热闹的，但我却没有因此而耽误了学习和写作。我的老师们对我都很好，尤其是我的英文老师鲍贵思（Grace Bognton）在我毕业的那一年春季，她就对我说：威尔斯利女大已决定给我两年的奖学金——就是每年八百美金的学、宿、膳费，让我读硕士学位——她自己就是威尔斯利的毕业生，她的母亲和她的几个妹妹也都是毕业于威校，可算是威校世家了——她对于母校感情很深，盛赞校园之美、校风之好，问我想不想去，我当然愿意。但我想一去两年，不知这两年之中，我的体弱多病的母亲，会不会出什么意外？我对家里什么人都没有讲过我的忧虑，只悄悄地问过我们最熟悉的医生孙彦科大夫，他是我小舅舅杨子玉先生的挚友，小舅舅介绍他来给母亲看过病。后来因为孙大夫每次到别处出诊路过我家，也必进来探望，我们熟极了。他称我父亲为"三哥"，母亲为"三嫂"，有时只有我们孩子们在家，他也坐下和我们说笑。我问他我母亲身体不好，我能否离家两年之久？他笑了说："当然可以，你母亲的身体不算太坏，凡事有我负责。"同时鲍女士还给我父亲写了信，问他让不让我去？父亲很客气地回了她一封信，说只要她认为我不会辜负她母校的栽培，他是同意我去美国的。这一切当时我还不好意思向同学们公开，依旧忙我的课外社会福利工作。

　　那几年也是家庭中多事之秋，记得就是在我上中学的末一年（？），我的舅舅杨子敬先生逝世了。他是我母亲唯一的亲哥哥。兄妹二人感情极好。我父亲被召到北京来时,母亲也请舅舅来京教我的三个弟弟,作为家庭教师。不过舅舅没有和我们住在一起,他们住在离中剪子巷不远的铁狮子胡同。忽然有一天早晨,舅家的白妈,气急败坏地来对我母亲说,从昨天下午起舅舅肚子痛得利害,呕吐了一夜,现在已经不能说话了。我想这病可能是急性盲肠炎。——那时父亲正不在家,他回到福州,去庆祝祖父的八十大寿了。——等母亲和我们赶到时,舅舅已经断气了。这事故真像晴天霹雳一般,我们都哭得泪干声咽!母亲还能勉强镇定地办着后事,这是我生平第一次看见死人入殓!我的大弟弟为涵,还悄悄地对我说:"装舅舅的那个大匣子,靠头那一边,最好开一个窟窿,省得他在那里头出不了气。"我哭得更伤心了,我说:"他要是还能喘气,就不用装进棺材里去了!"

　　记得父亲回福州的时候,我还写了几首祝贺祖父大寿的诗,请他带回去,现在只记得一首:

　　　　浮踪万里客幽燕
　　　　恰值太公八秩年
　　　　自笑菲才惭咏絮
　　　　也裁诗句谱新篇

　　反正都是歪诗,写出来以助一笑。

　　等到父亲从福州回来,舅母和表弟妹们已搬进我家的三间西厢房,从前舅舅教弟弟们读书的屋子里。从此弟弟也都进入了小学校。

此后，大约是我在大学的时期，福州家里忽然来了一封电报说是祖父逝世了，这对我们又是一个极大的打击！我父亲星夜奔丧，我忽然记起在一九一二年我离开故乡的时候，祖父曾悄悄地将他写的几副自挽联句，交给我收着，说"谁也不让看，将来有用时，再拿出来"。我真地就严密地收起，连父母亲都不知道。这时我才拿出来给父亲带回，这挽联有好几对。有一联大意是说他死后不要僧道唪经，因为他不信神道，而且相信自己生平也没有造过什么冤孽，怎么写的我不记得了。有一联我却记得很清楚，是：

有子万事足，有子有孙又有曾孙，足，足，足。
无官一身轻，无官无累更无债累，轻，轻，轻。

父亲办完丧事，回来和我们说：祖父真可算是"无疾而终"。那一天是清明，他还带着伯叔父和堂兄们步行到城外去扫墓，但当他向坟台上捧献祭品时，双手忽然颤抖起来，二伯父赶紧上前接过去。跪拜行礼时也还镇定自如，回来也坚持不坐轿子，说是走动着好。回到家后，他说似乎觉得累了一点，要安静躺一会子，他自己上了床，脸向里躺下，叫大家都出去。过不了一会，伯父们悄悄进去看时祖父已经没有呼吸了，脸上还带着安静的微笑！我记得他的终年是八十六岁。

这时已是一九二三年的春季，我该忙我的毕业论文了。文科里的中国文学老师是周作人先生。他给我们讲现代文学，有时还讲到我的小诗和散文，我也只低头听着，课外他也从来没有同我谈过话。这时因为必需写毕业论文，我想自己对元代戏曲很不熟悉，正好趁着写论文机会，读些戏曲和参考书。我把论文题目《元代的戏曲》和文章大纲，拿去给周先生审阅。他一字没改就退回给我，说"你就写吧"。于是在同班们几乎都已交出论文之后，我才匆匆忙忙地把毕业论文交了上去。

就在这时我的吐血的病又发作了。我母亲也有这个病，每当身体累了或是心绪不好，她就会吐血。我这次的病不消说，是我即将离家的留恋之情的表现。老师们和父母都十分着急，带我到协和医院去检查。结果从透视和其他方面，都找不出有肺病的症状。医生断定是肺气枝涨大，不算什么大病症。那时我的考上协和医学院的同学们和林巧稚大夫——她也还是学生，都半开玩笑地和我说："这是天才病！不要胡思乱想，心绪稳定下来就好。"

于是我一面预备行装，一面结束学业。在毕业典礼台上，我除了得到一张学士文凭之外，还意外地得到了一把荣誉奖的金钥匙。

这一年的八月三日，我离开北京到上海准备去美。临行以前，我的弟弟们和他们的小朋友们，再三要求我常给他们写信，我答应了。这就是我写那本《寄小读者》的"灵感"！

八月十七日，美国邮船杰克逊总统号就把带着满腔离愁的我，从"可爱的海棠叶形的祖国"载走了！我写过一首诗：

> 她是翩翩的乳燕，
> 　横海飘游，
> 月明风紧，
> 　不敢停留——
> 在她频频回顾的

飞翔里

总带着乡愁!

我在国内的大学生涯,从此结束。在我的短文里,写得最少的,就是这一段,而在我的回忆中,最惬意的也就是这一段,提起笔来,就说个没完了!

一九八五年三月十八日

(原载《收获》1985年第4期)

在美留学的三年

这应该是我的自传的第六段了。

我的《寄小读者》就是在美留学的三年之间写的，但叙述得并不完全，我和美国的几个家庭，几位教授，一些同学之间的可感、有趣的事情并没有都写进通讯里去。

我在《我的大学生涯》里写过我的英文教师鲍贵思女士对我特别地爱护和关怀。鲍女士的父亲鲍老牧师也在二十年代初期，到北京燕大来看过他的女儿，并游览了北京名胜。我们也陪他逛过西山。他在京病了一场，住在那时成立不久的协和医院。他对我们说，"我在美国和欧洲都住过医院，但是只有中国的医护人员最会体贴人。"

我到了美国东部的波士顿，火车上只有我一个中国人了。这时在车站上来接我的就是这两位鲍老牧师夫妇。在威校开学前，我就住在他们家里。我记得十分清楚，这地名是默特佛镇、火药库街四十六号。

46 Powder House Street

Medford, Mass.

这住址连我弟弟们都记得,因为他们写给我的信,都是先寄到那里。这所房子的电话号码是1146R。和我同船来的清华同学们在哈佛大学和麻省理工大学上课的,他们都来到这里来看望我,也都记得这电话号码。他们还彼此戏谑,说是为的要记住这些数字,口中常念念有词,像背"主祷文"似的!

这所房子是鲍老夫人娘家的,因为这里还住着一位老处女,鲍女士的姨母,Josephine Wilcox,我也跟鲍家子侄辈称她为周姨(Aunt Jo)。

因为鲍老牧师夫妇和"周姨"待我和他们自己的儿女一样,慈爱而体贴,我在那里住得十分安逸而自由。他们家里有一个女工和一个司机。女工专管做饭和收拾屋子,司机就给他们开车。这个女工工作并不细致,书桌上只草草地拂拭一下,这是我最看不惯的。于是在吃早饭后,同周姨一起洗过盘杯,我便把鲍老牧师和周姨的书案收拾得干干净净,和我在自己家里收拾我父亲的书案一样。

在我上学以前,鲍老牧师带我去参观了几个男女大学,他们又带我到麻省附近观赏了许多湖光山色,这些我在《寄小读者》通讯十八"九月九日以后"的记事中都讲到了,否则我既没有自己的车,又没有向导,哪能畅游那么多地方呢?

总之,在美国时期,鲍家就成了我的家,逢年过节,以及寒暑假,他们都来接我回"家"。鲍老牧师在孟省(Maine)的伍岛(Five Islands)还有一处避暑的房子。我就和他们一同去过。在《寄小读者》的通讯中,凡是篇末写着"默特佛"或"伍岛"的地名的,都是鲍家人带我一起去过的。

此外,还有好几位我的美国教授,也是我应当十分感谢的。他们为我做了一些"破例"的事情。我得到的威校的奖学金，每学期八百元，只供给学、住、膳费，零用钱是一文无着；我的威校中国同学如王国秀，她是考上清华留学官费的，每月可以领到八十美金。国秀告诉我，不是清华的官费生，也可以去申请清华的半官费，每月可以领到四十美金，只要你有教授们期终优秀成绩的考语。我听她的话，就填写了申请表，但是我只上了九个星期的课便病倒了，又从学校的疗养院搬到沙穰疗养院，我当然没有参加期终考试，而我的几位教授，却都在申请的表格上，写上了优秀的考语，于是我糊里糊涂地得了每月四十美元的零用金！

《寄小读者》通讯二十一中的K教授（Prof.E.Kendrick）是威校宗教系的教授，我没有上过她的课，但她在二十年代初期，曾到中国游历，在燕大女校住过些日子。我们几个同学，也陪她逛过西山，谈得很投机。因此我一到了威校，她便以监护人自居，对我照拂得无微不至！我在沙穰疗养院，总在愁自己的医疗费不知从哪里出，而疗养院也从来没有向我要过。后来才晓得是K教授取出威校给我的奖学金，来偿付的。我病愈后，回到鲍家，K教授又从鲍家把我接出去避暑。她自己会开车，带我到了新汉寿（New Hampshire）的白岭（White Mountains）上去。《寄小读者》通讯二十一到二十三，就写的是这一段的经历。

我在美国接触过的家庭和教授们，在一九三六年重到美国时，曾又都去拜访过，并送了些作为纪念的中国艺术品。威校的教授们还在威校最大的女生宿舍"塔院"（Tower Court）里，设午宴招待我们。（那时K教授正在意大利罗马度假，她写信请我们到罗马去，于是我们在不见日、月、星三光的英都雾伦敦，呆了三个星期之后，便到了阳光灿烂的罗马。

这是我留美三年以后的事了。)

还有更应该写下的,是我的那些热情活泼的美国同学。在《寄小读者》通讯九中我已经写了她们对于背乡离井的异国的生病同学的同情和关怀,这里还应当提到她们的"淘气"!我这人喜欢整齐,我宿舍屋里墙上挂的字、画、镜框,和我书桌上的桌灯、花瓶等,都摆在一定的地方,一旦有人不经意地挪了一下,我就悄没声地纠正了过来。她们不知道什么时候就注意上了。有一天我下课回来,发现我的屋子完全变了样!墙上的字画都歪了,相框都倒挂了起来,桌灯放到了书架上,花瓶藏到了床下。我开门出去,在过道上笑嚷:"哪一个淘气鬼把我的房间弄得乱七八糟的,快出来承认!"这时有好几间的屋门开了,她们都伸出头来捂着嘴大笑:这种淘气捣乱的玩笑,中国同学是决不会做的!

还有,威校在每天下午放学后,院子里就来了许多从哈佛大学、麻省理工学院、波士顿大学来访女友的男同学,这时这里就像是一座男女同学的校园,热闹非常。先是这宿舍里有个同学有个特别要好的男朋友,来访,当这一对从楼下客室里出来,要到湖边散步时,面向院子的几十个玻璃窗儿都推上了(美国一般的玻璃窗,是两扇上下推的,不像我们的向外或向内开的),女孩子们伸出头来,同声地喊:No(不可以)!这时这位男同学,多半是不好意思地低头同女朋友走了,但也有胆子大、脸皮厚的男孩子,却回头大声地笑喊 Yes(可以)!于是吓得那几十个伸出头来的女孩子,又吐了舌头,把窗户关上了!能使同学们对她开这种玩笑的人,必然是一个很得人心的同学。宿舍里的同学对我还都不坏,却从来没有同我开这种玩笑,因为每次来访问我的男同学,都不只一个人，或不是同一个人。到了我快毕业那一年，她们虽然知道文藻同我要好，但是文藻来访的时候不多，我们之间也很严肃，在院里同行，从来没有挎着胳臂拉着手的。女同学们笑说："这玩笑太'野'了，对中国人开不得。"

我毕业回国后，还和几个比较要好的女同学通信，彼此结婚时还互赠礼物，我的大女儿吴冰到美国夏威尔大学（1980—81年），小女儿吴青到美国哈佛大学和麻省理工大学（1982—83年），都是以交换学者的身份去学习的，那时还有一两个我的威校女同学们去看她们，或邀请她们到家里度假。这些我的同学们都已是八十岁上下的人，更不是我留美三年中的事了！

一九八七年六月十三日

我在写《在美留学的三年》的时候，写了一些和美国同学之间的故事，却没有写我和中国同学之间的故事，是个缺憾！

我在一九二三年进威尔斯利女子大学的时候，那里已经有了几位中国学生，都是本科的，有桂质良（理工系）、王国秀（历史系）、谢文秋（体育系）、陆慎仪（教育系），还有两位和我同时到校的，她们是黎元洪的女儿黎女士和她的女伴周女士，因为她们来了不久就走了，因此我连她们的名字都记不起来了。

威大的研究生，本来是不住在校内的；她们可以在校外的村子里找房子居住，比较自由。校方因为我从中国乍来，人生地不熟，特别允许我住在校内的宿舍，我就和王国秀等四人特别熟悉了起来。我们常常在周末，从个别的宿舍聚到一起，一面谈话，一面一同洗衣，一同缝补，一同在特定的有电炉的餐室里做中国饭，尤其是逢年过节（当然是中国的年节），我们就相聚饱餐一顿。但是在国庆日，我们就到波士顿去，和那里的"中国留学生会"的男女同学们，一同过节。

波士顿的中国留学生多半是清华出去的，他们在哈佛大学、麻省理工大学、波士顿大学等校学习，我们常有来往。威校以风景著名，波士顿的中国男同学，往往是十几个人一拨地来威校参观访问，来了就找中国女生导游，我们都尽力招待、解说。一九二五年以后，王国秀等都毕业走了，这负担就落在我一人身上，以致在那年的圣诞节前夕，在宿舍的联欢会上，舍监U夫人送我一个小本子，上面写："送上这个本子，作为你记录来访的一连队一连队的男朋友之用！"惹得女同学们都大笑不止！

我们同波士顿的中国男同学们，还组织过一个"湖社"，那可以算是一个学术组织，因为大家专业不同，我们约定每月一次，在慰冰湖上泛舟野餐，每次有一位同学主讲他的专业，其他的人可以提问，并参加讨论。我记得那时参加的男同学有哈佛大学的：陈岱孙、沈宗濂、时昭沄、浦薛凤、梁实秋，和燕大的瞿世英。麻省理工大学的有曾昭伦、顾毓琇、徐宗涑等。有时从外地来波士顿的中国学生，也可以临时参加，我记得文藻还来过一次。

此外我们还一同演过戏。一九二五年春，波士顿的男同学们要为美国同学演一场中国戏，选定了演《西厢记》，他们说女角必须到威校去请，但是我们谁都不愿意演崔莺莺。就提议演《琵琶记》，由谢文秋演赵五娘，由谢文秋的挚友、波士顿音乐学院的邱女士（我忘记了她的中国名字）演宰相的女儿，我只管服装，不参加演出，不料临时邱女士得了猩红热，只好由我来充数，好在台词不多，勉强凑合完场！

　　还有一次，记得是在一九二六年春（或一九二五年秋），在中国留学生年会上，我和时昭涀、徐宗涑演了一出熊佛西写的短剧（那时熊佛西也在美国），这剧名和情节都已忘记得干干净净。现在剧作者和其他两位演员，都已作古，连问都问不到了！

一九八七年六月二十二日补记

（原载《收获》1987年第4期）

我回国后的头三年

我回到祖国,先住在来接我的放园表兄的上海家里。在上海的亲戚朋友们请我吃了好几顿丰盛的筵席。回到北京家里,自然又有长辈亲戚们接连请"接风酒",把我惯吃面包黄油的胃,吃得油腻了,久泻不愈。中西医都治过了,还没有多大效验,燕京大学又是九月初就要开学,我着急的了不得。这时我们的房东、旗人祈老太太来看我,说:"大姑娘,您要听我的话吃一种药,包您一吃就灵。"我的父母和我听了都十分高兴,连忙道谢。当天下午她就带一位十分慈祥的旗人老太太来,还带了一副十分讲究的鸦片烟灯和烟枪,在我的病床上,点上了白铜镂花和很厚的玻璃罩的烟灯,又递过一杆黑色有绿玉嘴子的烟枪,烟斗上已经装上了烟泡,让我就着灯尽管往里吸。我十分好奇地吸着呛着,只觉得又苦又香,渐渐地就糊涂过去了,据说那天我一直昏睡了十八个钟头,醒来时痢疾就痊愈了。回到燕大时,许多师友问我最后是怎么治的?我竟不敢说我是抽了大烟!

我回到母校教学,那正是燕京大学迁到西郊新校址的第一年,校舍是中国式的建筑,翠瓦红门,大门上挂着蔡元培先生写的"燕京大学"的匾额,进门是小桥流水,真是美轮美奂!最好的是校园里还有一个湖。

据说这校址是从当时的陕西督军陈树藩手里买来的,是他在北京的房产中之一。那时湖里还没有水,湖中的小岛也没有亭子,只在岛旁有一座石舫。我记得刚住到校里时,有一夜从朗润园回到我住处的燕南园53号时,还是从干涸的湖底直穿过来的。后来不久这湖里才放满了水,这一片盈盈的波光,为校景添了许多春色!

那时四座称为"院"的女生宿舍里,都有为女教师准备的两室一厅的单元,还可以在宿舍里吃女生餐厅的"小灶"。差不多中国籍的女教师如生物系教师江先群,教育系教师陈克明等都住进去了。我来得晚了一些,只好住进了燕南园53号英美国籍女教师居住的小楼。这个楼里吃的当然都是西餐,我在53号吃早餐,中晚两餐却到女生宿舍的第二院去吃中餐。我住在燕南园53号也有方便的地方,因为女生宿舍的会客室里,是"男宾止步"的,男宾来访女生,只能在院门口谈话,而燕南园53号的会客室就可以招待男宾。那时我的二弟为杰已考上燕大,三弟为楫也在预科学习,他们随时都可以到53号来看我。

这一年住进新校舍里的新教师、新学生……大家都感到兴高采烈,朝气蓬勃,一切都显得新鲜、美丽、愉快。特别是男女学生住在同一校园里——男生宿舍是六座楼,是坐西朝东,沿着湖边盖的。我的两个弟弟都住在里面,他们都十分喜欢这湖边的宿舍,说是游泳和溜冰都特别方便。于是种种活动也比较多,如歌咏团、戏剧团等等,真是热闹得很。

我在《当教师的快乐》一文中,曾提到我在教授会里是个"婴儿",而在学生群中却十分舒畅愉快,交了许多知心朋友。一年级的新生不必说了,他们几乎把我当姐姐看待。现在和我们有来往的如得到世界护士荣誉奖的王琇瑛，协和医学院毕业的高材生，晚年成为虔诚的基督徒的陈梅伯等等，至于现在中央民族学院教学的林耀华等，因为居处密迩，往来就更多了。

记得那时我为高班同学开的选修课中有《欧洲戏剧史》，用的是我在美国读过的笔记本，照本宣科，本来没有什么意义，但这个班里，有三年级同学焦菊隐，他比我只小三四岁吧，我们谈话时，一点不像师生，记得有一天早晨八时，他来上课——燕大国文系里的教师，大半是老先生，他们不大愿意太早上课，因此教务处把我的功课表都排在八时至十时之间——他进门来脱下帽子，里面还戴有一顶薄纱的压发帽，我就笑着说"焦菊隐同学，你还有一顶帽子没摘下来！"同学回头看了都笑了，他也笑着赶紧把压发帽撸了下来，塞进袖子里。

因为我喜欢听京戏，我同焦菊隐的课外谈话，常常谈到京戏。他毕业后就办了一所中国戏剧学校。学生实习的场所就在东安市场的吉祥戏院。焦菊隐为我在戏院楼上留了一间包厢，说是谢先生任何时候进城，都可以去看戏。这所戏校的四个年级学生的排行是：德、和、金、玉。所以以后的那几位名演员如王金璐、李和曾、李玉英……等，他们小时候演的戏，我都看过。学生的待遇也十分平等，在上一出戏里演主角的，在下一出就可能跑龙套。我觉得他是个很得学生敬爱的校长。"七七事变"后，我离开了北平，从此我们的消息便断绝了。关于焦菊隐以后的事迹，我还要细细地去打听。

前天收到一本《泰安师专学报》1987年第二期，里面有一篇《高兰评传》，使我猛然忆起我的学生郭德浩，他写诗的笔名，便是高兰！这篇文章里提到高兰做学生时受到我的影响时，有许多溢美之词，我就不往我的脸上贴金了。但里面有一段话,使我回忆起:"冰心给他教大一《国文》和《写作》时……有别具一格的指导方法……有一次她给学生出个作文题——《理想的美》,她要男同学在文章里写出《我理想中的美女子》,女同学却写《我理想中的美男子》,以此来抨击当时社会对思想解放的学生设下种种禁区……她认为爱情要坚贞而洁美……"我真不记得那时我会给大一学生出这样的题目,还有一次我的女学生潘玉美——她也有七十多岁了——从上海来京,顺便来看了我,也笑着提起,我给她们出过《初恋》的作文题目,还说"无论是亲身经验还是虚构的都可以写。"这些事我都忘得一干二净,我想我那时真是大胆到"别具一格",不知学生的家长们对我这个年轻的女教师,有什么评论,我也没有听见我们国文系的老先生们对我有什么告诫,大概他们都把我当做一个"孩子头","童言无忌"吧。

我在头一年回国后,还用了一百元的《春水》稿费,把我们在北京住了十几年的家,从中剪子巷搬到前圆恩寺一所坐北朝南的大房子里。这房子的门牌我忘记了,这房子的确不小,因为那时我的父亲升任了海军部次长,朋友的来往又多了些,同时我的大弟为涵又要结婚,中剪子巷的房子不够用了,就有父亲的一位朋友介绍了圆恩寺那所房子,说是本来有个小学要租用它,因为房东怕小学生把房子糟蹋了,他便建议租给我们。我记得我的父母亲住北房的三间,涵弟夫妇住了三间南屋,我住在东厢房的三间,杰弟和楫弟就住三间西厢房。我写的《关于女人》中第五段《叫我老头子的弟妇》,便是以那所房子为背景的,我说:

……我有点乏了,自己回东屋去吸烟休息。我那三间屋子是周末养静之所,收拾得相当整齐,一色的藤床竹椅,花架上供养着两盆腊梅,书案上还有水仙,掀起帘来,暖香扑面。……猛抬头看钟,已到十二时半,南屋里新房里还是人声鼎沸……

我回国的第二年,我父亲的学生们便来接他南下,到上海就任上海海道测量局长,兼任海道巡防处长,离开了北洋政府。我们的家便也搬到了上海的法租界徐家汇,和在华界的父亲办公处,只隔一条河。这房子也是父亲的学生们给找的。这一年涵弟便到美国留学去了。

我仍在北京的燕京大学任教,杰弟和楫弟在燕大的本科和预科上学。那时平沪的火车不通,在寒暑假我们都是从天津坐海船到上海省亲。我们姐弟都不晕船,夏天我们还是搭帆布床在舱面上睡觉。两三天的海行,觉得无聊,我记得我们还凑了一小本子的"歇后语",如"罗锅儿上山——钱短"、"裱糊匠上天——糊云(胡云)"、"城隍庙改教堂——神出鬼没"、"老太太上车——别催(吹)了"、"猪八戒照镜子——前后不是人",等等,我们想起一句,就写下一句,又笑了一阵。同时也发现关于"老太太"和"猪八戒"的歇后语还特别多。

这三年中,我和文藻通信不断。他的信寄到我上海家里的,我母亲都给锁在抽屉里,怕有人偷拆开看。寄到学校里的当然没有问题。住在同一宿舍的同事们,只知道常有从美国来的信,寄信人是 W. T. Wu. 她们也不知这个姓吴的是男是女,我当然也没有说。如今这些信都和存在燕大教学楼上的那些书箱,在珍珠港事变后,日军进驻燕大,把我们的存书都烧掉了。

往事写到这里，我不禁想到不但我年老的父母，就连文藻和我的三个弟弟此时也都已离开了我！"往事如烟"，我这一身永远裹在伤感的云雾之中了！

一九八七年十一月三十日

（原载《收获》1988年第2期）

"七七事变"后留平一年的回忆

昨天孙幼筠同学来，给我看了中国人民政协北京市委员会编的《日伪统治下的北京》一书中侯仁之同学写的一篇《燕京大学被封前后的片断回忆》，读后顿觉怨愤满怀，对于五十年前日本帝国主义对我祖国的残暴侵略，是一个中国人，都不会轻易忘却的！文藻和我是在1938年夏天离开燕大的，那时北平已在日寇统治之下，但因为燕京大学是美国基督教会捐资建立的，在珍珠港事变以前，还没有受到什么干扰，因此仁之同学文章中所讲的艰苦情况，我们都没有承受过，我只记得有两件事：我们因为在"七七事变"前的一个星期，才从欧洲取道西比利亚回国——1936—1937是文藻休假之年，燕大惯例每名教授，教学七年之后，有一年的假期，我们得了罗氏资金的资助，并代表燕大到美国哈佛大学祝贺该校的三百周年大庆，然后又到英国的伦敦大学、牛津大学等大学访问，特别去了解牛津大学导师制的做法，即从大学本科三四年级挑选成绩优异的学生，予以特殊指导。我特别提到这件事，因为在文藻指导下的两名学生朱南华和方绰，私下对我们要求到后方去。我们去和司徒雷登校务长商量，可否用他的小汽车把他们两人在夜里送到西郊特定地点，他慨然答应了。到了西郊以后，我们就从未得到这两个学生的消息。第二件事是1938年的夏天,我们又辞别了燕大,去到大后方的云南。这时司徒校务长再三挽留,说是他曾到过武汉见了国民政府的教育部长陈立夫,陈立夫再三敦嘱他说:"燕大一定要在华北坚持下去。"因此他劝我们不要离开,免得扰乱了人心。其实我们也不曾想到抗战竟然会延长到八年之久,而且燕大那时还照旧开学,日伪统治下的中学毕业生还纷纷投考燕京大学。我又因为怀着小女吴青,她的诞生期预料是在1937年的11月。我们就又留了下来。但燕大虽然不受干扰,我们出入城关,看到北平人民在日伪统治下的惨状实在气愤,同时北大和清华大学都已南迁,我们顿然失去了许多朋友。文藻是清华学生,他总觉得在燕大等待抗战胜利,不是个好对策,于是我们又通过几位清华同学的努力才得到一笔由英庚款在云南大学设置的社会人类学讲座,我们决然地在1938年的夏天离开了北平。

前天因为整理旧书籍,忽然找出燕大吴雷川校长写赠我们的一幅字,真是喜极欲涕,这是半个世纪以前的我们敬爱吴老亲笔呵!那上面录的是潘博词一首:

悲愤应难已,问此时绝裾温峤投身何地?莫道英雄无用武,尚有中原万里!胡郁郁今犹居此?驹隙光阴容易过,恐河清不为愁人俟。闻吾语,当奋起。　　青衫搔首人间世,叹年来兴亡吊遍,残山剩水!如此乾坤须整顿,应有异人间起,君与我安知非是?漫说大言成事少,彼当年刘季犹斯耳,旁观论,一笑置。

下面写"潘博金缕曲一首",又题:

文藻先生将有云南之行，燕京大学社会学系诸同学眷恋师门，殷殷惜别，谋有所赠，以申敬意，乃出此幅，属余书之。余书何足以当赠品？他日此幅纵为文藻先生所重视，务须声明所重者诸同学之敬意，而于余书渺不相涉，否则必蒙嗜痂之诮，殊为不值也。附此预言，藉博一粲。

廿七年六月杭县吴雷川并识

下面印着两个图章，字迹端谨秀润，正像吴老本人。从1938年起我们一直带在身边，从云南到四川、日本，又带回国来，却因为藏得太密了，不知夹在哪里，直到昨天，才找了出来，可惜文藻不能再拜读一遍了！

如今再接到上面的话，我永远忘不了1937年的圣诞节前夕，在寒风中有一队男女学生半夜里来到我小楼前，唱起圣诞颂歌"平安夜"，我站在窗前抱着刚过满月的小女儿吴青一面静听，一面流着感谢的热泪，我想要不是为了她，我早就走了！还听不到这美妙的歌声呢！

就在这一年的冬天有个化名为"小猫"的男同学，常在半夜里到教授们家门前，来收集我们为西郊游击队捐献的衣服被褥等，我记得文藻的母亲还从自己床上抽下一条褥子捐了。

以上只说到我们在北平沦陷以后一年中在校的经过。其他的如我们怎样地从云南又到了重庆以后又去了日本，直到新中国成立后，1951年我又回来。这些事在文藻写的自传中都已详述，这里就不重复了！

我惦念的是那两名投到解放区的学生朱南华和方绰,在解放后总该露面了,但是我总没有得到消息,后来从方家的人听到,说是大概他们到了京西,就被北洋军阀鹿钟麟的驻军截住杀害了!多么可敬可爱的青年呵,在我的心中,他们永远是两位烈士!

一九八七年十月三十一日微雨之晨

第 五 辑

我的祖父

关于我的祖父,我在许多短文里,已经写过不少了。但还有许多小事,趣事,是常常挂在我的心上。我和他真正熟悉起来,还是在我十一岁那年回到故乡福州那时起,我差不多整天在他身边转悠!我记得他闲时常到城外南台去访友,这条路要过一座大桥,一定很远,但他从来不坐轿子。他还说他一路走着,常常遇见坐轿子的晚辈,他们总是赶紧下轿,向他致敬。因此他远远看见迎面走来的轿子,总是转过头去,装作看街旁店里的东西,免得人家下轿。他说这些年来,他只坐过两次轿子:一次是他手里捧着一部曲阜圣迹图(他是福州尊孔兴文会的会长),他觉得把圣书夹在腋下太不恭敬了,就坐了轿子捧着回来;还有一次是他的老友送给他一只小狗,他不能抱着它走那么长的路,只好坐了轿子。祖父给这只小狗起名叫"金狮"。我看到它时,已是一只大狗了。我握着它的前爪让它立起来时,它已和我一般高了,周身是金灿灿的发亮的黄毛。它是一只看家的好狗,熟人来了,它过去闻闻就摇起尾来,有时还用后腿站起,抬起前爪扑到人家胸前。生人来了,它就狂吠不止,让一家人都警惕起来。祖父身体极好,但有时会头痛,头痛起来就静静地躺着,这时全家人都静悄悄起来了,连"金狮"都被关到后花园里。我记得母亲静悄悄地给祖父下了一碗挂面,放在厨房桌上,四叔母又静悄悄地端起来,放在祖父床前的小桌上,旁边还放着一小碟子"苏苏"熏鸭。这"苏苏"是人名,也是福州鼓楼一间很有名的熏鸭店名。这熏鸭一定很贵,因为我们平时很少买过。

祖父对待孙女们一般比孙子们宽厚,我们犯了错误,他常常"视而不见"地让它过去。我最记得我和我的三姐(她是四叔母的女儿,和我同岁)常常给祖父"装烟",我们都觉得从他嘴里喷出来的水烟,非常好闻。于是在一次他去南台访友,走了以后(他总是扣上前房的门,从后房走的),我们仍在他房里折叠他换下的衣衫。料想这时断不会有人来,我们就从容地拿起水烟袋,吹起纸煤,轮流吸起烟来,正在我们呛得咳嗽的时候,祖父忽然又从后房进来了,吓得我们赶紧放下水烟袋,拿起他的衣衫来乱抖乱拂,想抖去屋里的烟雾。祖父却没有说话,也没有笑,拿起书桌上的眼镜盒子,又走了出去。我们的心怦怦地跳着,对面苦笑了半天,把祖父的衣衫叠好,把后房门带上出来。这事我们当然不敢对任何人说,而祖父也始终没有对任何人说过我们这件越轨的举动。

祖父最恨赌博,即使是岁时节庆,我们家也从来听不见搓麻将、掷骰子的声音。他自己的生日,是我们一家最热闹的日子了,客人来了,拜过寿后,只吃碗寿面。至亲好友,就又坐着谈话,等着晚上的寿席,但是有麻将癖的客人,往往吃过寿面就走了,他们不愿意坐谈半天的很拘束的客气话。

在我们大家庭里,并不是没有麻将牌的。四叔母屋里就有一副很讲究的象牙麻将牌。我记得在我回福州的第二年,我父亲奉召离家的时候,我因为要读完女子师范的第二个学期,便暂留了下来,母亲怕我们家里的人会娇惯我,便把我寄居在外婆家。但是祖父常常会让我的奶娘(那时她在祖父那里做短工)去叫我。她说:"莹官,你爷爷让你回去吃龙眼。他留给你吃的那一把龙眼,挂在电灯下面的,都烂掉得差不多了!"那时正好我的三堂兄良官,从小在我家长大的,从兵舰上回家探亲,我就和他还有二伯母屋里的四堂兄枢官,以及三姐,在夜里九点祖父睡下之后,由我出面向四叔母要出那副麻将牌来,在西院的后厅打了起来。打着打着,我忽然拼够了好几副对子,和了一副"对对和"!我高兴得拍案叫了起来。这时四叔母从她的后房急急地走了出来,低声地喝道:"你们胆子比天还大!四妹,别以为爷爷宠你,让他听见了,不但从此不疼你了,连我也有了不是,快快收起来吧!"我们吓得喏喏连声,赶紧把牌收到盒子里送了回去。这些事,现在一想起来就很内疚,我不是祖父想象里的那个乖孩子,离了他的眼,我就是一个既淘气又不守法的"小家伙"。

(原载《中国作家》1985年第1期)

我的父亲

关于我的父亲，零零碎碎地我也写了不少了。我曾多次提到，他是在"威远"舰上，参加了中日甲午海战。但是许多朋友和读者都来信告诉我，说是他们读了近代史，"威远"舰并没有参加过海战。那时"威"字排行的战舰很多，一定是我听错了，我后悔当时我没有问到那艘战舰舰长的名字，否则也可以对得出来。但是父亲的确在某一艘以"威"字命名的兵舰上参加过甲午海战，有诗为证！

记得在一九一四至一九一五年之间，我在北京中剪子巷家里客厅的墙上，看到一张父亲的挚友张心如伯伯（父亲珍藏着一张"岁寒三友"的相片，这三友是父亲和一位张心如伯伯，一位萨幼洲伯伯。他们都是父亲的同学和同事。我不知道他们的大名，"心如"和"幼洲"都是他们的别号）贺父亲五十寿辰的七律二首，第一首的头两句我忘了：

　　□□□□□□□
　　□□□□□□□
东沟决战甘前敌
威海逃生岂惜身

人到穷时方见节
　　岁当寒后始回春
　　而今乐得英才育
　　坐护皋比士气伸

　第二首说的都是谢家的典故，没什么意思，但是最后两句，点出了父亲的年龄：

　　乌衣门第旧冠裳
　　想见阶前玉树芳
　　希逸有才工月赋
　　惠连入梦忆池塘
　　出为霖雨东山望
　　坐对棋枰别墅光
　　莫道假年方学易
　　平时诗礼已闻亢

　从第一首诗里看来，父亲所在的那艘兵舰是在大东沟"决战"的，而父亲是在威海卫泅水"逃生"的。

　提到张心如伯伯，我还看到他给父亲的一封信，大概是父亲在烟台当海军学校校长的时期（父亲书房里有一个书橱，中间有两个抽屉，右边那个珍藏着许多朋友的书信诗词，父亲从来不禁止我去翻看）。信中大意说父亲如今安下家来，生活安定了，母亲不会再有"会少离多"的怨言了，等等。中间有几句说："秋分白露，佳话十年，会心不远，当目笑存之。"我就去问父亲："这佳话十年，是什么佳话？"父亲和母亲都笑了，说：那时心如伯伯和父亲在同一艘兵舰上服役。海上生活是寂寞而单调的，因此每逢有人接到家信，就大家去抢来看。当时的军官家属，会亲笔写信的不多，母亲的信总会引起父亲同伴的特别注意。有一次母亲信中提到"天气"的时候，引用了民间谚语："白露秋分夜，一夜冷一夜"，大家看了就哄笑着逗着父亲说："你的夫人想你了，这分明是'鸳鸯瓦冷霜华重，翡翠衾寒谁与共'的意思！"父亲也只好红着脸把信抢了回去。从张伯伯的这封信里也可以想见当年长期在海上服务的青年军官们互相嘲谑的活泼气氛。

就是从父亲的这个书橱的抽屉里，我还翻出萨镇冰老先生的一首七绝，题目仿佛是《黄河夜渡》：

晓发□□尚未寒
夜过荥泽觉衣单
黄河桥上轻车渡
月照中流好共看

父亲盛赞这首诗的末一句，说是"有大臣风度"，这首诗大概是作于清末，萨老先生当海军副大臣的时候，正大臣是载洵贝勒。

一九八四年十一月五日清晨

（原载《中国作家》1985年第1期）

我的母亲

关于我的母亲,我写的不少了。二十年代初期,在美国写《寄小读者》时写了她;三十年代初期,她逝世后,我在《南归》中写了她;四十年代初期,我以"男士"的笔名写的《关于女人》,这本书中写了她;同时在那时候,应《大公报》之约,再写《儿童通讯》,在"通讯三"中又写了她。这些文章在《冰心文集》中都可以找到,也可以从这些文章中看出她是怎样的一位母亲。

我想,天下没有一个人,不认为自己的母亲是最好的母亲(当然也有例外)。但是母亲离开我已经五十七年了,这半个世纪之中,我不但自己做了母亲,连我的女儿们也做了母亲。我总觉得不但我们自己,也还有许多现代的母亲们,能够像我母亲那样得到儿女的敬爱。

关于母亲的许多大事,我都写过了。现在从头忆起,还觉得有许多微末细小的事,也值得我们学习。

我记得民国初期,袁世凯当总统时,黎元洪伯伯是副总统,住在东厂胡同(黎伯伯同我父亲是北洋水师学堂的同班同学,黎伯伯学的是管轮,父亲学的是驾驶)。父亲却没有去拜访过。等到袁世凯称帝,一面把黎伯伯封为武义亲王,一面却把他软禁在中南海的瀛台里。这时父亲反常到瀛台去陪他下棋谈话。我总听见母亲提醒父亲说:"你又该去看看黎先生了。"她听父亲说瀛台比我们家里还冷,也提醒父亲说:"别忘了多穿点衣服。"

母亲从来不开拆我们收到的信件,也从来不盘问我们和同学朋友之间的往来,因为她表示对我们的信任和理解。我们反而不惮其烦地把每封信都给她看,每件事都同她说。

她从来不积攒什么稀奇珍贵的东西。她得到的礼物,随时收下,随时又送给别人。

她从来没有"疾言厉色",尤其是对佣人们,总是微笑地、和言悦色地嘱咐指挥着一切。

她喜爱整洁,别人做得不周到时,她就悄悄地自己动手。我看见过她跪在铺着报纸的砖地上,去扫除床下的灰尘。

母亲常常教导我们"勤能补拙,俭以养廉"的道理。她自己更是十分勤俭,我们姐弟的布衣,都是她亲手缝制的。她年轻时连一家大小过年时穿的绸衣,也是自己来做。祖父十分喜欢母亲的针线,特别送她一副刀尺,这是别个儿媳所没有的。她做衣服还做得很快,我的三个在中学的弟弟,都是一米六七的个子,母亲能够一天给他们做出一件长衫。那时当然没有缝纫机!

她是个最"无我"的人!我一直努力想以她为榜样,学些处世做人的道理,但我没有做到……

一九八七年十二月二十三日晨

(原载《人民政协报》1988年3月8日)

我的小舅舅

我的小舅舅杨子玉先生,是我的外叔祖父杨颂岩老先生的儿子。外叔祖父有三个女儿,晚年得子,就给他起名叫喜哥,虽然我的三位姨母的名字并不是福、禄、寿!我们都叫他喜舅。他是我们最喜爱的小长辈。他从不腻烦小孩子,又最爱讲故事,讲得津津有味,似乎在讲故事中,自己也得到最大的快乐。

他在唐山路矿学校读书的时候,夏天就到烟台来度假,这时我们家就热闹起来了。他喜欢喝酒,母亲每晚必给他预备一瓶绍兴和一点下酒好菜。父亲吃饭是最快的,他还是按着几十年前海军学堂的习惯,三分钟内就把饭吃完,离桌站起了。可是喜舅还是慢慢地啜,慢慢地吃,还总是把一片笋或一朵菜花、一粒花生翻来覆去地夹着看,不立时下箸。母亲就只好坐在桌边陪他。他酒后兴致最好,这时等在桌边的我们,就哄围过来,请他讲故事。现在回想起来,他总是先从笑话或鬼怪故事讲起,最后也还是讲一些同盟会的宣传推翻清廷的故事。他假满回校,还常给我们写信,也常寄诗。我记得他有《登万里长城》一首:

划地界夷华

秦王计亦差
怀柔如有道
胡越可为家
安用驱丁壮
翻因起怨嗟
即今凭吊处
不复有鸣笳

还有一首《月夜寄内》，那是他结婚后之作，很短，以他的爱人的口气写的。

之子不归来
楼头空怅望
新月来弄人
幻出刀环样

我在中学时代，他正做着铁路测量工作，每次都是从北京出发，因此他也常到北京来。他一离开北京，就由我负责给他寄北京的报纸，寄到江西萍乡等地。测量途中，他还常寄途中即景的诗，我只记得一两句，如：

瘦牛伏水成奇石

他在北京等待任务的时间，十分注意我的学习。他还似乎有意把我培养成一个"才女"。他鼓励我学写字，给我买了许多字帖，还说要先学"颜"，以后再转学"柳"、学"赵"。又给我买了许多颜料和画谱，劝我学画。他还买了很讲究的棋盘和黑白棋子，教我下围棋，说是"围棋不难下，只要能留得一个不死的口子，就输不了"。他还送我一架风琴，因此我初入贝满中学时，还交了学琴的费。但我只学了三个星期就退学了，因为我一看见练习指法的琴谱，就头痛。总之，我是个好动的、坐不住的孩子，身子里又没有音乐和艺术的细胞！和琴、棋、书、画都结不上因缘。喜舅给我买的许多诗集中，我最不喜欢《随园女弟子诗集》，而我却迷上了龚定庵、黄仲则和纳兰成德。

二十年代初期，喜舅就回到福建的建设厅去工作了，我也入了大学，彼此都忙了起来，通信由稀疏而渐渐断绝。总之，他在我身上"耕耘"最多，而"收获"最少，我辜负了他，因为他在自己的侄子们甚至于自己的儿子身上，也没有操过这么多的心！

这里应该补上一段插曲。一九一一年，我们家回到福州故乡的时候，喜舅已先我们回去了。他一定参与了光复福建之役。我只觉得他和他的朋友们——都是以后到我北京家里来过，在父亲书斋里长谈的那些人——仿佛都忙得很，到我家来，也很少找我们说笑。有时我从"同盟会"门口经过——我忘了是什么巷，大约离我们家不远——常见他坐在大厅上和许多人高谈阔论。他和我的父亲对当时的福建都督彭寿松都很不满，说是"换汤不换药"。我记得那时父亲闲着没事，就用民歌"墦间祭"的调子，编了好几首讽刺彭寿松的歌子。喜舅来了，就和我们一同唱着玩，他说是"出出气"！这些歌子我一句也不记得了，《墦间祭》的原歌也有好几首，我倒记得一首，虽然还不全。这歌是根据《孟子》的离娄章里"齐人有一妻一妾……"的故事，这妻妾发现齐人是到墦间乞食，回来却骄傲地自诩是到富贵人家去赴宴，她们就"羞泣"地唱了起来。调子很好听，我听了就忘不了！这首是妻唱的：

　　稳步出家庭
　　×××××
　　家家插柳，时节值清明
　　出东门好一派水秀山明
　　哎呵，对景倍伤情！

　　第二首是妾唱的，情绪就好得多！说什么"昨夜灯前，细（？）踏青鞋"。一提起《墦间祭》，又把许多我在故乡学唱闽歌的往事，涌到心上来了。

一九八五年三月三日

（原载《中国作家》1985年第3期）

我的老伴 —— 吴文藻（之一）

我想在我终于投笔之前，把我的老伴 —— 和我共同生活了五十六年的吴文藻这个人，写了出来，这就是我此生文字生涯中最后要做的一件事，因为这是别人不一定会做、而且是做不完全的。

这篇文章，我开过无数次的头，每次都是情感潮涌，思绪万千，不知从哪里说起！最后我决定要稳静地简单地来述说我们这半个多世纪以来的、共同度过的、和当时全国大多数知识分子一样的"平凡"生活。

今年一月十七大雾之晨，我为《婚姻与家庭》杂志写了一篇稿子，题目就是《论婚姻与家庭》。我说：

　　家庭是社会的细胞。
　　有了健全的细胞，才会有一个健全的社会，乃至一个健全的国家。
　　家庭首先由夫妻两人组成。
　　夫妻关系是人际关系中最密切最长久的一种。
　　夫妻关系是婚姻关系，而没有恋爱的婚姻是不道德的！
　　恋爱不应该只感情地注意到"才"和"貌"，而应该理智地注意到双方的"志同道合"（这"志"和"道"包括爱祖国、爱人民、爱劳动等等），然后是"情投意合"（这"情"和"意"包括生活习惯和爱好等等）。

在不太短的时间考验以后，才能考虑到组织家庭。

一个家庭对社会对国家要负起一个健康细胞的责任，因为在它周围还有千千万万个细胞。

一个家庭要长久地生活在双方人际关系之中，不但要抚养自己的儿女，还要奉养双方的父母，而且还要亲切和睦地处在双方的亲、友、师、生之中。

婚姻不是爱情的坟墓，而是更亲密的、灵肉合一的爱情的开始。

"二人同心，其利断金"是中国人民几千年智慧的结晶。

人生的道路，到底是平坦的少，崎岖的多。

在平坦的道路上，携手同行的时候，周围有和暖的春风，头上有明净的秋月。两颗心充分地享受着宁静柔畅的"琴瑟和鸣"的音乐。

在坎坷的路上，扶掖而行的时候，要坚忍地咽下各自的冤抑和痛苦，在荆棘遍地的路上，互慰互勉，相濡以沫。

有着忠贞而精诚的爱情在维护着，永远也不会有什么人为的"划清界线"，什么离异出走，不会有家破人亡，也不会教育出那种因偏激、怪僻、不平、愤怒而破坏社会秩序的儿女。

人生的道路上，不但有"家难"！而且有"国忧"，也还有世界大战以及星球大战。

但是由健康美满的恋爱和婚姻组成的千千万万的家庭，就能勇敢无畏地面对这一切!

我接受写《论婚姻与家庭》这个任务,正是在我沉浸于怀念文藻的情绪之中的时候。我似乎没有经过构思,提起笔来就自然流畅地写了下去。意尽停笔,从头一看,似乎写出了我们自己一生共同的理想、愿望和努力的实践,写出了我现在的这篇文章的骨架!

以下我力求简练,只记下我们生活中一些有意义和有趣的值得写下的一些平凡琐事吧。

话还得从我们的萍水相逢说起。

一九二三年八月十七日,美国邮船杰克逊号,从上海启程直达美国西岸的西雅图。这一次船上的中国学生把船上的头等舱位住满了。其中光是清华留美预备学校的学生就有一百多名,因此在横渡太平洋两星期的光阴,和在国内上大学的情况差不多,不同的就是没有课堂生活,而且多认识了一些朋友。

我在贝满中学时的同学吴搂梅——已先期自费赴美——写信让我在这次船上找她的弟弟、清华学生——吴卓。我到船上的第二天,就请我的同学许地山去找吴卓,结果他把吴文藻带来了。问起名字才知道找错了人!那时我们几个燕大的同学正在玩丢沙袋的游戏,就也请他加入。以后就倚在船阑上看海闲谈。我问他到美国想学什么?他说想学社会学。他也问我,我说我自然想学文学,想选修一些英国十九世纪诗人的功课。他就列举几本著名的英美评论家评论拜伦和雪莱的书,问我看过没有?我却都没有看过。他说:"你如果不趁在国外的时间,多看一些课外的书，那么这次到美国就算是白来了！"他的这句话深深地刺痛了我！我从来还没有听见过这样的逆耳的忠言。我在出国前已经开始写作，诗集《繁星》和小说集《超人》都已经出版。这次在船上，经过介绍而认识的朋友，一般都是客气地说"久仰、久仰"，像他这样首次见面，就肯这样坦率地进言，使我悚然地把他作为我的第一个诤友、畏友！

这次船上的清华同学中，还有梁实秋、顾一樵等对文艺有兴趣的人，他们办了一张《海啸》的墙报，我也在上面写过稿，也参加过他们的座谈会。这些事文藻都没有参加，他对文艺似乎没有多大的兴趣，和我谈话时也从不提到我的作品。

船上的两星期，流水般过去了。临下船时，大家纷纷写下住址，约着通信。他不知道我到波士顿的威尔斯利女子大学研究院入学后，得到许多同船的男女朋友的信函，我都只用威校的风景明片写了几句应酬的话回复了，只对他，我是写了一封信。

他是一个酷爱读书和买书的人，每逢他买到一本有关文学的书，自己看过就寄给我。我一收到书就赶紧看，看完就写信报告我的体会和心得，像看老师指定的参考书一样的认真。老师和我作课外谈话时，对于我课外阅读之广泛，感到惊奇，问我是谁给我的帮助？我告诉她，是我的一位中国朋友。她说："你的这位朋友是个很好的学者！"这些事我当然没有告诉文藻。

我入学不到九个星期就旧病——肺气枝扩大——复发，住进了沙穰疗养院。那时威校的老师和中、美同学以及在波士顿的男同学们都常来看我。文藻在新英格兰东北的新罕布什州的达特默思学院的社会学

系读三年级 —— 清华留美预备学校的最后二年，相当于美国大学二年级 —— 新罕布什州离波士顿很远，大概要乘七八个小时的火车。我记得一九二三年冬，他因到纽约度年假，路经波士顿，曾和几位在波士顿的清华同学来慰问过我。一九二四年秋我病愈复学。一九二五年春在波士顿的中国学生为美国朋友演《琵琶记》，我曾随信给他寄了一张入场券。他本来说功课太忙不能来了，还向我道歉。但在剧后的第二天，到我的休息处 —— 我的美国朋友家里 —— 来看我的几个男同学之中，就有他！

一九二五年的夏天，我到绮色佳的康耐尔大学的暑期学校补习法文，因为考硕士学位需要第二外国语。等我到了康耐尔，发现他也来了，事前并没有告诉我，这时只说他大学毕业了，为读硕士也要补习法语。这暑期学校里没有别的中国学生，原来在康耐尔学习的，这时都到别处度假去了。绮色佳是一个风景区，因此我们几乎每天课后都在一起游山玩水，每晚从图书馆出来，还坐在石阶上闲谈。夜凉如水，头上不是明月，就是繁星。到那时为止，我们信函往来，已有了两年的历史了，彼此都有了较深的了解，于是有一天在湖上划船的时候，他吐露了愿和我终身相处。经过了一夜的思索，第二天我告诉他，我自己没有意见，但是最后的决定还在于我的父母，虽然我知道只要我没意见，我的父母是不会有意见的！

一九二五年秋，他入了纽约哥伦比亚大学，离波士顿较近，通信和来往也比较频繁了。我记得这时他送我一大盒很讲究的信纸，上面印有我的姓名缩写的英文字母。他自己几乎是天天写信，星期日就写快递，因为美国邮局星期天是不送平信的，这时我的宿舍里的舍监和同学们都知道我有个特别要好的男朋友了。

一九二五年冬,我的威校同学王国秀,毕业后升入哥伦比亚大学的,写信让我到纽约度假。到了纽约,国秀同文藻一起来接我。我们在纽约玩得很好,看了好几次莎士比亚的戏。

一九二六年夏,我从威校研究院取得了硕士学位,应邀回母校燕大任教。文藻写了一封很长的信,还附了一张相片,让我带回国给我的父母。我回到家还不好意思面交,只在一天夜里悄悄地把信件放在父亲床前的小桌上。第二天,父母亲都没有提到这件事,我也更不好问了。

一九二八年冬,他在哥伦比亚大学得了博士学位,还得到哥校"最近十年内最优秀的外国留学生"奖状。他取道欧洲经由苏联,于一九二九年初到了北京。这时他已应了燕大和清华两校教学之聘,燕大还把在燕南园兴建的一座小楼,指定给我们居住。

那时我父亲在上海海道测量局任局长。文藻到北京不几天就回到上海,我的父母很高兴地接待了他,他在我们家住了两天,又回他江阴老家去。从江阴回来,就在我家举行了简单的订婚仪式。

年假过后,一九二九年春,我们都回到燕大教学,我在课余还忙于婚后家庭的一切准备。他呢,除了请木匠师傅在楼下他的书房的北墙,用木板做一个"顶天立地"的大书架之外,只忙于买几张半新的书橱、卡片柜和书桌等等,把我们新居的布置装饰和庭院栽花种树,全都让我来管。

我们的婚礼是在燕大的临湖轩举行的,一九二九年六月十五日是个星期六。婚礼十分简单,客人只有燕大和清华两校的同事和同学,那天待客的蛋糕、咖啡和茶点，我记得只用去三十四元！

新婚之夜是在京西大觉寺度过的。那间空屋子里，除了自己带去的两张帆布床之外，只有一张三条腿的小桌子——另一只脚是用碎砖垫起的。两天后我们又回来分居在各自的宿舍里，因为新居没有盖好，学校也还没有放假。

暑假里我们回到上海和江阴省亲。他们为我们举办的婚宴，比我们在北京自己办的隆重多了，亲友也多，我们把收来的许多红幛子，都交给我们两家的父母，作为将来亲友喜庆时还礼之用。

朋友们都劝我们到杭州西湖去度蜜月，可是我们只住了一天就热坏了，夏天的西湖就像蒸锅一般！那时刘放园表兄一家正在莫干山避暑，我们被邀到莫干山住了几天。文藻惦记着秋后的教学，我惦念着新居的布置，在假满之前，匆匆地又回到了北京。关于这一段，我在《第一次宴会》那篇小说里曾描写过。

上课后，文藻就心满意足地在他的书房里坐了下来，似乎从此就可以过一辈子的备课、教学、研究的书呆子生活了。

一九三〇年是我们两家多事之秋，我的母亲和文藻的父亲相继逝世。他的母亲就北上和我们同住，我的父亲不久也退休回到北京来。这时我的二弟为杰已升入燕大，他的妹妹剑群也入了燕大读家政系。他们都住在宿舍，却都常回来。我没有姐妹，文藻没有兄弟，这时双方都觉得有了补偿。

这里不妨插进一件趣事。一九二三年我初到美国，花了五块美金，照了一两张相片，寄回国来，以慰我父母想念之情。那张大点的相片，从我母亲逝世后文藻就向我父亲要来，放在他的书桌上，我问他："你真的每天要看一眼呢，还只是一件摆设？"他笑说："我当然每天要看了。"有一天我趁他去上课，把一张影星阮玲玉的相片，换进相框里，过了几天，他也没理会。后来还是我提醒他："你看桌上的相片是谁的？"他看了才笑着把相片换了下来，说："你何必开这样的玩笑？"还有一次是一个阳光灿烂的春天上午，我们都在楼前赏花，他母亲让我把他从书房里叫出来。他出来站在丁香树前目光茫然地又像应酬我似地问："这是什么花？"我忍笑回答："这是香丁。"他点了点头说："呵，香丁。"大家听了都大笑起来。

婚后的几年，我仍在断断续续地教学，不过时间减少了。一九三一年二月，我们的儿子吴平出世了。一九三五年五月我们又有了一个女儿——吴冰。我尝到了做母亲的快乐和辛苦。我每天早晨在特制的可以折起的帆布高几上，给孩子洗澡。我们的弟妹和学生们，都来看过，而文藻却从来没有上楼来分享我们的欢笑。

在燕大教学的将近十年的光阴，我们充分地享受了师生间亲切融洽的感情。我们不但有各自的学生，也有共同的学生。我们不但有课内的接触，更多的是课外的谈话和来往。学生们对我们倾吐了许多生命里的问题：婚姻，将来的专业等等，能帮上忙的，就都尽力而为，文藻侧重的是选送学社会学的研究生出国深造的问题。在一九三五至一九三六年，文藻休假的一年，我同他到欧美转了一周。他在日本、美国、英国、法国，到处寻师访友，安排了好几个优秀学生的入学从师的问题。他在自传里提到说："我对于哪一个学生，去哪一个国家，哪一个学校，跟谁为师和吸收哪一派理论和方法等问题，都大体上作了具体的、有针对性的安排。"因此在这一年他仆仆于各国各大学之间的时候，我只是到处游山玩水，到了法国，他要重到英国的牛津和剑桥学习"导师制"，我却自己在巴黎住了悠闲的一百天！一九三七年六月底，我们取道西伯利亚回国，一个星期后，"七七事变"便爆发了！

一九八六年四月二十四日
（原载《中国作家》1986年第4期）

我的老伴 —— 吴文藻（之二）

上次未完待续的稿是今年四月二十四日写的。七个月过去了，中间编辑同志曾多次来催，就总是写不下去！"七七事变"以后几十年生活的回忆，总使我胆怯心酸，不能下笔——

说起我和文藻，真是"隔行如隔山"，他整天在书房里埋头写些什么，和学生们滔滔不绝地谈些什么，我都不知道。他那"顶天立地"的大书架摆着的满满的中外文的社会学、人类学的书，也没有引起我去翻看的勇气。要评论他的学术和工作，还是应该看他的学生们写的记述和悼念他的文章，以及他在一九八二年应《晋阳学刊》之约，发表在该刊第六期上的他的《自传》，这篇将近九千字的自传里讲的是：他自有生以来，进的什么学校，读的什么功课，从哪位老师受业，写的什么文章，交的什么朋友，然后是教的什么课程，培养的哪些学生……提到我的地方，只有两处：我们何时相识，何时结婚，短短的几句！至于儿女们的出生年月和名字，竟是只字不提。怪不得他的学生写悼念他的文章里，都说："吴老曾感慨地说：'我花在培养学生身上的精力和心思，比花在我自己儿女身上的多多了'。"

我不能请读者都去看他的《自传》，但也应该用他《自传》里的话，来总括他在"七七事变"前在燕大将近十年的工作:(一)是讲课,用他学生的话说是"建立'适合我国国情'的社会学教学和科研体系,使'中国式的社会学'扎根于中国的土壤之上。"(二)是培养专业人才,请进外国的专家来讲学和指导研究生,派出优秀的研究生去各国留学。("请进来"和"派出去"的专家和学生的名字和国籍只能从略。)(三)是提倡社区研究。"用同一区位的或文化的观点和方法,来分头进行各种地域不同的社会研究。"我只知道那时有好几位常来我家讨论的学生,曾分头到全国各地去做这种工作,现在这几位都是知名的学者和教授,在这里我不敢借他们的盛名来增光我的篇幅! 但我深深地体会到文藻那些年的"茫然的目光"和"一股傻气"的后面,隐藏了多少的"精力和心思"!这里不妨再插进一首嘲笑他的宝塔诗,是我和清华大学校长梅贻琦老先生凑成的。上面的七句是:

> 马
>
> 香丁
>
> 羽毛纱
>
> 样样都差
>
> 傻姑爷到家
>
> 说起真是笑话
>
> 教育原来在清华

"马"和"羽毛纱"的笑话是抗战前在北京,有一天我们同到城里去看望我父亲,我让他上街去给孩子买"萨其玛"(一种点心),孩子不会说萨其玛,一般只说"马"。因此他到了铺子里,也只会说买"马"。还有我要送我父亲一件双丝葛的夹袍面子。他到了"稻香村"点心店和"东升祥"布店,这两件东西的名字都说不出来。亏得那两间店铺的售货员,和我家都熟,打电话来问。"东升祥"的店员问:"您要买一丈多的羽毛纱做什么?"我们都大笑起来,我就说:"他真是个傻姑爷!"父亲笑了说:"这傻姑爷可不是我替你挑的!"我也只好认了。抗战后我们到了云南,梅校长夫妇到我呈贡家里来度周末,我把这一腔怨气写成宝塔诗发泄在清华身上。梅校长笑着接写下面两句:

冰心女士眼力不佳
书呆子怎配得交际花

当时在座的清华同学都笑得很得意,我又只好认我的"作法自毙"。

回来再说些正经的吧,"七七事变"后这一年,北大和清华都南迁了,燕大因为是美国教会办的,那时还不受干扰。但我们觉得在敌后一刻也呆不下去了,同时,文藻已经同大后方的云南大学联系好了,用英庚款在云大设置了社会人类学讲座,由他去教学。那时只因为我怀着小女儿吴青,她要十一月才出世,燕大方面也苦留我们再呆一年。这一年中,我们只准备离开的一切——这一段我在《丢不掉的珍宝》一文中,写得很详细。

一九三八年秋,我们才取海道由天津经上海,把文藻的母亲送到他的妹妹处,然后经香港从安南(当时的越南)的海防坐小火车到了云南的昆明。这一路,旅途的困顿曲折,心绪的恶劣悲愤,就不能细说了。记得到达昆明旅店的那夜,我们都累得抬不起头来,我怀抱里的不过八个月的小女儿吴青忽然咯咯地拍掌笑了起来,我们才抬起倦眼惊喜地看到座边圆桌上摆的那一大盆猩红的杜鹃花!

用文藻自己的话说:"自一九三八年离开燕京大学,直到一九五一年从日本回国,我的生活一直处在战时不稳定的状态之中。"

他到了云南大学,又建立起了社会学系并担任了系主任,同年又受了北京燕大的委托,成立了燕大和云大合作的"实地调查工作站"。我们在昆明城内住了不久,又有日机轰炸,就带着孩子们迁到郊外的呈贡,住在"华氏墓庐",我把这座祠堂式的房子改名为"默庐",我在一九四〇年二月为香港《大公报》(应杨刚之约)写的《默庐试笔》中写得很详细。

从此,文藻就和我们分住了。他每到周末,就从城里骑马回家,还往往带着几位西南联大的没带家眷的朋友,如称为"三剑客"的罗常培、郑天翔和杨振声。这些苦中作乐的情况,我在为罗常培先生写《蜀道难》序中,也都描述过了。

一九四〇年底,因英庚款讲座受到干扰,不能继续,同时在重庆的国防最高委员会工作的清华同学,又劝他到委员会里当参事,负责研究边疆的民族、宗族和教育问题,并提出意见。于是我们一家又搬到重庆去了。

到了重庆,文藻仍寄居在城内的朋友家里,我和孩子们住在郊外的歌乐山,那里有一所没有围墙的土屋,是用我们卖书的六千元买来的。我把它叫做"潜庐",关于这座土屋和门前风景,我在《力构小窗随笔》中也说过了。

我记得一九四二年春,文藻得了很重的肺炎,我陪他在山下的"中央医院"也就是"上海医学院"的附属医院,住了将近一个月,他受到内科钱德主任的精心医治,据钱主任说肺炎一般在一星期内外,必有一个转折期,那时才知凶吉。但是文藻那时的高烧一直延长到十三天!有一天早上,护士试过了他的脉搏,惊惶而悄悄地来告诉我说:"他的脉搏只有三十六下了。"急得我赶紧跑到医院后面的宿舍里去找王鹏万大夫夫妇——他的爱人张女士是我的同学——那时我只觉得双腿发软,连一座小小的山坡都走不上去!等我和王大夫夫妇回到病房来时,看见文藻身上的被子已被掀起来了,床边站满了大夫和护士,我想他一定"完"了!回头看见窗前桌上放着两碗刚送来的早餐热粥,我端起碗来一口气都喝了下去。我觉得这以后我要办的事多得很,没有一点力气是不行的。谁知道再一回头看到文藻翻了一个身,长长地嘘了一口气,迸出一身冷汗。大夫们都高兴地又把被子给他盖上,说:"这转折点终于来了!"又都回头对我笑说,"好了,您不用难过了……"我擦着脸上的汗说:"你们辛苦了!他就是这么一个人,什么都慢!"

我的身心交瘁的一个多月过去了,却又忙着把他搬回山上来,那时没有公费医疗,多住一天,就得多付一天的住院费,我这个以"社会贤达"的名义被塞进"参政会"的参政员,每月的"工资"也只是一担白米。回家后还是亏了一位文藻的做买卖的亲戚,送来一只鸡和两只广柑,作为病后的补品,偏偏我在一杯广柑汁内,误加了白盐,我又舍不得倒掉,便自己仰脖喝了下去!

回家后,大女儿吴冰向我诉苦,说五月一日是她的生日,富奶奶(关于这位高尚的人,我将另有文章记述)只给她吃一个上面插着一支小蜡烛的馒头。这时文藻躺在家里床上,看到爬到他枕边的、穿着一身浅黄色衣裙,发上结着一条大黄缎带的小女儿吴青(这也是富奶奶给她打扮的),脸上却漾出了病后从未有过的一丝微笑!

　　文藻不是一个能够安心养病的人。一九四三年初,他就参加了"中国访问印度教育代表团"去过印度,着重考察了印度的民族和印度教与伊斯兰教的冲突问题,同年的六月,他又参加了"西北建设考察团",担任以新疆民族为主的西北民族问题调查。一九四四年底,他又参加了去到美国的"战时太平洋学会",讨论各盟国战后对日处理方案。会后他又访问了哈佛,耶鲁,芝加哥,普林斯顿各大学的研究中心,去了解他们战时和战后的研究计划和动态,他得到的收获就是了解到"行为科学"的研究已从"社会关系学"发展到了以社会学、人类学、社会心理学三门结合的研究。

　　一九四五年八月十四日夜,我们在歌乐山上听到了日本帝国主义者无条件投降的消息。那时在"中央大学"和在"上海医学院"学习的我们的甥女和表侄女们,都高兴得热泪纵横。我们都恨不得一时就回到北平去,但是那时的交通工具十分拥挤,直到一九四五年底我们才回到了南京。正在我们作北上继续教学的决定时,一九四六年初,文藻的清华同学朱世明将军受任中国驻日代表团团长,他约文藻担任该团的政治组长,兼任盟国对日委员会中国代表顾问。文藻正想了解战后日本政局和重建的情况和形势,他想把整个日本作为一个大的社会现场来考察、做专题研究,如日本天皇制、日本新宪法、日本新政党、财阀解体、工人运动等等,在中日邦交没有恢复,没有友好往来之前,趁这机会去日,倒是一个方便,但他只作一年打算。因此当他和朱世明将军到日本去的时候,我自己将两个大些的孩子吴平和吴冰送回北京就学,住在我的大弟妇家里；我自己带着小女儿吴青暂住在南京亲戚家里，这一段事我都写在一九四六年十月的《无家乐》那一篇文章里。当年的十一月，文藻又回来接我带着小女儿到了东京。

现在回想起来，在东京的一段时间，是我们生命中的一个转折点。文藻利用一切机会，同美国来日研究日本问题的专家学者以及东京大学、京都大学的同行人士多有接触。我自己也接触了当年在美留学时的日本同学和一些妇女界人士，不但比较深入地了解了当时日本社会上存在的种种问题，同时也深入地体会了美帝国主义的侵略本性！

这时我们结交了一位很好的朋友——谢南光同志，他是代表团政治组的副组长，也是一个地下共产党员。通过他，我们研读了许多毛主席著作，并和国内有了联系。文藻有个很"不好"的习惯，就是每当买来一本新书，就写上自己的名字和年、月、日。代表团里本来有许多台湾特务系统，如军统、中统等据说有五个之多。他们听说政治组同人每晚以在吴家打桥牌为名，共同研讨毛泽东著作，便有人在一天趁文藻上班，溜到我们住处，从文藻的书架上取走一本《论持久战》。等到我知道了从卧室出来时，他已走远了。

我们有一位姓林的朋友——他是横滨领事，对共产主义同情的，被召回台湾即被枪毙了。文藻知道不能在代表团继续留任。一九五〇年他向团长提出辞职，但离职后仍不能回国，因为我们持有的是台湾政府的护照，这时华人能在日本居留的，只有记者和商人。我们没有经商的资本，就通过朱世明将军和新加坡巨商胡文虎之子胡好的关系，取得了《星槟日报》记者的身份，在东京停留了一年，这时美国的耶鲁大学聘请文藻到该校任教，我们把赴美的申请书寄到台湾，不到一星期便被批准了!我们即刻离开了日本,不是向东,而是向西到了香港,由香港回到了祖国!

这里应该补充一点,当年我送回北京学习的儿女,因为我们在日本的时期延长了,便也先后到了日本。儿子吴平进了东京的美国学校,高中毕业后,我们的美国朋友都劝我们把他送到美国去进大学,他自己和我们都不赞成到美国去。便以到香港大学进修为名,买了一张到香港而经塘沽的船票。他把我们给国内的一封信缝在裤腰里,船到塘沽他就溜了下去,回到北京。由联系方面把他送进了北大,因为他选的是建筑系,以后又转入清华大学——文藻的母校。他回到北京和我们通信时,仍由香港方面转。因此我们一回到香港,北京方面就有人来接,我们从海道先到了广州。

回国后的兴奋自不必说!一九五一年至一九五三年之间,文藻都在学习,为接受新工作做准备。中间周总理曾召见我们一次,这段事我在一九七六年写的《永远活在我们心中的周总理》一文中叙述过。

一九五三年十月,文藻被正式分配到中央民族学院工作。新中国成立后,社会学和其他的社会科学如心理学等,都被扬弃了竟达三十年之久。文藻这时是致力于研究国内少数民族情况。他担任了这个研究室和历史系"民族志"研究室的主任。他极力主张"民族学中国化","把包括汉族在内的整个中华民族作为中国民族学的研究,让民族学植根于中国土壤之中"。这段详细的情况,在《中央民族学院学报》一九八六年第二期,金天明和龙平平同志的《论吴文藻的"民族学中国化"的思想》一文中,都讲得很透彻,我这个外行人,就不必多说了。

一九五八年四月,文藻被错划为右派。这件意外的灾难,对他和我都是一个晴天霹雳！因为在他的罪名中，有"反党反社会主义"一条，在让他写检查材料时，他十分认真地苦苦地挖他的这种思想，写了许多张纸！他一面痛苦地挖着，一面用迷茫和疑惑的眼光看着我说："我若是反党反社会主义，就到国外去反好了，何必千辛万苦地借赴美的名义回到祖国来反呢？"我当时也和他一样"感到委屈和沉闷"，但我没有说出我的想法，我只鼓励他好好地"挖"，因为他这个绝顶认真的人，你要是在他心里引起疑云，他心里就更乱了。

正在这时，周总理夫妇派了一辆小车，把我召到中南海西花厅，那所简朴的房子里。他们当然不能说什么，也只十分诚恳地让我帮他好好地改造，说"这时最能帮助他的人，只能是他最亲近的人了……"我一见到邓大姐就像见了亲人一样，我的一腔冤愤就都倾吐了出来！我说："如果他是右派，我也就是漏网右派，我们的思想都差不多，但决没有'反党反社会主义'的思想！"我回来后向文藻说了总理夫妇极其委婉地让他好好改造。他在自传里说"当时心里还是感到委屈和沉闷，但我坚信事情终有一天会弄清楚的"。一九五九年十二月，文藻被摘掉右派分子的帽子。一九七九年又被把错划予以改正。

作为一个旁观者，我看到一九五七年，在他以前和以后几乎所有的社会学者都被划成右派分子，在他以后，还有许许多多我平日所敬佩的各界的知名人士，也都被划为右派，这其中还有许多年轻人和大学生。我心里一天比一天地坦然了。原来被划为右派，在明眼人的心中，并不是一件可羞耻的事！

文藻被划为右派后，接到了撤销研究室主任的处分，并被剥夺了教书权，送社会主义学院学习。一九五九年以后，文藻基本上是从事内部文字工作,他的著作大部分没有发表,发表了也不署名,例如从一九五九到一九六六年期间与费孝通(他已先被划为右派!)共同校订少数民族史志"三套丛书",为中宣部提供西方社会学新出名著,为《辞海》第一版民族类词目撰写释文等,多次为外交部交办的边界问题提供资料和意见。并参与了校订英文汉译的社会学名著工作。他还与费孝通共同搜集有关帕米尔及其附近地区历史、地理、民族情况的英文参考资料等,十年动乱中这些资料都散失了!

一九六六年"文革"开始了,我和他一样靠边站,住牛棚,那时我们一家八口(我们的三个子女和他们的配偶)分散在八个地方,如今单说文藻的遭遇。他在一九六九年冬到京郊石棉厂劳动,一九七〇年夏又转到湖北沙洋民族学院的干校。这时我从作协的湖北咸宁的干校,被调到沙洋的民族学院的干校来。久别重逢后不久又从分住的集体宿舍搬到单间宿舍,我们都十分喜幸快慰! 实话说,经过反右期间的惊涛骇浪之后,到了十年浩劫,连国家主席、开国元勋,都不能幸免,像我们这些"臭老九",没有家破人亡,就是万幸了,又因为和民院相熟的同人们在一起劳动,无论做什么都感到新鲜有趣。如种棉花,从在瓦罐里下种选芽,直到在棉田里摘花为止,我们学到了许多技术,也流了不少汗水。湖北夏天,骄阳似火,当棉花秆子高与人齐的时候,我们在密集闭塞的棉秆中间摘花,浑身上下都被热汗浸透了,在出了棉田回到干校的路上,衣服又被太阳晒干了。这时我们都体会到古诗中的"锄禾日当午,汗滴禾下土"句中的甘苦,我们身上穿的一丝一缕,也都是辛苦劳动的果实呵!

一九七一年八月,因为美国总统尼克松将有访华之行,文藻和我以及费孝通、邝平章等八人,先被从沙洋干校调回北京民族学院,成立了研究部的编译室。我们共同翻译校订了尼克松的《六次危机》的下半部分。接着又翻译了美国海斯、穆恩、韦兰合著的《世界史》,最后又合译了英国大文豪韦尔斯著的《世界史纲》,这是一部以文论史的"生物和人类的简明史"的大作!那时中国作家协会还没有恢复,我很高兴地参加了这本巨著的翻译工作,从攻读原文和参考书籍里,我得到了不少学问和知识。那几年我们的翻译工作,是十年动乱的岁月中,最宁静、最惬意的日子!我们都在民院研究室的三楼上,伏案疾书,我和文藻的书桌是相对的,其余的人都在我们的隔壁或旁边。文藻和我每天早起八点到办公室,十二时回家午饭,饭后二时又回到办公室,下午六时才回家。那时我们的生活"规律"极了,大家都感到安定而没有虚度了光阴!现在回想起来,也亏得那时是"百举俱废"的时期,否则把我们这几个后来都是很忙的人召集在一起,来翻译这一部洋洋数百万言的大书,也不是一件容易的事。

"四人帮"被粉碎之后,各种学术研究又得到恢复,社会学也开始受到了重视和发展。一九七九年三月,文藻十分激动地参加了重建社会学会的座谈会,作了《社会学与现代化》的发言,谈了多年来他想谈而不能谈的问题。当年秋季,他接受了带民族学专业研究生的任务,并在集体开设的"民族学基础"中,分担了"英国社会人类学"的教学任务。文藻恢复工作后,精神健旺了,又感到近几年来我们对西方民族学战后的发展和变化了解太少,就特别注意关于这方面材料的收集。一九八一年底,他写了《战后西方民族学的变化》,介绍了西方民族学战后出现的流派及其理论,这是他最后发表的一篇文章了!

他在自传里最后说:"由于多年来我国的社会学和民族学未被承认,我在重建和创新工作还有许多要做,我虽年老体弱,但我仍有信心在有生之年为发展我国的社会学和民族学作出贡献。"

他的信心是有的,但是体力不济了。近几年来,我偶尔从旁听见他和研究生们在家里的讨论和谈话,声音都是微弱而喑哑的,但他还是努力参加了研究生们的毕业论文答辩,校阅了研究生们的翻译稿件,自己也不断地披阅西方的社会学和民族学的新作,又做些笔记。一九八三年我们搬进民族学院新建的高知楼新居,朝南的屋子多,我们的卧室兼书房,窗户宽大,阳光灿烂,书桌相对,真是窗明几净。我从一九八〇年秋起得了脑血栓后又患右腿骨折,已有两年足不出户了。我们是终日隔桌相望,他写他的,我写我的,熟人和学生来了,也就坐在我们中间,说说笑笑,享尽了人间"偕老"的乐趣。这也是十一届三中全会以后,我们得到的政府各方面特殊照顾的丰硕果实。

"夕阳无限好,只是近黄昏",这也是天然规律,文藻终于在一九八五年七月三日最后一次住进北京医院,再也没有出来了。他的床前,一直只有我们的第二代、第三代的孩子们在守护,我行动不便,自己还要人照顾,便也不能像一九四二年他患肺炎时那样,日夜守在他旁边了。一九八五年九月二十四日早晨,我们的儿子吴平从医院里打电话回来告诉我说:"爹爹已于早上六时二十分逝世了!"

遵照他的遗嘱:不向遗体告别,不开追悼会,火葬后骨灰投海。存款三万元捐献给中央民院研究所,作为社会民族学研究生的助学金。九月二十七日下午,除了我之外,一家大小和近亲密友(只是他的几位学生)在北京医院的一间小厅里,开了一个小型的告别会(有好几位民院、民委、中联部的领导同志要去参加,我辞谢他们说:我都不去你们更不必去了),这小型的告别会后,遗体便送到八宝山火化。九月二十九日晨,我们的儿女们又到火葬场拾了遗骨,骨灰盒就寄存在革命公墓的骨灰室架子上。等我死后,我们的遗骨再一同投海,也是"死同穴"的意思吧!

文藻逝世后一段时间内的情况,我在《衷心的感谢》一文中(见《文汇月刊》一九八六年第一期)都写过了。

现在总起来看他的一生,的确有一段坎坷的日子,但他的"坎坷"是和当时绝大多数的知识分子"同命运"的。一九八六年第十八期《红旗》上,有一篇"本刊特约评论员"的文章《引导知识分子坚持走健康成长的道路》中的党对知识分子问题的第四阶段上,讲得就非常地客观而公允!

第四阶段,从1957年到1976年。前十年由于党的指导思想发生了"左"的偏差,党的知识分子政策开始偏离了正确的方向,知识分子工作也经历了曲折的道路。主要表现是轻视知识,歧视知识分子,以种种罪名排斥和打击了一些知识分子,使不少人长期蒙受冤屈。这种错误倾向,在长达十年的"文化大革命"中,发展到了荒谬绝伦的地步,把广大知识分子诬蔑为"臭老九",把学有所长、术有专攻的知识分子诬蔑为"反动学术权威",只片面地强调知识分子要向工农学习,不提工农群众也要向知识分子学习,人为地制造了工人农民同知识分子之间的对立,而重视知识分子,爱护知识分子,反被说成是搞"修正主义",有"亡党亡国"的危险。摧残知识分子成为十年浩劫的重要组成部分。

读了这篇文章，使我从心里感觉到中国共产党真是一个伟大、英明、正确的无产阶级政党，是一个"有严明纪律和富于自我批评精神的无产阶级政党"。可惜的是文藻没能赶上披读这篇文章了！

写到这里，我应当搁笔了。他的也就是我们的晚年，在精神和物质方面，都没有感到丝毫的不足。要说他八十五岁死去更不能说是短命，只是从他的重建和发展中国社会学的志愿和我们的家人骨肉之间的感情来说，对于他的忽然走开，我是永远抱憾的！

一九八六年十一月二十一日
（原载《中国作家》1987年第2期）

我的三个弟弟

我和我的弟弟们一向以弟兄相称。他们叫我"伊哥"（伊是福州方言"阿"的意思）。这小名是我的父母亲给我起的，因此我的大弟弟为涵小名就叫细哥（"细"是福州方言"小"的意思），我的二弟为杰小名就叫细弟，到了三弟为楫出生，他的小名就只好叫"小小"了！

说来话长！我一生下来，我的姑母就拿我的生辰八字，去请人算命，算命先生说："这一定是个男命，因为孩子命里带着'文曲星'，是会做文官的。"算命纸上还写着有"富贵逼人无地处，长安道上马如飞。"这张算命纸本来由我收着，几经离乱，早就找不到了。算命先生还说我命里"五行"缺"火"，于是我的二伯父就替我取了"婉莹"的大名，"婉"是我们家姐妹的排行，"莹"字上面有两个"火"字，以补我命中之缺。但祖父总叫我"莹官"，和我的堂兄们霖官、仪官等一样，当做男孩叫的。而且我从小就是男装，一直到一九一一年，我从烟台回到福州时，才改了女装。伯叔父母们叫我"四妹"，但"莹官"和"伊哥"的称呼，在我祖父和在我们的小家庭中，一直没改。

我的三个弟弟都是在烟台出生的，"官"字都免了，只保留福州方言，如"细哥"、"细弟"等等。

我的三个弟弟中,大弟为涵是最聪明的一个,十二岁就考上"唐山路矿学校"的预科(我在《离家的一年》这篇小说中就说的是这件事)。以后学校迁到北京,改称"北京交通大学"。他在学校里结交了一些爱好音乐的朋友,他自己课余又跟一位意大利音乐家学小提琴。我记得那时他从东交民巷老师家回来,就在屋里练琴,星期天他就能继续弹奏六七个小时。他的朋友们来了,我们的西厢房里就弦歌不断。他们不但拉提琴,也弹月琴,引得二弟和三弟也学会了一些中国乐器,三弟嗓子很好,就带头唱歌(他在育英小学,就被选入学校的歌咏队),至今我中午休息在枕上听收音机的时候,我还是喜欢听那高亢或雄浑的男歌音!

涵弟的音乐爱好,并没有干扰他的学习,他尤其喜欢外语。一九二三年秋,我在美国沙穰疗养院的时候,就常得到他用英文写的长信。病友们都奇怪说:"你们中国人为什么要用英文写信?"我笑说:"是他要练习外文并要我改正的缘故。"其实他的英文在书写上比我流利得多。

一九二六年我回国来,第二年他就到美国的宾夕法尼亚大学,去学"公路",回国后一直在交通部门工作。他的爱人杨建华,是我舅父杨子敬先生的女儿。他们的婚姻是我舅舅亲口向我母亲提的,说是:"姑做婆,赛活佛。"照现在的说法,近亲结婚,生的孩子一定痴呆,可是他们生了五个女儿,却是一个赛似一个地聪明伶俐。(涵弟是长子,所以从我们都离家后,他就一直和我父亲住在一起。)至今我还藏着她们五姐妹环绕着父亲的一张相片。她们的名字都取的是花名,因为在华妹怀着第一个孩子时,我父亲做了一个梦,梦见一个老人递给他一张条子,上面写着"文郎俯看菊陶仙",因此我的大侄女就叫宗菊。"宗"字本来是我们大家庭里男孩子的排行,但我父亲说男女应该一样。后来我的一个堂弟得了一个儿子,就把"陶"字要走了,我的第二个侄女,只好叫宗仙。以后接着又来了宗莲和宗菱,也都是父亲给起的名字。当华妹又怀了第五胎的时候,她们四个姐妹聚在一起祷告,希望妈妈不要生个男儿,怕有了弟弟,就不疼她们了。宗梅生后,华妹倒是有点失望,父亲却特为宗梅办了一桌满月酒席,这是她姐姐们所没有的,表示他特别高兴。因此她们总是高兴地说:"爷爷特别喜欢女孩子,我们也要特别争气才行!"

一九三七年,我和文藻刚从欧洲回来,"七七事变"就发生了。我们在燕京大学又呆了一年,就到后方云南去了。我们走的那一天,父亲在母亲遗像前烧了一炷香,保佑我们一路平安。那时杰弟在南京,楫弟在香港,只有涵弟一人到车站送我们,他仍旧是泪汪汪地,一语不发,和当年我赴美留学时一样,他没有和杰、楫一道到车站送我,只在家里窗内泪汪汪地看着我走。我永远也忘不了那一对伤离惜别的悲痛的眼睛!

我们离开北京时,倒是把文藻的母亲带到上海,让她和文藻的妹妹一家住在一起。那时我们对云南生活知道的不多;更不敢也不能拖着父亲和涵弟一家人去到后方,当时也没想到抗战会抗得那么长,谁知道匆匆一别遂成永诀呢?!

一九四〇年,我在云南的呈贡山上,得到涵弟报告父亲逝世的一封信,我打开信还没有看完,一口血就涌上来了!

……大人近二年来,瘦了许多,这是我感到伤心而不敢说的……谁也想不到他走的那样快……大人说:"伊哥住址是呈贡三台山，你能记得吗？"我含泪点首……晨十时德国医生陈义大夫又来打针，大人喘仍不止，稍止后即告我："将我的病况，用快函寄上海再转香港和呈贡，他们三人都不知道我病重了……"这时大人面色苍白，汗流如雨，又说："我要找你妈去！"……大人表示要上床睡，我知道是那两针吗啡之力，一时房中安静，窗外一滴一滴的雨声，似乎在催着正在与生命挣扎的老父，不料到了早晨八时四十五分，就停了气息……我的血也冷了，不知是梦境？是幻境？最后责任心压倒了一切，死的死了，活的人还得活着干……

他的第二封信，就附来一张父亲灵堂的相片，以及他请人代拟的文藻吊我父亲的挽联：

分为半子，情等家人，远道那堪闻噩耗
本是生离，竟成死别，深闺何以慰哀思

信里还说，"听说你身体也不好，时常吐血，我非常不安……弟近来亦常发热出汗，疲弱不堪，但不敢多请假，因请假多了，公司将取消食粮配给……华妹一定要为我订牛奶，劝我吃鸡蛋，但是耗费太大，不得不将我的提琴托人出售，因为家里已没有可卖之物……一切均亏得华妹操心，这个家真亏她维持下去……孩子们都好，都知吃苦，也都肯用功读书，堪以告慰，但愿有一天苦尽甜来……"

这是涵弟给我的末一封信了。父亲是一九四〇年八月四日八时四十五分逝世。涵弟在敌后的一个公司里又挨了四年，我也总找不到一个职业使他可以到后方来。他贫病交加，于一九四四年也逝世了！他最爱的也是最聪明的女儿宗莲，就改了名字和同学们逃到解放区去，其他的仍守着母亲，过着极其艰难的日子……

我的这个最聪明最尽责、性情最沉默、感情最脆弱的弟弟，就这样在敌后劳苦抑郁地了此一生！

关于能把三个弟弟写在一起的事：就是他们从小喜欢上房玩。北京中剪子巷家里，紧挨着东厢房有一棵枣树，他们就从树上爬到房上，到了北房屋脊后面的一个旮旯里，藏了许多他们自制的玩艺儿，如小铅船之类。房东祈老头儿来了，看见他们上房，就笑着嚷："你们又上房了，将来修房的钱，就跟你们要！"

还有就是他们同一些同学，跟一位打拳的老师学武术，置办一些刀枪剑戟，一阵乱打，以及带着小狗骑车到北海泅水、划船，这些事我当然都没有参加。

其实我在《关于女人》那一本书里，虽然说的是我的三位弟妇，却已经把我的三个弟弟的性情、爱好等等都已经描写过了。不过《关于女人》是写在一九四三年，对于大弟只写了他恋爱、婚姻一段，对于二弟、三弟就写得多一些。

二弟为杰从小是和我在一床睡的。那时父亲带着大弟，母亲带着小弟，我就带着他。弟弟们比我们睡得早，在里床每人一个被窝桶，晚饭后不久，就钻进去睡了。为杰和一般的第二个孩子一样，总是很"乖"的。

他在三个弟兄里，又是比较"笨"的。我记得在他上小学时，每天早起我一边梳头，一边听他背《孟子》，什么"泄泄犹沓沓也"，我不知道这是《孟子》中的哪一章？哪一节？也许还是"注释"，但他呜咽着反复背诵的这一句书，至今还在我耳边震响着。

他的功课总是不太好，到了开初中毕业式那天，照例是要穿一件新的蓝布大褂的，母亲还不敢先给他做，结果他还是毕业了。可是到了高中，他一下子就蹿上来了，成了个高材生。一九二六年秋他考上了燕京大学，正巧我也回国在那里教课，因为他参加了许多课外活动，我们接触的机会很多。有一次男生们演话剧"咖啡店之一夜"，那时男女生还没有合演，为杰就担任了女服务员这一角色。他穿的是我的一套黑绸衣裙，头上扎个带褶的白纱巾，系上白围裙，台下同学们都笑说他像我。那年冬天男女同学在未名湖上化装溜冰，他仍是穿那一套衣裳，手里捧着纸做的杯盘，在冰上旋舞。

一九二九年我同文藻结婚后，我们有了家了，他就常到家里吃饭，他很能吃，也不挑食。一九三〇年秋我怀上了吴平，害口，差不多有七个月吃不下东西。父亲从城里送来的新鲜的蔬菜水果，几乎都是他吃了。甚至在一九三一年二月我生吴平那一天，我从产房出来，看见他在病房等着我，房里桌上有一杯给产妇吃的冰淇淋，我实在太累了，吃不下，冲他一努嘴，他就捧起杯来，脸朝着墙，一口气吃下了！

他在燕大念的是化学，他的学士和硕士的论文，都是跟天津碱厂的总工程师侯德榜博士写的。侯先生很赏识他，又介绍他到美国威斯康星大学读化学博士，毕业时还得了金钥匙奖。回国后就在永利制碱公司工作。解放后又跟侯先生到了化工部。一九五一年我们从日本回到北京，见面的时候就多了。

我是农历闰八月十二日生的,他的生日是农历八月初十,因此每到每年的农历的八月十一日,他们就买一个大蛋糕来,我们两家人一起庆祝,我现在还存着我们两人一同切蛋糕的相片。

一九八五年九月文藻逝世后,他得到消息,一进门还没来得及说话,就伏在书桌上,大哭不止,我倒含着泪去劝他。他晚年身体不好,常犯气喘病,家里暖气不够热时,就往往在堂屋里生上火炉。一九八六年初,他病重进了医院,他的爱人李文玲还瞒着我,直到他一月十二日逝世几天以后,我才得到这不幸的消息。化工部他的同事们为他准备了一个纪念册,要我题字,我写:

> 为杰逝世了,我在深深地自恸自怜之后,终于为有他这么一个对祖国的化工事业,做出应有的贡献的弟弟,我又感到无限的自慰与自豪。

他的爱人李文玲是金陵女子大学音乐系毕业的,专修钢琴。他的儿子谢宗英和儿媳张薇都继承了他的事业,现在都在化工部的附属工程机关工作。

我的三弟谢为楫的一切,我在《关于女人》写我的三弟妇那一段已经把他描写过了:

> ……四弟是我们弟兄中最神经质的一个,善怀、多感、急躁、

好动。因为他最小，便养得很任性，很娇惯。虽然如此，他对于父母和哥哥的话总是听从的，对我更是无话不说……

他很爱好文艺，也爱交些文艺界的年轻朋友。丁玲、胡也频、沈从文等，都是他介绍给我的，我记得那是一九二七年我的父亲在上海工作的时候。他还出过一本短篇小说集，名字我忘了，那时他也不过十七八岁。

他没有读大学就到英国利物浦的海上学校，当了航海学生，在五洲的海上飘荡了五年，居然还得了一张荣誉证书回来。从那时起他就在海关的缉私船上工作。抗战时期，上海失守后，他到了香港，香港又失守了，他就到重庆，不久由港务司派他到美国进修了一年，回来后就在上海港务局工作。他的爱人刘纪华，是我的表兄刘放园先生的女儿，燕大的社会学系优秀的硕士研究生，那时也在上海的"善后救济总署"工作。他们是青梅竹马的恩爱夫妻，工作和生活都很愉快。他们有五个儿女。为楫说，为了纪念我，他们孩子的名字里都要带一个"心"字。长女宗慈，十一二岁就到东北上学，我记得是长春大学，学的是农业机械。他们的二女儿宗爱、三女儿宗恩，学的是音乐，是报考上海音乐学院附中的上千人中考上的五十人中之二。我听见了很高兴，给她们寄去八百元买了一架钢琴，作为奖励。他们的两个儿子宗惠和宗憩那时还小。

一九五七年，为楫响应"向党进言"的号召，写了几张大字报，被划成了右派，遣送到甘肃的武威劳动改造，从此丢弃了他的专业，如同失水的枯鱼一般，全家迁到了大西北。那时我的老伴吴文藻，和我的儿子吴平也都是右派分子，我的头上响起了晴天的霹雳，心中的天地也一下子旋转了起来！但我还是镇定地给为楫写一封封的长信，鼓励他好好改造，重新做人，求得重有报效祖国的机会，其实那几年我自己也不知道是怎么过的！只记得为楫夫妇都在武威一所中学教书，度过了相当艰苦的日子。孩子们在逆境中反而加倍奋发自强，宗恩和宗爱都在西安音乐学院毕了业。两个男孩子都学的是理工，在矿学事业自动化研究所里工作，这都是后话了！

劳瘁交加的纪华得了癌症，一九七六年去世了，为楫就到窑街和小儿子住了些日子，一九七八年又到四川的北碚，同大女儿住了些日子；一九七九年应兰州大学之聘，在兰大教授英语；一九八四年的一月十二日就因病在兰州逝世了！他的儿女们都没有告诉我们。我和为杰只奇怪楫弟为什么这样懒得动笔，每逢农历九月十九，我们还是寄些钱去（他比纪华大一岁，两人是同一天生日，往常我们总是祝他们"双寿"），让他的孩子们给他买块蛋糕。孩子们也总是回信说："爹爹吃了蛋糕，很喜欢，说是谢谢你们！"杰弟一直到死，还不知道"小小"已经比他先走了！

在写这一篇的时候，我流尽了最后的眼泪！王羲之在《兰亭序》里说："死生亦大矣，岂不痛哉。"我倒觉得"死"真是个"解脱"，"痛"的是后死的人！

我的三个弟弟：从小到大，我尽力地爱护了你们。最后也还是我用眼泪来给你们送别，我总算对得起你们了！

一九八七年七月八日风雨欲来的黄昏

（原载《中国作家》1987年第6期）

第六辑

记萨镇冰先生

萨镇冰先生，永远是我崇拜的对象，从六七岁的时候，我就常常听见父亲说："中国海军的模范军人，萨镇冰一人而已。"从那时起，我总是注意听受他的一言一行，我所耳闻目见的关于他的一切，无不加增我对他的敬慕。时至今日，虽然有许多儿时敬仰的人物，使我灰心，使我失望，而每一想到他，就保留了我对于人类的信心，鼓励了我向上生活的勇气。

底下所记的关于萨先生的嘉言懿行，大半是从父亲谈话中得来的。——事实的年月，我只约略推算，将来对于他的生平材料搜集得比较完全时，我想再详细的替他写一本传记。——在此我感谢我的父亲，他知道往青年人脑里灌注的，应当是哪一种的印象。

海军上将萨镇冰先生，大名是鼎铭，福建闽侯人，一八六〇年（？）生，十二岁入福州马尾船政学校，作第二班学生。十七八岁出洋，入英国格林海军大学（Green-Wich College），回国后在天津管轮学堂任正教习。那时父亲是天津水师学堂驾驶班的学生，自此和他相识。

在管轮学堂时候，他的卧室里用的是特制的一张又仄又小的木床，和船上的床铺相似，他的理由是，"军人是不能贪图安逸的，在岸上也应当和在海上一样。"他授课最认真,对于功课好的学生,常以私物奖赏,如时表之类,有的时候,小的贵重点的物品用完了,连自己屋里的藤椅,也搬了去。课外常常教学生用锹铲在操场上挖筑炮台。那时管轮学堂在南边,水师学堂在北边,当中隔个操场。学堂总办吴仲翔住在水师学堂。吴总办是个文人,不大喜欢学生做"粗事"。所以在学生们踊跃动手,锹铲齐下的时候,萨先生总在操场边替他们巡风,以备吴总办的突来视察。

父亲和萨先生相熟,是从同在"海圻"军舰服务时起(一九〇〇年左右),那时他是海军副统领,兼"海圻"船主,父亲是副船主。

庚子之变,海军正统领叶祖珪,驻海容舰,被困于大沽口。鱼雷艇海龙海犀海青海华四艘,已被联军舰队所掳。那时北洋舰队中的海圻,海琛、海筹、海天等舰,都泊山东庙岛,山东巡抚袁世凯,移书请各舰驶入长江,以避敌锋,于是各船纷纷南下,只海圻坚泊不动。在山东义和团杀害侨民的时候,萨先生请蓬莱一带的教士侨民悉数下船,殷勤招待,乱事过后,方送上岸。那时正有美国大巡洋舰阿利干号(Oregan)在庙岛附近触礁,海圻又驶往救护,美国国会闻讯,立即驰函道谢,阿利干舰长申谢之余,也恳劝萨先生南下,于是海圻才开入江阴。

在他舰南开,海圻孤泊的时候,军心很摇动,许多士兵称病上岸就医,乘间逃走,最后是群情惶遽,聚众请愿,要南下避敌。舱面上万声嘈杂,不可制止,在父亲竭力向大家劝说的时候,萨先生忽然拿把军刀,从舱里走出,喝说着:"有再说要南下的,就杀却!"他素来慈蔼,忽发威怒,大家无不失色惊散,海圻卒以泊定。——事后有一天萨先生悄然的递给父亲一张坌籤纸,是他家人在不得海圻消息时,在福州吕祖庙里求的，上面写着："有剑开神路。无妖敢犯邪。君子道长，小人道消。"两人大笑不止。

萨先生所在的兵舰上，纪律清洁，总是全军之冠。他常常捐款修理公物，常笑对父亲说，"人家做船主，都打金镯子送太太戴，我的金镯子是戴在我的船上。"有一次船上练习打靶，枪炮副不慎，将一尊船边炮的炮膛，划伤一痕。（开空炮时空弹中也装水，以补足火药的分量，弹后的铁孔，应用铁塞的，炮手误用木塞，以致施放时炮弹爆裂，碎弹划破炮膛而出。）炮值二万余元，萨先生自己捐出月饷，分期赔偿。后来事闻于叶祖珪，又传于直隶总督袁世凯，袁立即寄款代偿，所以如今海圻船上有一尊船边炮是袁世凯购换的。

他在船上，特别是在练船上，如威远康济通济等舰常常教学生荡舢舨，泅水，打靶，以此为日课，也以此为娱乐。驾驶时也专用学生，不请船户。（那时别的船上，都有船户领港，闽语所谓之"曲蹄"，即以舟为家的疍民。）叶统领常常皱眉说："鼎铭太肯冒险了，专爱用些年轻人！"而海上的数十年，他所在的军舰，从来没有失事过。

他又爱才如命，对于官员士兵的体恤爱护，无微不至。上岸公出，有风时舢舨上就使帆，以省兵力。上岸拜会，也不带船上仆役，必要时就向岸上的朋友借用。历任要职数十年，如海军副大臣、海军总长、福建省长等，也不曾用过一个亲戚。亲戚远道来投，必酌给川资，或作买卖的本钱，劝他们回去，说："你们没有受过海上训练，不能占海军人员的位置。"——如今在刘公岛有个东海春铺子，就是他的亲戚某君开的，专卖烟酒汽水之类，作海军人的生意——只有他的妻舅陈君，曾做过通济练船的文案，因为文案本用的是文人的缘故。

萨先生和他的太太陈夫人，伉俪甚笃。有一次他在烟台卧病，陈夫人从威海卫赶来视疾，被他辞了回去，人都说他不近人情。而自他三十六岁，夫人去世后，就将子女寄养岳家，鳏居终身。人问他为何不续弦，他说："天下若再有一个女子，和我太太一样的我就娶。"——（按萨公子即今铁道部司长萨福钧先生，女公子适陈氏。）

他的个人生活，尤其清简，洋服从来没有上过身，也从未穿过皮棉衣服，平常总是布鞋布袜，呢袍呢马褂。自奉极薄，一生没有做过寿，也不受人的礼。没有一切的嗜好，打牌是千载难逢的事，万不得已坐下时，输赢也都用铜子。

他住屋子，总是租那很破敝的，自己替房东来修理，栽花草，铺双重砖地，开门辟户。屋中陈设也极简单，环堵萧然。他做海军副大臣时，在北平西城曾买了一所小房，南下后就把这所小房送给了一位同学。在福建省长任内，任前清总督衙门，地方极大，他只留下几间办公室，其余的连箭道一并拆掉，通成一条大街，至今人称肃威路，因为他是肃威将军。

"肃威"两字，不足为萨先生的考语，他实是一个极风趣极洒脱的人。生平喜欢小宴会，三五个朋友吃便饭，他最高兴。所以遇有任何团体公请他，他总是零碎的还礼，他说："客人太多时，主人不容易应酬得周到，不如小宴会，倒能宾主尽欢。"请客时一切肴馔设备，总是自己检点，务要整齐清洁。也喜欢宴请西国朋友。屋中陈设虽然简单，却常常改换式样。自己的一切用物文玩，知道别人喜欢，立刻就送了人，送礼的时候，也是自己登门去送，从来不用仆役。

他写信极其详细周到，月日地址，每信都有，字迹秀楷，也喜作诗，与父亲常有唱和之作。他平常主张海军学校不请汉文教员，理由是文人颓放，不可使青年军人，沾染上腐败的习气。他说："我从十二岁就入军校，可是汉文也彀用的，文字贵在自修，不在乎学作八股式的无性灵的文章。"我还能背诵他的一首在平汉车上作的七绝，是，"晓发襄江尚未寒，夜过荥泽觉衣单，黄河桥上轻车渡，月照中流好共看。"我觉得末两句真是充分的表现了他那清洁超绝的人格！

我有二十多年没有看见他了，至今记忆中还有几件不能磨灭的事：在我五六岁时候，他到烟台视察，住海军练营，一天下午父亲请他来家吃晚饭，约定是七时，到六时五十五分，父亲便带我到门口去等，说："萨军门是谨守时刻的，他常是早几分钟到主人门口，到时候才进来，我们不可使他久候。"我们走了出去，果然看见他穿着青呢袍，笑容满面的站在门口。

他又非常的温恭周到，有一次到我们家里来谈公事，里面端出点心来，是母亲自己做的，父亲无意中告诉了他。谈完公事，走到门口，又回来殷勤的说："请你谢谢你的太太，今天的点心真是好吃。"

父亲的客厅里，字画向来很少，因为他不是鉴赏家，相片也很少，因为他的朋友不多。而南下北上搬了几次家，客厅总挂有萨先生的相片，和他写赠的一副对联，是"穷达尽为身外事，升沉不改故人情。"

听说他老人家现在福州居住，卖字作公益事业。灾区的放赈，总是他的事，因为在闽省赤区中，别人走不过的，只有他能通行无阻。在福州下渡，他用海军界的捐款，办了一个模范村，村民爱他如父母，为他建了一亭，逢时过节，都来拜访，腊八节，也大家给他熬些腊八粥，送到家去。

此外还有许多从朋友处听来的关于萨先生的事，都是极可珍贵的材料。夜深人倦，恕我不再记述了，横竖我是想写他的传记的，许多事不妨留在后来写。在此我只要说我的感想：前些日子看到行政院"澄清贪污"的命令，使我矍然的觉出今日的贪污官吏之多，擅用公物，虽贤者不免，因为这已是微之又微的常事了！最使我失望的是我们的朋友中间，与公家发生关系者，也有的以占公家的便宜为能事，互相标榜夸说，这种风气已经养成，我们凋敝绝顶的邦家，更何堪这大小零碎的剥削！

　　我不愿提出我所耳闻目击的无数种种的贪污事实，我只愿高捧出一个清廉高峻的人格，使我们那些与贪污奋斗的朋友们，抬头望时，不生寂寞之感……

　　在此我敬谨遥祝他老人家长寿安康。

一九三六年三月二十三日夜

（原载《青年界》1936年第10卷）

司徒雷登校务长的爱与同情

今年六月二十四日，是司徒雷登校务长六十大庆，这些敬爱他的人们，抓得了这个机会，都闹盈盈的忙着分头推进各种庆祝的方式与项目。我呢，是敬爱他的学生中之一，而所能做的，只是"摇笔杆"的事情，"马负千钧蚁驮一粒"，亦各尽其力之所能至而已！

可是，仔细一问，关于司徒校务长一切的一切，都已有师长同人们写下了，写得是那么严肃，那么详细，那么俏皮。我呢，从做学生起才认识他，讲台下仰首，可望而不可即，不知道他的家庭，他的童年，更不知道他的恋爱故事。后来虽然勉强算得和他做了三年的同事，而我是个不重要的人儿，没有机会同他商量过"大计"，也没有机会同他骑过马，游过山。我看见他的时候，只是闲居宴会的时候，可是只是这谈笑社交时所表现的一点点，已足使我倾服了。

这十几年中，曾有过几次小小的事情，同他有过几次短短的谈话，每次的谈话里，都使我觉得他是兼有了严父的沉静，和慈母的温存。他款款的笑在你的对面或旁边，两手叉握着放在膝上，用温和恳挚的目光看着你，你不先开口，他是不多说话的，他总尽量的给你机会，让你倾吐你的来意，然后他用低柔的声音，诚挚的话语，来给你指导与慰安。

人生中总有几件最深刻的往事,是你所永远忘不掉的,和这往事有关的人物,也总使你感激,思念,忘不掉。在燕大团体中,人人都牵萦爱念着,我们的司徒校务长,也正因为他与团体人人生命中几件最深刻的往事,有着最密切的关连。

这团体上上下下前前后后,总有上千上万的人,这上千上万的人的生,婚,病,死,四件大事里,都短不了他。为婴孩施洗的是他,证婚的是他,丧礼主仪的也是他。你添一个孩子,害一场病,过一次生日,死一个亲人,第一封短简是他寄的,第一盆鲜花是他送的,第一个欢迎微笑,第一句真挚的慰语,都是从他来的……这使我拜服,惊异,他那得有这些精力与工夫?

想到燕大内外每天所处理的那些麻烦事:开会,开会,开会,行政的会,应酬的会,还有募捐,讲演,谒见,访问,谈话,疏通,旅行,一会儿赶到美国去,一会儿又转回中国来。这些应接不暇的事都使人旋转,烦乱,头痛,而在此万端待理,杂务如毛之中,他还能极周到的想到每一个家庭,每一个人的每一件事,每一句话,同时他还捧出他的一切所有,房子,汽车,马,衣服,金钱,时间……来方便这每一个家庭,每一个人的每一件事,每一句话。——事实太多了,大家都知道,我不必列举——这使我拜服惊异,他那得这些精力与工夫?

一个人物的伟大,不但是在能在"大处着眼",尤其是能在"小处下手"。从纤细微小的事情里,能表现出伟大的精神的,才是真正的伟大。

仔细分析这伟大的成分,我觉得是因为他的宗教的信仰,加个人的理想已与燕大的前途合一了,燕大的一切,便是他的一切。他与燕大团体的关系,是父母与子女的关系,是领袖与群众的关系,是头脑与肢体的关系，祸福与共，痛痒相关。他多付予了一分的爱与同情，就是与燕大的前途以多一分的发展与希望，就是他的博大的爱与同情，将燕大的中西上下男女老幼紧紧的拉在一起，一同欢乐奋发的往同工合作的路上走！

他从那里得来的这伟大的爱与同情的力量，那就得问司徒校务长自己。曾有人说过校务长不大谈起个人的宗教问题，我是从来没有听他谈过的。

但宗教问题是"谈谈而已"的问题么？

"山不厌高，水不厌深，周公吐哺，天下归心"。

六，十二，一九三六

（原载《燕大周刊》1936年6月24日第7卷第6期）

我的老师 —— 管叶羽先生

我这一辈子,从国内的私塾起,到国外的大学研究院,教过我的男、女、中、西教师,总有上百位!但是最使我尊敬爱戴的就是管叶羽老师。

管老师是协和女子大学理预科教数、理、化的老师,(一九二四年起,他又当了我的母校贝满女子中学的第一位中国人校长,可是那时我已经升入燕京大学了。)一九一八年,我从贝满女中毕业,升入协和女子大学的理预科,我的主要功课,都是管老师教的。

回顾我做学生的二十八年中,我所接触过的老师,不论是教过我或是没教过我的,若是以"全心全意为人民教育服务"以及"忠诚于教育事业"的严格标准来衡量我的老师的话,我看只有管叶羽老师是当之无愧的!

我记得我入大学预科,第一天上化学课,我们都坐定了(我总要坐在第一排),管老师从从容容地走进课堂来,一件整洁的浅蓝布长褂,仪容是那样严肃而又慈祥,我立刻感到他既是一位严师,又像一位慈父!

在我上他的课的两年中,他的衣履一贯地是那样整洁而朴素,他的仪容是一贯地严肃而慈祥。他对学生的要求是极其严格的,对于自己的教课准备,也极其认真。因为我们一到课室,就看到今天该做的试验的材料和仪器,都早已整整齐齐地摆在试验桌上。我们有时特意在上课铃响以前,跑到教室去,就看见管老师自己在课室里忙碌着。

管老师给我们上课,永远是启发式的,他总让我们预先读一遍下一堂该学的课,每人记下自己不懂的问题来,一上课就提出大家讨论,再请老师讲解,然后再做试验。课后管老师总要我们整理好仪器,洗好试管,擦好桌椅,关好门窗,把一切弄得整整齐齐地,才离开教室。

理预科同学中从贝满女中升上来的似乎只有我一个,其他的同学都是从华北各地的教会女子中学来的,她们大概从高中毕业后都教过几年书,我在她们中间,显得特别的小(那年我还不满十八岁),也似乎比她们"淘气",但我总是用心听讲,一字不漏地写笔记,回答问题也很少差错,做试验也从不拖泥带水,管老师对我的印象似乎不错。

我记得有一次做化学试验,有一位同学不知怎么把一个当中插着一根玻璃管的橡皮塞子,捅进了试管,捅得很深,玻璃管拔出来了,橡皮塞子却没有跟着拔出,于是大家都走过来帮着想法。有人主张用钩子去钩,但是又不能把钩子伸进这橡皮塞子的小圆孔里去。管老师也走过来看了半天……我想了一想,忽然跑了出去,从扫院子的大竹扫帚上撅了一段比试管口略短一些的竹枝,中间拴上一段麻绳,然后把竹枝和麻绳都直着穿进橡皮塞子孔里,一拉麻绳,那根竹枝自然而然地就横在皮塞子下面。我同那位同学,一个人握住试管,一个人使劲拉那根麻绳,一下子就把橡皮塞子拉出来了。我十分高兴地叫:"管老师——出来了!"这时同学们都愕然地望着管老师,又瞪着我,轻轻地说:"你怎么能说管老师出来了!"我才醒悟过来,不好意思地回头看着站在我身后的管老师，他老人家依然是用慈祥的目光看着我，而且满脸是笑！我的失言，并没有受到斥责！

一九二四年，他当了贝满女中的校长，那时，我已出国留学了。一九二六年，我回燕大教书，从升入燕大的贝满同学口中听到的管校长以校为家，关怀学生胜过自己的子女的嘉言懿行，真是洋洋贯耳，他是我们同学大家的榜样！

一九四六年，抗战胜利了，那时我想去看战后的日本，却又不想多呆。我就把儿子吴宗生（现名吴平）、大女儿吴宗远（现名吴冰）带回北京上学，寄居在我大弟妇家里。我把宗生送进灯市口育英中学（那是我弟弟们的母校），把十一岁的大女儿宗远送到我的母校贝满中学，当我带她去报名的时候，特别去看了管校长，他高兴得紧紧握住我的手——这是我们第一次握手！他老人家是显老了，三四十年的久别，敌后办学的辛苦和委屈，都刻画在他的面庞和双鬓上！还没容我开口，他就高兴地说："你回来了！这是你的女儿吧？她也想进贝满？"又没等我回答，他抚着宗远的肩膀说："你妈妈可是个好学生，成绩还都在图书馆里，你要认真向她学习。"哽塞在我喉头的对管老师感恩戴德的千言万语，我也忘记了到底说出了几句，至今还闪烁在我眼前的，却是我落在我女儿发上的几滴晶莹的眼泪。

一九八五年五月二十八日清晨

（原载《中国作家》1985年第5期）

记富奶奶

—— 一个高尚的人

一九二九年六月初,我还在燕京大学教课,得了重感冒,住在女校疗养所里。院里只有一位美国女大夫和两位服务员。大夫叫她们为舒妈和富妈(这大夫和服务员只照看轻病的人,一般较为严重复杂的病,就送到协和医院去了)。这两位服务员都是满族,说的一口纯正的北京话。舒妈年纪大一些,也世故一些,又爱说爱笑。富妈比较文静,说话轻声细语地。我总觉得她和舒妈不同,每逢她在我身边,我的脑中总涌上"大人家举止端详"这一段词句。

有一天她忽然低声问我:"谢先生,您结婚后用人吗?我愿意给您帮忙。"我说:"那太好了,就是我们家里就两个人,事情不多,而且人家已经给我们介绍一个厨师傅了(那时在燕大教师家里的大师傅一般除做饭外,还兼管洗衣服、床单……收拾楼下的书房客厅等等)。楼上我们卧室什么的,也没有什么重活……"她说:"我能给您做针线活。您新房子里总得有窗帘、床单、桌布什么的,我可以先给您准备。"这方面我倒没想到。那时候燕大指定给我们盖的小楼——燕南园60号,已快竣工了。我感冒好后,就和她到我们的新居,量好了门窗的尺寸,楼下的客厅兼饭厅想用玫瑰色的窗帘，楼上的卧室用豆青色的，客房是粉红色的（那种房子一般是两重帘子，外面是一层透明的白纱布，里面只是一道横的短帘和两边长的窄窄的长帘，这里层的帘子是有颜色的）。我就买了这几色的苏州棉绸，交给了她。那年的六月十五号，我同文藻结婚后，就南下省亲，我们到了上海和江阴的家，暑假之前赶回上课时，富妈已经把这些窗帘都做好，而且还做了各间屋子里的床单，被单都用的是白细布又用和窗帘一色的布缘了边，还"补"上一些小花，真是协调雅淡极了！我们把房子布置好了以后，她每天就只来一个上午，帮我们收拾房间。到了一九三一年，我们的大儿子吴平出世后，她就来帮我带孩子，住在我家里，做整天的活。那时文藻的母亲也来了，就住在原来的客房。我每星期还有几堂课，身体也不太好，孩子的照顾，差不多全靠富奶奶了（她比我大十岁，自从她到我们家工作，我们就都称她奶奶）。说起来她的身世也够凄凉的，有人说她是满族松公爷的堂妹，家道中落，从九岁起就学做种种针线活，二十岁又嫁黄志廷做续弦，黄志廷是清华学校校警，年岁比她大许多，她生了六个孩子，都早夭了，最后一个女儿活下来了，起名叫秀琴，是她的宝贝。她出来工作，自己指"富"为姓。她有心脏病，每星期必到燕大医院去取一次药水，但她还是把孩子的衣服（除毛衣外）全部揽了去。她总把孩子打扮得十分雅气，衣领和袖子上总绣上些和毛衣的颜色协调的小花，那时燕大中美同事的夫人们，都夸说我们孩子穿得比谁都整齐，其实都是富奶奶给他们打扮的。

一九三五年我的女儿吴冰出世了，也是她照应的，吴冰从小不"挑食"，长得很胖，富奶奶对于女孩子的衣着更加注意，吴冰被推着车子出去，真是谁看谁爱。一九三六年，是文藻的休假年（燕大的教授们是每七年休假一次），我们先到日本，又到美国代表燕大祝贺哈佛大学建校三百周年，以后又到英国、意大利、法国等，文藻自己又回到英国的牛津和剑桥大学，研究他们的导师制度，我那时正怀上了吴青，就在法国留下，在巴黎闲住了一百天。那时文藻的母亲虽然也在北京，但两个孩子的一切，仍是全由富奶奶照管。一九三七年我们从欧洲回来，不到一个星期，北京便沦陷了。因为燕大算是美国教会办的，一时还没有受到惊扰，我们就仍在燕大教学，一面等待十一月份吴青的出世，一面做去云南大学的准备。因为富奶奶有心脏病，我怕云南高原的天气对她不宜，准备荐她到一位美国教授家里去工作。他们家只老夫妇二人，工作很轻松，但富奶奶却说："您一个人带三个孩子走，我不放心，我送您到香港再回来吧。"等到了香港，我们才知道要去云南必须从安南的海防坐小火车进入云南，这条路是难走的！富奶奶又坚持说："您和先生两个人，绝对弄不了这三个孩子，我还是跟您上云南吧。"我只得流着眼泪同意了。这一路的辛苦困顿，就不必说。亏得在路过香港时，我的表兄刘放园一家也在香港避难，他们把一个很能干的大丫头——瑞雯交给了我，说是："瑞雯十八九岁了，我们不愿意在香港替她找人家，不如让你们带到内地给她找吧。"路上有了瑞雯当然方便得多，富奶奶把她当自己的女儿看待，两人处得十分融洽。到了昆明，瑞雯便担任了厨师的职务，她从我的表嫂那里，学做的一手好福建菜，使我们和我们的随北大、清华南迁的朋友们，大饱口福。

我们到了昆明，立刻想把富奶奶的丈夫黄志廷和女儿秀琴都接到后方来,免得她一家离散。那时正好美国驻云南昆明的领事海勇(Seabold)和我们很友好,他们常说云南工人的口音难懂,我说:"我给你们举荐一个北京人吧。"于是我们就设法请南下的朋友把黄志廷带到了昆明,在美国领事馆工作。富奶奶的独女秀琴却自己要留在北京读完高中,在一九四〇年我们搬到重庆之后,她才由我们的朋友带来,到了重庆,我们即刻把她送到复旦大学,一切费用由我们供给。这时富奶奶完全放心了,我们到重庆时,本来就把黄志廷带来我家"帮忙",如今女儿也到了后方,又入了大学,她不必常常在夜里孩子睡后,在桐油灯下,艰难地一个字一个字地给女儿写信了。说来真是"可怜天下父母心"!富奶奶本来不会写字,她总是先把她要说的话,让我写在纸上,然后自己一笔一划地去抄,我常常对她说:"你不必麻烦了,我和黄志廷都会替你写,何必自己动笔呢?"她说:"秀琴看见我的亲笔字,她会高兴的。"

我们到重庆不久,因为日机常来轰炸,就搬到歌乐山上住。不久文藻又得了肺炎,我在医院陪住了一个多月,家里一切,便全由富奶奶主持。那几年我们真是贫病交加,文藻病好了,我又三天两头地吐血,虽然大夫说这不是致命的病,却每次吐血,必须躺下休息,这都给富奶奶添许多麻烦,那时她也渐渐地不支了,也得常常倚在床上。我记得有一次冬天,在沙坪坝南开中学上学的吴平,周末在大雨中上山,身上的棉裤湿了半截。富奶奶心疼地让他脱下棉裤,坐在她被窝里取暖。她拿我的一条旧裤作面子,用白面口袋白布做里子,连夜在床上给他赶做一条棉裤。我听见她低低地对吴平说:"你妈也真是,有钱供人上大学,自己的儿子连一条替换的棉裤、毛裤都没有!"这是她末一次给我的孩子做活了!

有一天她断断续续地对我说:"我看我这病是治不好了,您这房子虽然是土房,也是花钱买的,我死在这屋里,孩子们将来会害怕的,您送我上医院吧。"我想在医院里,到底照顾得好一些,山下的中央医院(就是现在的上海医院)还有许多熟人,我就送她下山,并让黄志廷也跟去陪她,我一面为她预备后事。正好那时听说有一户破落的财主,有一副做好的棺材要廉价出卖,我只用了一百多块钱(《关于女人》稿费的一部分)把它买了下来,存放在山下的一间木匠铺里。

到医院后不久,她就和我们永别了。她葬在歌乐山的墓地里。出殡那一天,我又大吐血,没有去送葬,但她的丈夫、女儿和我的儿女们都去了。听说,吴平在坟前严肃地行了一个童子军的敬礼后,和她的两个妹妹吴冰、吴青,都哭得站不起来!五十年代中期,我曾参加人大代表团到西南视察,路经四川歌乐山,我想上去看看她的坟墓,却因为那里驻着高射炮队就去不成了。

黄秀琴同她的大学同学四川人李家驹结了婚,不久也把父亲黄志廷接走了。抗战胜利后,我们回到南京又去了日本,黄家留在四川,但是我们的通讯不断。

黄秀琴生了两儿两女后,也去世了。六十年代我们住在北京中央民族学院,她的次子李达雄在北京邮电学院上学,假期就到我们家来称我为"姥姥"。直到现在他夫妇到京出差还是给我送广柑、"菜脑壳"之类我们爱吃的东西。我们的孩子和他们的孩子一直是亲如一家……

关于这个高尚的人的事迹,我早就想写了,镶在一个小铜镜框里的她和我们三个孩子的小相片,几十年来一直在我的身边,现在就在我身后的玻璃书柜里。今天浓阴,又没有什么"不速之客",我一口气把从一九二九年起和我同辛共苦了十几年的、最知心的人的事迹,写了出来,我的眼泪是流得尽的,而我对她的忆念却绵绵无尽!

一九八六年六月五日薄暮

(原载《人民文学》1987年第7期)

忆许地山先生

许地山的夫人周俟松大姐,前些日子带她的女儿燕吉来看我,说是地山95岁纪念快到了,让我写一篇文章。还讲到1941年地山逝世时,我没有写过什么东西。她哪里知道那一年正是我在重庆郊外的歌乐山闭居卧病,连地山逝世的消息都是在很久以后,人家才让我知道的呢?

我和地山认识是1922年在燕京大学文科的班上听过他的课。那时他是周作人先生的助教,有时替他讲讲书。我都忘了他讲的是什么,他只以高班同学的身份来同我们讲话。他讲得很幽默,课堂里总是笑声不断。课外他也常和学生接触,不过那时燕大男校是在盔甲厂,女校在佟府夹道。我们见面的时候不多。我们真正熟悉起来是在《燕大学生周刊》的编辑会上,他和瞿世英、熊佛西等是男生编辑,我记得我和一位姓陈的同学是女生编辑。我们合作得很好,但也有时候,为一篇稿件、甚至一个字争执不休。陈女士总是微笑不语,我从小是和男孩子——堂兄表兄们打闹惯了,因此从不退让。记得有一次,我在一篇文章里写了一个"象"字(那时还不兴简笔字),地山就引经据典说是应该加上一个"立人旁"。写成"像"字,把我教训了一顿! 真是"不打不成相识",从那时起我们合作得更和谐了。

1923年初秋，燕大有四位同学同船赴美，其中就有地山和我。说来也真巧，我和文藻相识，还是因为我请他去找我的女同学吴搂梅的弟弟、清华的学生吴卓，他却把文藻找来了，问名之下，才知道是找错了人，也只好请他加入我们燕大同学们正在玩的扔沙袋的游戏。地山以后常同我们说笑话，说："亏得那时的'阴错阳差'，否则你们到美后，一个在东方的波士顿的威尔斯利，一个在北方的新罕布什州的达特默思，相去有七八小时的火车，也许就永远没有机会相识了！"

地山到美后，就入了纽约的哥伦比亚大学。我在1924年冬天在沙穰养病时，他还来看我一次。那年的9月，他就转入英国牛津大学。1925年我病愈复学，他还写信来问我要不要来牛津学习？他可以替我想法申请奖学金。我对这所英国名牌大学，有点胆怯，只好辞谢了。

1926年，我从威尔斯利大学得到硕士学位后，就回到燕大任教。第二年，地山也从英国回来了，那时燕大已迁到城外的新址，教师们都住在校内，接触的机会很多。1928年，经熊佛西夫妇的介绍，他和周俟松大姐认识了，1929年就宣布定婚。在燕大的宣布地点，是在朗润园美国女教授包贵思的家里，中文的贺词是我说的，这也算是我对他那次"阴错阳差"的酬谢吧！

1935年，因为他和校长司徒雷登意见不合，改就香港中文大学之聘，举家南迁。从那时起，我们就没有见过面了。

地山见多识广，著作等身，关于他学术方面的作品，我是个门外汉，不敢妄赞一词。至于他的文学方面的成就，那的确是惊人的。他的作品，有异乡、异国的特殊的风格和情调。他是台湾人，又去过许多东南亚国家和地区，对于那些地方的风俗习惯，世态人情，都描写得栩栩如生，使没有到过那些地方，没有接触过那些人物的读者，都能从他的小说、戏剧、童话、诗歌、散文、游记和回忆里，品味欣赏到那些新奇的情调，这使得地山在中国作家群里，在风格上独树一帜！

地山离开我们已有近半个世纪了，他离世时正在盛年。假若至今他还健在，更不知有多少创作可以供我们的学习和享受，我们真是不幸。记得昔人有诗云"美人自古如名将，不许人间见白头"，我想"才人"也是和"美人"一样的吧！天实为之，谓之何哉！

一九八七年十一月十日清晨

（收入《许地山研究集》，南京大学出版社1989年5月第1版）

叶 圣 老

——一位永垂不朽的教育家

十月二十六日清晨，何钦贤和虞音两位民进的干部来了，说本月二十八日民进要召开一个纪念叶圣陶老先生的九十五诞辰大会。他们的话还没有说完，我的眼泪就止不住地涌了下来。

我从一九八〇年断腿，行动不便，闭门不出已将九年了，这个盛会我当然不能参加，但是我还愿意向民进同仁们说几句我对于叶老崇敬眷恋的心情。

我从来没有想到叶老只大我五岁，我总把他当做比我大过十岁的前辈。因为我从很年轻的时候，就从杂志和报纸上读过叶老写的使我心折的儿童小说，而且知道他很早就从事编辑和教学工作。他诱掖后进，不遗余力。我的朋友巴金、丁玲还有许多教育界、出版界、社会活动家中的著名人士，都是他一手培育出来的。

叶老对于教育界的丰功伟绩，许多人士都会比我写得更详尽，更彻底而内行，我只能将刻在我心版上的一件有相片为证的往事，来说一说。

叶老庭院里有一棵很大的海棠花树，花开时节，清香四溢。叶老知道我爱花，每到花时，必定约我来观赏。但是每年这时候，不是他不适，就是我有病。幸而在一九八七年,也就是叶老逝世的前一年,我们还都健康,于是就由一位民进的干部同志驱车来接,这是我一九八九年中唯一的一次出门拜访!那天我扶着助步器,艰难地迈进大门,站在叶老家的海棠树下,在开满枝头的繁花香里,同叶老一起观赏了半天。那天我的小女儿吴青也带着她的儿子陈钢跟我去了。陈钢为叶老和我在树下和屋里照了好几张相片。这些相片我当永远珍藏!

古人以"立德"、"立功"、"立言"为三不朽。我从心底认为叶圣老对于祖国的教育事业,在这三方面,都已经达到了不朽的地位。

一九八九年九月二十八日

悼沈骊英女士

民国十四年夏季，我在美国康奈尔大学暑期学校里，得到北平燕大一女同学的信，说"本年本校有一位同学，沈骊英女士，转学威尔斯利大学，请你照应一下。"

我得着信很欢喜，因为那年威大没有中国学生，有了国内的同学来加入，我更可以不虞寂寞。

暑假满后，我回到威大，一放下行装，便打听了她住的宿舍，发现她住的地方，和我很近，我即刻去找她，敲了屋门，一声请进，灯影下我看见了一个清癯而略带羞涩的脸。说不到几句话，我们便一见如故了。我同她虽没有在燕大同时，但是我们谈到我们的教师，我们的同学，我们的校园，谈话就非常亲切。当天晚上，我就邀她到我的宿舍里，我从电话里要了鱼米菜蔬，我们两个在书桌上用小刀割鱼切菜，在电炉上煮了饭。我们用小花盒当碗，边吃边谈，直留连到夜深——我觉得我欢喜我这位新朋友。

那一年我们大家都很忙，她是本科一年生，后修功课相当烦重，我正在研究院写毕业论文，也常常不得闲暇，但我们见面的时候还相当的多。那时我已知道她是专攻科学的。但她对于文学的兴趣，十分浓厚。

有时她来看我，看我在忙，就自己翻阅我书架上的中国诗词，低声吟诵，半天才走。

威大的风景，是全美有名的。我们常常忙中偷闲，在湖上泛舟野餐纵谈。年轻时代，总喜欢谈抱负，我们自己觉得谈得太夸大一点，好在没有第三人听见！她常常说到她一定要在科学界替女子争一席地位，用功业来表现女子的能力。她又说希望职业和婚姻能并行不悖，她愿意有个快乐的家庭，也有个称心的职业。如今回想，她所希望的她都做到了。只可惜她自己先逝去了！

十五年夏，我毕业回国，此后十九年中便不曾再见面，只从通讯里，从朋友的报告中，知道她结了婚，对方是她的同行沈宗瀚先生，两个人都在农业机关做事，我知道骊英正在步步踏上她理想的乐园，真是为她庆幸。

去年这时候，我刚从昆明到了重庆，得了重伤风。在床上的时候，骊英忽然带了一个孩子来看我。十余年的分别，她的容颜态度都没有改变多少，谈起别后生活，谈起抗战后的流离，大家对于工作，还都有很大的热诚。那时妇指会的文化事业组的各种刊物，正需要稿子，我便向她要文章，她笑说，"我不会写文章，也不会谈妇女问题，我说出来的都是一套陈腐的东西。"我说，"我不要你谈妇女问题了，我只要你报告你自己的工作，你自身的问题，就是妇女问题了。"她答应了我，暮色已深，才珍重的握别，此后她果然陆续的寄几篇文章来，分发在《妇女新运》季刊和周刊上，都谈的是小麦育种的工作，其中最重要，最能表现她的人格的，便是那篇《十年改良小麦之一得》。

今年春天的一个星期日下午，她又带了一个孩子来看我，据她说沈宗瀚先生就在我们住处附近开会，会后也会来谈谈。那天天气很好，大有春意，我们天东地西，谈到傍晚，沈先生还不见来，她就告辞去了，那是我们末次的相见！

本年十月里在报纸上，忽然看到了骊英逝世的消息，觉得心头冰冷，像她这样的人，怎么可以死去呢！

无论从哪一方面看，骊英都是一个极不平常的女子。我所谓之不平常，也许就是她自己所谓的"陈腐的一套"。女科学家中国还有，但像她那样肯以"助夫之事业成功为第一，教养子女成人为第二，自己事业之成功为第三"的，我还没有听见过。这正是骊英伟大之处，假如她不能助夫，不能教养子女，她就不能说这种话，假如她自己没有成功的事业，也就不必说这种话了。

在《十年改良小麦之一得》一文里，最能表现骊英工作的精神，她相信我们妇女的地位，不是能用空空的抗议去争来，而是要用工作成绩来获取的。骊英和我谈到种种妇女问题，她常常表示，"妇女问题，已过了宣传时期，而进入工作时期"。她主张"女界同志一本自强不息精神，抓住社会埋头苦干"，她主张"自问已劳尽力为国家服务，而不必斤斤于收获之多少"。这种"不问收获，但问耕耘"和"多做事，少说话"的态度，也是骊英最不平常之处。

骊英对于她工作的成就，处处归功于国家之爱护与友人之协助，我觉得这一点也不平常。抗战期间，普通是困苦的环境多于顺利的环境，而有的人很颓丧，有的人很乐观，这都在乎个人的心理态度。骊英是一个"已婚女子"，以"生育为天职"，同时又是一个"公务员"，"亲理试验乃分内事"，在双重的重负之下，她并不躲避，并不怨望，她对于下属和工友，并不责望躁急，并不吹毛求疵，她处处表示"钦慰"，表示"这工友不可多得"，她处处感谢，处处高兴，这是她平日精神修养的独到处，使她能够以"自信心与奋斗力与环境合作，渡过种种的难关"。

最后她积劳成疾，"卧床两月，不能转动，心至烦躁不耐"，这是我对她最表同情的地方。我年来多病，动辄卧床休息，抑郁烦躁，不能自解。而骊英却能"看得淡，看得开"，以"卧病实与我为有益"。因为她以生病为读书修养之机会，这也是常人所不及之处。她的结论是"我等当保养体力争取长时间之胜利，不必斤斤于一日之劳逸而贻终身之痛苦"。这是句千古名言。我要常常记住的！

今天是重庆妇女界追悼骊英的日子，骊英是最值得妇女界追悼的一个人，我愿意今日的妇女青年都以骊英的言行为法。我自己又是因病不到会，但是在床上写完了这一篇追悼的文章，心里稍稍觉得温暖。我万分同情于沈宗瀚先生和他们的子女，我相信在实验室里，在家庭中，在她许许多多朋友的心上，她的地位是不能填满的！然而骊英并没有死，她的工作永存，她未竟的事业，还有沈宗瀚先生来继续，她对于妇女界的希望，我们要努力来奔赴，骊英有知，应当可以瞑目了。

一九四一年十二月二十一日，歌乐山

（原载《妇女新运》1942年1月第4卷第1期）

追念振铎

说来已是二十年前的事了!

一九五八年十月下旬的一个晚上,在莫斯科的欢迎亚非作家的一个群众大会上,来宾台上坐在我旁边的巴金同志,忽然低下头来轻轻地对我说:"告诉你一个不幸的消息,你不要难过!振铎同志的飞机出事,十八号在喀山遇难了。"又惊又痛之中,我说不出话来——但是,但是我怎能不难过呢?

就是在那一年——一九五八年——的国庆节的观礼台上,振铎和我还站在一起,扶着栏杆,兴高采烈地,一面观看着雄壮整齐的游行队伍,一面谈着话。他说他要带一个文化代表团到尼泊尔去。我说我也要参加一个代表团到苏联去。他笑说:"你不是喜欢我母亲做的福建菜吗?等我们都从外国回来时,我一定约你们到我家去饱餐一顿。"当时,我哪里知道这就是他对我说的,最后一次的充满了热情和诙谐的谈话呢?

在我所认识的许多文艺界朋友之中(除了我的同学以外),振铎同志恐怕是最早的一个了。那就是在五四时代,"福建省抗日学生联合会"里。那时我还是协和女子大学预科的一年级学生,只跟在本校和北京大学、女子师范学校和其他大学的大学生之后，一同开会，写些宣传文字和募捐等工作。因为自己的年纪较小，开会的时候，静听的时候多，发言的时候少，许多人我都不认识，别人也不认识我。但我却从振铎的慷慨激昂的发言里，以及振铎给几个女师大的大同学写的长信里，看到他纵情地谈到国事，谈到哲学、文学、艺术等，都是大字纵横、热情洋溢。因此，我虽然没有同他直接谈过话，对于他的诚恳、刚正、率真的性格，却知道得很清楚，使我对他很有好感。

这以后，他到了上海，参加了《小说月报》的编辑工作。我自己也不断地为《小说月报》写稿，但是我们还是没有直接通过信。

我们真正地熟悉了起来，还是在一九三一年秋季他到北京燕京大学任教以后，我们的来往就很密切了。他的交游十分广泛，常给我介绍一些朋友，比如说老舍先生。振铎的藏书极多，那几年我身体不好，常常卧病，他就借书给我看，在病榻上我就看了他所收集的百十来部的章回小说。我现在所能记起的，就有《醒世姻缘》、《野叟曝言》、《绿野仙踪》等，都是我所从未看过的。在我"因病得闲"之中，振铎在中国旧小说的阅读方面，是我的一位良师益友，这一点是我永远不会忘怀的。那几年他还在收集北京的名笺，和鲁迅先生共同编印《十竹斋笺谱》。他把收集来的笺纸，都分给我一份，笺谱印成之后，他还签名送给我一部，说："这笺谱的第一部是鲁迅先生的，第二部我自己留下了，第三部就送给你了"。这一部可贵的纪念品，和那些零散的名贵的北京信笺，在抗战期间，都丢失了！

振铎在燕京大学教学，极受进步学生的欢迎，到我家探病的同学，都十分兴奋地讲述郑先生的引人入胜的讲学和诲人不倦的进步的谈话。

当他们说到郑先生的谈话很有幽默感的时候，使我忆起在一九三四年，我们应平绥铁路局之邀，到平绥沿线旅行时，在大同有一位接待的人员名叫"屈龙伸"，振铎笑说："这名字很有意思。"他忽然又大笑说："这个名字对张凤举。"（当时的北大教授）我们都大笑了起来，于是纷纷地都把我们自己的名字和当时人或古人的名，对了起来，"郑振铎"对"李鸣钟"（当时西北军的一个军官），我们旅行团中的陈其田先生，就对了"张之洞"，雷洁琼女士就对了"左良玉"，"傅作义"就对了"李宗仁"等。这些花絮，我们当然都没有写进《平绥沿线旅行记》里，但当时这一路旅行，因为有振铎先生在内，大家都感到很愉快。

振铎在燕大教学，因为受到进步派的欢迎，当然也就受到顽固派的排挤，因此，当我们在一九三六年秋，再度赴美的时候，他已经回到上海了。他特别邀请朋友给我们饯行。据我的回忆，我是在那次席上，初次会到茅盾同志的。胡愈之同志也告诉过我，他是在那次饯别宴上，和我们初次会面的。也就是在那次席上我初次尝到郑老太太亲手烹调的福建菜。我在太平洋舟中，给振铎写了一封信，信上说："感谢你给我们的'盛大'的饯行，使我们得以会见到许多闻名而未见面的朋友……更请你多多替我们谢谢老太太，她的手艺真是高明！那夜我们谈话时多，对着满桌的佳肴，竟没有吃好。面对这两星期在船上的顿顿无味的西餐，我总在后悔，为什么那天晚上不低下头去尽量地饱餐一顿。"

抗战胜利后，我从重庆先回到上海，又到他家去拜访，看见他的书架上仍是堆着满满的书，桌子上，窗台上都摆着满满的大大小小的陶俑。我笑说："我们几经迁徙，都是'身无余物'了，你还在保存收集这许多东西，真是使人羡慕。"他笑了一笑说："这是我的脾气，一辈子也改不了!"

一九五一年我从日本回国,他又是第一批来看我的朋友中之一。我觉得新中国的成立,使他的精力更充沛了,勇气更大了,想象力也更丰富了。他手舞足蹈地讲说他正在毛主席和共产党的领导下,为他解放前多年来所想做而不能做的促进中国文学艺术的发展,贡献出他的全部力量。

他就是这么一个精力充沛热情横溢的人。虽然那天晚上巴金劝我不要难过(其实我知道他心里也是难过的),我能不难过吗?我难过的不只是因为我失去了一个良师益友,我难过的是我们中国文艺界少了一个勇敢直前的战士!

在四害横行,道路侧目的时期,我常常想到振铎,还为他的早逝而庆幸!我想,像他这么一个十分熟悉三十年代上海文艺界情形,而又刚正耿直的人,必然会遇到像老舍或巴金那样的可悲的命运。现在"四人帮"打倒了,满天春气,老树生花,假使他今天还健在,我准知道他还会写出许多好文章,做出许多有益的事!我记得我们敬爱的周总理,曾在我们大家面前说过,他和老舍,振铎,王统照四个人,都是戊戌政变(一八九八年)那年生的。算起来都比我大两岁。我现在还活了下来!我本来就远远、远远地落在他们的后面,但是一想起他们,就深深感到生命的可贵,为了悼念我所尊敬的朋友,我必须尽上我的全部力量,去做人民希望我做而我还能够做的一切的事。

一九七八年十一月十七日

(原载《文艺报》1978年第6期)

我的良友

——悼王世瑛女士

一个朋友，嵌在一个人的心天中，如同星座在青空中一样，某一颗星陨落了，就不能去移另一颗星来填满她的位置！

我的心天中，本来星辰就十分稀少，失落了一颗大星，怎能使我不觉得空虚，惆怅？

我把朋友分为三类。第一类是有趣的，这类朋友，多半是很渊博，很隽永，纵谈起来乐而忘倦。月夕花晨，山巅水畔，他们常常是最赏心的伴侣。第二类是有才的，这类朋友，多半是才气纵横，或有奇癖，或不修边幅，尽管有许多地方，你的意见不能和他一致，而对于他精警的见解，迅疾的才具，常常会不能自已的心折。第三类是有情的，这类朋友，多半是静默冲和，温柔敦厚，在一起的时候，使人温暖，不见的时候，使人想念。尤其是在疾病困苦的时光，你会渴望着他的"同在"——王世瑛女士在我的朋友中，是属于有情的一类！

这并不是说世瑛是个无趣无才的人，世瑛趣有余而才非浅，不过她的"趣"和"才"都被她的"情"盖过了，掩没了。

世瑛和我，算起来有三十余年的交谊了，民国元年的秋天，我在福州，入了女子师范预科，那时我只十一岁，世瑛在本科三年级，她比我也只大三四岁光景。她在一班中年纪最小，梳辫子，穿裙子，平底鞋上还系着鞋带，十分的憨嬉活泼。因为她年纪小，就常常喜欢同低班的同学玩。她很喜欢我，我那时从海边初到城市，对一切都陌生畏怯，而且因为她是大学生，就有一点不大敢招揽，虽然我心里也很喜欢她。我们真正友谊的开始，还是"五四"那年同在北平就学的时代。

那年她在北平女高师就学，我也在北平燕京大学上课，相隔八九年之中，因着学校环境之不同，我们相互竟不知消息。直到五四运动掀起以后，女学界联合会，在青年会演剧筹款，各个学校单位都在青年会演习。我忘了女高师演的是什么，我们演的是莎士比亚的《威尼斯商人》。预演之夕，在二三幕之间，我独自走到楼上去，坐在黑暗里，凭阑下视，忽然听见后面有轻轻的脚步，一只温暖的手，按着我的肩膀，我回头一看，一个温柔的笑脸，问："你是谢婉莹不是？你还记得王世瑛么？"

昏忙中我请她坐在我的旁边，黑暗的楼上，只有我们两个人，我们都注目台上，而谈话却不断的继续着。她告诉我当我在台上的时候，她就觉着面熟了，她向燕大的同学打听，证实了我是她童年的同学，一闭幕她就走到后台，从后台又跟到楼上……她笑了，说这相逢多么有趣！她问我燕大读书环境如何，又问"冰心是否就是你？"那时我对本校的同学，还没有公开的承认，对她却只好点了点头。三幕开始，我们就匆匆下去，从那时起，我们就成了最密的朋友。

那时我家住在北平东城中剪子巷,她住在西城砖塔胡同,北平城大,从东城到西城,坐洋车一走就是半天,大家都忙,见面的时候就很少。然而我们却常常通信,一星期可以有两三封。那时正是"五四"之役,大家都忙着讨论问题,一切事物,在重新估定价值的时候,问题和意见,就非常之多,我们在信里总感觉得说不完,因此在彼此放学回家之后,还常常通电话,一说就是一两个钟头。我们的意见,自然不尽相同,而我们却都能容纳对方的意见。等到后来,我们通信的内容,渐渐轻松,电话里也常常是清闲的谈笑,有时她还叫我从电话中弹琴给她听,我的父亲母亲常常跟我开玩笑,说他们从来没有看见我同人家这样要好过,父亲还笑说,"你们以后打电话的时间要缩短一些,我的电话常常被你们阻断了!"

我在学校里对谁都好,同学们也都对我好,因而也没有什么特别的"朋友"。世瑛就很热情,除了同谁都好之外,她在同班中还有特别要好的三位朋友,那就是黄英(庐隐)、陈定秀,和程俊英,连她自己被同学称为四君子。文采风流,出入相共,……庐隐在她的小说《海滨故人》里,把她们的交谊,说得很详细——世瑛在四君子之中,是最稳静温和的,而世瑛还常常说我"冷",说我交朋友的作风,和别人不一样。我常常向她分辩,说我并不是冷,不过各人情感的训练不同,表示不同,我告诉她我军人的家庭,童年的环境,她感着很大的兴趣……

然而我们并不是永远不见面。中央公园和北海在我们两家的中途,春秋假日,或是暑假里,我们常带着弟妹们去游赏——我们各有三个弟弟,她比我还多两个妹妹——小孩子奔走跳跃的时候,我们就坐在水榭或漪澜堂的阑旁,看水谈心。她砖塔胡同的家,外院有个假山,我们中剪子巷的门口大院里,也圈有一处花畦,有石凳秋千架等,假山和花畦之间,都是我们同游携手之地。我们往来的过访,至多半日,她多半是午饭后才来,黄昏回去,夏天有时就延至夜中。我们最欢喜在星夜深谈,写到这里,还想起一件故事:她在学生会刊物上写稿子,用的笔名是"一息",我说"一息"这两个字太衰飒,她就叫我替她取一个,我就拟了"一星"送她,我生平最爱星星,因集王次回的"明明可爱人如月",和黄仲则的"一星如月看多时"两句诗,颂赞她是一个可爱的朋友,她欣然接受了。直至民国十二年我出国时为止,我们就这样淡而永的往来着。我比较冷静,她比较温柔,因此从来没有激烈的辩论,或吵过架,我们两家的人,都称我们"两小无猜"。算起来在朋友中,我同她谈的话最多,最彻底,通信的数量也最多(四五年之间,已在数百封以上),那几年是我们过往最密的时代,有多少最甜柔的故事,想起来使我非常的动心,留恋!

我出国去,她原定在北平东车站送行,因为那天早晨要替我赶完一件绒衣,到了车站,火车已经开走了,她十分惆怅,过几天她又赶到上海来送我上船。我感谢之余,还同她说,"假如我是你,送过一次也罢了,何必还赶这一场伤心的离别?"她泫然说,"就因为我不是你,我有我的想法!"——庐隐有一首新诗,就记的是这件事,我只记得中间四句,是:

辛苦织成的绒衣,
竟赶不上做别离的赠品,
秋风阵阵价紧,

不嫌衣裳太薄吗?

在上海我们又盘桓了几天。动身之日,我早同她约定,她送我上船就走,不要看着船开,但她不能履行这珍重的诺言,船开出好远,她还呆立在码头上……

到美国以后,功课一忙,路途又远,我们通信的密度,就比从前差远了,我只知道从上海,她就回到福州去教书。在十三年的春天,我在美国青山养病,忽然得到她的一封信,信末提到张君劢先生向她求婚,问我这结合可不可以考虑,文句虽然是轻描淡写,而语意是相当的恳切。我和君劢先生素不相识,而他的哲学和政治的文章,是早已读过,世瑛既然问到我,这就表示她和她家庭方面,是没有问题的了,我即刻在床上回了一封信,竭力促成这件事,并请她告诉我以嘉礼的日期。那年的秋天,我就接到他们结婚的请柬,我记得我寄回去的礼物,是一只镶着桔红色宝石的手镯。

民国十五年秋天,我回国来,一到上海,就去访他们夫妇,那时他们的大孩子小虎诞生不久,世瑛还在床上,君劢先生赶忙下楼来接我,一见面就如同多年的熟朋友一样,极高兴恳切的握着我的手。上得楼来,做了母亲的世瑛,乍看见我似乎有点羞怯,但立刻就被喜悦和兴奋盖过了。我在她床沿杂乱的说了半小时的话,怕她累着,就告辞了出来。在我北上以前,还见了好几次,从他们的谈话中,态度上都看出他们是很理想的和谐的伴侣。在我同他们个别谈话的时候,我还珍重的向他们各个人道贺,为他们祝福。

民国十六年以后,我的父亲在上海做事,全家都搬到上海来。年假暑假我回家的时候,总是常到他们家里,世瑛又做了两个,三个孩子的母亲,她的敦厚温柔,更是有增无减,同时她对于君劢先生的文章事业,都感着极大的兴趣,尽力帮忙。我在一旁看着,觉得我对于世瑛的敬爱,也是有增无减! 她在家是个好女儿,好姐姐,在校是个好学生,好教师,好朋友,出嫁是个好妻子,好母亲,这种人格,是需要相当的忍耐和不断的努力,她以永恒的天真和诚恳,温柔和坦白来与她的环境周旋,她永远是她周围的人的慰安和灵感!

民国廿年母亲去世以后,父亲又搬回北平来,我和世瑛见面的机会便少了。民国廿三年他们从德国回来,君劢先生到燕大来教书,我们住得很近,又温起当年的友谊。君劢先生和文藻都是书虫子,他们谈起书来,就到半夜,我和世瑛因此更常在一起。北平西郊的风景又美,春秋佳日,正多赏心乐事,那一两年我们同住的光阴,似乎比以前更深刻纯化了。

他们先离开了北平到了上海,我们在抗战以后也到了昆明,中间分别了六七年,各居一地,因着生活的紧张忙乱,在表面上,我们是疏远了。直到了前年,我们又在重庆见面,喜欢得几乎落下泪来,她握着我的手,说她听人说我总是生病,但出乎意外的我并不显得憔悴。我微笑了,我知道她的用心,她是在安慰我! 我谢了她,我说,"抗战期间,大家都老了都瘦了,这是正常的表现,能不死就算好了。"她拦住我,说,"你总是爱说死字……"我一笑也就收住 —— 谁知道她一个无病的人,倒先死了呢!

她住在汪山,我住在歌乐山,要相见就得渡一条江,翻一座岭,战时的交通,比什么都困难,弄到每年我们才能见一两次面。她告诉我汪山有绿梅花。花时不可不来一赏,这约订了三年,也没有实现——我想我永不会到汪山去看梅花了,世瑛去了,就让我永远纪念这一个缺憾罢。

我们在重庆仅有的一次通讯,是她先给我写的,去年五月一日,她到歌乐山来参加第一保育院的落成典礼,没有碰到我,她"怅惘而归",在重庆给我写了几行:

冰姐:

　　到重庆后,第一次去歌乐山……因为他们告诉我,你也许会来参加保育院的落成典礼……我可以告诉你,我在山上等你好久了……我念旧之情,与日俱深——也许是年龄的关系,使我常常忆旧——可是今天的事实,到了保育院,既未见你,而时间的限制,又无法去看你,惆怅而归,老八又告诉我,你身体不大好,使我更懊悔我错过了机会,不抽一刻时间来看你!我在山上几次动笔写信给你,终于未寄,今天无论如何,要写这几个字给你,或不是你所想得到的,我是怎样今情犹昔!再谈吧,祝你

痊安

瑛

五·一

我在病榻上接到这封小简,十分高兴感动,那时正是杜鹃的季节,绿荫中一声声的杜宇,参和了忆旧的心情,使我觉得惆怅,我复她一信。中有"杜鹃叫得人心烦"之语,今年三月,她已弃我而逝,我更怕听见鹃啼,每逢听见声凄而长的"苦——苦",总使我矍然的心痛,尤其是在雨中或月下的夜半一连叠声的"苦——",枕上每使我凄然下泪……

世瑛毕竟到歌乐山来看我一次,那是去年夏日,她从北温泉回来,带着两个女儿,和她的令弟世圻夫妇,在我们廊上,坐了半天。她十分称赞我们廊前的远景,我便约她得暇来住些时——我们末次的相见,是在去年九月,我们都在重庆。君劢先生的令弟禹九夫妇,约我们在一起吃晚饭,饭后谈到我从前在北平到天桥寻访赛金花的事,世瑛听得很高兴,那时已将夜半,她便要留我住下。文藻笑问,"那么君劢呢?"世瑛也笑说,"君劢可以跟你回去住嘉庐。"我说,"我住待帆庐太舒服了,君劢住嘉庐却未免太委屈了他。"大家开了半天玩笑,但以第二天早晨我们还要开会,便终于走了,现在回想起来,追悔当初未曾留下,因为在我们三十余年的友谊中,还没有过"抵足而眠"的经历!

今年三月初,我到重庆去,听到了世瑛分娩在即的消息。她前年曾夭折了她的第三个儿子——小豹——如今又可以补上一个小的,我很为她高兴。那时君劢先生同文藻正在美国参加太平洋学会,我便写信报告文藻,说君劢先生又快要做父亲了,信写去不到十天,梅月涵先生到山上来,也许他不知道我和世瑛的交情罢,在晚餐桌上,他偶然提起,说,"君劢夫人在前天去世了,大约是难产。"我突然停了箸,似乎也停止了心跳,半天说不出话来。

我一夜无眠,第二天一早,就分函在重庆的张肖梅女士(张禹九夫人)和张霭真女士(王世圻夫人)询问究竟。我总觉得这消息过于突然,三十年来生动的活在我心上的人,哪能这样不言不语的就走掉了?我终日悬悬的等着回信,两封回信终于在几天内陆续来到,证实了这最不幸的消息!

霭真女士的信中说:

……六姐下山待产已月余,临产时心脏衰疲,心理上十分恐惧,产后即感不支,医师用尽方法,终未能挽回,婴儿男性,出生后不能呼吸,多方施救,始有生气,不幸延至次日,又复夭折……现灵柩暂寄浙江会馆……君劢旅中得此消息,伤痛可知,天意如斯,夫复何言……

肖梅女士信中说:

……二家嫂临终以前,并无遗言,想其内心痛苦已极,惟有以不了了之……

我不曾去浙江会馆,我要等着君劢先生回国来时,陪他同去。我不忍看见她的灵柩,惟有在安慰别人的时候,自己才鼓得起勇气!

我给文藻写了一封信,"……二十年来所看到的理想的快乐的夫妇,真是太希罕了,而这种生离死别的悲哀,就偏偏降临在他们的身上,我不忍想象君劢先生成了无'家'可归的人！假如他已得到国内的消息，你务必去郑重安慰他……"

六月中肖梅女士来访，她给我看了君劢先生挽世瑛的联语，是：

廿年来艰难与共，辛苦备尝，何图一别永诀
六旬矣报国有心，救世无术，忍负海誓山盟

她又提到君劢先生赴美前夕，世瑛同他对斟对饮，情意缠绵，弟妹们都笑他们比少年夫妻，还要恩爱，等到世瑛死后，他们都觉得这惜别的表现，有点近于预兆。

世瑛的身体素来很好，为人又沉静乐观，没有人会想到她会这样突然死去。二十年来她常常担心着我的健康，想不到素来不大健康的我，今夜会提笔来写追悼世瑛的文字！假如是她追悼我，她有更好的记忆力，更深的情感，她保存着更多的信件，她不定会写出多么缠绵悱恻的文章来！如今你的"冷静"的朋友，只能写这记账式的一段，我何等的对不起你。不过，你走了，把这种东西留给我写，你还是聪明有福的！

一九四五年八月九日夜，重庆歌乐山。

（原载《可纪念的朋友们》，晨光出版公司1947年3月初版）

追念罗莘田先生

北京语言学会议决定出罗常培先生诞生八十周年纪念文集，并约他的生前友好，写纪念文章。在被约之列的我，既感到光荣，也感到无限的哀戚。

罗常培莘田先生逝世也将二十一周年了。这二十年之中，中国人民经受了一场史无前例的考验，在一阵动荡漂摇之后，像莘田先生和我这样的"世纪同龄人"，已所余无几了。而在我"晚晴"的年月，我所能得到的慰藉，使我对于祖国有着最大的希望的话，还是从和我一般大年龄的人那里听到的。因此，我想到，假如莘田先生今天还健在，这棵雪后挺立的青松，将对我说出什么样的安慰和鼓励的话呢？

莘田先生是一九五八年十二月十三日逝世的，那正是多事之秋。这个时期的事情，比如说：在他病中我们去探望了没有？他的追悼会我们参加了没有？在我的记忆中已经模糊不清了，但是四十余年前我们同在的情景，在我的心幕上却是十分清楚的。

我的老伴吴文藻，他先认识了莘田先生。我记得三十年代初期，有一次他从青岛开会回来，告诉我说："我在青岛认识了一位北大语言学教授罗莘田，我们在海边谈了半天的话……"我知道他们一定谈了些社会科学上的问题,因为文藻这个人若不是谈到专业,而且谈得很投机的话,他和人的谈话,是不会谈到"半天"的!

我自己和莘田先生熟悉起来,还是抗战军兴,北京各大学南迁以后。一九三八年,文藻在云大任教,莘田先生在西南联大任教,我们家住在云南昆明的螺峰街以后又搬到维新街,那时有几位昆明没有家的联大教授,常到我们家里来作客,尤其是自称为"三剑客"的郑天挺(毅生)先生、杨振声(今甫)先生和罗莘田先生。罗先生是北京人,对于我们家的北方饭食,比如饺子、烙饼、炸酱面等,很感兴趣。我总觉得他不是在吃饭,而是在回忆回味他的故乡的一切!

第二年,我们家搬到昆明附近的呈贡去的时候,他更是我们的周末常客。呈贡是一座依山上下的小城,只有西、南、东三个城门,从我们住的那个北边城墙内的山顶房子里,可以一直走上西门的城楼。在每个星期六的黄昏,估摸着从昆明开来的火车已经到达,再加上从火车站骑马进城的时间,孩子们和我就都走到城楼上去等候文藻和他带来的客人。只要听到山路上的得得马蹄声,孩子们就齐声地喊:"来将通名!"一听到"吾乃北平罗常培是也",孩子就都拍手欢呼起来。

莘田先生和我们家里大大小小的人,都能说到一起,玩到一起。我们家孩子们的保姆——富奶奶,也是满族——那时还兼做厨娘,每逢她在厨下手忙脚乱、孩子们还缠她不放的时候,莘田先生就拉起孩子的手说:"来,来,罗奶奶带你们到山上玩去!"直到现在,已经成为大人的我们的孩子们,一提起罗伯伯,还亲昵地称他做罗奶奶。

莘田先生的学术造诣,在学术界早有定评,我是不能多置一词了。而他对于他的学生们在治学和生活上的那种无微不至的诱掖和关怀，是我所亲眼看到又是文藻所最为敬佩和赞赏的。当我们住在昆明城里的时候，我们也常到"三剑客"住所的柿花巷去走走。在那里，书桌上总摆有笔墨，他们就教给我写字。这时常有"罗门弟子"如当时的助教吴晓玲先生、研究生马学良先生等（现在他们也都是我们的好友）来找莘田先生谈话，在他们的认真严肃而又亲热体贴的言谈之中，我看出了他们师生间最可贵的志同道合的情谊。吴晓玲先生曾对我讲过：在四十年代后期，莘田先生在美讲学时，曾给他的学生们办的刊物写过一篇《舍己耘人》的文章，就是讲做老师的应当有"舍己之田耘人之田"的精神，来帮助学生们做好学术研究的工作。

莘田先生就像爱护自己的眼珠那样爱护自己的学生，尽管他自己对学生们的要求十分严格，却听不得别人对于他学生们的一句贬词。我曾当着莘田先生的面对文藻说："我知道怎样来招莘田生气。他是最'护犊'的，只要你说他的学生们一句不好，他就会和你争辩不休……"莘田先生听了并没有生气，反而不好意思似地笑了起来。他是多么可敬可爱的一个老师呵！

四十年代初期，我们住在四川重庆郊外的歌乐山，莘田先生每到重庆，必来小住。我记得我曾替他写的一本游记《蜀道难》做过一篇序。如今这本书也找不到了。

五十年代初期，我们从日本归来，莘田先生是最早来看望我们的一个。他和我们的许多老友一样，给我们带来了在新中国生活和工作的舒畅和快乐的气氛，给我们以极大的安慰和鼓舞。

话再说回来，像莘田先生那样一位热爱祖国、热爱人民、热爱工作、热爱给中国带来社会主义的中国共产党，在经过了二十年的考验之后，在拨乱反正、大地回春的今天，一定会有一番充满了智慧而又乐观的话，对我们说的。我们从他在我们心幕上留下的一个坚定地拥护社会主义的爱国者的不朽的形象里，已经得到了保证了！

一九七九年十二月六日

（原载《我的故乡》，福建人民出版社1983年版）

老舍和孩子们

我认识老舍先生是在三十年代初期一个冬天的下午。这一天,郑振铎先生把老舍带到北京郊外燕京大学我们的宿舍里来。我们刚刚介绍过,寒暄过,我给客人们倒茶的时候,一转身看见老舍已经和我的三岁的儿子,头顶头地跪在地上,找一只狗熊呢。当老舍先生把手伸到椅后拉出那只小布狗熊的时候,我的儿子高兴得抱住这位陌生客人的脖子,使劲地亲了他一口!这逗得我们都笑了。直到把孩子打发走了,老舍才掸了掸裤子,坐下和我们谈话。他给我的第一个难忘的印象是:他是一个热爱生活、热爱孩子的人。

从那时起,他就常常给我寄来他的著作,我记得有:《老张的哲学》、《二马》、《小坡的生日》,还有其他的作品。我的朋友许地山先生、郑振铎先生等都告诉过我关于老舍先生的家世、生平、以及创作的经过,他们说他是出身于贫苦的满族家庭,饱经忧患。他是在英国伦敦大学东方学院教汉语时,开始写他的第一部小说《老张的哲学》的;并说他善于描写劳动人民的生活和感情,很有英国名作家狄更斯的风味等等。我自己也感到他的作品有特殊的魅力,他的传神生动的语言,充分地表现了北京的地方色彩;充分地传达了北京劳动人民的悲愤和辛酸、向往与希望。

他的幽默里有伤心的眼泪,黑暗里又看到了阶级友爱的温暖和光明。每一个书中人物都用他或她的最合身分、最地道的北京话,说出了旧社会给他们打上的烙印或创伤。这一点,在我们一代的作家中是独树一帜的。

我们和老舍过往较密的时期,是在抗战期间的重庆。那时我住在重庆郊外的歌乐山,老舍是我家的熟客,更是我的孩子们最欢迎的人。"舒伯伯"一来了,他们和他们的小朋友们,就一窝蜂似地围了上来,拉住不放,要他讲故事,说笑话,老舍也总是笑嘻嘻地和他们说个没完。这时我的儿子和大女儿已经开始试看小说了,也常和老舍谈着他的作品。有一次我在旁边听见孩子们问:"舒伯伯,您书里的好人,为什么总是姓李呢?"老舍把脸一绷,说:"我就是喜欢姓李的!—— 你们要是都做好孩子,下次我再写书,书里的好人就姓吴了!"孩子们都高兴得拍起手来,老舍也跟着大笑了。

因为老舍常常被孩子们缠住,我们没有谈正经事的机会。我们就告诉老舍:"您若是带些朋友来,就千万不要挑星期天,或是在孩子们放学的时候。"于是老舍有时就改在下午一两点钟和一班朋友上山来了。我们家那几间土房子是没有围墙的,从窗外的山径上就会听见老舍豪放的笑声:"泡了好茶没有?客人来了!"我记得老舍赠我的诗笺中,就有这么两句:

> 闲来喜过故人家,
> 挥汗频频索好茶。

现在,老舍赠我的许多诗笺,连同他们夫妇赠我的一把扇子——

一面写的是他自己的诗,一面是胡絜青先生画的花卉。在"四人帮"横行的时候,都丢失了! 这个损失是永远补偿不了的!

抗战胜利后,我们到了日本,老舍去了美国。这时我的孩子们不但喜欢看书,而且也会写信了。大概是因为客中寂寞吧,老舍和我的孩子们的通信相当频繁,还让国内的书店给孩子们寄书,如《骆驼祥子》,《四世同堂》等等。有一次我的大女儿把老舍给她信中的一段念给我听,大意是:你们把我捧得这么高,我登上纽约的百层大楼,往下一看,觉得自己也真是不矮! 我的小女儿还说:"舒伯伯给我的信里说,他在纽约,就像一条丧家之犬。"一个十岁的小女孩,哪里懂得一个热爱祖国、热爱人民的作家,去国怀乡的辛酸滋味呢?

一九五一年,我们从日本回来。一九五二年的春天,我正生病,老舍来看我。他拉过一张椅子,坐在我的床边,眉飞色舞地和我谈到解放后北京的新人新事,谈着毛主席和周总理对文艺工作者的鼓励和关怀。这时我的孩子们听说屋里坐的客人是"舒伯伯"的时候,就都轻轻地走了进来,站在门边,静静地听着我们谈话。老舍回头看见了,从头到脚扫了他们一眼,笑问:"怎么? 不认得'舒伯伯'啦?"这时,这些孩子已是大学、高中和初中生了,他们走了过来,不是拉着胳膊抱着腿了,而是用双手紧紧握住"舒伯伯"的手,带点羞涩地说:"不是我们不认得您,是您不认得我们了!"老舍哈哈大笑地说:"可不是,你们都是大小伙子,大小姑娘了,我却是个小老头儿了!"顿时屋里又欢腾了起来!

一九六六年九月的一天,我的大女儿从兰州来了一封信,信上说:"娘,舒伯伯逝世了,您知道吗?"这对我是一声晴天霹雳,这么一个充满了活力的人,怎么会死呢!那时候,关于我的朋友们的消息,我都不知道,我也无从知道……

"四人帮"打倒了以后,我和我们一家特别怀念老舍,我们常常悼念他,悼念在"四人帮"疯狂迫害下,我们的第一个倒下去的朋友!前几天在电视上看到《龙须沟》重新放映的时候,我们都流下了眼泪,不但是为这感人的故事本身,而是因为"人民的艺术家"没有能看到我们的第二次解放!一九五三年在我写的《陶奇的暑期日记》那篇小说里,在七月二十九日那一段,就写到陶奇和她的表妹小秋看《龙须沟》影片后的一段对话,那实际就是我的大女儿和小女儿的一段对话:

看完电影出来……我看见小秋的眼睛还红着,就过去搂着她,劝她说:"你知道吧?这都是解放以前的事了。后来不是龙须沟都修好了,人民日子都好过了吗?我们永远不会再过那种苦日子了。"

小秋点了点头,说:"可是二妞子已经死了,她什么好事情都没有看见!"我心里也难受得很。

二十五年以后,我的小女儿,重看了《龙须沟》这部电影,不知不觉地又重说了她小时候说过的话:"'四人帮'打倒了,我们第二次解放了,可惜舒伯伯看不见了!"这一次我的大女儿并没有过去搂着她,而是擦着眼泪,各自低头走开了!

在刚开过的中国文联全委扩大会议上,看到了许多活着而病残的文艺界朋友,我的脑中也浮现了许多死去的文艺界朋友——尤其是老舍。老舍若是在世,他一定会作出揭发"四人帮"的义正词严淋漓酣畅的发言。可惜他死了！

关于老舍，许多朋友都写出了自己对于他的怀念、痛悼、赞扬的话。一个"人民艺术家"、"语言大师"、"文艺界的劳动模范"的事迹和成就是多方面的，每一个朋友对于他的认识，也各有其一方面，从每一个侧面投射出一股光柱，许多股光柱合在一起，才能映现出一个完全的老舍先生！为老舍的不幸逝世而流下悲愤的眼泪的，决不止是老舍的老朋友、老读者，还有许许多多的青少年。老舍若是不死，他还会写出比《宝船》、《青蛙骑士》更好的儿童文学作品，因为热爱儿童，就是热爱着祖国和人类的未来！在党中央向科学文化进军的伟大号召下，他会更以百倍的热情为儿童写作的。

感谢党中央，粉碎了"四人帮"，也挽救了文艺界，使我能在十二年之后，终于写出了这篇悼念老舍先生的文章。如今是大地回春，百花齐放。我的才具比老舍先生差远了，但是我还活着，我将效法他辛勤劳动的榜样，以一颗热爱儿童的心，为本世纪之末的四个现代化的社会主义祖国的主人，努力写出一点有益于他们的东西！

一九七八年六月二十一日

（原载《人民戏剧》1978年第8期）

悼念孙立人将军

孙立人将军是吴文藻的清华留美预备学校的同班同学。我们是1923年8月17日同乘美国游船杰克逊号到美国去的，但那时我并不认识他。

我们的相熟，是在四十年代初期1942—1944年之间。那时我们在重庆，他在滇缅抗日前线屡立奇功，特别是在英国军队节节败退之后，孙立人"以不满一千的兵力，击败十倍于我的敌人，救出十倍于我的友军"，在世界上振起中国军人的勇敢气魄！

孙立人常常要来重庆述职。（所谓之述职，就是向蒋介石解说"同胞"们对他的诬告。他不是"天子门生"，不是"黄埔系"，总受人家的排挤！）在此期间，他就来找清华同学谈心，文藻曾把他带回歌乐山寓所，这时我才得见孙将军的风采。在谈到他在滇缅路上的战绩时，真是谈笑风生，神采奕奕！他使我们感到骄傲！

1950年国民党撤到台湾，他出任台湾防卫司令。1954年6月，当他调任台湾总统府参军长时，因一名部属准备发动兵变而被罢黜、被看管。同年10月，孙立人将军被台湾政府免去职务，软禁了33年，直到1988年蒋经国去世后，才由台湾监察院公布调查案，孙立人将军才获得自由，这时他已是88岁的憔悴老人了！

1990年3月，我曾通过台湾的许迪教授给孙立人去了一封信，希望他能回大陆一行，不几天就得到孙将军的复函

婉莹嫂夫人大鉴

　　许迪先生来舍朗读手书其于立人尤殷殷垂注闻之至为感篆回忆同舟东渡转瞬遂近七十年昔日少年俱各衰迈而文藻兄且已下世人事无常真不可把玩也立人两三年来身体状况大不如前虽行动尚不需人扶持而步履迟缓不复轻快有时脑内空空思维难以集中比来除定时赴医院作复健运动外甚少出门矣故人天末何时能一造访畅话平昔殆未可必然亦终期所愿之得偿也言不尽意诸维珍卫顺候著安弟孙立人拜启

一九九〇，五，十五

去年，在我的九十生日（10月5日）又得到他的贺电：

　　海内存知己天涯若比邻欣逢九十大庆敬祝福如东海寿比南山弟孙立人拜贺

不料过了一个半月，有一位年轻朋友给我寄来一张香港《明报》的剪报，上面载"因兵变案软禁三十三年，抗日名将孙立人病逝"。记者写的"昨日"是11月21日！

屡次替孙将军和我之间传递信息和相片等等的台湾许迪教授，前些日子又给我来信说："孙立人将军的丧礼确是倍极哀荣，自动前往吊唁者

一万余人，今后在台湾大概不可能再有同样的感人场面了……"

从许迪先生带来的孙立人的相片上看来，三十三年软禁后的孙将军，显得老态龙钟，当时的飞扬风采已不复留存！本来应是三十三年峥嵘的岁月，却变成蹉跎的岁月，怎能不使人悲愤？

我少作的集龚绝句，其中有：

风云才略已消磨
其奈尊前百感何
吟到恩仇心事涌
侧身天地我蹉跎

竟是为孙立人将军写照了！哀哉！

一九〇一年二月二十日黄昏
（原载《中国作家》1993年第3期）

悼念林巧稚大夫

四月二十三日早晨,我正用着早餐,突然从广播里听到了林巧稚大夫逝世的消息,我忍不住放下匕箸,迸出了悲痛的热泪!

我知道这时在国内在海外听到这惊人的消息,而叹息、而流泪、而呜咽的,不知有多少不同肤色、不同年纪、不同性别的人。敬爱她的病人、朋友、同事、学生实在是太多太多了。

她是一团火焰,一块磁石。她的"为人民服务"的一生,是极其丰满充实地度过的。她从来不想到自己,她把自己所有的技术和感情,都贡献倾注给了她周围一切的人。

关于她的医术、医德,她的嘉言懿行,受过她的医治、她的爱护、她的培养的人都会写出一篇很全面很动人的文章。我呢,只是她的一个"病人"、一个朋友,只能说出我和她的多年接触中的一些往事。就是这些往事,使得这个不平凡的形象永远在我的心中闪光!

我和林大夫认识得很早,在本世纪二十年代,我在燕京大学肄业,那时协和医学院也刚刚成立。在协和医院里的医护人员和医院的社会服务部里都有我的同学。我到协和医院去看同学时常常会看见她。我更是不断地从我的同学口中听到这可敬可爱的名字。

我和她相熟，还是因为我的三个孩子都是她接生的（她常笑说"你的孩子都是我的孩子"）。在产前的检查和产后的调理中，她给我的印象是敏捷、认真、细心而又果断。她对病人永远是那样亲人一般地热情体贴，虽然她常说，"产妇不是病人。"她对她的助手和学生的要求，也十分严格。我记得在一九三五年我生第二个孩子的时候，那时她已是主治大夫，她的助手实习医生是我的一个学生。在我阵痛难忍、低声求她多给我一点瓦斯的时候，林大夫听见了就立刻阻止她，还对我说："你怎能这样地指使她！她年轻，没有经验，瓦斯多用了是有危险的。"一九三七年十一月，当我生第三个孩子的时候，她已是主任大夫了。那时北京已经沦陷，我们的心情都十分沉重抑郁，林大夫坐在产床边和我一直谈到深夜。第二年的夏末我就离开北京到后方去了。我常常惦念着留在故都的亲人和朋友，尤其是林巧稚大夫。一九四三年我用"男士"的笔名写的那本《关于女人》里面的《我的同班》，就是以林大夫为模特儿的，虽然我没有和她同过班，抗战时期她也没有到过后方。抗战胜利后，在我去日本之前，还到北京来看过她。我知道在沦陷的北京城里，那几年她仍在努力做她的医务工作。她出身于基督教的家庭，一直奉着"爱人如己"的教义。对于劳动人民，她不但医治他们的疾苦，还周济他们的贫困。她埋头工作，对于政治一向是不大关心的。珍珠港事变以后，美国人办的协和医院也被日军侵占了，林大夫还是自开诊所，继续做她的治病救人的事业。我看她的时候，她已回到了胜利后的协和医院，但我觉得她心情不是太好，对时局也很悲观，我们只谈了不到半天的话，便匆匆分别了。

一九五一年我回到了解放后的祖国，再去看林大夫时，她仿佛年轻了许多，容光焕发，她举止更加活泼，谈话更加爽朗而充满了政治热情。作为一个科学家，一个医务工作者，她觉得在社会主义祖国里，如同在涸辙的枯鱼忽然被投进到阔大而自由的大海。她兴奋，她快乐，她感激，她的"得心应手"的工作，得到了党和国家领导人，尤其是周总理的器重。她的服务范围扩大了，她更常常下去调查研究。那几年我们都很忙，虽说是"隔行如隔山"，但我们在外事活动或社会活动的种种场合，还是时时见面。此外，我还常常有事求她：如介绍病人或请她代我的朋友认领婴儿。对我的请求，她无不欣然应诺。我介绍去的病人和领到健美的婴儿的父母，还都为林大夫的热情负责而来感谢我！

十年动乱期间，我没有机会见到她，只听说因为她桌上摆着总理的照片，她的家也被抄过。七十年代初期，我们又相见了，我们又都逐渐繁忙了起来。她常笑对我说："你有空真应该到我们产科里来看看。我们这里有了五洲四海的婴儿。有白胖白胖的欧洲孩子，也有黑胖黑胖的非洲孩子，真是可爱极了！"这时我觉得她的尽心的工作已经给她以充分的快乐。

一九七八年她得了脑血栓病住院，我去看她时，她总是坐在椅子上，仍像一位值班的大夫那样，不等我说完问讯她的话，她就问起"我们的孩子"，我的工作，我的健康。我看她精神很好，每次都很欣慰地回来。一九七九年全国人大开会期间，我们又常见面，她的步履仍是十分轻健，谈话仍是十分流利，除了常看见她用右手摩抚她弯曲的左手指之外，简直看不出她是得过脑血栓的人。一九八〇年夏，我也得了脑血栓住进医院。我的医生、她的学生告诉我，林大夫的脑病重犯了，这次比较严重，卧床不起。一九八〇年底她的朋友们替她过八十大寿的时候，她的脑力已经衰退，人们在她床头耳边向她祝寿，她已经不大认得人了。那时我也躺在病床上，我就常想：像她那么一个干脆利落，一辈子是眼到手到，做事又快又好的人，一旦瘫痪了不能动弹，她的喷涌的精力和洋溢的热情，都被拘困在委顿松软的躯体之中，这种"力不从心"的状态，日久天长，她受得了吗？昏睡时还好，当她暂时清醒过来，举目四顾，也许看到窗帘拉得不够平整，瓶花插得不够妥帖。叫人吧，这些事太繁琐、太细小了，不值得也不应当麻烦人，自己能动一动多好！更不用说想到她一生做惯了的医疗和科研的大事了。如今她能从这种"力不从心"的永远矛盾之中解脱了出来，我似乎反为她感到释然……

林大夫比我小一岁，二十世纪初，我们的祖国，正处在水深火热的内忧外患之中，我们都是"生于忧患"的人。现在呢，我们热爱的祖国，正在"振兴中华"的鼓角声中，朝气蓬勃地向着建设社会主义现代化的途上迈进。我们这一代人在这个时期离开人世，可算是"死于安乐"了。我想林大夫是会同意我的话的。

一九八三年五月十一日

（原载《人民日报》1983年5月19日）

悼念梁实秋先生

今晨八时半,我正在早休,听说梁文茜有电话来,说他父亲梁实秋先生已于本月三日在台湾因心肌梗塞逝世了。还说他逝世时一点痛苦都没有,劝我不要难过。但我怎能不难过呢? 我们之间的友谊,不比寻常呵!

梁实秋是吴文藻在清华学校的同班同学,我们是在一九二三年同船到美国去的,我认识他比认识文藻还早几天,因为清华的梁实秋、顾一樵等人,在海上办了一种文艺刊物,叫作《海啸》,约我和许地山等为它写稿。有一次在编辑会后,他忽然对我说:"我在上海上船以前,同我的女朋友话别时,曾大哭了一场。"我为他的真挚和坦白感到了惊讶,不是"男儿有泪不轻弹"么? 为什么对我这个陌生人轻易说出自己的"隐私"?

到了美国我入了威尔斯利女子大学。一年之后,实秋也转到哈佛大学。因为同在美国东方的波士顿,我们就常常见面,不但在每月一次的"湖社"的讨论会上,我们中国学生还在美国同学的邀请下,为他们演了《琵琶记》。他演蔡中郎,谢文秋演赵五娘,顾一樵演宰相。因为演宰相女儿的邱女士临时病了,拉我顶替了她。后来顾一樵给我看了一封许地山从英国写给他的信说"实秋真有福，先在舞台上做了娇婿"。这些青年留学生之间，彼此戏谑的话，我本是从来不说的，如今地山和实秋都已先后作古，我自己也老了，回忆起来，还觉得很幽默。

实秋很恋家，在美国只呆了两年就回国了。一九二六年我回国后，在北京，我们常常见面。那时他在编《自由评论》，我曾替他写过《一句话》的诗，也译过斯诺夫人海伦的长诗《古老的北京》。这些东西我都没有留稿，都是实秋好多年后寄给我的。

一九二九年夏我和文藻结婚后，住在燕京大学，他和闻一多到了我们的新居，嘲笑我们说："屋子内外一切布置都很好，就是缺少待客的烟和茶。"亏得他们提醒，因为我和文藻都不抽烟，而且喝的是白开水！

"七七事变"后，我们都到了大后方。四十年代初期，我们又在重庆见面了。他到过我们住的歌乐山，坐在山上无墙的土房子廊上看嘉陵江，能够静静地坐到几个小时。我和文藻也常到他住处的北碚。我记得一九四〇年我们初到重庆，就是他和吴景超（也是文藻的同班同学）的夫人业雅，首先来把我们接到北碚去欢聚的。

抗战胜利后不久，我们到了日本，实秋一家先回到北平，一九四九年又到了台湾，我们仍是常通消息。我记得我们在日本高岛屋的寓所里，还挂有实秋送给我们的一幅字，十年浩劫之中，自然也同许多朋友赠送的字画一同烟消火灭了！

一九五一年我们从日本回到了祖国，这时台湾就谣传说"冰心夫妇受到中共的迫害，双双自杀"。实秋听到这消息还写一篇《哀冰心》的文章。这文章传到我这里我十分感激，曾写一封信，托人从美国转给他，并恳切地请他回来看一看新中国的实在情况，因为他是北京人，文章里总是充满着眷恋古老北京的衣、食、住……一切。

多么不幸！就在昨天梁文茜对我说她父亲可能最近回来看看的时候，他就在前一天与世长辞了！

实秋，你还是幸福的，被人悼念，总比写悼念别人的文章的人，少流一些眼泪，不是么？

一九八七年十月五日

（原载《人民日报》1987年11月10日）

一位最可爱可佩的作家

这位作家就是巴金。

为什么我把可爱放在可佩的前头？因为我爱他就像爱我自己的亲弟弟们一样——我的孩子们都叫他巴金舅舅——虽然我的弟弟们在学问和才华上都远远地比不上他。

我在《关于男人》这本书里《他还在不停地写作》一文里，已经讲过我们相识的开始，那时他给我的印象是腼腆而带些忧郁和沉默。但在彼此熟识而知心的时候，他就比谁都健谈！我们有过好几次同在一次对外友好访问团的经历，最后一次就是一九八〇年到日本的访问，他的女儿小林和我的小女儿吴青都跟我们去了。在一个没有活动节目的晚上，小林、吴青和一些年轻的团员们都去东京街上游逛。招待所里只剩下我们两个。我记得那晚上在客厅里，他滔滔不绝地和我谈到午夜，我忘了他谈的什么，是他的身世遭遇？还是中日友好？总之，到夜里十二点，那些年轻人还没有回来，我就催他说："巴金，我困了，时间不早了，你这几天也很累，该休息了。"他才回屋去睡觉。

就在这一年的九月，我得了脑血栓后又摔折了右腿，从此闭门不出。

我一直住在北京,他住在上海,见面时很少,但我们的通信不断。我把他的来信另外放在一个深蓝色的铁盒子里,将来也和我的一些有上下款的书画,都送给他创办的"中国现代文学馆"。

  他的可佩——我不用"可敬"字样,因为"敬"字似乎太客气了——之处,就是他为人的"真诚"。文藻曾对我说过:"巴金真是一个真诚的朋友。"他对我们十分关心,我最记得四十年代初期在重庆,我因需要稿费,用"男士"的笔名写的那本《关于女人》的书,巴金知道我们那时的贫困,就把这本书从剥削作家的"天地出版社"拿出来,交给了上海的"开明书店",每期再版时,我都得到稿费。

  文藻和我又都认为他最可佩服之处,就是他对恋爱和婚姻的态度上的严肃和专一。我们的朋友里有不少文艺界的人,其中有些人都很"风流",对于钦慕他们的女读者,常常表示了很随便和不严肃的态度和行为。巴金就不这样,他对萧珊的爱情是严肃、真挚而专一的,这是他最可佩处之一。

  至于他的著作之多,之好,就不用我来多说了,这是海内外的读者都会谈得很多的。

  总之,他是一个爱人类,爱国家,爱人民,一生追求光明的人,不是为写作而写作的作家。

  他近来身体也不太好,来信中说过好几次他要"搁笔"了,但是我不能相信!

  我自己倒是好像要搁笔了,近来我承认我"老了",身上添了许多疾病,近日眼睛里又有了白内障,看书写字都很困难,虽然我周围的人,儿女、大夫和朋友们都百般地照顾我,我还是要趁在我搁笔之前,写出我对巴金老弟的"爱"与"佩"。

为着人类、国家和人民的"光明",我祝他健康长寿!

一九八九年一月二十六日阳光满案之晨

(原载《中国作家》1989年第3期)

痛悼胡耀邦同志

耀邦同志逝世的消息,从广播里传来,我眼泪落在衣襟上。同时涌上我心头的却是《诗经·秦风》里的两句:"如可赎兮,人百其身"!

真是,不该死的,死去了,该死的却没有死。

该死的就是我自己!虚度了八十九个春秋,既不能劳力,也没有劳心。近来呢,自己的躯壳成了自己精神的负担,自己的存在,也成了周围的爱护我的人们的负担!

算起来耀邦同志比我小十六岁,正是大有作为的年龄。我不记得我和他有什么熟悉的接触,我只记得我也荣幸地得到他赠送的一筐荔枝。

但是从我的朋友——年老的和年轻的——口中,我听到了许多关于他的光明磊落,廉洁奉公的高贵品德。他狠抓落实知识分子的冤假错案的政策,这使得千千万万的知识分子从心里感受到他的不隐瞒自己的政治观点,正确的东西,他是敢于坚持的!

他深入群众,做人民的知心朋友,他和敬爱的周总理一样,会永远地活在亿万中国人民的心中。

我认为一个人生在世上,只要能够做到这一点,死亡就不是生命的界限了。

一九八九年五月二日急就

(原载《群言》1989年第6期)

再写萧乾

我在李辉写的《浪迹人生——萧乾传》的序上,写过萧乾,写后觉得意犹未尽。他和巴金都是我最疼爱的老弟。文藻和我最欣赏巴金之处,是他的用情十分严肃而专一。萧乾却是一辈子结、结、离、离,折腾了多少次,但是我们却是怜悯(如果允许,我说"怜悯")他,原谅他,而且了解他。

萧乾是个遗腹子,一生辛苦的母亲又在他七岁时弃他而逝。他从小就没有像我们似地,享过天伦之乐,他从小就渴望着"爱",他心灵深处有流不尽的涌泉般热烈的"爱",到处寻求发泄,所以在少年时期就有早恋的事,他都告诉我了。

他从会写字起,就用文字来倾泻他对一切的爱,他热爱他出生地的北京,北京的音、色、香、味,北京的一切都从他笔下跳跃了出来,一只小小的北京的昆虫,也能引起他写出几万字的文章!

他一生孤独,一生辛苦,一生飘泊,步入老年的他——我可爱的小弟弟,终于走上他一生最安定最快乐的生命道路。他定居在他热爱的北京,做上了他熟悉的文史工作,最称心如意的还是他终于有了一位多才多艺的终身伴侣。他们志同道合,心投意合,他那一颗炽热飘泊的心,终于有了一个最温馨、最妥适的安顿地方。他的写作精力更加旺盛了！怪不得在我每天收到的种种书刊上都有他的文章！昨天我收到一本《香港文学》，没想到那上面也有一篇他写巴金的长文。小老弟，你真是老当益壮！你把精力匀给我一点好不好？我从"五四"后写到现在，只落得勉强写一篇篇的"千字文"！

一九九一年九月十三日浓阴之晨
（原载《文汇报》1991年10月19日）

王 忆 慈

从城里回来,客厅里已经有人在等着我!一位年轻的女同志,笑盈盈地站起来,迎上来和我握手,"您还记得我吧? 王忆慈 —— 老母鸡……"我高兴地搂起她来,"怎能不记得? 你简直是个大人了,听说你当了保育员了,这下子可真成了老母鸡了!"

我认识王忆慈,是五年前的事了。那时我们住的房子离我女儿的学校很近,一放了学,她的同学们都到我们家里来温课。说是温课吧,女孩子们在一起,就像小鸟儿一样,吱吱喳喳的,她们端几张小椅子围坐在廊子上,又说又笑,常常闹得我看不下书,也写不出文章,但是若有一天,她们忽然不来了,我又感到闷得慌。

这几个女孩子,都是属牛属虎的,也都有"外号儿",比方说什么"小猴","傻丫头","胖奶奶"等等,"老母鸡"最小,大家也叫她小妹。其实她不一定最小,她们"叙齿"的那一天,我在窗内听见大家问她:是哪一月哪一天生的,她说:"我只知道我是属虎的,我母亲生我的时候,父亲不在家,两年后,父亲回来,母亲已经死去了……"这些话使得这一群小鸟似的女孩子们暂时静默了下来,我站起来,从窗内细细地看了王忆慈一眼：小小的个子，两条细辫子垂在胸前，脸上微微的有几点雀斑，眉清目秀，一团儿的天真和温柔 —— 这时大家几乎是同声地说，"不知道没关系，就算你最小，我们都是你的姐姐！"说着大家把王忆慈围了起来。

后来我问我女儿，王忆慈的外号儿是怎么来的。我女儿笑说："王忆慈最喜欢小孩子，到哪儿都是一群一群的孩子围着她，就像一只老母鸡似的。"因此当她们这一班高中毕业了，王忆慈没有参加大学的入学考试，而去当一个托儿所的保育员的时候，大家都不觉得奇怪。

这一天，我们坐在我院子里的树下闲谈，王忆慈说："我的父亲愿意我学医，我也完全同意，五年前的夏天，正在我准备大学的入学考试的时候，我们胡同里成立了一个托儿所，院子里几位年轻妇女刚参加工作，都高高兴兴地把孩子送了去。可是李大嫂从外面回来，眼睛通红，我问她怎么了？她不好意思地勉强笑了笑说：'刚才把孩子送到托儿所，孩子到门口不肯进去，那个保育员出来了，一点笑容也没有，嘴里说：怕什么，快进来！一面连拉带扯地把孩子拉走了，我站在门口，听见孩子在里面哭，我的眼泪就止不住了，其实呀……真是……'

"您知道我从小没有了母亲，父亲出差的时候多，我是寄养在人家长大的，我的那个干妈待我一点也不好，后来，父亲在北京长住了，每逢星期六，他下了班就去接我回来，星期天下午又把我送去。我记得那时父亲的那一间衾枕凌乱、桌椅蒙尘的屋子，对我已是天堂！我们吃完饭,父亲默默地抱着我坐在灯前,他用长满了胡子茬的脸,挨着我的耳朵,轻轻地说:'忆慈呵,你想什么呢? 怎么总是傻子似的?'总要到第二天醒来,发现自己是睡在父亲身边的时候,我才活泼了起来,有说有笑,父亲做饭洗衣服,我给他拿这个递那个,跳跳蹦蹦地,父亲也显得十分高兴,到了下午,看到父亲替我归着东西,我就又'傻'了,我低下头,两只手紧紧地抓住一块手绢,坐在床角里,一直坐到该走的时候。到干妈家的路上,我的脑子里只涌现着干妈冰冷的脸,'怕什么,快进来!'就是第一句打进我的头里的话——而这句话恰恰就和李大嫂刚才所重复的一字不差,我的双手忽然颤抖起来了!

"到了我进小学的年龄,我说什么也不到干妈家去了。我告诉父亲我会管自己,还会帮他做事。从那时起,我和父亲快乐地生活着,我从小学读到高中。

"我们院子里的孩子都和我好。第二天,我看到李大嫂的孩子又哭着不肯去托儿所,我就同李大嫂说,'您把他先放在家里吧,我替您看着。'李大嫂说:'那怎么行呢?'可看见孩子拉住我不放,她也就忙忙地上班去了。别的孩子看见李家的孩子不去,他们也都不去了,直拉着我转圈儿。我有些后悔,我想,这样做岂不是拆托儿所的台? 过了几天,听说那位保育员嫌累,不干了。街道上几位委员急得直转磨。我忽然想,我来当吧,那怕先做一年,等托儿所有了人,我再考大学也不晚。

"托儿所这玩意儿,可不简单,唱歌吧,跳舞吧,这些我都不怕,只是整天的一个人带三四十个孩子,一个孩子一个脾气,有时也真心烦。但是我一想到我自己小时候的苦处,再看看每一个孩子,觉得个个都可爱。头几天乱过去了,孩子们很快地便和我熟悉起来,当我每天站在托儿所门口,看到孩子老远地看见我,就挣脱母亲的手,欢笑着向我奔来的时候,我的心中就阵阵地发热,母亲们笑着走了,我的眼泪反而落下来了……

"我爱孩子们,孩子们也爱我,母亲们更是兴高采烈地支持,我们的托儿所渐渐地不但办日托,也办了全托。奇怪得很,这时不但母亲们不让我离开,我自己也不肯离开了——事实就是这样,我一直干了五年,我想,我还要一辈子干下去……"

说到这里,她忽然低头看了看手表,连忙站起来,抱歉地说,"我该走了。今天是星期六,有个孩子家里打来电话,说是他妈妈摔了脚,没人来接,我就把孩子送回去了,恰巧他家就在这附近,就顺便来看看您……"

我恋恋不舍地送她出来,我说,"忆慈,你是个受到表扬的保育员,请告诉我,是什么力量鼓舞着你,使你以保育儿童做终身的事业?"

她低了一会头,想了想,笑了,"开始的时候,我是以我的干妈做我的反面教员,回忆痛苦的过去,我把每一个孩子都当作从前的自己,从心里加意地体贴照顾。这些年来,受了更多的社会主义的教育,我进一步体会到,我身边的这些孩子,不但是父母们的儿女,也更是社会主义祖国的小公民,把他们培养成为一个决乐、勇敢、爽朗的社会主义的建设者,是值得我献上终身的心血的。这话也许说得太高太远了吧?事实就是这样……"

她匆忙地笑着和我紧紧地握了握手,就走了。我呆呆地目送着她,直看着她转过墙角……

  五年前在我窗外坐着的那些女孩子，都已愉快勇敢地走上自己的工作岗位了。王忆慈是其中的一个。在"六一"儿童节的快乐气氛中，我特别想起她，因记之如上。

（原载《北京日报》1962年6月1日）